刺局

4 局外局

圆太极 著

目 录

第一章　一个时辰 / 001

第二章　飞起的鸭子 / 022

第三章　实话 / 046

第四章　皮卷被分 / 070

第五章　三面合围 / 091

第六章　秦淮雅筑 / 115

第七章　无极渊 / 140

第八章　半口气 / 164

第九章　欲刺齐王 / 184

第十章　对决 / 209

第十一章　看破 / 231

第十二章　终极刑审 / 252

第一章　一个时辰

凶兜寸步行。心祈待、刺杀他处。

强对转，才有脱天路。

待西南鏖战旗烈烈，金陵对决微妙中。

无极渊。种种刑、其骨更固。

钩挑网

虽然是在南方，但冬季下午的阳光同样很早就萎靡得昏黄惨淡。就像一片始终无法磨亮的铜镜，总有些怎么都消除不了的黄斑，模糊了外面的视觉也模糊了里面的形象。

齐君元就在这样惨淡的阳光下，但是他却没有模糊视觉也没有模糊形象。他能够非常清楚地看到那些逐渐逼近的人，看到他们手中兵刃反射出的惨淡阳光。他也能清楚地知道自己的形象，满身尘土，满脸泥汗。模糊的东西也不是没有，仅仅是意念。如果再多些的话，就是还有意念构思出的意境。

齐君元的特长是在构思出的意境中发现到危险，而现在之所以觉得自己意境模糊，并非发现不到危险了。恰恰相反，而是发现到处都是危险。出现这种现象其实不奇怪，因为他现在是被一张严密的网围得死死的。而网上的每个点、每根线，都是危险的来源，都是触发危险的机栝。

齐君元抹了一把脸上的汗水，汗水冷冷的，糙糙的，其中应该黏附了大量灰尘和草叶碎屑。他四顾了一下周围，这是看一下自己还有没有什么地方可以藏身，躲过对手密网般严密的搜索。但得出的结论是没有，即便是他再继续快速更换几个甚至十几个藏身位，和自己在这里不动的情形是一样的。哪里都出不去，哪里都躲不过，哪里都离着困兜上的爪点子不远了。

齐君元再次回头看了一眼已经偏西了的日头，没时间了。

收到自己指令的同伴没有时间了，眼看着申时就过了。这种定了时间的刺活儿指令就和秦笙笙去呼壶里一样，过了时效便没有继续的意义了，只能承认任务失败，等待离恨谷衡行庐的责罚。所以只要一过申时，如果收到指令的同伴还没能找到刺标并及时下手，那么他就完全有可能就此放弃刺活儿。

齐君元自己也没有时间了。即便是同伴们现在及时做下了刺活儿，或者坚持没有放弃刺活儿，恐怕也已经来不及了。因为对方布下的困兜已经收缩得太紧了，自己再没有空间可以与他们周旋，从而拖延到城内发生大乱，并且还要拖延到大乱的讯息传递给此处布兜设围的主持者。

"不能指望城里正努力做局行事的同伴了，而我也确实没有辗转脱身的空隙，怎么办？"齐君元在心里问自己，他觉得自己应该有办法。

冒险扯开这张网冲出去？不行，且不说此网严密、牢固得根本冲不破，单说它的后续变化，那也是不可能给自己丝毫机会的。那么能否将自己藏在什么位置，让这张网拉过去却无法发现？这办法如果是有"急瘟皆病"二人的钵鼠那还有点可能。但是单凭齐君元自己和无法改变的实际环境，那根本就是痴心妄想。

搜捕的高手们越来越近了，已经可以听见那些高手用手中兵刃拨扫树枝草叶的声音。这样的情形之下，几乎可以肯定齐君元这只虾子今天要被梁铁桥布下的这张密网锁缠住了。

第一章　一个时辰

但是被围住的是齐君元，如果会轻易地放弃那他就不是齐君元了。他要挣扎要脱出，他不会因为自己的贸然行动而留下遗恨。

此时的密网因为不断收缩而变得更加厚密，原来拉开搜索时只有一孔菱形，也就是四个人组合的厚度。而现在因为范围变小，厚度已经变成了两孔半菱形，一个连接组合上前后共有九个人。面对这样一个厚密的网，无论试图采用什么方式出去，都比最初时的难度增加了两倍多。

齐君元也看清了这种形势，所以猛然灵光闪过，一个也许可行的脱身办法在他脑子里匆忙成形。

"挑开它！冲不过去也躲不过去，那就挑开它！"齐君元在心里明确地告诉自己。

这应该是唯一的办法，至少对于齐君元来说是这样。面对一张厚密的网，要想摆脱它，冲闯、躲避都不是合适的方式。飞起来也许行，但是齐君元不是鸟儿。所以只有挑开它，让整张网动起来，这样说不定就能找到一个空隙。

齐君元没有想得太细，他已经没有太多时间和空间了，再不下手恐怕就连这最后想出的唯一办法也实施不了。于是立刻俯身小碎步隐蔽而行，找到一处长了高壮蒿草的地块。然后直对密网上一个朝这边而来的组合，在他们将要经过的路段上直线布下一路子牙钩。

这一路的钩子齐君元采用的布设方法是连环扣压法，又叫"玉鸟啄漏珠"。是要前面一个子牙钩触发弹射了，那么才能将后面一只钩子蓄力储能待弹射。后面一个钩子弹射了，再下一个才能蓄力储能。也就是说，子牙钩的簧劲是通过钩子之间的弦线一个压着一个的，如果从其他方向方位过来，先触动了后面的钩子是不会发生弹射的。齐君元采用这个方法其实是要造成逐个杀伤的现象，让对手觉得是人为攻击或人为操控，从而判断自己就在这蒿草地的范围之内。

布完之后，他便立刻转移了大概三十度角斜向而去。并且在离这个方向搜捕而来的高手很近的距离才停下了脚步，隐蔽在一棵大树的后面。

也就在齐君元刚刚停下脚步的时候，不远处传来一声惨叫。随着惨叫声响起，紧接着就是一片示警声和嘈杂声。

"当心！点子冒头了。""就在这一块下的手，暗青子霸道！""看看用的什么暗青子！好防一手。""是在往前面退走了，快追！"

随即可以听到急促的奔跑声，不止一个，而是一群，组合有序的一群。于是又传来了惨叫声，也不止一声，之前的嘈杂声变得更乱了。

"在这里，就在这里。""其他方向都堵住了，不要乱变兜形，别让他趁乱找隙儿钻出去。""左右的拢过来，堵住这一路的空位！然后配合其他几个方向人手裹住这地儿。"

都在说不要乱，都在吩咐堵前路、填空位，那其实意味着已经开始乱了。所以齐君元马上行动，从树后出来朝着已经开始乱了的方向跑去。

其实围子上有好几个爪子看到齐君元在往那边跑，但是没有一个人意识到这个往那边跑的人就是自己要追捕的人。因为那边传来的呼喊声都在说发现了目标，所以很难让这些人想到真正的目标会又出现在自己附近，并且和自己一同往需要填位合拢的方向赶过去。

另外，此时他们虽然已经合围成一张厚密的网，但如此厚密是因为范围小了后兜形变化形成的。所以最初合作的组合和后面的组合乃至最后的半个组合之间并不曾有机会互相交流，并不十分清楚连接在自己前后的到底是哪些人。齐君元突然出现，并且和他们采取的是同样的行动，所以这些爪子很自然地认为齐君元是兜形变化后加入填位的自己人。

"密网拖虾"围捕时像是缓缓围拖的网，而一旦发现目标后，就成了以目标出现点为中心不断包绕缠裹的网。这其实对于一个兜子来说是个缺陷，缺少了后续的精密度。但是梁铁桥一个草莽出身的瓢把子能想出如此兜形已经不易，再要求细节上面面俱到那是很难达到的。

而齐君元正是利用了这个缺陷，没有了精密度他便可以走歪一些方向，这样朝着发生状况的位置走过一段距离之后，就能从包绕的组合中脱离出来。然后从被他子牙钩击破的组合正后方退出，因为那个方向上应该已经没有后续的高手了。在发现前面出现了状况后，后面所有的人都应该是往前面追扑上去的。

第一章 一个时辰

这就是挑开密网，以一线子牙钩为挑杆，呈一线连续攻击，让对方觉得目标是在边杀边退。然后自己钻入网中，随网而动。但最终却是偏移方向，从遭遇子牙钩攻击的那一路组合背后脱出。因为这个方向位置就像是圈成的网围被挑开了一条通道。

齐君元并没有得意，他知道自己这一招并算不上精妙高明。能顺利逃出的原因很大成分是出于侥幸，对方围子在自己一点小伎俩下侥幸地出现了一个漏洞。

当齐君元才奔出几十步，突然发现梁铁桥带着几个人正站在自己面前时，他知道了这世界上可能有侥幸的事情，但绝不会出现在一个兜子上。"密网拖虾"没有后续的精密度，是因为它根本不需要精密度。一则兜子中的目标很少出现像齐君元这样自己主动挑网寻隙出来的；再则即便是像齐君元这样冲出来了，在密网之后还有一个撒网的人会及时出现在该出现的点位上，堵住被挑开的漏洞。

齐君元没有停下脚步，只是在行走的过程中随手抹了一把脸。于是汗水和着沾在脸上的尘土、草屑划出五条明显的道道，让齐君元的面相瞬间变得斑驳、花哨。他即便在没有任何掩饰的状态下，也有足够信心让别人无法记住自己，无法认出自己没有一点特点的外相。但是现在面对的是梁铁桥，他却不敢有丝毫的托大。就像在上德塬时一样，即便是在黑夜之中，火场余光无法看清面容的状况下，他仍是让范啸天做出一个虚境掩饰大家的特点，因为当时面对的是包括梁铁桥在内的众多顶尖高手。

梁铁桥也在往前走，步伐很坚定。除了步伐坚定，他的目光也很坚定。这坚定的目光与齐君元对视着，是在很肯定地向齐君元传递着一些信息，一些可以让许多高手不战而退的信息。

齐君元在对方的目光下没有退缩，不但目光没有退缩，而且脚下更加坚定、沉稳地朝着梁铁桥走去。此时他的气息变得平和而舒缓，心跳变得稳定而缓慢。这是他独有的身体特征，是在遇到真正危险时才会出现的特征。

一石动

看着渐渐平复再无力挣扎的范啸天，城防使吴同杰觉得就像是看着一只待宰的羊，无论如何挣扎，都将不可避免地成为别人任意嚼食的一道菜。

吴同杰驱马往前走了两小步，旁边的贴身护卫却斜插在前想拦住他。说实在的，这应该是个忠心的护卫。虽然他并不见得能发现到什么、预见到什么，但他对自己的职责却是尽心的，尽心得近乎盲目。

吴同杰挥挥手示意护卫让开，他打眼之下便已经很清楚眼前的状况了，这就是城防使和护卫的区别。吴同杰并不认为被抓之人会是个企图对自己不利的角色，否则不会如此轻易便被铁甲卫拿住。另外，即便是个厉害角色，他也已经被拿住不能动弹了，根本无须忌惮。

吴同杰走近一些是想看清被抓人的脸，再有就是想和那人面对面谈几句。因为从他的经验判断，这人可能是个疯汉愚夫。否则自己刚才问他是不是想拿回皮卷时，任何一个正常的人在这种情形下即使再想拿回也都不会点头的。所以吴同杰知道自己应该用诱导的方式，询问他皮卷到底是何物，又是从何而来。

但是看来仅仅走近两步是不行的，范啸天被按在地上，脸也被按在地上。不仅看不到整张脸，就连小半张朝上的脸面也被他口鼻中粗重气息弥漫起的尘土掩盖了。

"你头抬起来些，我有话要问你。"吴同杰对被按在地上的范啸天说。

被按在地上的范啸天像是没有听到吴同杰的话，依旧目光呆滞地盯住一个方向，像是在等待着什么。

吴同杰眉头皱了皱，提马又往前走了两步："抬起头来！听到我问你的话了吗？好好说这皮卷是做什么的，又是从何处得来的？说清楚了，你想要什么我就给你什么。"

范啸天依旧没有回答，也没有抬起头，吴同杰能看到的仍只有他灰土弥漫的小半张脸。但是这一刻吴同杰并没能从这小半张脸上发现到异常，没能发现那脸上突然出现了鲜活的表情，眼睛里也突然闪动出狡黠的光芒。

第一章　一个时辰

"不行！这人不抬头恐怕连马腿都看不全，更不要说看到自己在对他说话了。而这样被摁住了，他也真有可能是抬不起头来的。"吴同杰突然意识到这一点，于是翻身下了马。

其实在侧身偏腿时，吴同杰的心中有一丝疑虑闪过。是因为蓦然之间觉得有些情形好像不太正常。被压在地上的人脸面模糊似乎不仅仅是因为口鼻间喷出气息扬起尘土所致，而且还有其他什么原因，否则这模糊不会持续如此长久而稳定。

几乎是在觉出这异常情况的同时，吴同杰闻到了一丝烟火味道。这味道不知从何而来，又似乎在四周环境中处处都有存在。是有烟吗？是烟让地上那人的脸保持模糊的吗？可这里怎么可能会有烟？

但是疑虑并没有能阻止吴同杰下马的动作，他意识中已经成形的这套动作并非一点思维上的走神就能在过程中间突然被中断的。

范啸天的目光不仅狡狯，而且在某一刻间突然灵动跳跃起来。这是因为他眼睛盯住的一样东西翻滚跳跃起来，所以带动了他的目光。

翻滚跳跃的是一块石头，而且是擂石堆最顶上的一块，从顶上滚落后在重力加速度的作用下速度越来越快，力道越来越劲。当滚到石堆中下部的时候正好被一块突兀支出的石块一挡，于是这块大力冲击而下的擂石改变了方向，被远远地横抛出来，重重地砸在旁边木棚中的火油桶上。

装火油的木桶发出巨大的碎裂声，就像是一群人的骨头同时被折断。火油四溅、木屑乱飞，一股油浪从木棚那里冲涌而出。

而当擂石堆上第一块石头滚下时，它撞击带动了一路的擂石块，使得它们开始松动、位移。那块突兀支出的石头被滚下的第一块石头撞击后将石块弹出，而它自己的尾端在重撞之下一下翘起。而随着这石块的翘起，已经松动了的擂石堆像一个涌起到极点的浪头翻转着冲落下来。

吴同杰被巨大声响吓了一大跳，更被油滴、木屑搞得蒙头转向。而这一刻他刚好已经一只脚落地，另一只脚仍在马镫中没有抽出。而被惊吓的不止是他吴同杰，还有他的马。马匹在惊吓之后会很自然地打旋儿，所以一只脚没抽出马镫的吴同杰只能很不自然地单腿点地跟着打旋。

没有等吴同杰将马勒住，更没等到他搞清发生了什么状况，在离得很近的地方又有一声清晰的骨头折断般的声响发出。这声音真是人身上骨头发出的，而且就是被四个铁甲卫按压在地的范啸天身上骨头发出的。

在骨折般的声响中范啸天突然抬头了，而且抬得很高，将扭曲得有些狰狞的面孔直对吴同杰。但这姿势只持续了瞬间，随即他的身体也快速扭曲起来。和刚才范啸天拼命的挣扎不同，那番挣扎扭曲让四个铁甲卫费了很大些力气才将他制住。而这一次四个铁甲卫全都没有费力气，因为范啸天身体突然扭曲的力道是顺着他们用力方向的。

有那么一刹那四个铁甲卫心中都在疑惑，因为铁甲卫都是拿人的高手，知道关节的死点方向。所以一般被他们下手制住不能动的人，也是关节已经到了无法再旋转、避让的程度。而现在这个被制的人以顺着他们用力的方向扭曲身体，会不会将他自己的骨架全拆散了？

这种疑惑的答案出现得很快，是紧跟着他们的疑惑出现的。但是当答案出现后，却已经并非所有铁甲卫都能弄清楚答案到底是什么了。

随着范啸天的身体顺着他们用力方向开始扭曲，四个铁甲卫的身体也同样顺着自己的用力方向卷入了这个扭曲之中，五个肢体以范啸天为中心纠结成了一团。其中两个铁甲卫的头颈瞬间就被扭断，所以他俩最终只听到了自己颈骨的断裂声，却再也无法获知答案了。另两个铁甲卫一个被扭断腰背，还有一个被齐根扭断双臂。这两人在突然袭来的巨大疼痛感中晕了过去，所以即便知道了答案也是在恢复知觉之后。

身在其中的人全都不知道怎么回事，那么旁边的其他人就更无法弄清到底发生了什么，只是看到几个人滚作了一团。吴同杰也不知道发生了什么，他还在单腿点地打旋。但是他却真真切切地听到了骨头折断的声音，真正的骨头折断声，而前面的几声只是相似。吴同杰在战场上听到过很多种骨头断裂的声音，所以与前面那些类似的骨折声对比之后，他非常肯定自己的判断。

确定了骨头折断声后，吴同杰的第一反应就是那个疯汉硬生生将自己拆散了。也就在这第一反应从脑子中一闪而过之际，吴同杰硬生生将自己的脚从马蹬中抽了出来。

几乎与此同时，巨浪般冲落的滚石堆撞击到了离得很近的滚木堆上，于是滚木堆也松散了、坍塌了，发出雷鸣般的"隆隆"声响。

地上的范啸天没有爬起来，但他听到滚木堆发出的隆隆声响后，他像垂死的人想捞到最后一根救命稻草那样单手往前甩了一下。

吴同杰从马蹬中抽出的那只脚也着地了，这让他心中一下有了底。但这底还没有完全踏稳就又没了，刚着地的那只脚被一个大力猛然拽出，这让身穿重甲、人高膀大的他竟然做出个漂亮的劈叉。

劈叉在地的吴同杰并没有就此停止身形，而是被快速拖行起来。而这拖行也是暂时的，才拖出四五步的样子，他的身体便如升仙般腾飞而去。只是这升仙动作太难看了些，是四仰八叉头倒挂着的。浑身上下的甲胄叶子、护膝下摆全翻转过来，样子就像一只被剥了一半皮的穿山甲。

如果只是这样挂着，就算像是全被剥了皮的穿山甲也没有关系，等他手下人将他放下后最多是损些面子。但是现在吴同杰是挂在了一堆火上了，这样的话不但面子、面皮全都会被烧烤得不剩一点完好部分，就连这条命也都会被烤没了。

那个大堆的火柱冒出来的确很突然，虽然周围人都看到油桶被砸破，木屑四溅，火油乱淌，但是谁都没有注意到这周围哪里有可以突然将这火雨燃着的火源。而事实上就算有谁注意到了也来不及做出反应，叙述仔细累赘，而事情的发生其实只是电闪风驰之间。

被缠住单脚吊起时吴同杰就已经慌乱了，而当下面一大堆火苗突然腾越而起时，他惊恐了。于是拼命地挣扎，几次想收腹曲腰去够拴住自己脚的绳子。可是身上甲胄太重，腰腹也喂养得太粗，怎么都没法子够上去，只能手脚乱舞地挣扎。而当下面窜上的火苗燃着他的盔缨胡须、烧灼到他的脸面时，他的思维中已经没有了身体之外的一切。只是嘶喊、挣扎，无助又无用地挥舞手臂驱赶、遮挡势头越来越凶猛的火苗。

范啸天很从容地站了起来，从容地抬起手。空中正好有皮卷落了下来，范啸天将其稳稳抓住，从容揣入身边背着的包囊。这和他预想的一样，这个时候吴同杰即便不是因为恐惧、绝望而扔掉手中的一切，也会因为火苗烧灼的疼痛而再也抓不住手中的一切。

其实早在吴同杰被吊起的那个瞬间，他手下的护卫就已经准备冲过来解救。但是随着吴同杰身体被吊起，旁边的滚木堆坍塌了，朝着吴同杰的手下冲撞过来。滚木压死了余下那个铁甲卫的头领，砸伤了许多护卫乘坐的马匹。但这只是暂时阻止了一下那些忠心且勇悍的护卫，没等滚木堆完全停止坍塌，他们已经或步行、或催马再次扑了上来。

可是就在此时，如同烧烤吴同杰的那个火柱一样，突然又有几个火柱连续冲天而起。滚落满地的滚木，在滚动过程中黏附了大量流淌的火油，于是一下都被腾起的火柱燃着了。火势不是蔓延开来的，而是几乎一起升腾起来的，那许多歪七歪八的滚木烧着后形成的火墙就像构筑了一个火的迷宫。

吴同杰在惨烈地嘶喊，这是痛极、怕极时发出的声音，一般只有清楚地知道自己将会死去而又不愿死去的人才会这样嘶喊。吴同杰还在挣扎，但这挣扎却显得很是无力。因为刚刚剧烈的挣扎中有大块的皮肉被撕破掉下，这就带来更大的痛楚，让他痛得想挣扎却又不敢大力挣扎。

护卫们知道这嘶喊是召唤、是呼救，可是他们怎么都没办法突破那个火的迷宫。骑马的肯定不用说，马匹怕火，离得火墙很远就已经打旋、退步，怎么催打都不肯往前去。反倒是几个失去马匹且身手敏捷的护卫在火墙中找到可穿行的路径，但是他们才刚刚往里冲入，就会莫名其妙地被绊倒摔入火堆，被顺带拉入火中，或在莫名其妙出现的许多火苗前晕头转向，并且最终都被其中一朵火苗悄然点燃了衣襟。这是因为熊熊大火中有个范啸天在，而他是个精通融境之术的刺杀高手，所学的技艺中就有一招"火鬼巡林"。

"火鬼巡林"是借助火光闪动、火影扑朔的特点，再加上自身既可以防火而颜色又可以与火光、火影融合的外饰衣物，从而在火焰中自由穿行而且不会被别人发现到踪迹。这种技法的奇妙之处是在对火焰的观察上，然后每一步的行动都要与火形、火势配合，这样才能做到自己无损，别人无察。因为火焰在颜色、光亮上本身就是很好的掩饰物。

那些闯进火场的兵卒护卫们都很勇敢，但是遭遇到影子般的"火鬼"、火一般的影子，他们就像轻巧的木偶一样被推入火堆或被点燃衣襟。

而"火鬼巡林"还有一个特点，就是环境、场面越混乱，火势越汹涌，就越能将融境之技发挥到极致。此时军料场上满地都是滚木擂石，处处是火光冲天，所以没有人能看得见范啸天的身影，他可以处处不在，又可以无处不在。所以那些护卫想接近到吴同杰的身边去解救他只是自投火海而已。

火油还在流淌，所以火势也在流动，很快木棚被燃着了，更多的油桶被燃着了。火油桶爆裂，火油变成了火浪冲涌而出，火场中的火势变得更大。

人们从火场的外面远远地还能看到吴同杰，只是现在的他已经挣扎无力。盔甲已经被烤红，露肉的部位已经焦黑，艰难的呼吸间似乎还有火星喷出。现在的他已经不像刚过来时那样冒汗了，火烤之后让他变得很是干燥，要冒也是被烤出的人油。

外围的护卫以及刚刚赶到的兵卒、铁甲卫们已经不再坚持往火里冲了，这时候的吴同杰就算救出来性命也很难保住了。另外这些久经沙场的护卫也看出来了，这应该是一个刻意安排好的绝妙刺局。所以他们最需要做的就是围实了火场，抓住刺客，这样当上头追查此事时也好有个交代。

多局合

这真的是一个绝妙的刺局。范啸天可能不是一个会创造的人，但他却是个善于学习懂得改变的人。他也许不能凭自己能力在很短时间内设计出一个杀局来，却可以凭借别人的刺局改造出一个刺局来。范啸天曾仔细询问过齐君元灌州刺局的细节，也曾问过秦笙笙临荆县刺局的细节，然后他又有在潭州以自身设局直接接触周逢迎寻找刺杀唐德的经历。所以广信杀吴同杰这个刺局其实是结合了三个刺局中的一些经验、技法，并进行了恰当的改变。

广信刺局和灌州刺局有相同之处，都是需要在很短时间内仓促做成，而且比灌州更见仓促。齐君元毕竟还点漪三天，掌握了很多与顾子敬相关的信息，所以范啸天只能尽量从外在条件入手。好在南唐此时处于备战状态，广信城中现有环境和灌州不同，范啸天轻易就找到了一处可利用物件集中的位置，而且就在防御使即将经过的路线附近。

真的是个很好布局的位置，有擂石、有滚木、有油桶、有吊架滑轮等等，这些东西都是可以利用来布置杀局的绝好器物。

范啸天首先目测了擂石堆、滚木堆的距离，又目测了一下木棚中的油桶和木棚另外一边的几个听音缸。然后对准位置，将滚石堆上最高处的一块石头用一个沙包垫住，使它处于倾斜的状态，然后范啸天估算了一下时间，在沙包上戳了一个合适流量的洞眼。这个漏沙的时间范啸天没有留很大余度，因为还好重新进行控制。如果防御使没有及时到达这里，他可以上石堆重新垫沙包。而这块被垫起石头的用处是很大的，它是一系列设置动作的触发点，就像多米诺骨牌的第一块。

接下来是对整个石堆的改造。擂石堆看着死沉沉地在那里，就像座小山根本无法在短时间内移动。但那只是一般人的看法，在匠家高手的眼中，它是有着巧妙且微妙的结构的。范啸天虽然不是匠家高手，但是离恨谷基础技能中含有妙成阁很多技法。另外他在谷中没事做时，除了修习诡惊亭的技艺外也了解了不少妙成阁的技法。所以他虽然无法像匠家高手那样利用擂石堆组合成十分巧妙的结构，但是要做出一个在触发几个点后便全部坍塌的构筑还是没有问题的。所以他看准位置移动了一些石块，拿掉了一些石块，将擂石堆变成一个待动作的机栝兜子。这方法其实在坎子家也有，并且取名叫"须虎抛石"，也是以滚动石触发后石堆掉落、滚落的机关。

滚木堆离着吊油架虽然挺远，但是将吊油架上穿过滑轮的吊绳拉到滚木堆的位置并拴住顶上粗大的滚木却是没有问题的。所以第三步范啸天就这样做了，而且还将滚木下的定位木楔都给拔了。至于吊绳的另一端，范啸天则是牵拉到一只大听音水缸的旁边，而且还很谨慎地用浮土、杂物给掩盖起来。

所有听音水缸中范啸天都放入了闷香块，闷香块在闷筒里接触不到氧气只会带有一定温度而燃烧不起来。而一旦放在空气中，就算不扇风、吹气，在一段时间后也是会冒火星燃烧起来的。吴同杰闻到了烟火味，觉得周围有烟雾弥漫。这感觉其实一点都没有错，那就是几个水缸中正逐渐燃烧起来的

第一章　一个时辰

闷香发出的。

在这种设置下，当擂石堆最上面一块石头滚下时便会触发让擂石堆坍塌的关节点，并撞击到突兀支出的那块擂石。擂石被撞，整个石堆就会坍塌下来，而且是朝着滚木堆的方向坍塌，推动沉重的滚木堆。而滚木堆一动，就能牵动吊油架上的吊绳。

而最上面那块滚下的石块在撞击之后还会改变方向，横飞着砸向木棚中的油桶。砸破油桶便可以让桶中的火油流向那几只听音水缸，听音水缸中有即将燃烧起来的闷香块，一旦接触到火油之后肯定会燃起熊熊大火。而且有水缸固定了范围的燃烧，火势不但凶猛而且稳定，可以很快烤死、烤熟上方吊油架上吊起的一个人。

这一切都准备好了之后，剩下的就只有最后一个必需的环节，就是吊绳的另一头怎样才能把刺标吴同杰拴挂上。

所以范啸天这个绝妙刺局中另外一个重头要做的就是如何将防御使吴同杰诱到兜子当中，然后在恰到好处的时机中将他拴挂到吊油架上。这一环节与秦笙笙在临荆县做的刺局比较相似，但实际上要比临荆县难度大得多。

在临荆县中秦笙笙是利用一群妓女拦街接近了张松年，其实这做法范啸天觉得有点牵强。如果张松年警惕性再高点、防卫心再强些，此方法要想成功还是颇有难度的。而且秦笙笙那做法对时间没有太大要求，而范啸天却只有一瞬间的机会可以把握。

范啸天决定像在潭州找唐德那样再次以自身为兜。但他心中也清楚，就凭自己这个样子根本不能对防御使产生吸引力，所以必须有一件更能吸引眼球或者勾住欲望的东西才成。

范啸天到达城门时刚好看到梁铁桥带着人追赶齐君元而去，他知道梁铁桥一直在追踪宝藏的秘密，此行来到广信的目的也应该与此有关。而梁铁桥能在广信城大大咧咧地办自己的事情，事先肯定与本州府防御使有过沟通，所以关于宝藏、皮卷什么的，本州府防御使也应该知道。所以范啸天很确定自己身上携带的一件东西可以将防御使吸引到杀局之中，这东西就是与宝藏有关的皮卷。

前面我们已经提到，范啸天在天马山挖掘古墓营地将皮卷交给了倪大丫，倪大丫为了解救上德塬族人扔出了皮卷。在哑巴弹子助力之下，那皮卷最终是被西蜀的铜甲巨猿所得。但是现在怎么又会回到范啸天的手上呢？

其实事情发展是这样的，那天夜间在天马山下混战中哑巴用弹子连续击射皮卷，将其往远处送，其目的就是要让蜀国不问源馆的铜甲巨猿拿到。那种混杀的状况下，也只有铜甲巨猿能够携带皮卷快速突出。而铜甲巨猿的克星是穷唐，所以穷唐在这之后不久就又从巨猿手中把皮卷抢了回来。

另外让蜀国巨猿拿到了皮卷，也是为了将大家的注意力转移到蜀国不问源馆身上。所以接下来楚地把所有力量都用在封锁往蜀国去的路径上，阻止不问源馆的人带着皮卷逃回蜀国。而其他国家力量也暗中追逐、追捕蜀国的人马和铜甲巨猿。

这时候只有蜀国不问源馆的人自己知道，东西不在他们手上。所以他们也在追逐、追捕哑巴和穷唐。当成都那边听闻不问源馆拿到皮卷的信息后，马上派华公公带九经学宫的高手前去接应，可连等数天都没见到丰知通他们。这是因为丰知通他们没有一直往蜀国方向逃遁，而是在到达清平村后追踪哑巴和穷唐转而往相反的东面去了。所以华公公他们等到的是追踪截杀丰知通他们的其他国家的高手，结果被一路围堵追杀，九经学宫损失殆尽。要不是遇人搭救，那华公公可能就要饿死在大山之中了。

几国秘行力量中只有梁铁桥所带的夜宴队是真正的江湖草莽出身，对于追踪寻迹经验更加丰富实用。所以他们最先发现到了不问源馆的行踪，并且从他们的蹊跷行踪中看出问题。这些人不但没有想着尽快逃回蜀国，反而在追踪着什么人。为什么会这样？

梁铁桥在上德塬见过穷唐，也见过铜甲巨猿在穷唐面前的怯弱样子，所以一下断定不问源馆这样做是因为铜甲巨猿拿到手的皮卷又被穷唐抢走了。所以立刻转移目标，盯死了穷唐和他的主人哑巴。

哑巴为什么会抢皮卷，只有他自己知道，这应该是个只传达给他一个人的指令。而抢到皮卷后派什么用场，这恐怕就只有范啸天知道了，因为哑巴抢到皮卷后就再次交给了他。至于将皮卷继续送到哪里，这应该也是个只传达给范啸天一个人的指令。

皮卷在范啸天手里，这肯定是又一个重大任务、又一个沉重负担，甚至可以说是个招祸的累赘。但也正是这个累赘，才能顺利地、轻易地将防御使吴同杰诱骗到预定的位置。

范啸天被几个铁甲卫从水缸中拎出来时，心中一直反复对自己说："完了，全都完了，千万稳住了！……"他这不是在说自己完了，而是在不断提醒自己，前面所有的准备都已经做完，就剩最后一步了，千万要做稳当。

范啸天躲入水缸的刹那，他已经瞄到扑奔而来的铁甲卫了。而与此同时，他也将皮卷从背囊中掏出揣在了怀里。然后在一番与铁甲卫的奋力纠缠中非常合理地将皮卷掉出，让此时正好经过此处的吴同杰看到。于是和预想中一样，吴同杰被吸引了过来。

接下来范啸天的又一番挣扎，则是为最终摆脱几个铁甲卫并将吴同杰拴上吊绳的另一头做的准备。诡惊亭技艺说得简单些就是变形，改变周围环境的情形，改变物体的形状，而要想成功地将自身融入到被改变的情形和形状中，那还要会改变自己的身体形状。这就像范啸天在东贤山庄时将自己变成墙垛的一部分一样。不但需要很好的伪装，而且还需要收腹、压骨等身体变形的技法。同样的道理，范啸天在这挣扎过程中已经将自己身体的肌腱、骨骼改变了形状。而且还利用关节的扭转，将自己变成了一个强力的机栝，就像一张弩、一张弓、一个蓄力的弹簧，一旦释发，将在瞬间之中让大力按拿住他的人骨断筋折。

吴同杰进入预定位置时，并没有到范啸天设计沙包漏沙的时间。这一点范啸天已经想到了，所以他会看情况拖延时间。如果吴同杰主动询问他什么的话，他会装傻卖呆不理不睬，进一步诱使吴同杰下马接近自己。如果吴同杰不管自己，而是准备打开皮卷看其中内容的话，范啸天则会故意说出一些重要的事情吓住吴同杰，让他不敢高声宣扬，从而下马到自己身边来和自己低声细说。

最终出现的情况是两种中的第一种，而得到的效果却是唯一的：吴同杰被瞬间吊了起来，并被快速烤焦了。这是因为时机控制得真的非常好，绳子长度也计算得非常准确，吴同杰恰好是在滚木堆开始坍塌的瞬间被吊绳的一端绑住了脚踝。而当滚木带动绳子另一端将他吊起后，大头朝下的他高度刚好是在水缸中窜起火焰的焰苗上。

人被烤焦了，刺活儿做成了，但是再多的火油、再大的火焰最终都是要熄灭的。而一旦熄灭之后，范啸天便再没办法融境于火影。这片敞开式的军备料场本就没有什么遮掩物，现在擂石堆散了，滚木堆塌了，木棚油桶也都烧了，那就更没有可借助掩形的物体了。

范啸天很明显也意识到了这一点，他的刺局虽然做得的确很精彩，但是在其中却又留下了一个致命的缺陷。真的会致命，而且真的会是范啸天自己的命，因为这个刺局他竟然没有考虑到自己的退路。

滚网收

就在军备料场上火焰越来越小，范啸天的身影逐渐从火影中显露的时候，齐君元也渐渐在梁铁桥的眼中清晰分明。

梁铁桥并没有完全将齐君元认出来，他们虽然在上德塬对峙过，但当时夜色昏暗，没有灯火，所以并不能将模样完全看清。再加上现在的齐君元用汗水和着尘土、草叶抹花了脸，就连他平常那没有一点特点的面相都无法辨别清楚。而齐君元的身形动作也没有丝毫特点，更不像梁铁桥那样有标志性的随身武器，别人无法抓住他的任何一个外部特点认出他来。但是梁铁桥毕竟是江湖枭雄，有别于常人。虽然没有一眼认出齐君元，但还是凭着一种野兽般的天性，发觉面前这个人似曾相识。

"我们见过？"梁铁桥问得很直接。

"见过！"齐君元回答得也很直接。

梁铁桥只是从齐君元回答的两个字便知道这人之前的确见过。因为他在上德塬时虽然没有看清齐君元相貌，却清楚地记住了声音。而且这个声音后来还在东贤山庄出现过，当时一番慷慨激昂，与三国秘行力量交易，让梁铁桥他们三方秘行力量助其与楚军御外营以及东贤山庄对抗。谁知到最后还是

第一章 一个时辰

被他摆了一道,第三个交易的讯息没有说就从泥坑下溜走了。

"那夜在东贤山庄你还欠着我一笔账。"梁铁桥语气冷冷地,就像是在对一个死人说话。

"那时候的账现在算,已经一分不值了。"齐君元语气依旧平淡,感觉就像是在自言自语。

"那么今天你又准备用什么来换你的命?"梁铁桥说这话的时候往四周看了一眼,刚刚被齐君元挑破的"披网拖虾"已经重新整合,并且已经变成了两个圈子。一个圈子在继续往刚才的范围收拢,而另一个圈子却是朝着他们这边围拢过来。

"嘿嘿。"齐君元轻轻一笑,"换我的命?我的命仍在我自己的手中,干吗要拿些什么出来跟你换?"

梁铁桥微微一怔,眉头顿时紧锁,他根本没有想到齐君元会给自己这样的回答。于是带着狐疑地抬头又往四周扫看了一圈,确定自己的确是掌控着全部局势。

齐君元也环顾了下四周:"再说了,我就是一条贱命,上秤钩也显不出斤两。你梁大把头拿了去既报不到功又扬不了名,更不会有能够让你报功扬名的重要东西来跟你换。我此番只是路过广信城,看到梁大把子的威仪心中震撼,被吓得夺路而逃。你却如此兴师动众地来拿我,要是误了自己该做的正事,岂不是冤得很?"

其实此时的齐君元已经是黔驴技穷,梁铁桥如果立刻让人将他拿下的话,他只有两条路,要么束手就擒,要么拼杀至死。但是不管什么人,只要还没到最后一刻总是不死心的。所以齐君元仍在用言语周旋,拖延时间。

"只要是在合适的时间、地点,这世上任何人都可以成为最重要的人。衡量一个人的价值并非看他挂在秤钩上的重量,而是看他能成为多重的一个秤砣。"梁铁桥随口驳斥齐君元,但这话一说出来后,他眉头微微一挑,似乎意识到了什么。

齐君元没有反驳梁铁桥的话,而是在无声地笑着。这很反常,一个被别人重重围困住的刺客,一个随时可能被别人剁成肉块挂在秤钩上称重的人还能笑出来。那么在现有局相的背后肯定是有着不可告人的阴谋，而且这阴谋已经成功或即将成功。

梁铁桥虽然在想自己刚才说的话，但齐君元无声的笑也没有逃过他的眼睛。于是他的心中不由得猛烈颤动，暗自讶叹："自己不会又被此人摆了一道吧？"

有这样的想法也不算奇怪。从上德塬开始，再到东贤山庄，齐君元始终是控制局面的人。所以梁铁桥可能是已经有了些心理阴影。

齐君元还在笑，而梁铁桥的眉头却皱得更加紧。就这样对视了一小会儿，梁铁桥才提胸腹之气断喝了一声："但是今天就算你是吃进王八肚子的秤砣，我也铁定是要把你起网出水的。"

"梁大把头说我是秤砣，抬举了。但是梁大把头有没有想过我这秤砣吊住的秤钩上会是什么分量的货色？"齐君元已经不笑了，说话的表情显得非常认真。

其实不用齐君元说，梁铁桥就已经想到这一点了，而且是在刚才他提到秤砣时就已经想到。面前这个人的道行他是见识过的，不但思维缜密而且虞诈至极，江湖上好好坏坏的套路无不用至极限。这一次到底是他没有想到自己会设"满地天眼"在广信瓮城才踏到兜边的，还是早就知道自己在那边才故意出现在城门口。城门口一番非常逼真自然的表演，真的是那么恰恰好不曾逃过自己的眼睛吗？梁铁桥心中在苦苦地辨别着一个真实的答案。

就在此时，一匹快马飞驰而来，并且径直奔到了梁铁桥的身边才勒住。还未等奔马勒住后高抬的前蹄落下，马上之人已经纵身下马，站在了梁铁桥身边。

只是以眼角余光，梁铁桥便确定奔驰而来的是自己留在瓮城那里继续查看辨别可疑人色的手下。所以从奔马出现直到马上之人站定脚步，梁铁桥身形始终如同山岳纹丝不动。直到来人站定在自己身边了，梁铁桥才微微侧转身体问出两个字："何事？"

虽然梁铁桥在这短暂时间中表现得山一般沉稳镇定，但他心中其实已经如同起伏的潮浪一般。他估计自己这个手下应该是来给自己送答案的，那个

自己心中苦苦辨别的真实答案。

齐君元站在不远处调整了下呼吸，奔驰而来的那个人让他稍稍舒出口气。他觉得这人带来的消息多少是会对自己有利的，自己临时下的那个刺杀指令应该有同伴予以实施了。现在虽然不知道实施指令的同伴有没有得手，但得不得手都会让梁铁桥觉得事态严重，所以下一步他肯定会舍下自己以最快速度赶回城里。

"广信防御使吴同杰被人刺杀。"报信的手下不是太会拎清重点。

梁铁桥听了这个消息后并没有太大反应，依旧紧皱着眉头在思索。这些人为何要刺杀广信防御使？用一个诱子将自己骗到此处就为了杀一个防御使吗？

见梁铁桥没有反应，那手下才意识到自己没有说到重点："那吴大人抓住一个疯汉，从他身上找到我们要找的卷儿。"

梁铁桥眉头猛然展开，下巴狠狠一抬："真是那卷儿？"

"抓住疯汉的铁甲卫队正亲手将卷儿捡起来的，从他所描述的样子看正是我们要找的那件。"

"卷儿现在在哪里？"

"那疯汉是刺客假扮，吴大人被杀过程中，卷儿仍落回那个刺客手中。"

"刺客抓住了吗？"梁铁桥又问。

"还没有，但是已经困住了，只等火灭了就下手拿人。"

"等火灭了？"

"对，吴大人是被吊在架子上用火烤死的。"

梁铁桥眼珠转了下，然后回头朝向齐君元："是你的人？"

"不知道。"齐君元回答得很认真，"但我知道一个刺客能在光天化日之下，在众多侍卫兵卒保护之中，将一个州府的驻守将军吊在架子上烧死。那这刺客不是几个兵卒护卫可以困住的。"

梁铁桥没再多说一句话，他朝旁边人做个手势，随即便转身朝着广信城的城门方向狂风般地跑去，速度竟然并不比刚才的奔马慢。

随着梁铁桥的手势，他所带的夜宴队像是被砥石分开的流水。一股随着他往城门方向而去，还有一股则快速运转起来，朝着齐君元收拢过去。

其实到此时，整个局面已经完全超出了齐君元原来的计划。他没有想到梁铁桥会带那么多的高手来围堵自己，也没想到梁铁桥会用"密网拖虾"这样严密的兜形来围捕自己。那边一个时辰的刺局他想到会延迟，可是却没有想到一直会延迟到自己和梁铁桥照了面。既然已经照了面，既然梁铁桥知道被自己兜住的是条什么样的鱼，那么他绝不可能再收回网。这一连串超出计划的事情让齐君元依旧陷在一个越发严实的兜子里，要想出来必须有一些同样超出计划的手段。

齐君元也想跑，但他没有地方可跑，"密网拖虾"现在已经变成了"收滚网"，往哪个方向跑都会被卷入其中。但齐君元也没有一直静静地站着，站着不动就像是死人，那是没有一点逃出的可能的。他是在走，朝着几棵很突兀的矮树走去。而且步伐越来越大、越来越快。

当夜宴队的"收滚网"堪堪要将齐君元卷入时，他正好走到了那几棵矮树边，并且刚好躲在一个枯枝密匝的凹形处。

网最怕被枝条缠绊，更怕枝条间有可以割破网的刀子。"收滚网"也一样，他们也许可以从枯枝上撞入，但他们无论如何都不敢从有齐君元藏身的枯枝上撞过。于是整个兜子运转的势头快速改向，从几棵树的边缘绕开，然后重新找角度和空隙突进。这几棵树不是茂密林子，齐君元在其中躲得了头躲不了尾，终究是要被逼出来的。

齐君元当然不会让"收滚网"轻易就找到其他角度位置的攻入空隙，他的隐号叫"随意"，最大的特长就是能随心意利用现有环境中的条件杀死别人、保存自己。这几棵树是他早就看好的，如何利用也在心中盘算好了。所以当"收滚网"第一波势头掠过之后，齐君元立刻动手，折枝、挖坑、挂钩、拉弦，虽然只寥寥几个布置，却尽显了离恨谷妙成阁的绝妙技艺。

有树枝是被折断后插在地上；有树枝并未完全折断，是半挂在那里。挖的坑很浅，只是用脚尖挑起些泥土，再用脚跟跺下去些。但这样的坑对于疾速移动身形的人却有着非常关键的影响。挂的钩子有好几种、子牙钩、回剖钩、小钢钩，等等。拉的弦只有一种，就是在东贤山庄门口利用柳树弹力切碎一帮子江湖好手的灰银扁弦。

当这些设置都完成后，几棵树其实已经成了一个防守牢靠的兜子。这兜子叫"篾篓插刀"，它和匠家的坎子"垒木叠石"道理相近，但是没有"垒木叠石"那么精细，各部分的关系也没有"垒木叠石"那么环环相扣。但"垒木叠石"是用作堵塞狭小道口的，而"篾篓插刀"却是可以全方位进行阻挡。

"收滚网"一时无法突破"篾篓插刀"，但这并不代表齐君元就此安全了。就凭这几棵树只能作为拖延时间的最后倚仗，并不能彻底化解夜宴队的围捕。一旦夜宴队那边来了会破解"篾篓插刀"的高手，或者他们拼上几个人的死伤，从一个位置突破进来，"篾篓插刀"的兜子同样会被破开。

齐君元仍是一只瓮中之鳖，所不同的是现在这个瓮更小了些，而且是他自己给自己罩上的。

第二章　飞起的鸭子

指间刀

　　城防军料场只剩几根大滚木上有些火苗还在坚持着跳动，其他位置的火都已经变成了袅袅烟雾，而且就连烟雾也会很快消失。用火油燃起的火就是这样，虽然燃起很快，燃时猛烈，一旦油烧干了，熄灭得也快。

　　因为还有些烟雾，所以范啸天到现在还没显出形来。但他心里非常清楚，这样的状况很快就会结束。

　　都说人是矛盾体，范啸天也是一样。刚刚他还沉浸于刺杀成功的喜悦，现在却满怀未设退路的后悔沮丧。刚刚他还希望时间过得慢一些，以保证自己能在规定的一个时辰中完成刺活儿。而现在他则希望时间能过得快一些，因为只要再过半个时辰的样子，天色就基本可以黑下来了。只要天色黑下来，即便没有预先设计好退路，范啸天也可以借助黑暗使用融境之术逃出。他在夜间施展的技艺就连东贤山庄擅长辨查细微的大天目都找不出来，那么要从这么一帮兵卒、巡卫之中逃出肯定更没有丝毫难度。另外范啸天还很后悔的一件事情是没有将火势引延开来，如果火势能从军料堆场延伸到附近道

第二章　飞起的鸭子

路两边的店铺、住户，那么他继续以"火鬼巡林"之技在火中游走，也很容易找到一个合适的位置逃出被困的范围。

但是现在所有的后悔只能用来想象。棋盘上错一着满盘皆输，刺局中错一招无命可逃。

跳动的火苗已经变成了抽搐般的摆动，这是即将熄灭的前兆。烟雾变成一团一团地涌起，这也是烟雾快速消失的迹象，燃着物已经不能持续散发烟雾。

隐约已经可以看到烟雾中有个人影。虽然看不清这人影的真实模样，但可以肯定他很着急，急得就像一颗心也在被火烤着。否则他不会又是挥手又是跺脚，一副无奈又无助的样子。

那个身影不是哪个被推入火中未能逃出的侍卫的鬼魂，也不是哪个被引燃衣襟未能烧透的侍卫仍在挣扎，那是范啸天。而范啸天虽然挥手跺脚样子像被烫到屁股的猴子，却始终在原地没有四处乱转。所以他的形态举止就让某些人觉得这样做其实是要让什么人看清或听清他的位置，并非真正着急上火、捶胸顿足。而后来当齐君元听说了范啸天整个刺杀过程时，对这一点也是表示怀疑的，他认为范啸天应该是在做这特别的信号给外面人看，而这种信号却是他这个离恨谷中刺客高手不懂的。

不知道是不是因为烟雾淡了还是因为范啸天站在原地不断挥手跺脚，总之是有人看到了他。

"在那里！凶手在那里！抓住他，为防御使大人报仇！"

有人在高呼，而且呼声中还带些哭腔。而随着呼声，一个人埋着头跌撞着从重重围住军料堆场的兵卒、巡卫中钻挤过去。虽然大家都不知道这是个什么人，也没有看清他的装束和面容。当他的声音和举动让周围人一下认定此人应该是防御使吴同杰的亲人或亲密手下。

没人准备拦住这个人。虽然这些站好位围住军料堆场的兵卒、巡卫知道还不到时候，冲过去依旧会有危险。但他们为了等一会儿自己冲过去能认清环境形势，让他们知道自己该怎样正确应对那个刺客，此刻心中其实还是非常愿意有什么人能先冲进去一趟看看情况。

虽然没有人阻拦，却不乏想跟在这个人后面一起往火场中冲的。这是一些吴同杰的贴身侍卫，为了事情过后能对上司和吴同杰的家人有个交代，所以他们在有人主动带头往前冲的情况下是很愿意跟随的。另外还有少数想借机立功的兵卒、巡卫也跟在后面，这种机会对于想升迁的底层兵卒、巡卫来说确实不多。

但是当那个又哭又喊的人钻过围堵的人墙后，后面想跟着的人却发现要想紧跟上去并不容易。前面那人所经过的位置，几乎所有的兵卒和巡卫突然间身体发生变化。有人无声地歪倒，如果不是人挤着人，他们肯定是直挺挺地跌倒。有人身体突然失衡，死沉沉地直往旁边人身上依靠，用力推都推不开。有的抓住旁边的人便像抓住了救命稻草一样死也不放，还有人索性蹲在原地什么都不做，只知道扯着嗓子尖叫，那叫声就像见了鬼。这一堆的人瞬间全乱作一团，就像一篮被起水的鱼，挣不开、迈不动。

钻过人墙的那个人就像根本没有发现身后出现的混乱一样，只顾自己往前冲。但是很奇怪的是他根本没有朝着火场中的范啸天冲去，而是朝着一根滚到城墙脚下的粗大滚木冲去。那根大滚木的确有些特别，除了特别粗大外，那上面还系着将吴同杰吊起的吊绳。

而就在那人如风一般疾冲到城墙脚下时，后面兵卒、巡卫混乱的局面再次升级。因为突然间连续喷起的血雾、溅洒的血雨让刚刚还搞不清怎么回事的人一起加入到惊恐、尖叫的行列中。

几乎是连续地，那些死沉歪倒的兵卒、巡卫脖颈间绽开了细长光滑的口子，然后身体内部的高压将鲜血从这些口子中压出，初时如雾，最后如雨。

而那些挣扎尖叫的，初时只是觉得疼痛，但当挣扎中发现自己身体的某一部分滑爽地离开了身体后，恐惧一下子远远超过了疼痛。

这也难怪，不管是谁，当看到自己准备扶住别人的手臂突然掉落在地，当看到支撑自己身体的腿脚被人一绊后掉入人堆再也找不到，当看到大股鲜血如涌泉般流出自己身体，那种恐惧的感觉的确是比立刻死去还难受。

但是到此为止，仍然没有一个人知道到底发生了什么，又是如何发生的。

第二章　飞起的鸭子

　　虽然有几个正好在附近的夜宴队高手听闻吴同杰被刺及时赶到现场，并且已经占据合适位置可以观察到全局状况，却也没有看出这一处真实的状况是怎样的。只是凭着直觉和经验推断发生的情况很大可能和钻过人群的那个人有关。而如果真是那人下的手，直到他跑到城墙脚下了才出现血雨飞溅、手脚断落的现象。由此可见他所用兵刃极其锋利，还有就是他身形移动之快也非一般高手可比。

　　但推断始终是推断，并没有人能作出定论。因为还有个疑问无法解释，为何没有看到那人手中有杀人伤人的利器，那些多人的伤害他是用什么武器造成的？抑或这些伤害根本就不是他造成的。

　　正因为没人能作出决断，也就没人命令人墙后两圈的弓弩手向这个明显的目标发起攻击。所以钻过人墙的人顺利到达那根滚木，并且伸手臂舒展手指搭住了滚木上的吊绳。舒展的手指刚刚搭住吊绳，那吊绳便断了。而就在绳子断了的一瞬间，他的双手紧握住了断绳的上端。

　　绳子的另一头挂着已经被烤得焦黑的吴同杰。吴同杰一员武将，身材魁伟，再加上全副的盔甲，分量差不多要抵到平常的两个人。虽然被火焰烤得损失了些油脂、水分，但抵上平常一个半人肯定绰绰有余。而抓住绳子另一头的那个人身材本不高大，虽然浑身上下都是肌肉包着骨头不见半点肥肉，但这都是久走山道、苦练技艺消耗出来的，整个身体并不见分量。

　　一头吴同杰一头大滚木改换成了一头吴同杰一头是精干的小个子男人，于是吊架上的滑轮立刻开始转动起来。烤焦了的吴同杰开始慢慢下坠，而抓住吊绳另一端的精干男子则慢慢上升。

　　也是在那男子舒展手指搭住吊绳然后吊绳立断的那个瞬间，已经有夜宴队里的高手确定了那人就是造成人墙中大量兵卒、巡卫死伤的凶手。于是断然喝道："弓弩手，射下那个人！别让他逃了！"

　　精干男子听到了喊声，知道自己已经成为别人确定的目标了。于是立刻双臂上收，到一定程度后身体翻转平放。这样一来原来整个身体的目标就变成了只有头顶加双肩那么大。同时在平放身体之后双脚快速在城墙壁上踩踏，那动作就像平地上奔跑。这种方式的借力使得吊绳另一边的吴同杰下落得更快，而这个精干男子还没等到一个弓弩兵放出一支箭，就已经几个大迈步到达城墙的顶端，双腿外撇，分别勾住一左一右两个墙垛。

这时候吴同杰的沉重尸身正好落地，精干男子抓住的吊绳再无法借力。于是身体倒挂在城墙上的他腰腹用力，硬扳铁桥的功力将自己上身翻起，进入墙垛登上城墙。

"指间刀！是指间刀！那人使用的是指间刀！"夜宴队的高手还在高叫，但此时的高叫声中更多的是惊讶、感叹、恐惧的味道。

一般人都认为指间刀是一种武器，其实它代表的是一种刺杀技艺和一段刺客传说。

北魏时期在北方地带有毛人异族，族中酋王莫萨残暴为政。莫萨孔武剽悍、力大无比，是全族第一勇士，无人能敌，所有试图战败他夺取他王位的人都死在他的手下。有人称莫萨为拔喉狂魔，就是因为他曾在和一位挑战他的勇士决斗中，一拳将其牙齿颌骨打碎，然后顺势用三根手指将对方舌头连带喉管拔出。

族中人不堪莫萨欺压，暗地里筹集重金从千里之外的中土刺行中请刺客布刺局杀莫萨。数月之后，毛人族地来了一个汉人瞎婆婆。瞎婆婆能够摸骨算命判凶吉，奇准无比。而她最大的本事是断定一个人在什么时候死，怎样去死。接连有几人被算出很快会死，别人开始还不信，但最终无一不是准时准点暴毙。

莫萨听说了神奇的瞎婆婆之后，让人将她请至自己所居的石殿，为他摸骨算命推运程。结果就在算命过程中，被瞎婆婆用一种藏在手指间的刀片割断喉咙而亡。这就是刺行乃至江湖中非常有名的"瞎婆婆指杀毛人王"，也是指间刀第一次出现所做的绝妙刺局。而指间刀的名字也是这次刺局之后江湖人给起的。

指间刀之所以被作为一个技艺，那是因为它的特别之处不在于刀本身的锋薄刃快，而是在操控它的手法。那一弯轻薄刀片其实就在刺客手中，但是那手掌在你面前翻来覆去多少遍，你就是无法看出它的存在。所以此杀器要练成非常不易，除了要有天生能使巧力的灵性外，还必须忍得住痛、吃得了苦。因为在训练过程中会受伤无数次，而且这无数次中只要有一次伤害过大，那这技艺从此就不能练了。

北宋湖州人司马言所编《奇兵外编》一书中，将指间刀排在"妙锋谱"第三位。"妙锋谱"上所列都是以巧力运用而达极致的奇门兵刃，排在指间刀之前的是"三寸金莲"和"眉媚飞"。三寸金莲是刺行门派三寸莲的看门绝技，只传掌门，但是否代代掌门都能练成却是未必。因为这技艺是以女人的小脚御刀，所以运用难度比指间刀更大。至于眉媚飞，江湖中几乎无人知道是如何出招的，只传闻它的所有运用功夫是在脸上。

彩衣升

刚才钻过人墙的是个灰头土脸的精干男人，要是之前那些兵卒、巡卫看清他的装束模样，那肯定是不会让他过去的。因为防御使绝对不会有这样的亲人和亲密下属。而那精干男人不仅是要钻过去，而且还不能让背后的那些人紧跟上他。因为进去之后他有自己的事情要做，跟在后面的人只会对他的行动有所干扰。同时当那些人发现到他的真实意图后，那么要做的事情非但做不成，而且自己也可能会陷入死局。所以那人在钻过人群时必须采取手段，阻止那些想紧跟自己一起进去的人。

在当时那种人挤人的环境下，阻止别人紧跟自己的最好方法就是在那些人的周围造成一番混乱。所以那男子在钻挤过人墙时，双手不停地从经过的兵卒、巡卫身上抚过。

被抚的感觉不是很明显，只有一丝凉意。凉意是持久的，因为太过细长、太过紧密。而当凉意完全消失时，鲜热的血液就已经涌出了体外。抚过脖颈处的，立时死沉死沉地歪倒，他们被凉意切断的有血脉和气管。抚过身体的，立刻有肢体离身而去，凉意像庖丁解牛般顺滑地切开了肌腱关节。所以这些血腥的凉意都来自那个精干男子的手指，因为他的两只手都有第六根手指，而这第六根手指正是薄如纸片、锋利无比的指间刀。

范啸天直到那个精干男子上了城墙后才认出他是六指何必为。这倒不是范啸天目力不行，也不是他和六指不够熟悉，而是因为六指"随相随形"的技艺让他此时的形象气质又有很大变化。再一个六指的出现太过突然，速度真的非常快。

"卸标，上秤。"六指冲范啸天高喊一声。但仍是怕范啸天听不清，边喊边双臂挥舞，连连用离恨谷中特有的手势告诉范啸天该怎么做。因为他将范啸天救出的机会并不大，如果官兵那边有谁看出来了，行动即便得以实施，范啸天也不一定有命逃出。

范啸天听到了喊声也看到了手势。"卸标"，意思就是让他将已经被烤死的吴同杰卸下来。"上秤"，就是将自己挂上有些像挂秤的横担吊架。范啸天领会了意思，于是想都没想，几步来到吴同杰的尸体旁边，三下五除二就把所有准备工作做好。

城墙上的六指发力了，将他那一头的吊绳背在肩上往前疾走。于是范啸天冉冉而起，速度虽然不快，却是毫无停滞地直上城墙头。

前面我们说过，此处的吊油架是横担吊脚。主要结构是支撑架顶起一根横担，横担两头带有滑轮，绳子穿过滑轮将热油锅吊起。支架肯定是高过城墙的，然后横担自身可以平行转动，油锅吊起之后横担平转就可以将油送到城墙头。这样的横担吊架从春秋战国时就开始采用，因为拉吊绳的人可以和油锅保持一定距离，以免热油泼溅出来烫到自己。

但是横担吊架的缺陷是它采用的是单个定滑轮，所以并不省力。而且中间有两个方向转变，古代滑轮的转动也不十分顺滑，要以一人之力拉起一个人来还是颇为费力。另外六指虽然出身力极堂，但他修的是巧力之技，所以只能是尽量利用自己体重、发力特点以及城墙顶上地面、墙垛等物进行借力，尽量快地将范啸天拉上来。

范啸天穿一身可以将自己融入火境、可以让他如火鬼般巡林的掩饰彩衣，在六指拖拉之下，就像一朵火花似的腾空而上，脱离了最后的一点烟雾。但也正是因为那身耀眼的掩饰彩衣，让他成为了最为明显的目标。就算六指刚才制造了那么血腥的混乱，也终究无法转移大部分兵卒、巡卫对范啸天的注意力。所以他才从烟雾中显出，下面已经一片呼喝声。

第二章　飞起的鸭子

"凶手要逃走了！快放箭！射死他！""快放箭！""快！快快！"

不仅有呼喝声，堵住军料堆场的人墙也顿时动了，变成了冲塌堤坝的潮水。而潮水往前快速涌动的过程中还有雨点，那是弓弩手发射出的箭支。

范啸天没有够到城墙顶，那些兵卒、巡卫却已经到了城墙脚。而且在他们到达城墙脚之前，他们射出的如同雨点的箭支已经更早地到达城墙上部，齐刷刷地钉在急切上升的目标身上。

城墙顶上的六指脚下猛然后滑了半步，他勉力拉住吊绳缓缓回头看了一眼，是想知道为什么拖拉会在转瞬间变得沉重。

当看到吊绳另一端上插满的箭支时，六指的第一反应是习惯性地在心中盘算了下。一支箭连头带尾五两，两百支箭一千两。拖拉的重量陡然间增加了千两，难怪会变得沉重。六指的第二反应是自己应该松手了，再坚持拉住一个身上插满了箭支的尸体已经没有意义。于是他果断扔掉吊绳，然后纵步沿城墙疾奔而去。

城墙头上平时只在几个位置设有瞭哨，每一哨上不会超过两个兵卒，所以六指才会想到将范啸天拉上城墙头救走的。而现在虽然没能救走，他自己却可以在上面一路狂奔逃离。因为就算遇到几个瞭哨上的兵卒阻挡，他都可以在不影响自己奔逃速度的情况下让他们成为死人。

但是六指却不会奔到城门楼那里，从登城阶梯下去，因为城门楼的位置是有专职守将和轮值的大量兵卒。他的指间刀虽然巧力而杀、精妙无比，但是巧力而杀的兵刃因为外形小巧，所以使用时都是遵循抓住弱点、隐蔽出手、以快夺势、直击要害的杀法准则。所以如果正面对敌一群全副盔甲装备甚至是组成一定阵形的兵将时，指间刀所有的优势就都失去了。这种硬碰硬的拼杀只会让他举步维艰、寸步难行，直至失去自由、失去性命。

但是六指出手救助范啸天非常仓促，没有准备合适器具，无法从城墙上下到城外。所以当他奔跑过程中发现有一棵大树就长在紧靠城墙的里侧时，他跃身而下。先上树，再上房，最后无声地落在一条不知名的小巷里。

城外的野地之中，"收滚网"围住"篾篓插刀"盘旋了好几圈，终于有了变化。整个兜形最里面的一圈人脱离了队伍，然后这一圈人以很慢的速度朝着"篾篓插刀"收缩。他们的速度真的很慢，每迈出一步之前，都要将三步之内的情况完全看清楚了。而当最里面一圈人走出了三步开外之后，第二圈的人动了，同样很慢很小心地往里收缩。然后再第三圈……

齐君元只看一眼就知道对方这是要用"慢滚碌碡"来破自己的"篾篓插刀"。也知道面对"慢滚碌碡"，自己只有放手一搏最后争取下渺茫得几乎没有的生机。

"慢滚碌碡"不是兜子，而是一种呆板的死办法，常用于兵家、匪家。一般是在看不出对方布局的情况下，仗着自己人数多过对方许多倍而采用的一种对决方式。但这方法与简单地用人往兜子里填，盲目牺牲、拼死突破又不同。它其实是有些手牵手过河的道理，探路的人是有着后援和救助的。而且一旦真的在哪个点上的探路者与对手发生对抗，那么整个团队都可以作为他的后援和后续。所以夜宴队的人如果不惜牺牲决意要将"篾篓插刀"破开，那么"慢滚碌碡"应该是一个可以尽量利用自己优势将牺牲降到最低的方法。

既然是最后一搏，齐君元决定在"篾篓插刀"的布置上再增加崩花钩。

崩花钩算得上齐君元所有钩子中最霸道的一种，其杀伤力不在子牙钩之下。外形看上去并不粗，只比普通筷子粗一些，长度还不到半根筷子。直直尖尖的，没有一点弧形，样子根本就不像钩子而更像是签子。和签子唯一有些区别的是在尖头的上方有圈倒缺口，这和鞋匠上鞋底的穿线钩锥有些像。

但这很像锥子的玩意儿千真万确是钩子，因为它直直的样子只是蓄力状态而非最终状态。钩子整体是用晶碳钢打制，看似整体的一根，其实是由竖着的几个带刃口的小分支组合而成。最常见的是三支，多的可达八九支，每个小分支上都带有小倒口。晶碳钢自身具有很强的弹力，将几根分支用力合到一起，上面小倒口相互搭扣锁住，这就变成了一整根尖尖的带倒缺口的锥子。

而一旦尖头刺入肉体，插入力顺势使得锁住的搭扣脱开，分支便会在晶碳钢自身强劲弹力的作用下崩弹开来。崩弹开来的崩花钩样子有些像齐君元的另一种钩子镖顶锚钩（第一部中有过介绍），所不同的是镖顶锚钩有比较大的锚形倒钩，而崩花钩只是在箭头下方有一圈倒凹槽；还有镖顶锚钩扎入人体后是直接利用倒钩勾住骨肉、内脏，然后在钩后线弦的拖拉之下，骨断肉绽，甚至是将内脏拖出。而崩花钩却不是这样，它的倒槽、倒钩只是用来起蓄力固定作用的，真正有杀伤力的是钩子本身。而且它也不是要勾住什么，而是要直接崩开。

一根签子插入肉体，然后分作几支带刃边大力崩弹开来，一下就能将骨肉肌腱分几个角切开。即便卡在骨腱之间，有钩后线弦拉动加力，也能豁开。于是筷子粗的伤口瞬间可变成拳头大小甚至碗口大小的伤口，而且这伤口至少有三道以上分叉。而我们都知道，分叉的伤口是出血量最快又最难包扎愈合的，就像六四式步枪枪刺造成的伤口。这样的伤口在古代没有很好外科手术技术的情况下，基本是与必死画等号的。

齐君元布设崩花钩时并没有做得太隐蔽，眼下这种情况下，让对手知道自己层层加码布设兜子是件好事。这样至少可以让那些夜宴队的高手心中惧怕，延缓行动，让最终的搏杀来得更加晚一些。江湖中眨眼之间便是风云变化，对于已经处于困死处境的齐君元来说，拖延只有好处没有坏处。

另外齐君元的布设也真的不需要太隐蔽，因为他是按"惊雉立羽"的规律布设的。在阴阳玄湖与楼凤山对决时，这"惊雉立羽"的玄妙就连齐君元自己都没能辨出。最后只能飞钩钓大瓦来盖住三锋刃的签子，用很讨巧的方法闯过"惊雉立羽"。那次对决中，楼凤山布设"惊雉立羽"也是根本不避讳齐君元的，所以齐君元凭着自己过人的脑力将初始的一部分排列方位和规律强行记了下来，等到后面签子数量变多、兜形变化变多时，他想记也记不住了。而现在他的崩花钩便是以这部分的规律排布。虽然只是初始的一小部分，其中已然是玄妙无穷。

布好"惊雉立羽"之后，齐君元又拿出了"渭水竿"。现在他人在几棵树木之间，然后又布设下太多钩子、弦子，如果依旧以钓鲲钩对敌，有可能会挂住树干树枝，触发其他设置。所以他这回要用和子牙钩一样用魔弦铁制成而且可以随意收缩长短的渭水竿来对敌。

癫血溅

以"惊雉立羽"作为"筬篓插刀"的附加兜形，虽然能一下将防卫能力陡然增加很大幅度，但同时也留下了一定缺陷。这缺陷就是如果齐君元自己寻找到机会想要快速突出的话，玄妙的"惊雉立羽"一样可以阻挡他的出路，除非他能在瞬间就将兜形布置给撤了。明知道有缺陷，但齐君元还是坚持在各个方位上布下了"惊雉立羽"，也许齐君元已经觉得自己根本不可能有突出的机会了。

世间事情往往都是与想象相悖的，就在齐君元刚刚将所有崩花钩布设好，他突出的机会就来了。

机会不完全是自己争取的，有时候必须是别人给予。齐君元的这个机会不仅仅是别人给予的，而且还是个女人给予的。不仅是个女人给予的，还是一群鸭子给予的。

女人是唐三娘，她还是那个样子，蓝花裙褂，左手臂弯挎个粗藤篮子。不同的是现在她的右手中还握着一根长树枝，赶着一群鸭子在往这边走。还有就是她原先用来包头的布巾现在改成了包脸，这可能是怕自己模样被夜宴队的人记住。

女人像是平常的乡下女人，鸭子真是平常的家养鸭子，但女人和鸭子的行动都非常快。女人的速度比得上江湖高手，而鸭子的速度已经是超过会飞的野鸭。女人疾步之下就像在草头上飞行，鸭子连扑带跑之下已经是飞了起来。可即便这样，女人手中的树枝还在挥舞，还在继续驱赶鸭子加快速度。

女人的疾奔很轻巧，鸭子只有翅膀扑打的声音。虽然他们不是悄悄靠近的，但当夜宴队正在朝着齐君元收缩进逼的高手们发现到他们时，还是觉得非常的突然。

夜宴队的都是江湖高手，只一眼就看出这个女人和这群鸭子不对劲。其实也用不上高手，就是平常人也能看出唐三娘和那些鸭子的怪异。现象太过明显怪异了，那唐三娘根本就未作任何掩饰。

"干什么的，站住！"有人在喝止。

第二章　飞起的鸭子

"当心！可能是标子后援。"有人在提醒。

"快！快躲开！躲开那些鸭子！"有人已经看出些端倪，于是立刻提醒自己同伴避让危险。

鸭子真是平常的鸭子，但是在灌食了一种叫"渗麻浆"的毒药后，鸭子就变成了一种毒爪子。江湖中把这毒爪子叫做"癫血溅"，书写时也有写成"癫血箭"的。做"癫血溅"的其实不一定是鸭子，其他鸟雀动物也都可以，甚至人也可以。

变成"癫血溅"的鸭子是狂癫的，在毒性作用之下，肥硕的鸭子竟然可以拼尽全力快速奔跑乃至低空飞行，因为推动它们做到这样的力量是垂死的挣扎。但是它对别人的危害却不来自奔跑、飞行的撞击，而是来自鸭嘴里喷出的血液。"渗麻浆"灌入之后，其作用是将鸭子体内的器官结构迅速破坏分解，化解成带腐蚀性的剧毒血水。然后奔跑、飞行中血水从嘴里喷溅而出，黏附到人身上后立刻渗入皮肉，化骨化血。到那时唯一的解救方法就是砍掉黏附毒血的身体部分，否则就会一直将人整个化作一摊毒血。据说后来江湖中所用的化骨水、化尸水就是从这种毒血演变而来。

江湖中有经验的高手知道，对付"癫血溅"的办法不是去砍杀、阻挡，而是先躲避，然后保持一段距离。因为"癫血溅"的爪子不管用的是什么活物，其内部器官被破坏分解后是活不了多长时间的。所以"癫血溅"只是个极为短暂的攻击形式，不用等爪子腹中血水喷溅完，就会栽倒不动，失去攻击力。

但是这个极为短暂的攻击却可以提供给齐君元一个逃生机会。面对"癫血溅"夜宴队的高手纷纷避让，这就将"拖滚网"扯开了一个口子。所以只要齐君元抓准时机、快速行动，他是可以在鸭子落地而"脱滚网"未能补位的时间差中冲出的。这样一个机会齐君元肯定看出来了，寻找最佳时机并快速行动凭齐君元的能力也能办到。可问题是齐君元现在将自己罩在了"笸篓插刀"中，并且还在笸篓可能进入的所有方面又加设了"惊雉立羽"的崩花钩，那么在这布设下，他还能利用好这个瞬间即逝的机会吗？

六指跳下房顶后从小巷中转出来，快步朝着广信城北门走去。他知道现在官府、兵营的人心思全在军备堆料场那里，在防御使吴同杰和刺杀他的凶手身上。而一旦确认了吴同杰已死，确认凶手被射杀，那么随后便会想到试图帮助刺客逃走的自己。而且应该还会推测刺客有更多的同伴躲在广信城中，所以接下来应该是四门紧闭，全城搜索。

六指在城墙头上已经看清楚了自己的方位，他现在离着北门最近。现在城里发生了刺杀防御使的大事，街上一片混乱，军备堆料场那边更混乱。算上做主官员一路阻碍到达现场拿主意，再算上传令兵穿过混乱的大街到达北门传递关闭城门的命令，自己应该还是有时间逃出城外的。

但是六指很快发现自己遇到一个更为严重的问题：被"钉子"坠上了。所以要想出城首先要解决或摆脱钉子，否则到城门口钉子只需一声吆喝自己便会被团团困住。可是真的妥善解决了钉子的话，那还有没有时间顺利出城？

钉子是在他钻出小巷绕过第一道街的拐角后坠上的。判断自己被钉子坠上除了直觉和经验外还有实际的技巧，这类技巧刺行、坎子行、六扇门各有特点，而刺行中各种门派又各有绝招。离恨谷中判断坠尾钉子的技法一般是保持原状态不变，然后从其他物体和第三者的反应来确定钉子的存在。类似这种人多的大街上，从第三者的反应来判断应该是最合适的，这种技法在离恨谷叫"旁人眼"。

六指曾听说离恨谷中有过将"旁人眼"辨判能力发挥到最强的高手，这高手可以从迎面走来人的眼球上来辨别自己身后是否跟着异常的人。如此厉害的辨判能力六指达不到，但他却会另外一种更为简单、有效的"旁人眼"。

六指所会的"旁人眼"是选定街边一个无所事事的第三者，然后微微歪头盯着他看。这样的举动会让那个第三者感觉奇怪，于是也会回看过来。

而这样的举动会立刻引起坠尾儿钉子的注意，于是也会去看那个第三者，判断第三者是不是与被跟踪的目标有什么关系。

而第三者发现又一个盯视自己的目光后，会和之前同样回视。于是前面的人便可以从第三者目光的变化来判断自己身后到底有没有坠尾的钉子。

第二章　飞起的鸭子

六指将这方法连续用了两次，两次得到的结果给他直觉和经验很大打击，两个第三者的目光都没有往他身后转移。六指心尖儿在微微颤抖，背脊在微微发寒。他向来对自己的直觉和经验非常自信，但是实际技巧的判断却没有找到钉子。这能说明的只有一点，钉子是个高手，一个掌控了自己所有细节和目的的高手。

六指脚步加快了，他知道被这样一个高手坠上是危险的。而这高手坠上自己后始终未采取行动，那是想选择一个更加合适、把握最大的地方再动手，比如说城门口，那里有大量的兵卒、捕快。

背后坠着的高手脚步也加快了，而且从加快的脚步频率和节奏来看，他是要追上六指。

在临近城门口时，六指快速转入旁边一条巷子。前面就是官兵密集的地方，他不能让背后的高手将自己逼到那个位置。

背后的高手也随着六指快速转进了巷子，但是才迈进巷子一步，他的脚步便猛然停止了，身形也瞬间凝固了。因为还没等他眼睛适应大街进入小巷后的光线变化，一片薄如纸片的指间刀就无声地滑向他的脖子。

"别！是我！"背后的高手终于发出声音了，虽然只几个急促的字，却是可以清楚地听出是面对死亡才会有的惊恐声音。

六指听到这惊恐的叫声后一下愣住，思维和身形同时僵定在那里。在他听来那惊恐的声音是已经死亡了的声音，因为这声音是刚刚被乱箭射死的范啸天发出的。

"看清楚了，是我！快！快收刀！吓死我了、吓尿我了。"范啸天反倒是在六指之前回过神来。

梁铁桥在奔进西城门口时就已经让守城的武将通知四城立刻关闭，各城门守将就地严守，不得让人出了广信。同时安排原守城兵卒上城墙巡查，防止有人借用器具翻越城墙。城内驻军立刻安排兵卒在各主要街道路口设岗，让熟悉城内状况的捕快衙役按统一顺序搜查各自管辖区域中的街巷。

这做法是外围先落罩，圈定目标。然后分割区域，缩减目标活动区域。

最后再按片细摸，找出可疑对象。

按理说梁铁桥无职无品，就是一个小衙役都可以不听从他的指挥。但是由于他携带着夜宴队的覆杯牌，军营、衙门中有些身份、职务的人都知道他是从京城来的大人物。再加上之前广信刺史、防御使已经交代过手下，要全力配合他们的行动，所以梁铁桥刚吩咐完，马上就有人将指令传递出去。

办妥这些，梁铁桥才带着几个高手赶到吴同杰被杀的现场军备堆料场。现场真的很混乱，满地乱石，烧透的没烧透的滚木横七竖八。处处烧焦的痕迹，特别是城墙上面，熏出的黑印就像个张牙舞爪的怪物。吊架的根部烧损得也很严重，让人有种随时会倒下的感觉。

这种重大情况发生后，却没有一个广信的高级官员到场。这也难怪，就连防御使都被刺杀了，其他官员谁又敢在刺客还没抓到的情况下冒险来到这地方。幸好是防御营兵卒、巡街铁甲卫中的一些低等职务的头领还算比较尽忠职守，这才能够在吴同杰被刺之后组织人对刺客进行围堵。

此刻现场的兵卒巡卫正围着一具插满箭支的尸体争辩着、吵闹着，两三句话从梁铁桥耳边飘过，他就已经听出这些兵卒、巡卫的争吵主要是为了推卸自己的责任。他们射下逃跑的刺客，拉开几乎罩住全身的怪异服饰，却发现里面裹着的却是被烤烧而死的吴同杰。

这也难怪，本来是要救出防御使抓住刺客的，现在防御使被烤死了不说，还被自己兵营的弓弩手从头到脚射中数百支箭，就像个密密针线纳出的鞋底。这数百支箭要是从尸身上拔出的话，倒不仅仅是在吴同杰尸身上多出几百个对穿洞眼的问题，而是会将这具已经烤得半熟的尸身扯成一堆碎片，连具完整些的尸体都不能留下。另外那个刺客也没抓到，就像鬼魂一样踪迹全无了，在场没一个人说得清他是怎么逃的、逃向哪里。所以这种情况下，难免不会让追查此事的官员将他们中间的某些人当作替罪羊交差，难免不会有追问此事的家属拿他们中的某些人来泄恨。

所以现场铁甲卫们责怪兵卒，兵卒责怪弓弩手，弓弩手责怪夜宴队的高手，高手则谁都责怪。每个人都想将自己和这件事扯脱关系，却没一个人思考下事情怎么会发展到这个样子，那个刺客又怎么会凭空消失了。

梁铁桥到了之后，首先是夜宴队的人停止了争辩，退到一边，只留一个小队头领跟在梁铁桥身后详细叙说情况。而那些铁甲卫、城防兵卒、弓弩手的喧闹也只持续了一会，当一些人知道了梁铁桥的身份并真切感应到他身上逼人的气势后，他们立刻停止了吵闹。而这些人突然沉默无声，让更多人不知发生了什么事，顿时也都闭上嘴巴，连大气都不敢出。

梁铁桥不是刺行中人，面对这么一片混乱景象，他根本无法看出吴同杰到底是落在怎样一个刺局中被杀的。而旁边人描述的经过是被一个已擒住的刺客吊起活活烤死的，这让梁铁桥更加觉得有些不可思议和难以理解，杀死一个人用得着这么复杂吗？不过好在他要追查的并非吴同杰是怎么死的，他需要知道的是吴同杰被刺之前拿到手的皮卷到底哪里去了。

"防御使大人被吊起后皮卷掉落，被那刺客接住夺了回去。"这是那个铁甲卫队正亲眼所见并且可以用脑袋担保的。

得到这个答案，那么要想再找到皮卷必须先弄清那个刺客去了哪里，而这也正是在场所有人搞不清又亟待搞清的问题。

轻薄杀

梁铁桥看了下吴同杰的尸身，看了下扔在听音缸里的盔甲，然后又听自己手下描述了使用指间刀那个高手试图救出刺客的经过。所有陈述让他联想到在城外被困住的齐君元，联想到他最初在上德瑗遇到齐君元时他身边一个瞬间便不知所踪的高手。而且后来梁铁桥在东贤山庄还亲眼见到这个高手将自己变成一个连大天目都没能找到的墙垛。

于是种种无法看透的现象在梁铁桥的脑海中串联出一个过程：

指间刀高手闯过人墙，并顺手杀伤多人，以此来阻止别人随他而行，妨碍他登上城墙。

上了城墙后的指间刀高手本来是要将被困刺客拉上城墙逃生的，但是刺客并没有将拴在吊绳上的吴同杰放下，而是将他的盔甲卸下，然后把自己身上和火势很融合的掩饰物裹在了吴同杰的尸身上。

指间刀高手拉起的不是刺客,而是吴同杰的尸身。而困住他们的官兵以为是刺客,乱箭齐射,将吴同杰的尸身变成个烤过的刺猬。

刺客此时用一些简单的支撑手法,就可以将那套放在听音缸里的盔甲打眼看上去像个缩在底下的尸体。而此刻围过去的兵卒、巡卫以及夜宴队都把注意力放在被射中的刺客身上,都冲过去想抢头功,即便是他们防御使的尸体也最多是在冲过听音缸时顺便瞧一眼。至于其他听音缸或隐蔽的位置有什么人,有没有用和环境很相近的掩饰物隐藏了自己,他们就更无法发现了。

而当前面的兵卒都拥挤到城墙下,后面的一些老百姓也跟着往前看热闹时,那个隐藏的刺客便可以找到机会混入老百姓的人群中并逃走。

梁铁桥的推断完全正确,范啸天就是这样逃出困境的。唯一有些差别的是他并没有刻意支撑放置那件盔甲,而是随手扔进了听音缸。冲过来的兵卒、巡卫没能及时发现是因为个个抢功心切,根本没有一个人关心下已死的防御使大人。

"刺客还在城里,立刻……"梁铁桥这句话没有说完便打住了,因为此时有一个传信兵快马奔来,马蹄在石铺街道上溅起连串火星。

"报!北城门口守城郎将被杀。"传信兵马匹未曾停下便已经高声喝报。

还未等梁铁桥细问怎么回事的时候,又一匹马从街道的另外一端疾奔而来。马上人是夜宴队的手下,他的样子看着比传信兵更急,但是却没有像传信兵那样没停下就高声喝喊,而是到了之后紧勒马缰,让马打着小旋儿卸去冲劲,缓缓停在梁铁桥身旁。然后才弯腰探身,对梁铁桥小声说道:"城外被锁死的标儿脱了网眼,是被用翻肚料的抄子捞走的。"

这句话用的是一江三湖十八山的暗语,但在梁铁桥听来却比正常的言语更加清晰明确。这话是在告诉他,城外被困住的齐君元摆脱了他们"拖滚网"的围困,是被一个用毒的高手接应走的。

北城门口的守城郎将真的被杀了,而且死的时候很羞辱,因为他临死前是处在一种被轻薄、被调戏的感觉中。

接到闭关的指令后,北城门口的守城郎将立刻让手下落闸关门。一些急

第二章　飞起的鸭子

于出城的，还有知道城里发生了事情怕被关在城里出不去的百姓都往城门洞里挤。并且与关城门的兵卒、捕快发生了争执和推搡。那城门只关了一半便再也关不上了。

守城郎将见此情形纵马冲入人群，挥鞭就抽。如果连这几个百姓都制不住的话，那还怎么上战场杀敌制胜。但就在他手中鞭子才抽打两下的时候，他感觉有人摸了他一把，而且手是从甲胄裙叶下面伸入的，在他大腿内侧接近根部的位置摸了一把。

那郎将感觉很是羞辱，自己堂堂一个武将，竟然被刁民如此轻薄。于是愤怒地四处寻找摸他的人，但周围都是人，根本不知道刚才出这脏手的是哪一个。而这个时候他开始感觉被摸的部位变得温热、湿润，好像有什么东西在顺着裤腿在往战靴中灌。当他发现往战靴中灌的是自己的鲜血时，那鲜血已经从战靴中溢出，泼洒到地上。与此同时有更多的鲜血顺着马肋滴洒而下，马腹下的马毛尖儿上全挂满了血珠。

那郎将始终未曾感觉到疼痛，这倒真是轻薄的原因，那划开他大腿根部大动脉的刀刃太过轻薄、太过锋利了，以至于疼痛的感觉远不及被摸的羞辱感。而当发现自己血流如泉时，因为血流得太多和害怕，更多的晕眩感掩盖了疼痛。晕眩感同时带来的还有身体的失衡，所以郎将在马上晃悠了两下栽下马来。

直到郎将栽下了马，那些和百姓争持、推搡的兵卒才发现到异常，立刻赶了过来。于是余下几个兵卒再也阻拦不住，挤在城门口的百姓一下从没有完全关闭的城门口冲了出去。

齐君元真的走了，而且走得非常从容。而那些夜宴队的高手们在他走的时候根本没一个人敢去阻拦，因为陪在他身边一起离开的还有唐三娘。

唐三娘驱赶着鸭子做成的"癫血溅"直接朝着夜宴队的"拖滚网"冲去。夜宴队的高手只从鸭子那疯狂的样子就看出这是"癫血溅"，他们也知道"癫血溅"的唯一应对方法就是躲避，不能让鸭子身体爆裂时的血液溅一滴在自己的皮肉上。所以都快速移动身形，后退了、避让了。但即便是大幅度避让开，"拖滚网"的兜形却没有散，只是在一段上拉长了相互间的距离，将其中一个组合的菱形范围扩大。

鸭子飞了起来，边飞边满嘴喷血。但是没有飞多高多远，身体便急落下来，并且在急落的过程中发生爆裂。

看来唐三娘用鸭子来做"癫血溅"是个错误，也可能急切间她在附近只能找到这样一群鸭子。鸭子的体态肥壮笨拙，即便飞起来了也无法灵活转动方向，更无法回飞盘旋。直冲而起，随即便直落而下，整个过程只有很短暂的一个直线起落。如此直观、简单的攻击，那些夜宴队的高手们躲避起来很轻松。

而更为错误的是唐三娘自己，她也像只鸭子一样跟在那些鸭子后面直直地朝前冲去，冲向根本未曾散形的"拖滚网"。

其实这个时候就算那"拖滚网"被扯开了一个口子也无所谓，最多是让唐三娘冲到兜子里面去。但是进了夜宴队的"拖滚网"却不见得能进齐君元的"篾篓插刀"，因为现在在"篾篓插刀"之外又用崩花钩加设了"惊雏立羽"，而这个兜形连齐君元自己可能都无法快速解开。

不过唐三娘没有冲进"拖滚网"，更没有试图冲到"篾篓插刀"那里和齐君元共同御敌。而是借助那些鸭子将"拖滚网"上高手间的距离拉长，将一个组合菱形范围扩大的机会，斜线冲进了这个菱形范围之中。

唐三娘进入菱形范围后，马上停住脚步站稳身形，拿着那根树枝放眼四顾。也就在她停下脚步站稳身形之际，菱形四角上的高手立刻收缩，以全副的攻势朝着她聚拢过去。而这个菱形两头连接的菱形也马上后续动作，更多的高手朝着这边聚拢。

这些都是有经验的高手，也是非常了解自己兜形的高手。他们知道自己的"拖滚网"要想最终冲破"篾篓插刀"，就必须运动起来。用"慢滚碌碡"的办法全面缠绕收缩，不惜牺牲几个探杆，那才有可能做到这点。但是现在唐三娘却冲进了兜形，并且在其中一个菱形格的范围中站定。这就相当于在整个一圈滚网上打下一根桩子，那这张网还怎么拖得起来？所以那些高手想都没想，立刻展身形而动，准备用最快的速度解决这个女人，防止"篾篓插刀"中被困的高手借助兜形凝滞的状态冲出。

不过那些高手真的应该想一想再行动的。一个会驱赶"癫血溅"的女人，一个能看清兜形并冲入破兜位置的女人，她如果事先没有想好如何站定这个位置，如果没有绝对的手段应付四面聚拢的高手，那又怎么会冲进这关键又危险的位置？

四个高手从四个方向扑来，唐三娘没等他们靠近就已经抢先出手。但是这出手的力度看起来是太小太弱了，她只是将自己手中拿的树枝朝四面挥舞几下，而且也太过急切，那些聚拢来的高手离着她还有好几步远，那树枝根本啥都碰不到。

但是那些高手们可能忘了，这是一根可以驱赶"癫血溅"鸭子的树枝。也或许那些高手根本不知道，不管什么动物在灌食"渗麻浆"变成"癫血溅"后都是处于挣扎疯狂的状态，如果没有能够在这种状态下仍让它们感到害怕的东西驱赶，"癫血溅"是不会按一定方向、一定目标冲击的。

驱赶"癫血溅"的树枝很普通，叫粉杨，也叫飞尘杨。明代之前很多地区都可以见到，但是后来因为此树枝的劣性和无用被慢慢人为灭绝。因为这种树根本不能成材，长到两三年的时候便不再吸收养分、水分，除了木芯，外层材质都变得非常疏松。再过一段时间，外层开始干枯，整棵树的上下都开细纹裂。最后表层变得粉化，风一吹便飞尘四起。但是这种粉尘质地却是很硬的，也很不光滑。所以吸入之后会划伤呼吸道和肺管，让人非常难受，严重时还会轻微咳血。

但这种树也不是全无作用的，只是知道用处的人却太少太少。一个就是可以用来驱赶"癫血溅"，因为被做成"癫血溅"的动物其实内脏已经开始破损，呼吸变得艰难，所以最害怕吸入粉尘物质，特别是粉杨上会快速加重呼吸艰难状况的粉尘。再一个，由于粉杨的粉尘吸入后是会划伤呼吸道和肺管的，所以将"渗麻浆"浸透在粉杨枝的外层上，随着粉尘一起吸入体内。那么随着呼吸道和肺管发生破损后，"渗麻浆"进入血液，可以更快更直接地发挥作用，在最短的时间内将吸入的动物变成"癫血溅"，人也不例外。

想控制住唐三娘的四个高手一开始像是被那树枝下了咒，顿时就减缓了脚步、放慢了动作。然后身体便开始抽搐、颤抖，眼珠乱翻，五官扭曲。紧接着开始就地翻滚，又撞又跳，痛苦至极的样子。而这个时候他们的眼睛、鼻子、耳朵已经开始往外流血了，只有嘴巴还咬牙紧闭，未曾开始喷血。

随着唐三娘再次挥舞粉杨树枝，那四个高手立刻转头避开，并且扭头跌撞着往来路而去。而来路的方向正有兜子上后续的高手聚拢过来。

当"拖滚网"上有其他夜宴队高手发现自己的人成了"癫血溅"后，最先成为"癫血溅"的那四个人已经开始口中喷血了，而且还喷中了两个后续聚拢来的高手。于是痛苦挣扎的人多出了两个，不久之后身体爆裂的人也多出了两个。

没人敢再往唐三娘那边聚拢，连几个"癫血溅"都让他们不停地四散逃避，就更不用说唐三娘了。所以唐三娘这根桩子打得很扎实，整个"拖滚网"都被她牢牢地钉住了、扯破了。

齐君元看到了这情景，也知道这是一个并不能太持久的机会。那些高手只要从慌乱中醒悟过来，他们立刻就会想到用暗青子、弓弩等长距离的武器攻击唐三娘。同时将"拖滚网"的兜子缩小，将唐三娘那一块舍弃、让出。而自己则依旧在他们的兜相围困中。

所以齐君元及时地动了，手中渭水竿四下里挥舞几下，随即立刻冲出了"篾篓插刀"，冲过了"惊雉立羽"，快速地朝着唐三娘靠近。

的确如此，只是渭水竿挥舞几下，齐君元就将两个兜子的设置撤了，所有的钩子、弦子都有序地绕挂在渭水竿上，并随着渭水竿的分段缩短，各种钩子弦子都按束理好收入身上合适的位置。

钩子是钓取猎物的，而吊杆是收回钩子的。但这需要满足一个前提条件，这条件也正是齐君元所布"惊雉立羽"和楼凤山所布"惊雉立羽"的最大区别，就是羽上有没有线。楼凤山用的是"三锋刃"，手布手收。而齐君元用的是"崩花钩"，每个钩子钩眼中都穿着弦线。虽同样是以手布下，但是收时只需要将整个线束拉起，那么整个"惊雉立羽"的兜子就消失了。"篾篓插刀"上设置的钩子弦子快速收回也是同样的道理。

第二章　飞起的鸭子

所以齐君元抓住那个不持久的机会冲到了唐三娘身边，然后在夜宴队那些高手还未曾醒悟之前从容离开。

梁铁桥看到了死去的郎将，看到了他大腿根部的伤口。并且一下就断定这是非常轻薄且锋利异常的刀片造成的。而且根据刚刚在堆料场看到的那些死伤兵卒巡卫的伤口和切断吊绳的切口，他断定杀死郎将的是那个使用指间刀的高手。

守城门的武将被杀了，城门没能及时关上，拥挤在城门口的百姓全跑出了城，那些人中间肯定有杀了郎将的凶手，也就是救助刺客的那个指间刀高手。而如果刺局设置完整，配合协调得当的话，那些人里还应该有刺杀防御使吴同杰的刺客。

刺客梁铁桥觉得自己已经将刺局过程想明白了。城门口的齐君元故意显形是要诱走自己，然后让携带了皮卷的刺客可以顺利进入广信城，不至于被"满地天眼"发现。

将自己和夜宴队的大部分力量诱出城去后，另外的刺客便可以设局刺杀吴同杰了。刺杀之后，指间刀高手假意救助，其实是又设一个假象让刺客有机会自己脱身。而指间刀的高手随后还可以及时赶到他们预先约定的北城门处，替随后赶到的刺客打开通道。而当自己知道吴同杰被刺的事情后，特别是知道皮卷在城里出现，肯定会急急赶回。这时城外安排好的用毒高手就现身救助齐君元，没有了自己主持，这些高手用预先计划好的诡异毒狠技法冲出兜子也不算太意外。

但是有一点梁铁桥却怎么都想不明白，这几个人为何要刺杀广信防御使？为何在刺杀中还冒险将皮卷显出？

"刺客出北门后可以往三个方向去，一个是往西绕行去江州，那应该不会，因为他们刚刚就是由西而来的。还有就是继续往北奔池州，或者往东奔祁门。所以现在我们马上分两路追赶下去。"梁铁桥立刻便做出判断安排好夜宴队的下一步行动。

"还有，立刻修封书信从密信道走，将广信发生的事情告知韩熙载大人。"梁铁桥觉得自己必须这样做,因为那两个自己无法想透的疑问,其中可能隐藏着什么重大意图。所以他决定以最快的速度将详情传递给韩熙载,以免因为自己未能看出的门道而耽搁了什么大事。

布置完这些之后,梁铁桥身先士卒带着一批高手施展陆地提纵术往城外追了下去。说实话,相比筹划、组织之事,他更愿意亲自挥刀对敌。离开一江三湖十八山,就是因为觉得自己不适合做一个大帮派的主持者。他主持大局期间出现许多漏洞,折损帮众、失落货物不说,还被敌人顺利摸到自己老巢来了。但是梁铁桥从来就没有想过,有些事情并不一定是自己不行,而是因为自己身边有人在替别人出力。

同样的,梁铁桥这次也没能想到更深一层,没能将更多关联的细节现象汇集传送给韩熙载。比如说他是被一支奇怪的响箭指引着往广信这边来的,发响箭的那个人是什么人,他来自哪里?将自己指引到广信这边来到底有什么意图?他只是将一些可以给自己表功的事情全都记上,比如说自己没有被哑巴诱骗得一路追下去,而是敏锐发觉这个诱子是要保护往广信而去的携带宝藏皮卷者。

梁铁桥走后,城门口只剩下广信防御使府的一些将官和兵卒。有个吴同杰的副将参事面对眼前情况后稍加思索,随即也立刻吩咐城防营旗牌官:"祁门附近有近歙大营的驻军,往池州的半道就是修水大营,速速从军道发信通知这两处,协助拦截抓捕刺客及其同伙。同时再修一封军报,将吴同杰大人被刺之事急报兵部。然后由兵部奏请皇上也好,直接与吏部商议也好,总之是要立刻委任接替吴同杰大人职务的人,军中不可一日无帅啊。"其实说这话时,那副将心中已是充满憧憬和遐想。

由于传递信息的着重点不同,加上每个人的理解也有差异。所以某些人预先策划好的事情在某些巧合、某些临时视情变通的做法配合下,正在将又一个很大的刺局渐渐铺开。

《诸国兵事运筹统评》为北宋兵部文策严斯议所著,其中内容均是对前朝各国用兵优劣的评述。此书中就有南唐境内"悍匪日闯军料场,纵火烧死防御使"的记载,并且评说此举很大可能是楚或吴越试图撕开南唐州府联守的口子冒充悍匪而为。但书中没有写清具体是在哪个州府发生的，也未提及防御使姓名。而元初无名氏所著《南唐史补遗》中则提到广信守军将领吴同杰驱赶抢粮百姓，结果被烧死于稻田之中。时间上情形上倒是与前面所记契合。

第三章　实话

乱事因

　　一块竖形的梓桢木雕版，上面雕绘的图案并不复杂，就是一枝老梅几朵梅花。但这雕版明显还没有雕刻完工，很多枝杈都是空的，好多梅花只刻了一半。整个画面显得非常凌乱。

　　一只女子纤秀嫩白的小足，虽然是没有裹过的天生纤足，却也有着裹足才有的娇小月牙形。一片无柄的锋利瓣儿刀，三寸长，一寸宽，就踩在这只纤足的下面。

　　猛然间，纤足横扫而出，速度并不快，且柔美得就像在跳一种胡舞。足起，刀也起，那刀就像是黏在足底。随着这脚踢出，梓桢木板上又多了一根枝杈半朵梅花。脚落下，刀仍踩在足底，位置和刚才一模一样，没有移动分毫。

　　踩着刀的女人轻叹口气，轻轻抬脚。那脚一下变了形状，就像里面的骨头全都拆散了、压塌了。于是脚型变成了正常的脚型，而不是像裹足过的月牙形。脚抬起后，那片瓣儿刀依旧留在地上。由此可见，刚才那刀并非用器

第三章　实话

具或胶物固定在足底，而是完全由那只纤足运力、变形来控制的。能以足底运用的刀是在《妙锋谱》上排位比指间刀更高一位的"三寸金莲"，而"三寸金莲"的绝技只有刺行门派三寸莲的门长才可以代代相传。

三寸莲现在的门长是王屋山，她接任门长的同时也拿到了修习"三寸金莲"的秘籍。但是直到现在，她也未能将这技法完全练成。

王屋山抬起脚后腿以不可思议的柔度朝上弯起，以便自己可以清晰地看见足底的情况。这只从上看纤秀白嫩的小足，足底却是另外一番情形，一道道伤痕纵横交错，都是被刀片割破的。而王屋山注意到的一条刀痕是刚刚割破的，虽然没有破出血来，但还是非常清晰。

门边的圈椅上站起韩熙载，他其实早就进了屋子。但是看到王屋山正对着雕版凝神聚气酝酿完美一击，所以没有打扰。而是刚迈进门就悄悄在门边的圈椅上坐下，静心等待王屋山将这一招练完。

这些天韩熙载回府都比较早。烟重津抓到的刺客已经交由李景遂和李弘冀共审，而他和冯延巳一起作为辅助参与审讯。而辅助审讯的目的其实是从一旁观察李景遂和李弘冀对刺客的态度，从而判断以字画刺杀之事的背后操控者到底是谁。而这两天审讯没有真正开始，所以韩熙载也就无事可做。

李景遂身为齐王，而且是特别指定的皇位继承者，手下养着的能人异士不在少数。而且李璟为了他能做些事情树立自己的威信，将来位置可以坐得稳当些，还将刑部和吏部交予他管辖。这样既可以借助刑案的处理，在老百姓心中得到认可；另外掌握了吏部官员的任免和调动权力，可以在官家拢住一部分自己的人。

也正因为管辖着刑部和吏部，所以李景遂对刑案审理很有自己的一套，而且在他认为是非常管用的一套。虽然这所谓的非常管用可能是带有属下吹捧的因素，还有别人暗中以其他手法帮忙操作才达到的效果。

接到双王共审刺客的旨意后，李景遂和李弘冀再次像以往一样站到对立面上。虽然表面依旧是客套和善的交流，没有什么冲突，但从各自所持的见解上可以看出，两人暗地里还是拳来脚往的。

李弘冀觉得刺客虽然凶悍，但世人谁不惧死，就算不惧死，那也该惧生不如死，所以他觉得应该直接用重刑逼供。而且李景遂手下有刑部第一刑讯高手"半吊子"费全，据说只要是他开始出手上刑，那犯人便只有半口气吊住，煎熬得想死却又死不了。另外还有六扇门第一辨查高手"十目佛爷"蔡复庆，此人不但一眼就能看出各种奇妙的刺局兜子，而且可以从人的表情反应知道此人的心理、心思。与蔡复庆相比，就算是神眼卜福的辨查技艺也都是相差着很大一个层次的。李弘冀觉得如果李景遂派这两个人出手，而这两人也确实费心出力，那么刺客的审讯应该可以在很短时间内就了结掉。

但是李景遂却不这样认为，他觉得下重手逼迫并不一定能从刺客口中得到什么重要的信息，因为这刺客一看就明显是经过特殊训练的。所以他力阻李弘冀的建议，而是决定先以最舒适的环境、最美味的饮食以及荣华富贵相诱。如能以此套出真相那当然最好，就算不能奏效，后续再施以重刑，那么可以让刺客在肉体上、精神上体会到更大反差，感觉更加痛苦，那么吐露真相的可能也才越大。

虽然李弘冀并不认同这做法，觉得太过啰嗦累赘，而且拖的时间会很长。但是费全和蔡复庆都是李景遂手下，他要不亲自派遣做刑活，别人是没办法指使那两人做事的。没奈何，目前只能是按着李景遂的步骤实施。

所以这些天来根本就没有刑审，而是安排着一班人好吃好喝地伺候着裴盛。而韩熙载和冯延巳也没有什么事情好做了，每天过去转一转看看刺客状态就打道回府。

见王屋山停止了练习，韩熙载走到王屋山旁边，随手将一块丝帕汗巾递给王屋山："怎么样？已经大成了吗？"

"还不成，一枝花的杀法不能一贯到底。而且到了最后，足底控力便稳不住了，虽然不像过去那样会割破足底，但刀锋还是会入肉一分。"王屋山有些沮丧。

"你也太求极致了，你门中祖师奶奶吴月娘也都没能练到控制自如，刺杀隋炀帝时在舞蹈中刀破足底、步步血莲花。"韩熙载对三寸莲门中的事情了解还是很多的。

"你说得没错，祖师奶奶未曾练成便以此招刺杀隋炀帝，所以只刺中手臂未能一击而杀。而后来我们每一代的门长其实都未能练到完美，所以我门中门长传位时只是将'三寸金莲'技法相传，并不实际传授。这就是要后继的门长不要受前面门长错误修炼的方法误导，希望有一代门长能有所悟将此技法修炼至大成。"

"怎样才算是大成？"

"一枝花杀法练成才算大成。先是一招长划，这叫破甲，是要准确挑开被刺者身上暗衬甲胄的缝隙。然后是花心，是要控刀在要害处转瞬间刺出花朵绽开般的伤口，因为只有这样的伤口才能保证刺标出血不止必死无疑。"

"会不会这模板用的梓桢木太过坚硬了些？还有你这一招是否会显得太过复杂？其实以足御刀直杀对手不是更直接嘛。"

"梓桢木材质应该正好，此材质的阻刀力道与编制而成的扣甲丝绦阻刀力道最为接近。以足御刀直杀对手我现在已经可以做到，而且每一杀都让对手防不胜防。但那仅仅是普通的刺杀，杀的也是一般的人。而一枝花杀法是帝王杀，针对一国之尊、一方霸主的特定技法，属于最高等级的杀技。所以必须是如此复杂的一招杀法。"王屋山回道。

"昨天我和你商讨的广信刺局做得繁杂无比，难道那也是为了专门针对军中防御使才用的杀技？"韩熙载话头逐渐转到他心中一直放不下的事情上。

"不是，今日闲时我又将梁铁桥传来的书信细看一遍，仔细琢磨了其中的细节，觉得这个刺局有故意哗众取宠、扬名立万之嫌。但是正常情况下刺客杀人是要尽量掩藏踪迹的，立万扬名只会对自己不利。而那个刺客如此繁絮地杀了一州军中最高官员，事实上也并没有暴露自己的特征和身份来立万扬名。而从刺客绝妙的技法来推断，这种层次的刺客也不该是个哗众取宠做毫无意义事情的庸手。所以我觉得采用如此繁杂的刺局肯定是有其他特别意图。"王屋山完全是从刺客的角度来分析的，所说都是梁铁桥、韩熙载很难看出的迹象。

"你一说我也觉得是了，如果没有任何意图，他为何会用那只极为重要的皮卷作为刺局的一个环节道具？最初时我还以为真的是意外掉出的，但你说那人是高手，而这东西又是如此重要。所以一定会在身上收藏得很稳妥，即便性命没了都不应该掉出。当然，也或许那皮卷是个假皮卷，但如果是假皮卷的话，背后所存的意图就更加明显了。"韩熙载非常赞同王屋山的分析。

"一个不该掉出的重要东西却掉出了，而且还被许多人看到。但是紧接着那东西就又被抢夺了回去，而且还很热闹地将一个州府的防御使活活烤死。前后联系起来看，这样做似乎是要将宝藏皮卷出现的消息更快更广地传播出去。"王屋山这些话是推测加猜测，因为她根本无法想到主动将宝藏皮卷亮相的消息传出存在什么意义。

韩熙载听到这话后眉头猛然一皱，这话应该是提醒他想到了什么："如果真像你所说，如此炫目招摇的刺局是要将宝藏皮卷出现的消息传出去的话，那也不会是为了让天下人皆知，其目的应该是要通过某种途径将这消息传递给某个人或某些人。所以最初用怪狗从不问源馆手中夺得皮卷的人逃走，是为了吸引梁铁桥的注意。以此来保护真正携带皮卷的人顺利摆脱夜宴队的追踪，因为携带皮卷者进入南唐的任务就是将宝藏皮卷交给某个人。而当携带者发现夜宴队并未因此上当，而是转守广信布下满地天眼紧盯不放，担心如此一路关卡重重恐难完成任务后，便与同伴配合做下热闹的刺局。其目的是想借此将自己携带皮卷进入南唐的消息传递出去，让那个等待接收皮卷的人派人来接应他。"

"对！这种可能性真的很大。不过能派人在夜宴队的追踪中接应他们的人应该绝非一般人啊。"王屋山此话不知是感慨还是提醒。

"如此重要的一个宝藏皮卷，一路闯关冒险送来，接受的人怎么可能会是一般人？"韩熙载又皱了一次眉头。

"但是有一点我觉得还是有些牵强。做一个惊人刺局，借助人们的口口相传将信息传递给某个人。按现在这兵荒马乱、物流滞缓的局势，消息传递的速度未免太慢了。恐怕还没等让那个不一般的人知道，他们就已经落入了夜宴队的手中。"王屋山对韩熙载手下夜宴队的能力还是颇为信任的。

韩熙载微微沉思了下，随即又一次带些痛苦般地皱了下眉头："所以我刚才说刺客是要通过某种途径将信息传出。"

"某种途径，什么意思？还有其他途径吗？"

"如果是想利用百姓口口相传，何必刺杀防御使，大街上闹市里杀几个百姓也能达到目的。但是刺客没有，偏偏选中了堂堂一个州府的最高军事官员防御使下手。如果我没猜错的话，其目的是要将这消息利用军信道传出。"

"对了，一个州府防御使被刺的大事，肯定会用八百里军情急报将详细情况送回金陵。这样看来这刺客是要将东西送到金陵城中某个不一般的人手中？"王屋山觉得自己被点醒了。

"绝对不一般，那八百里军情急报又岂是一般人能看到的，而且是在第一时间看到。"

"能看到的有兵部职位最高的几个，对了！还有太子李弘冀！兵部属于他的统辖范围。"王屋山突然间全都明白了，她用手里的丝帕汗巾又在脸上擦了一把，"又是太子，好像所有事情都和他牵扯着关系。对了，大人这几天协助双王同审刺客的事情进展得如何，那太子有没有显出迹象来？"

韩熙载轻叹一声："唉，刑审的情况却和我们预料中的恰恰相反。那太子极力要对刺客用刑，那样子是急于要把幕后操纵的黑手揪出来。而那李景遂却是坚决反对刑讯，一定要先软后硬，慢吞吞地总不来实际的，似乎是在打着自己的算盘。从他那样子看，我都觉得太子并非最可疑的人了，而冯延巳似乎也将矛头对准了齐王。"

"那不正好，你原本就想保下太子的。即便字画之事真是太子做的你都准备暗中替他开脱，现在不正好顺水推舟吗？"王屋山很清楚韩熙载之前的意图。

"到目前为止，就算那件事情的确是太子所为，只要他自己咬死牙口不承认，我就有办法替他开脱。因为作为证据的字画已经不见，和字画有关联的萧忠博也不见了，与汪伯定和萧忠博都有关系的慧悯大师摔死了。再从这两天太子的态度上看，那刺客所掌握的信息中应该没有牵扯上他，否则他也不会这样主动要求用重刑的。但是做到这一切必须有一个前提，就是太子再不乱动了。"

"什么意思？"王屋山一时没能理解。

"此时此刻他一定要安分下来，不能再搞出些其他事情。就好比这宝藏皮卷的事情，刺杀广信防御使的事情，接下来或许还有其他更多与他有关系的事情。这些事情都是会让某些人发现他的暗中企图的，并可以作为依据进行推断，将字画刺局锁定在他身上。"

"那当初大人又为何将太子与字画有关的情况告知皇上呢？那时候直接瞒着不说不就省了好多事情了嘛。"

"对于我来说，首先是要给皇上交代和保障的。但这交代不能咬实，这样后面才有周旋的余地。保障则是必需的，给皇上一个提醒，让他有所举措以防内乱。所以后来皇上下旨免了太子直接调军的权力，现在太子必须以公文通知兵部，然后再由兵部下发军令，这就多了一道保障。另外我这样做也是想给太子一些提醒和震慑，让他不敢再轻举妄动，如此他计划的作乱之事才不会成实。"

"这倒都是为他好，只是不知太子自己有没有觉察。我觉得适当时候大人可以放些话给他，否则东窗事发之后虽不怕连累大人，却是辜负了大人的一片苦心啊。"

"且看下一步的情况再作定论吧，适当时我真是有必要直言点醒他。"

韩熙载、王屋山两人的对话里很自然地就已经将李弘冀定位为字画刺局的幕后操纵者，而这先入为主的概念其实是会影响之后的分析和判断的。

袭骆谷

就在南唐这段公案还没有正式开始审讯的时候，蜀国的一桩公案却是有了些苗头，很快就将一些意想不到的重要人物牵扯出来。

华公公带人入楚地接应丰知通一行，结果遭到伏击，所有高手一个没能逃出。只有不会武功的华公公跌跌撞撞逃出一段路来，最终也因为惊吓劳累昏倒在了偏僻山道旁边。幸好有从吴越赶往蜀国成都的几个人路过，将其救起，否则华公公这老而不韧的一身皮肉都要喂了山里的大蚂蚁了。

路过的几个人顺道将华公公一同带回成都。在三台县桐木茶亭遇到前来接应的赵崇柞后，华公公突然翻脸，命不问源馆中人将这些人全部拿下。并咬定这些人救自己是别有所图，是要利用自己一路毫无障碍地混入成都，甚至可能是要利用自己混入到蜀宫官家、皇家之中。

"我们真的没什么企图，多行善多积德，见你还活着就救了你。带你回成都那不是因为正好同路嘛，总不能因为救了你我们就得故意不去成都了，或者绕路去成都吧。如果当时你真的怀疑我们什么，可以主动提出不和我们一起走的，我们又不会强求。"女子的舅舅样子看着有些猥琐，但说出的话倒是实实在在。

"我能提出来吗，如果我说不和你们一起走，你们肯定就知道我已经看穿了你们。那样的话我就没有了利用的价值，你们就会将我灭口，再另外寻找其他可利用的人。"华公公很坚持自己的判断，这其实也是在坚持着自己的价值。

"我们自己在蜀国是有亲戚的，那亲戚也是有头有脸有门道的，就算进官家、进皇宫也用不着利用你呀。实话告诉你吧，我妹妹去成都就是要进皇宫里的。"那女子的表弟样子很激动，一看就是个愣头青说话没遮挡。旁边人一再使眼色阻止，他却是一副没看见的样子。

赵崇柞感觉那小伙子虽然看着是说气话的样子，但语气中却是有着一种小人得志不把别人放在眼里的骄横。这样的细节是装不出来的，所以应该不是在说谎。

"你家亲戚是什么人？"赵崇柞问道。他是个办事小心谨慎的人，既想把皇上交代的事情做好，又不想得罪任何一个同僚。

"我家亲戚是和尚！是大和尚！"那小伙子说话时嘴撇着，唾沫星子喷着，其实就算他那做了和尚的亲戚是如来佛祖也用不着这样。

旁边有不问源馆的人在笑，他们都没想到这小子满脸狂横的样儿，最后说出个亲戚却不是什么大官，而是一个和尚。

赵崇柞和华公公都没有笑，而是在脑海中快速找寻。成都包括周边有什么和尚是手眼通天的，能够与官家、皇家搭上关系？可是盘算来盘算去，周边寺庙虽多，和尚虽众，能有这样身份手段的真还没一个。整个蜀国能有这种手段的出家人也就申道人而已。

"你们别笑，我不吹牛。我妹妹都已经在蜀国造册录户了，她已经是蜀国人了。就差走个选秀的过程就可以进宫了。"那小伙子肯定不知道自己面前站着的是什么人，还以为只是小县城里的什么低等官员，所以说出更多真实的信息要将他们唬住。

"不要瞎说了！各位大人，他是信口开河，你们别信。我们就是送我外甥女去成都找一位亲戚的朋友，他说会安顿好我这外甥女。她家二老全没了，我和她家的两个老仆人当初受她家不少恩惠，这才冒乱世之险送她来蜀国。只要是将她安顿好了，我们也就心安了。至于到底如何安顿我们其实也不知道，什么去官家、皇宫都是一路无事开玩笑戏说的。"女子的表舅又是阻止又是解释，虽然字句之间表达得清清楚楚，但语气间明显透着慌乱。

赵崇柞眉头微皱，他的眼睛里岂会揉进沙子："是这么回事呀，那就好说了。你们不是要去成都找一个亲戚的朋友吗？那么你总不会不知道这和尚在哪里出家，法号什么。也总不会不知道他的朋友是谁，否则又如何去找？"

这下没人作声了，一个个都偷偷对视，像在互询该如何办。

"话说了半天，你们全是说的虚词。明显是在刻意欺诈，想蒙混过关。再要不说，我便将你们定为谋刺蜀官之罪，就地正法了。"华公公倒不完全是危言恐吓，他这人为了保险起见什么事情都可能做出来。

赵崇柞倒不这么认为，他觉得如果这几个人真要有什么企图和目的，肯定早就编好了全套的说辞，绝不会这样不清楚面对的是什么人便口无遮拦，更不会相互间连说辞都对应不上。

终于，那女子低颔首、蹙秀眉，提裙往前轻盈地迈出小半步，启朱唇燕语莺声一般："两位大人，小女子乃是闽地泉州府人，名唤秦艳娘。大人面前真的不敢欺言妄语，他们几位的确是行热肠之举送我至蜀国投靠我伯父。只是我伯父已经出家，收留我一个女子很是不便。所以托他一个朋友另作安置，传书信让我们直接去成都找他那朋友。"

说话的同时，女子将一封书信从包袱中翻出，递给了赵崇柞。旁边一个不问源馆的高手接过书信，检查没有问题后才转交给赵崇柞。

"啊！你伯父是正觉寺的东郭禅师智谭？你们前往成都要找的是王昭远王大人？"赵崇柞只草草看了几眼就已经找到了他需要的内容。

"王昭远，智谭和尚，真的假的？赵大人可不要上当，如果拿他们这些说法和书信去询问王大人后根本不是这么回事，赵大人不仅会被王大人嘲笑，传出去恐怕还会成为众人的笑柄。"华公公不仅是个奸诈毒狠之人，而且是个为了面子可以不认事实甚至毁掉事实的人。

但是赵崇柞却不会这样，他心胸正直、明辨是非，就算为了朝中事务常与谁发生争执，也都是对事不对人。这也就是那女子为何会暗中庆幸自己未到成都遇到的是赵崇柞和不问源馆的人，因为她未入川之前就作过详细了解。遇到了赵崇柞和不问源馆，那么不管对事对人，他们都是会追查到底并且很快就能查清的。而这年轻女子就是要他查出些事情来，也只有一些错误做法的故意暴露，才能更显出自己的真实性，才能更有机会进入蜀宫被孟昶接纳。这运用的是江湖诓术中的"九真掩一假"。

赵崇柞相信了一部分，智谭和尚真是个有名的和尚，是王昭远原来的师父，和蜀皇孟昶也算是老相识。虽然他还没能做到像申道人那样手眼通天，所言所行能直达官家、皇家，但真要有事求到孟昶那里还是多少会给他些面子的。另外他通过王昭远也是可以办成一些有难度的事情。但是刚才这几个人言语间遮遮掩掩、闪烁其词，有些话刚说另外的人就又马上否认，其中似乎是隐瞒了些什么。就好比给这女子造册录户是怎么回事？还有选秀入宫又是怎么回事？

赵崇柞没有再仔细盘问，因为现在成都蜀宫中孟昶正等待丰知通、华公公的消息，自己还是赶紧先将华公公送回成都。至于这几个人，现在已经控制住了，就暂且带着。他们的事情是很容易查清的，等回到成都后只需让王昭远和智谭单独诉说详情，看三方言词能否对应上就行了。如果查清这几人没有问题那是最好，万一查出有谁在其中策划什么叵测之事的话，那么这几个人正好可以作为证据。

于是在两个时辰之后，赵崇柞带着华公公回到了成都府，而被他们一同带回成都的还有"妙音"秦笙笙、"阎王"王炎霸、"算盘"楼凤山、"急瘟皆病"刘柄如和韩含花。

差不多就在赵崇柞进成都府的时候，有一群矫健迅捷的身影借助寒冬夜晚的劲风，借助山林覆盖的阴影，像夜间的游魂般悄悄潜入了蜀国与大周交界处的骆谷界防营。

骆谷界防营地处秦岭以南，这地域的气候本不太寒冷，但是从深邃的骆谷中吹来的一股阴寒风劲正好是直冲界防营的，所以就算是在夏季都会让人有种脊梁发颤的寒意，就更不用说在这寒冬的夜晚了。

其实发生情况之前有些机敏的界防营蜀兵也听到些异常声响。但在骆谷口这样的凶山恶岭之中，听到异常声响的情况屡见不鲜。有人说那些怪声是山中山鬼抛弄骷髅玩耍的声音，还有人说那些怪声是树妖修炼破关时痛苦的呻吟。所以界防营的兵卒们一般在听到怪声之后的反应是将裘毡、棉被裹得更紧一些，就像怕被那些山鬼树妖发现自己似的。

正因为如此，那么赵匡义带着先遣卫虎豹两队将整个骆谷界防营悄悄拿下就一点都不奇怪了。有些蜀兵从被窝中探出头看到站立在自己面前手拿虎爪铲或豹尾鞭的黑影后，发出的短暂惊恐叫声就是一个"鬼"字。

骆谷界防营拿下后，有人发出了"龙穿云"的信号，于是赵匡胤带领前营轻骑马队从骆谷中出现，快速进入了蜀境。随后就在界防营北营门处兵分三路，一路沿着秦岭南麓过褒水直插凤州南侧的凤县，堵住凤州退路。另一路奔往留坝，封住源州救助凤州的路径。还有一路是往固镇而去，此处可以封住兴州、成州兵马救援凤州的路径。而一旦这三处都稳住了，周世宗便会带着大军由宝鸡南、渭水源直入蜀境，围困凤州。

为了实现"游龙吞珠"的策略，快速达到将秦、成、凤、阶四州孤立的目的，赵匡胤才选择了从道路艰难的骆谷偷入蜀境，而并非从子午谷杀入蜀境。因为骆谷只有小型的界防营，兵力少，防卫设施简陋，可以用极少的强悍兵力在蜀人毫无知觉的状态下将其全数歼灭。而子午谷虽然道路宽敞，但是有蜀国多重大营堵守，要想过去不但需要很大兵力的消耗折损，而且大周突袭蜀国的消息也会很快传到成都。那么蜀国便可以快速做出反应，派兵增援边界，针对大周的出兵予以回击。那样一来突袭战变成了拉锯战，最终"游龙吞珠"的策略就会泡汤。

赵匡义的虎豹队替赵匡胤前营打开骆谷通道后，便立刻带人转往遗子坡而去。因为他还有一个任务是协助石守信拿下青云寨并坚守此处，隔断秦、成、凤、阶四州与东西二川的通道。而刚刚传来讯息说石守信带着六千精兵已经与之前王审琦所带的三千禁军会合，只待凤州这边动手，他们便会抢夺青云寨，并坚守此处不让东西川的援兵出川。

赵匡义之前对青云寨作过了解，那个寨口易守难攻，就凭石守信、王审琦加起来的九千禁军要守住这隘口应该没有问题，但是要想攻下来却会是非常艰难的一场苦战，这和之前要王审琦用三千兵马佯攻袭扰完全是两回事。所以要想轻松地拿下青云寨，赵匡义觉得只有依靠自己的虎豹两队特遣卫，用穿林登山之技偷袭才有可能成功。

正因为赵匡义急急离开，所以赵匡胤和赵匡义这两兄弟一个进北营门一个出南营门，就差那么一点没能遇上。也正因为他们两个没能遇上，所以一些信息的真假便没能得到印证。而当他们再次相遇之时，有人已经给了赵匡义足够的理由来维持这个假消息，所以最终给予赵匡胤的印证是肯定的。这个假消息就是赵匡胤在极其不好的状态下还劝说柴荣对蜀国用兵的原因："花蕊夫人就是京娘。"

落阳风

在中国古代，人们敬畏鬼神，希望通过祈求鬼神来获得佑护，多吉多福。所以古代建村之时，必同建土地庙，建城之时，必同建城隍庙。

对于从未到过对其没有一点了解的州城，如果想和别人预先约定在哪里相聚的话，那么选择城隍庙是不会错的。因为双方总能在这个陌生的州城之中至少找到一个城隍庙。

广信城的城隍庙很好找，因为这里是个热闹的场所。城隍庙门口聚集了许多小商小贩，已经自发形成了一个小集市，各种价格低廉的食品、用品、小玩意儿都能在这里买到。

但是一件没多少人会做也没多少人会玩的八俏头玩器能否在这里找到，齐君元和唐三娘的心里却没有太大把握。

为逃避"满地天眼"临时转念没进广信城的齐君元，最终还是进了城，就好像忘了昨天刚刚被夜宴队重重围捕的凶险。而之所以要进城是因为昨天齐君元在改变方向逃离城门口之后，唐三娘和六指两人随即仓促约定，他们一个去追齐君元，一个跟着范啸天。如果没有特别的意外出现，之后都赶到城里的城隍庙碰头。

齐君元并非莽撞进城的，而是通过一些现象确定安全后才进的城。昨天梁铁桥匆忙离开，由此齐君元确定自己在城门上做的指令执行了，只是目前还不知道到底是六指做的还是范啸天做的。而且从梁铁桥手下来报信的急切样可知，城里临时做下的刺活儿很成功。要不是一城中最重要的人物被刺，梁铁桥肯定不会这样急急离去。但齐君元却怎么都没想到，让梁铁桥果断放弃他转而入城竟然是疑似宝藏皮卷的出现。

一个州府中最高官员被刺后，不管成不成功，其后肯定会四城紧闭追捕凶手。但是现在的广信府却没有这么做，依旧是四门大开正常出入，这情形一般可以表明两点：一个就是凶手已经被擒，还有就是已经确定凶手逃出广信不在城中。而不管是两点中的哪一点，对于齐君元而言却意味着广信是最安全的地方，谁都不会想到从重重围捕中逃出的他会再入广信城。

在城隍庙门口的斗幡杆（古代神庙前的幡杆，顶上带斗，用以供奉五谷给天地神灵）上，齐君元发现了一只八俏头。不过那八俏头并非竹子做的，也非其他材料做的，而是直接刻在杆子上的图样。但从那寥寥几划刻绘出的图样完全可以看出八俏头的精妙原理，再加上刻出样式时不带丝毫拖沓的利落刀功，齐君元确定这是六指所留。

齐君元和唐三娘站到杆子那里，然后从那个位置往四周找寻。离恨谷中有规矩，如果是留下标明自己踪迹的标点，必须可以站在一个标点位置明显看到另一个标点，这样才能起到指引的作用。很快，他们又发现了一个八俏头的标志，是刻在城隍庙围墙花脊的瓦檐头上。虽然这是刻在易破碎的瓦片上，但刀法依旧干脆利落，不带丝毫拖挂。

接下来是第三个、第四个……顺着这些八俏头的标志而行，齐君元走到了城隍庙西北方向的一片小树林里。在这里他们看见了目光凌厉、步步紧逼的六指，也看到了闪烁躲避、欲怒还休的范啸天。

齐君元不知道发生了什么情况，更不知道这情况的背后会不会掩藏着些什么。齐君元朝唐三娘使个眼色，唐三娘领会，立刻和齐君元分开两路悄悄朝着那两人慢慢接近过去。毕竟是在广信城中，毕竟城里的防御使刚刚被自己的同伴杀死，所以任何行动上的谨慎都不是坏事。

六指和范啸天也没有出城。北城门的守城郎将的确是六指所杀，但是杀完之后他并没有随着人流冲出半开的城门，而是偷偷缩进旁边围观的人群中退回城里。

有谁能够想到，一个正在被追捕的刺客杀死了守城门的郎将，抢到了逃出城的通道，最后却偏偏不逃出城去，反而回到城里？而只要是别人未能想到的，对于被追捕的人就是最安全的。另外六指敢大胆留在城里还有一个原因，就是范啸天没有死。有范啸天在，要想躲过那些捕快、兵卒的搜捕应该是一件很容易的事情。

但是现在这两人却完全不是共同躲避搜捕的状态，而像是一副即将火并的样子，完全松懈了对第三者的防范。所以齐君元和唐三娘分两侧接近到他们两人二十步以内的范围了，他们仍是丝毫没有觉察。

"你们在干吗？"齐君元轻声问了一句。

这一句将六指和范啸天都吓了一大跳，几乎同时以最快反应、最小动作摆出最为有效的攻守兼备架势。当发现出现的是齐君元和唐三娘后，这两人一下松懈了状态，都显出些不安和尴尬来。

"好像是起了争执，为了什么？能圆下来吗？"齐君元所谓的圆下来是有很高要求的，这不止是要两人矛盾完全化解，而且要能完全忘记这件事情。只有这样才能在接下来要做的刺活儿中以最为完美的状态进行配合。

"没什么了,一点误会。齐兄弟,那个广信的防御使是我刺下的,你听说了吧?那刺局做得漂亮吧!这活儿已经完了,我们也该散了,要没其他什么事情就各自择道回离恨谷吧。"范啸天有些反常,只急匆匆炫耀了下自己做的刺局,然后真就抬脚要走,连些客套的告辞都没有,这样子很明显是想避开齐君元他们。

齐君元眉头一皱,然后脚下一滑身形一闪拦在了范啸天的面前:"活儿还没做你怎么就要走了?不怕度衡庐问责?"

"啊?!活儿还没做?广信这刺杀不是你所接'一叶秋'上的活儿?"范啸天满脸狐疑。

"你为何会认为此次刺局就是'一叶秋'上的活儿?"齐君元反问一句。

"不,我没认为是,只是觉得……"

"此处的刺活儿你一人就做了,而且据你所言还做得很是漂亮,你觉得这样的刺活儿用得着我们四人,不,加上哑巴是五人。你觉得需要我们五人来做吗?"齐君元不等范啸天解释,紧接着又一个反问。

"随意,我想跟你说件事情。"六指说话做事中规中矩,即便和齐君元认识很久,他依旧是按谷中外派刺活儿的要求以隐号称呼。

"最好,我也正想问你到底发生了什么事情。"齐君元说完便随着六指走到一边。而当他让开之后,唐三娘立刻替代他拦住范啸天。

唐三娘似笑非笑地看着范啸天,这让范啸天心中有些发毛。随即唐三娘慢慢绕着范啸天走了一圈,这就让他更是心中发颤、背脊发凉,磕巴连连地问道:"你要干、干吗?你这娘、娘们儿要、要干吗?"

"不干吗呀,只要你不走,就什么都不干。"唐三娘的回答显得很亲切。

"那我要是走呢?"

"你要走的话,那我的事情也已经干完了。"

"你什么事情干完了?"范啸天感觉唐三娘的话有些难以理解。

"杀死你的事情呀。"唐三娘的话还是那么亲切。

"杀死我?"

第三章　实话

"对，我刚刚围着你布下一圈'落阳风'。一锅水开的工夫之内，你若不动，那我相当于什么都没有做。但是你若要迈出两步，那么我就杀死你了。"

听到这话范啸天才发觉围着自己多了一圈淡淡的蓝色，要不是唐三娘说明，在这光线暗淡的小树林中根本无法发觉。而当知道自己被圈在了"落阳风"里，范啸天当然是一动都不敢动。他很早以前就听说过药隐轩的"落阳风"，这是一种剧毒的气体，是从开满"孟婆眼"花的沼泽泥潭中收集来的，平时是以皮囊储存。因为"孟婆眼"花的根茎有剧毒毒素分泌，然后与沼泽的污浊隐晦之气混合，就形成了黏附性和渗透性都极强的"落阳风"。黏附在衣服上就能透过布料，黏附在皮肤上就能渗入毛孔。而一旦入了毛孔，便会渗入血脉之中。毒随血行，无药可救，及心即死。

不过"落阳风"毕竟是气体，存在很多缺陷。首先是无法在有风的状况下布设，遇风即散。即便无风，布设下的剧毒气体也只能凝聚很短一段时间。还有就是只能毒杀第一个触及毒气的人，因为有人一过，就会将凝聚的气体带散了。但是不管"落阳风"存在多少缺陷，范啸天都必须一锅水开的时间内在原地不能动。因为他是毒圈中唯一的人，没有人替代他第一个来触动"落阳风"。

唐三娘估计齐君元和六指何必为的交流不会超过一锅水开的时间，所以很放心地旁对范啸天。看着一旁悄声说话的齐君元和六指，等待齐君元下最后的结论。

"其实我要是用这个的话，你是挡不住我的。"没等齐君元那边下最后结论，范啸天便带着羞涩般地从长大的袍服中拿出一个长大的东西。而唐三娘一看到这件东西时，她的脸色顿时变了。丰满的胸脯连续几个大的起伏，圆腴的腰肢也瞬间蓄力，这是随时准备拧身而逃。

范啸天除了随时携带的大包袱内鼓鼓囊囊装满了许多东西，他身穿的长袍中藏的东西则更加多，这些都是用来做虚境、融境的器具。但是唐三娘却怎么都没想到范啸天身上还会藏着一把折扇，很大的折扇。其实这大折扇真是范啸天必需的一件工具，在制造虚境时，没了这折扇，一些烟雾云层什么的就没法布设到位。

而范啸天这时候拿出这把大折扇来，说明他知道"落阳风"最大的缺点是怕风。不仅遇风即散，而且在对手有鼓风器具的情况下，还可以将"落阳风"反作用给布设者。

"其实你只要打开那扇子，可能就会有一支加长羽箭将那扇子钉在你的脖子上。"冷冷说出这话的是齐君元，此刻他不但从六指口中知道了一些范啸天的异常情况，而且还从小树林边缘处的意境中构思出一股杀气，一个可以远距离杀伤的灼盛杀气。

范啸天原本就没有准备打开扇子，他只是想表达一下自己其实是有办法和实力冲出的，之所以没有这样做是因为自己并非他们想象中的角色。而当他听到齐君元说的这话后，眼珠一转，就像抓到了救命稻草般的兴奋："你是说哑巴在这里吗？在哪里？他是不会射我的，他知道怎么回事。哑巴！你快出来！"但是才喊了两声，他便意识到自己已经说出了些本不该说的事情。

"我推测得果然不错，你是和哑巴一起做的勾当。进入南唐前后，我一直觉得有人死盯住哑巴。而在两路马队要对哑巴进行围捕时，他夺马反方向而去。其实是要引走追踪者来保护你，因为真正重要的东西是在你身上。但是最终没能摆脱江湖老道的梁铁桥，他还是带人朝着我们所行方向追赶。所以本来应该走在我前面的你到达广信时落在我之后，那是因为中间有段时间你躲起来了，这样才能避免在路上和夜宴队的人碰到。"齐君元说出这些话后，范啸天尴尬地站定在那里。此刻他已经从齐君元的话里知道哑巴并没有在这里，是自己被齐君元放了个话兜。于是心中不由深感江湖中的尔虞我诈，深叹自己实际经验与别人的差距。

"二郎，你前番接到的指令就是要将一件东西交给上德墚倪大丫，而后来你对我叙说过自己以身为兜见周行逢，入天马山盗挖营，将东西交给了倪大丫。而且那一夜混战之后，几乎所有人都知道那件东西是个皮卷，记录了宝藏秘密的皮卷。但是刚才六指告诉我，他见到你在行刺广信防御使时掉落出一个皮卷。然后从你刚才的表现可知，这个皮卷和你和哑巴都有关系。"齐君元说话眼睛一直盯着范啸天，而范啸天却不敢回视这目光，一双眼睛游离不定，不知道该看哪里才合适。

"那么我觉得事情应该是这样的。你将皮卷交给倪大丫，完成了谷里交代的活儿。因为这是谷里的活儿，你不敢不完成，把面儿先给抹平了。但是那夜你又和哑巴再次遁回天马山盗挖营，是因为垂涎传说中的巨大宝藏，所以想私下将皮卷夺回来。据你所说，皮卷在混战中是被蜀国不问源馆铜甲巨猿夺走的，但是哑巴的穷唐要从巨猿手中夺回皮卷应该不算难事。这样你二人便私掖皮卷，等待机会去找宝藏。但是没承想哑巴因为穷唐特征明显被梁铁桥盯上，所以他便将皮卷交给你，然后自己试图诱走夜宴队，但是没能成功。"齐君元的分析听起来没有一点破绽。范啸天面对这样的指责黑脸涨红、欲辩无言。

"二郎姗姗来迟还有一个可能，就是拿我们当探杆、诱子，调开瓮城处守候的梁铁桥和夜宴队。这样他既可以摆脱夜宴队的追踪，还能摆脱掉我们。"听了齐君元的分析，唐三娘也联想到一些可能。

"还有，他刺杀防御使的刺局故弄玄虚，不怕繁杂，并且在刺杀中还将皮卷故意丢出，就是要闹出大动静。等刺杀之事传出，那么几国决策之人就全都知道他的价值所在了。必然会通过某些途径给他开价换取皮卷。二郎是个很会算计的人，他当然知道拿到皮卷也不一定能启开宝藏，开启巨大宝藏需要的人力物力都不是他能承担得起的，而且一旦开启了，状况也不是他能控制的。所以还不如直接卖给哪个皇家，直接取了荣华富贵享受去。"六指也补充了自己的看法，这几个人中只有他看到范啸天在城里刺杀吴同杰的情形，所以也只有他最有权力来对范啸天花哨、繁杂却并非最有效的刺局进行评说。

另一叶

"不是这样的，你们不能这么想。哑巴怎么回事我真的不知道，但我做的是谷里'一叶秋'布置的活儿。"范啸天终于憋不住了，这在齐君元的预料中。像二郎这样循规蹈矩脸皮又薄的人最怕被别人误会冤枉，所以只要刺激到一定程度，他肯定会不顾一切地争辩。

"'一叶秋'？你也接到'一叶秋'？"齐君元感到奇怪。这"一叶秋"以往在谷里几年都不用一次，这次为何会连续出现。

"的确是'一叶秋'。"范啸天很肯定。

"是何内容？"六指插一句问道。

"什么内容却不能对你说了。"范啸天很坚定。

"那你这活儿有没有做完？"唐三娘旁边插问一句。

"还好，不负谷里执掌厚望，我已经结了活儿了。"范啸天有些得意洋洋。

"也就是说，你现在已经不再担负谷里的任何刺活儿，那么就算被杀死了，也完全可以推说是出浪之后顺流不畅被对头家的灭了。我估计谷里不会为这件事情而深究的。"唐三娘冷冷地说道。

范啸天心说真是最毒妇人心，这女人看着白白嫩嫩、丰丰润润的，一副菩萨般的模样，可举手投足、言语吐露中总是以杀死自己为主题。

"你们不能这样，我将来是要当谷主的，杀了我谷里肯定会深究的。而且我就算有些事情不明说，那也不碍着你们什么呀，干吗非要逼我？再说了，我现在身上还是担着活儿的，这不是要陪着齐大哥去完成他的'一叶秋'指令吗？"范啸天连续说出几个理由来化解唐三娘的威胁。

"就你这怂样还当谷主，也不知道现在谷里哪会多出口闲饭养着你的。以后我要当了谷主，像你这样子的我全断了两筋三脉赶出离恨谷，永不得说和离恨谷有关系。"六指突然间显得有些激动，说话间已经亮指间刀朝范啸天逼近。要不是"落阳风"还未曾散去，看他的样子非得把范啸天分成几块才行。

齐君元此时突然有种很触心的感觉，因为他连续听到两个人都提到自己要当谷主。自从做了离恨谷谷生之后，当上谷主可以说是他追求的唯一目标。虽然他心中很清楚自己不同于面前这两个人，自己曾在见到老谷主时被亲口赞为别有灵性，是日后继承离恨谷衣钵的最佳人选，所以根本不必计较他们随口用来狡辩、恐吓的说辞。但是当听到别人要当谷主时心中依旧感觉

第三章　实话

很不舒服，就像是有人要来抢夺他的梦想和希望一样。

不过齐君元毕竟是齐君元，他很快从不爽中摆脱，很理智地抬手制止了六指的激动。然后朝范啸天走近几步，走到一个除去"落阳风"便可以推心置腹说话的位置。

"范大哥，其实他们两个咋咋呼呼说要杀你那是在吓你。"

"是的，我知道。"范啸天故意摆出一副无所谓的精明样。

"但如果是我要想杀你的话，根本就不用对你说，只需要继续给你指派最为危险的活儿就可以。因为你不知道我所接的'一叶秋'到底是什么刺活儿，所以我可以把任何一件极为危险却毫无意义的事情安排给你去做，就说成是我筹划刺局的一个重要环节。而身为谷生又参与我这刺活儿的你却无法拒绝这样的安排。"齐君元越说越轻松、越说越自如。

"借刀杀人！"范啸天的表情很难看，像是要哭了。

"不，丢肉喂狼。"

"你这样做的目的为何？"

"范大哥这才问到了重点，那我告诉你，我的目的是要保住自己的命，保住大家的命。"齐君元这话说得很认真。

"何出此言，齐兄弟？我们是一条绳上的蚂蚱，怎么可能要你要大家的命？"不知范啸天是装糊涂还是真糊涂。

"你也许不会，但有人会。我在灌州经历过这样的事情，然后你我在上德塬也遇到了这样的事。还有二入东贤庄的假指令，烟重津一战我被困死地，哪一次不是险象环生。我以往做刺活儿从未有过一次失手，但近来刺活儿没一个成功，你难道不觉得奇怪吗？"

范啸天想反驳一下齐君元的话，但是嘴唇翕动了两下却没有声音发出。

"再有谷里以'一叶秋'给我下的指令，其中刺活儿肯定非常重要。可这指令为何不派专人递送，只是由秦笙笙顺便带到？另外谷里为何不派最为合适的高手协助，只是让我从你们几人中挑选？而你其实还另外接到一份'一叶秋'，同时做其他事情。由此来看，要么就是我的活儿要求不高，随便成与不成。要么就是我这刺活儿虽然重要，却也只是一个需要的条件而已。是要将你所做的活儿，哑巴做的活儿，甚至是我们几人之外的其他谷生谷客所做的活儿全部连贯起来，才能算作成功的一个刺局。"

"有可能，但那和我身怀皮卷又有什么关系？"

"多作了解，才可知道需要的条件中包不包括我们的性命。"

"你怀疑谷里出卖我们，把我们当弃肢（弃肢指被舍弃的刺客，以牺牲他来达到其他目的）？"这句话是六指问的，对于齐君元的说法他也觉得难以置信。

"这话不敢说，但是我在灌州被秦笙笙出卖是真的。东贤庄范大哥、哑巴他们几个被王炎霸出卖也是真的。烟重津刺局中，刺标提前知道我们设置刺局并布下了反兜，虽不清楚是谁提前透露了消息，但我们被出卖却是真的。"齐君元这话说完后，那三人都陷入了沉思。

过了一会儿，范啸天似乎想通了什么："齐兄弟，我告诉你吧，我在到清平村之前……"

"等等！先不要说。"齐君元一下制止了范啸天的话头。然后转过身来朝着林子外面轻喊一句："如果你得到的下一个指令不是杀死范啸天灭口，那就进来一块儿听听吧。"

这话一说，其他人顿时知道附近还有人，而且正密切注视着自己，不由得在慌乱之间立刻将身体靠在最近的树干上，紧张地四处张望。最为紧张的是范啸天，因为他听到齐君元说到杀自己灭口的话。但是他却没地方可躲，"落阳风"还没有散尽，他只能是双手抱头蹲在地上。

人是从靠近树林边缘的一棵树上跳下来的，动作矫健利索，跳下时手中拿着的一把诸葛连发弩始终都朝着齐君元的方向。这人是哑巴，齐君元没有给范啸天放话兜，哑巴真的就在这儿。他刚才从小树林边缘构思出的灼盛杀气，就是来自于暗藏在那里的哑巴。

自从过了昌东府后，齐君元他们几个采取保持一定距离散走的方式，哑巴则在一旁横向的策应位上。很快哑巴就发现自己被不问源馆和夜宴队的骑手盯上，而且已经准备对他实施围捕。为了让范啸天顺利带走皮卷，完成下一步的指令，哑巴和穷唐夺马而奔，诱走不问源馆和夜宴队的马队。但是

第三章 实话

不久之后有不问源馆和夜宴队的骑手回来报告丰知通和梁铁桥,很明确地说"标儿被楚娃儿拿了"。

楚娃儿是周行逢手下一众聚义处的人。只有他们才称得上楚娃儿,像唐德手下、东贤庄的高手都称不上楚娃儿。因为只有一众聚义处的人才是周行逢的心腹,是被楚地各级官家、兵家承认的最高秘密组织。

拿人的是楚娃儿应该不会错。丰知通和梁铁桥都能盯上哑巴,那么派遣了多少人手围追堵截不问源馆铜甲巨猿的楚地秘密组织,能够发现哑巴并追踪而至也就不是奇怪的事情了。

但是被拿的标儿却不一定正确。哑巴擅长的不是骑马奔驰,他擅长的是翻山越岭、穿林过河。昌东府到广信府之间虽然没有什么高山,而是一马平川的荒野,但是沟壑河流不在少数,树林蒿丛也比比皆是。所以哑巴只是上马做了个样子,才奔出两三里路,便找了一个转弯处纵身下马。等穷唐也一样跳下马后,他两颗泥沙弹丸击中两匹马的屁股,让它们继续尥蹄狂奔。而自己则悄悄钻入蒿丛,连续蹚过七八湾泥水,让自己的影子消失在了这片荒野之中。

如果后面追赶的人发现哑巴踪迹不见了,那么肯定会就地撒网搜索,直到将他从那块泥水中捞出来。但问题是哑巴和穷唐虽然不见了,荒野中却出现了又一个哑巴和穷唐,并且被追踪在他们后面许久的一众聚义处高手拿住。

至于这被拿住的到底是什么人,就连哑巴自己都不清楚,他其实根本就不知道还有这样一个人的存在。但那人真的很像哑巴,带着的也真的是一只怪模怪样的狗。他的出现并非偶然,在更早的时候,其实还有其他类似的人已经在某些地方出现了。而这齐君元直到很久之后,了解到蜀国编撰的一套书的真实用途后才知道的。

这时的哑巴径直走到齐君元面前,"吱吱呀呀"地做了一串手势。但这手势齐君元却只能看懂十之一二,无法揣测出其中确切的意思。

"我知道他说什么,我自己接到'一叶秋'的事情我也可以告诉你,但是有个条件,就是你在知道以后要告诉我们你接到的'一叶秋'到底是什么活儿。"范啸天最近可能是和哑巴一直在一起,所以已经能看懂哑巴手势的大部分意思。但他也和齐君元在一起很长时间,所以变得会提条件、会做交易了。而之所以会做这种生意,还是因为被齐君元说用假刺活儿让他陷入绝地给吓的。

"可以,但你先摆料。"齐君元想都没想就答应了。

"哑巴说早在天马山皮卷显相之前,他就接到黄快嘴传讯,让他在我将皮卷给倪大丫之后,想办法让蜀国不问源馆得到。所以他才会在倪大丫扔出皮卷之后用连续的沙丸弹子将皮卷击飞到人群中间,让不问源馆的铜甲巨猿抢走。但是就在我们和倪大丫、倪稻花从躲藏的墓道中出来之后不久,我接到了一份'一叶秋',是让我带领哑巴抢回皮卷,然后到南唐境内再次显相。所以哑巴让穷唐从铜甲巨猿手中夺回了皮卷交给我,而我则正好利用你布置刺杀广信最高官员的机会顺便将它显相。"

"你没说错吗?先让蜀国得,再抢回来?再到南唐显相?"齐君元有些糊涂了。

"对,是这样的。"范啸天很肯定。而一旁的哑巴也在连连点头。

"那么一个时辰内刺杀广信防御使时,你既非以皮卷为诱,也非无意中掉出,而是借此机会按指令让皮卷显相。"

"也就只有你齐兄弟能看出来,我这可是双管齐下、一举两得的妙招呀。"范啸天不管什么处境都不忘自我吹嘘一下。

"'一叶秋'上的指令应该就你一个人知道?"

"当然,否则还算什么'一叶秋'?"

"也就是说,其实哑巴也无法证明你所做的一切是'一叶秋'的指令?"齐君元这话就像根针扎在范啸天的肉里。

"是的,事实确实是这样的。"范啸天翻了几下白眼后无奈地回答道。

但是齐君元的问话还没有完,扎针之后还有更加锋利尖长的锥子:

"'一叶秋'必须是由你认识的谷生或谷客直接传递,那么你这'一叶秋'是谁传递给你的?"

这一回范啸天变得张口结舌,"咿呀"了半天才从牙缝间挤出一句:

第三章 实话

"这不能告诉你。"

齐君元微微笑了一下,他知道范啸天还算老实,所以会是这样的答案。如果是个奸猾之人,则会是其他圆滑的推托欺骗之词。

"好,不能告诉我那我也就不问这个了。不过你将皮卷显相了后续还要干些什么,这告诉我应该无妨吧,因为我们现在是一根绳上的蚂蚱。"

"没有后续,如果还有后续的话我也不敢将这些事情告诉你,度衡庐会追责的。"范啸天这倒是说的实话。

"没有后续,这么重要的东西就让你一直随身带着?不可能啊。"齐君元的思维一下陷住有些拔不出来了。

"你别扯远了,先告诉我们你所接'一叶秋'的刺活儿是什么。"范啸天现在更关心这个,他倒出了货,却还没收到账。

这句话提醒了齐君元,他眉头一蹙,猛然握紧拳头:"不,有后续,你这活儿是有后续的。"

"有后续?""是什么后续?"范啸天、六指都在问。

"显相皮卷的后续就在我所接的刺活儿中。"齐君元很肯定地回答。

"在你'一叶秋'上的刺活儿中?你是什么刺活儿?"范啸天焦急地问。

"刺齐王!"

第四章　皮卷被分

万般难

当知道是要去刺杀南唐齐王李景遂后，范啸天又是跺脚拍手又是长吁短叹，所表达的全部情绪和内容都是为了说明刺杀李景遂的难度，给大家打了退堂鼓。因为他为了绘制校正谷生所用地图而游走过很多地方，曾经还在金陵一带盘桓了很长一段时间，所以对金陵城里的皇家、官家了解得要比其他专做刺活儿的谷生更多。

虽然范啸天有动摇大家信心的嫌疑，不过他所说的倒真是实情。李景遂的势力在南唐虽然并不算大，为人处世也不够强悍，但他兼辖的刑部六扇门却是当时所有国家中最为厉害的。全南唐六扇门中的高手尽可供他选为己用，如果抓捕到什么江湖巨盗奇能者，他也可以从狱中提出，变换一下身份便让他们成为自己驱使的死士。

其他不说，就他所住的"秦淮雅筑"，那是一方只有水绕没有墙围的区域。但是各种奇妙的机关暗器、阵法消息遍布其中，就算一下闯进几百上千的杀手刺客，都能全数灭在里面。所以李景遂这处居所外围根本不用一兵一

第四章　皮卷被分

卒来守卫，随便什么人都可以大摇大摆走过"震魂桥"进入"秦淮雅筑"。

但是有胆量和能力走过"震魂桥"的人寥寥无几，而过桥之后紧接着还有"照天镜"、"穿石牌坊"，再往里就是"鬼肠子道"。且不说"鬼肠子道"本身的奇妙之处，单是道上十九个结，每个结的里面都是重重的坎面儿（机关暗器）。不但可以轻易剥夺闯入者的性命，更为歹毒的是可以短时间内粉碎闯入者的精神和意志。

如果进入者是坎子行（专门设置奇门遁甲、机关消息的门派）真正的高手，或者是破解坎子兜子的高人，那么只要识得其中奇门阵法，解得开一路的机关暗器，就可以直接走到李景遂的床榻边。而事实上这是完全没有可能的事情，因为估计这世上还没有这样的高手、高人。还有虽然"秦淮雅筑"外围没有官兵守护，但里面还是有高手和侍卫的。人数虽然不多，却是可以让任何一个高手很早便死在试图靠近李景遂床榻的路上。

出门的话李景遂会用一些人保护，但人数也不太多，最常见的就是"半吊子、一佛爷、十银皮、三十六风僮"。这些人其实并不只是专职保护他的随从，其中大部分人都身兼六扇门重职。但是李景遂自从被李璟立为皇位继承人后，总感觉到有人在暗中想谋害他的性命。所以他将六扇门中最为厉害的"半吊子、一佛爷、十银皮、三十六风僮"全拢到自己身边，即便他们本职有什么重要的事情需要解决也必须得到齐王的同意才能去。

前面曾提到，"半吊子"费全是个刑讯高手，刑部的总刑司。只要他开始出手上刑，那犯人便只有半口气吊住，虽然还活着，却是痛苦到了头发尖儿，而想死却又是死不了的。另外"半吊子"这外号其实还有一个解释，就是他在对敌时一般只需出半招，就能置对手于死地。

"一佛爷"是六扇门第一辨查高手"十目佛爷"蔡复庆，此人能辨别出各种奇妙的刺局兜子，可以从表情、动作窥出别人心理、心思。再有"十目佛爷"的外号还说明他技击功力上的造诣，那就是对敌之时可以最快最准确地捕捉到对手的破绽，一击制胜。

"十银皮"其实也只是一个人，但这人很不像人，四分像妖、五分像魔，只有一分像人。这人没有名字，因为原来是吐蕃的一个牧羊人，所以大家都叫他番羊。

番羊在吐蕃与大周交界的炳灵关外放羊，不慎掉入黄河随水冲走，最终顺着河道冲刷狭缝，落进一个被淤泥覆盖了洞口的石龛洞里。龛洞里很凌乱，角落里散落了些盔甲刀剑。石壁上雕刻的是许多他从未见过的怪异神像，怪异神像的怪异动作就像在跳一种舞蹈。

番羊学着神像的样子舞蹈，结果舞起之后便神魂俱入，不能自拔。而且随着他的舞蹈，角落里散落的细鳞绞链银甲衣连带刀剑也舞动起来。当番羊学会全部舞蹈时，他的容貌已经变得如妖似魔了。因为这舞蹈不是一般的舞蹈，而是一种邪术，可以将自己的心力血气与黏附在十副细鳞绞链银甲衣上的凶魂恶魄相溶，然后凭着舞蹈中的各种动作变化，特别是手形变化，来驾驭十副无盔甲衣，控制它们用武器杀人。

十副银甲衣可单独操纵，其攻杀招数俨然就是技击高手，而比技击高手更具优势的是，它是甲衣，砍杀千百遍都不会死，而与之对决的高手只需遭它一击便再无生还的可能。当十副银甲衣一起操纵时，那就是一个立体布局的阵法，但这阵法不属于奇门遁甲范畴，也不属于坎子兜子范畴，而是异族邪教的妖魔道。所以很少有人识得整个布局，更无破解方法。试想一下，世上有人愿意面对一个无法破解的阵形，迎战一群杀不死的对手吗？

《藏域后文成属录》，是文成公主入藏时所带三千能工巧匠、智者学士中的一些人整理记录下的手录册。其中提到藏地有会妖术者可用银纱罩落冤魂恶鬼，然后操控其害人，人们将这银纱罩落的冤魂恶鬼叫做"银皮子"。而番羊无意中获取的这十副银甲衣与"银皮子"很是相似，像是同出一术，所以也就将其叫做"银皮子"。

"三十六风幢"倒真是三十六个人，而且是三十六个看起来很平常的人。如果去除他们稍显得有些特别的服饰，这些人看起来比金陵城外种地的农夫还要显得土头土脑。

三十六人中有男有女，男的二十五人，女的十一人。他们都是来自长江入海处的海边，还有泥沙贝壳堆积而成的各种小岛，平时也是种田捕鱼的平常百姓。但他们和一般百姓不同的是都兼有一个共同的职业，这职业的名字

第四章　皮卷被分

叫"僮梓"。僮梓是地方语言的称呼，其性质最接近于巫师。需要时，他们可以为出海人祈福，可以为有灾的人驱邪，可以用卜算的方法来寻人寻物，可以用僮语僮戏治病救人，但也可以为了合适的价钱用难以置信的方式去杀人。正是因为能寻人寻物，又能救人杀人，所以被纳入六扇门中，并凭着这些本事屡建奇功。

《梅观堂省略》中有："……江北人着服如戏，可立针观风，可驱病入蛋，其术颇诡，亦善亦害……"这记载的便是僮梓这种职业。

僮梓没有统一的技艺传承，各处小岛上的僮梓所会的僮术都不相同。而他们让人难以置信的杀人技艺都与各自所会的僮术有所关联，导致杀人的招法也有一些差异。不过由于这些僮梓都生活在海边和海岛上，最重要的工作之一是为出海人祈福，而出海之人最大的愿望就是可以控制风浪。所以不管哪一种僮术，还是与僮术关联的杀人技法，都是和风有一定关系的。

李景遂召集在身边的三十六个僮梓就是这样，他们都有着各自的名号、各自的专长。穿堂风、枕边风、耳旁风、摇旗风、鼓帆风……穿堂风速度极快，一冲之下杀人当场。枕边风行动诡秘，即便到了别人枕头边都不会被发觉。耳旁风杀法难以预料，看似走偏的攻击却造成最大伤害……而且到了李景遂麾下后，这三十六人互通有无、互补长短，于是形成了五行五位二十五道阳风，九宫双落十一道阴风。阳风阴风合在一起，便是攻守自如的"万种风情"。这也是一个不在奇门遁甲和正常坎子兜子中的阵形，无人知道正确的破解方法。

"半吊子、一佛爷、十银皮、三十六风僮"的居所全都在"秦淮雅筑"附近，而且还会按班次轮流住在"秦淮雅筑"里面。然后每次出行，总有他们其中的部分人随行保护。所以就算有坎子兜子的高手能够破解开一路机关暗器闯入"秦淮雅筑"，有里面轮值的和外面闻讯及时过来的这些人，依旧是不可能接近李景遂的。而当李景遂外出时，这些高手更是尽心尽职、严密保护，比闯入"秦淮雅筑"更无机会接近李景遂旁边。

说实话，"半吊子、一佛爷、十银皮、三十六风僮"如此尽心尽力也是从自己利益角度出发的。一旦李景遂继承南唐皇位，那么没有经过沙场征战的李景遂肯定会把他们这些人作为最大的功臣。

听完范啸天介绍完李景遂的情况后，众人都面有惊容。不过也有人始终不动声色，这人就是齐君元。

或许他已经是胸有成竹，因为再严密的防守都是处于被动的，都是存在漏洞的。即便没有漏洞，也是可以采取一些方法制造出漏洞。也或许他根本还未曾考虑到这一步，因为现在面对的艰难不是成功刺杀李景遂，而是如何到达金陵城。

广信刺局中范啸天借机将宝藏皮卷显相，那么接下来肯定会有大范围针对他们的围追堵截。这不单是夜宴队的力量，而且可能还有其他国家的秘行力量也会闻风而来。另外刺杀防御使之事势必会导致兵家也参与到追捕他们的行动中，现在广信城中看着很是平静，但其实它只是狂浪乱流中的一个小岛。周围其他州镇、驻营，特别是范啸天可能逃走的方向，一定是重重关卡布设。因为谁拿住刺杀广信防御使的刺客，抢到宝藏皮卷，谁就会一步登天成为南唐最大的功臣。

不动声色的齐君元其实一直在认真地听范啸天说话，不但认真地在听，而且用心地在想。因为用心地在想，所以他再次找到前几次刺活儿失利的感觉。带着几个国家都想抢夺到的宝藏皮卷去刺杀南唐齐王，其中必定有某种玄妙。掂量一下，那齐王的价值和重要性好像没有宝藏皮卷高。难道是要以皮卷为诱来杀死李景遂吗？不会，如果谷里决定采用这种方式，应该事先通知齐君元这个刺头才对，而不是让参与的某个人在大家不知情的状况下独自摆弄。那么会不会刺齐王的活儿只是为了给这皮卷所起的作用作什么辅助？然后让其产生更大更深远的意义。如果真是这样的话，那也就是说，刺杀李景遂只是个幌子，成功与否关系并不大。但这样的话会不会再次出现刺局未做便已经走漏风声的情况？自己这几个人会不会再成为弃肢？

想到这里的时候，齐君元脑子里有灵光突闪而过，这道灵光让他豁然之间找到一个万全的办法。

一分二

"我想看看皮卷上到底记了些什么内容。"齐君元不动声色地说了这么一句。

但这句话却是让其他人神色大变。范啸天的表情是惊诧,唐三娘的表情是疑虑,哑巴的表情是纠结。只有六指的表情是欣然,他最初与范啸天僵持甚至要翻脸,就是想看看那皮卷是怎么回事。

"为什么要看?"范啸天问得很天真。

"谷中指令可曾严令不让看?"齐君元问得很实际。

"这倒没有。"

"既然没有,那你为何不让我们看?"

"我是为了你好,有些东西看了后是惹祸上身。"范啸天的语气突然变得阴沉而老辣。

"我是为了大家好,包括你。因为你觉得刺杀齐王是个祸事,而我觉得在刺杀齐王之外还有更多更大的祸事。所以不管是怎样的理解,都必须让我看一下那个皮卷。"

"就为确定是祸事?"范啸天还是不情愿,牙关咬死就是不肯拿出皮卷来。

"不是,是为了保命,保我们大家的命。你们想过没有,先将皮卷显相,然后让我们几个带着这个重要的东西去刺杀齐王李景遂。你们有没有觉得这有点捧肉奉虎的感觉?而刚才范大哥也细说了李景遂的防护情况,那对于我们来说几乎是不可能做成的刺局,很大的可能会陷身其中。而我们陷入就意味着宝藏皮卷陷入,谷里这样安排是一时疏忽还是刻意而为?"

"可这也和看不看皮卷上的内容没什么关系呀。"范啸天不知是在装傻还是确实无法理解。

"只有知道了皮卷上的内容,知道这皮卷上到底有没有宝藏的秘密,才能确定如此安排的意图是什么,了解意图中有没有将我们当作弃肢的可能。并且由此结合实际条件设置最为妥当的刺局,还可以预先考虑好关键时刻如何利用这个皮卷。这样才有可能最好地保护好我们自己，最有效地杀死刺标。"

齐君元说得很笼统，而笼统的说法往往可以让人更容易清楚利害。所以没等齐君元把话说完，所有人都把目光集中在了范啸天的身上。这是一种期盼的目光，也是一种逼迫的目光。

范啸天知道自己拗不过这几个人，虽然现在"落阳风"已经散去，但是要想从这几个高手中间脱身逃遁，那是绝对没有可能的事情。所以他只能从贴身的暗袋中将皮卷拿了出来，递给齐君元："你实在要看那就看吧，但是我最后还是要提醒你一句，打开之后，你可能就被永远地诅咒了。"

齐君元又轻笑一声，伸手接过皮卷："为何看了就一定被诅咒，而不是一种吉瑞的福运？其中记录的是宝藏又不是魔穴。难道你已经看过了？"

"不不不，我没有看过，我没那份心思。"范啸天没有说真话，他不是没有那份心思，而是没有那份胆量。对于这个过去不做刺活儿的谷生，循规蹈矩已经成为他性格中最重要的组成部分。

"一起过来看看吧。"齐君元倒不是个吝啬的人，东西拿到手后主动邀请别人共享。

边说话，齐君元边把皮卷的外套拿掉，系绳解掉，然后小心翼翼地展开。当皮卷完全展开之后，齐君元草草看了两眼。这是一幅刺绘而成的图，只是由简单的线条和古体的文字组成。绘制用的皮不知道是什么皮，但是很白净细腻，所以刺绘而成的图非常清晰。

唐三娘和六指都没有动，他们虽然很关心皮卷内容，但是范啸天说的话将他们吓住了。如果这真的是谷里不让动的东西，那么事后被度衡庐盯上，其实就和被永远诅咒了没什么两样。范啸天不但没有往前，反是后退了两步，就好像齐君元打开那皮卷之后会放出什么妖魔鬼怪一样。反倒是不识几个字的哑巴往前凑了凑，朝齐君元手中的皮卷凑过去。而哑巴的脑袋还没完全伸过来时，齐君元就已经开始在重新收卷皮卷了。所以哑巴可能连那皮卷上到底是图还是文字都没有看清。

就在皮卷收到一半的样子，齐君元突然手腕一抖，一只带锋口的回剖钩

第四章　皮卷被分

跳了出来。但钩子刃光才一闪，齐君元随即手指猛然勾弹回剖钩尾部挂索，将钩子又收回袖中。这是个极短极快又极为隐蔽的过程，如果不是大家都全神贯注盯着在看，很难看出这个动作过程。

随着齐君元将钩子收回，那皮卷还未卷起的一半掉落下来，被齐君元随手一握揣入怀里。这动作让所有人一下明白他为何如此匆匆地看了下那图，因为他的目的不是要看出那图上记录了什么，而是要确定自己割取的部分是有内容的。

范啸天顿时傻在那里了，他怎么都没想到齐君元会突然出手把如此宝贵、如此重要的皮卷割成两半。不过范啸天这次竟然很意外地隐忍住未作声，因为他或许是离恨谷最胆小最没见识的一个谷生，但审时度势、见机行事的机敏还是有的。他心里知道齐君元的做法是为了给他们几个在做李景遂这个刺局的过程中加了道保险，所以在场的其他几个人没一个会帮自己，至少在刺杀齐王的活儿做成之前会是这样一种状况。

"我草草一眼，完全没看清图上画的是什么，更记不住什么。所以我虽然拿了一半的图，却是没用的，谷里不需要担心我怀有私心盗取宝藏。而你们不管谁携带那半幅皮卷行动，也不管你们真正的后续到底是什么活儿。那皮卷只剩下半幅不起什么作用，所以你们同样无须担心被怀疑有盗取宝藏的私心。不过有了这皮卷，哪怕是半幅，在下一个大刺活儿过程中如果有什么意外，我们都握着足够将自己救出的大筹码。"

齐君元说的这个没人怀疑，他在东贤山庄能用虚构的和根本不存在的条件和三国秘行力量进行交易，让他们帮助自己几个人逃出。那么有宝藏的半幅皮卷握在了手中，要用此换几条性命那更是完全没有问题的事。

"但是下一个刺活儿可不好做。广信防御使被杀，宝藏皮卷显相。现在广信城周围的州府和驻军肯定接到急报协助捉拿。特别是北城出去的路径，我亲眼看见众多江湖高手追出。而此地距离金陵还有数百里路程，这一路肯定艰险无比。不要说刺齐王了，现在怎么抵达金陵城都是问题。"六指说的的确是实际情况。

"既然艰险，那么我们就在广信城中安心等待。该睡觉就睡觉，该喝酒就喝酒，等到形势不再艰险时再动身赶路。"谁都没有想到齐君元会给出这样一个简单轻松的方法，不知道是不是因为有半幅重要的皮卷在他怀里，所以狂妄膨胀得有些忘乎所以。

哑巴听到喝酒，不由喉结滚动，连咽两口唾沫。唐三娘和六指则微蹙了下眉头，看得出这是暗自有种担忧。

"要等到什么时候才不艰险？"范啸天的反应还是追根问底，他无法判断一个做法的可行与否，便会要求别人直接告诉他可行与否。

"梁铁桥以为你们是从北门逃出的，而出城之后有三个方向可行。他肯定判断你们不会往西去江州，因为我们刚刚是由西而来的。剩下一条往东奔祁门，还有一条往北奔池州，梁铁桥肯定会安排夜宴队往这两个方向追下去。广信发生这么大的事情，军信道肯定会通知近歙大营和修水大营协助围堵查找你们的踪迹。这样夜宴队的两路人一直要追到近歙大营和修水大营时才能大致确定你们没有从他们所追的方向逃走，这大概需要五六天的时间。然后这两路人互通一下信息，知道你们也没有从另一路追赶的方向逃走，这大概需要两到三天的时间。到这个时候我估计梁铁桥应该能够醒悟过来，会想到你们还在广信城中没有出去，只是放了个虚影儿让他去追。所以他们会以更快的速度往回赶，一路日夜兼程而且不再需要沿途查看路人，所以回到广信的时间应该可以缩减到三四天的样子。现在我们将余度放宽，加上他们可能提前醒悟的时间，算他去四天，互通消息两天，回来两天半，那么我们还可以安心在广信城中享受八天半。八天半后，我们出广信。"

"八天半，多忍几天我们都能在广信过完年再走了。对了，出广信后往哪个方向走？不会正好和梁铁桥他们撞上吧。"范啸天仍是啰里啰嗦什么都要问两句。

"这个到时候再见机行事，预先告诉你们万一出现什么偶然现象，我们之间会产生猜忌。八天后的一早，我们就在城隍庙里碰头。那里面香客人色混杂，巡街的军校、铁甲卫一般不会到庙里面盘查，所以会比较安全，就算多待些时间都没问题。至于现在，大家还是各自顾各自吧，自寻稳妥地方伏波。如果谁没伏好漏了踪迹被官府牙子叮住了根儿，其他人一律不得相救，包括我也一样。你们现在都已经知道刺活儿是什么了，余下人只管自己集结然后商量着把活儿做完。"齐君元越来越谨慎了，他不想也不敢让任何人知道自己下一步的意图，也不想让其他人相互间有太多沟通和关联。

软取心

虽说是在寒冷冬季，但是秦淮河边已经早早体会到了春意，抑或秦淮河本身就是一条春意四溢的河流。河边绣楼胭阁，河上画舫花舟，已经将这条河装扮得春意盎然。再加上楼阁之中、舟舫之中那些放怀如春的女人，这条河的春色浓艳得有些过于丰腴、腥腻。

从夫子庙往东北两里，有一条支流转向东南。这条支流应该算秦淮河的一个例外，它是春意无法流淌而入的。因为此处有官家设下的一道铁闸，人们管这铁闸叫东关铁闸。不管什么船在没有得到许可的情况下是无法进入这条支流的。

支流西侧的一片区域当地人叫鹤立围，此处倒依旧是草黄树瘦、寒意凛然的冬天情景。远远看去，竹掩树盖之下东一处西一处的小院小楼、竹亭木阁。但也是和秦淮风格大相径庭，那些建筑都是古朴雅致，没有丝毫脂粉般的艳俗味道。所以将这片建筑叫做"秦淮雅筑"倒是名副其实的。

虽然支流有铁闸拦行，但鹤立围却不拦行。只要绕到支流的东岸，找到一座"震魂桥"，过桥就是"鹤立围"，也就是如今"秦淮雅筑"的范围了。如果再往里走几十步，过了"照天镜"，进了"穿石牌坊"，那其实已经算是进了齐王府。

但除非是有"秦淮野筑"里的人带着，还没听说有什么人走过"震魂桥"的。一个是没人敢过去，"秦淮雅筑"里住着齐王李景遂，这是南唐未来的皇位继承人，谁没事干往那里面走，那不纯粹是要惹祸上身吗？另外那座"震魂桥"也不是一般的桥，甚至是比支流上拦行的铁闸更加难以越过。平常看着那些"秦淮雅筑"的人进进出出，那就是一座稳固的石木桥。而一旦其他什么人贸然上去，那桥便会震动起来，晃扭起来，桥石散落，桥体下沉，刹那间就将试图过桥之人三魂震落三魂，不是跌滚回东岸，就是摔到水中。至于"秦淮雅筑"里其他的建筑是否也会如此，外面的人就更是无法知道了。

太公轩也是"秦淮雅筑"中的一个建筑，名字挺大气，其实就是用竹子和稻草搭建起来的一个棚子。不过这棚子是建在玉荷塘边上的，是个坐在软榻上就能垂钓的棚子。而且估计这棚子应该不会震动、散落到池塘里去，因为李景遂很多时候是会坐在这里专心垂钓的，比如说现在。

冬天的鱼难钓，除非有最好的香饵和最好的耐心，当然还需要最好的技巧。李景遂握着钓竿，他相信自己的香饵是最好的，自己的耐心也是最好的，但是鱼始终都没有上钩。所以他在考虑今天开始是否应该运用最好的技巧，但这技巧一旦运用了，那就意味着第一轮的较量进入了决战阶段。而如果运用之后鱼还不上钩，那就意味着第一轮的较量是以自己失败告终。接下来只能改换其他方法来对付这条鱼了。

虽然李璟是将审讯烟重津刺客的事情交给了他和太子李弘冀，但李景遂觉得这件事情主要还得自己来办。自己一直兼顾主持刑部，可以说是专攻案件辨查和刑狱查审的。而太子李弘冀还有协助审讯的冯延巳、韩熙载都是外行，所以这件事情要想做好，自己就必须大包大揽，不能受到其他三人太多干预。

另外李景遂也是想利用这件事情提高自己的威信，因为他不是将帅人才，无法在战场上建功立业。而他又被定为南唐皇位继承人，如果没有一些大的功绩，恐怕会有很多人不愿臣服辅佐。所以这次查出暗算元宗的背后操纵之人对于他来说是个难得的机会，他要利用这个机会尽显自己的才能和手段。

那个叫裴盛的刺客已经安置在黄粱居中有半个多月了，每日都是美酒珍馐喂着，美女娇娘陪着，与刚押到此处时相比，已经养得白胖肥嫩了许多。

而从到这里的第一天开始，李景遂便让人每天给他开出一个册子，册子上列出的是官职、银两、田地。他知道天下人碌碌，为的无非就是这三样东西，有了这三样，其他什么都可以想办法得到。特别是做刺客的，对这三样东西的欲望更加强烈。他们往往是实在没有其他办法和途径获取到这三样东西，这才冒险通过从事杀人的行当来获取这些。从裴盛被押到这里半个多月，每天开出的册子都是不同的。上面这三样东西的级别和数量在不断变化，在不断提升。李景遂管这叫"软取心"，他相信这一招应该是会有效果的，只是时间长短、筹码大小不同而已。

　　吃着美酒珍馐，拥着美女娇娘，看着一天天加码付给自己的巨大利益，很少有人能挺过五天的。因为作为被审的刺客而言，他们应该担心某一天开出条件的人会被他无动于衷拒绝合作的态度激怒。那么非但所有的优厚条件会化为乌有，而且还会换来无法承受的肉体伤害和精神折磨。所以虽然每天面对的只是一张写满字的册子，其实对于刺客的心理是有很大压力的。是对他们坚守职责和操守的一种挑战，更是对其人性和欲望的一种缠斗。

　　所以半个多月来"秦淮雅筑"中看着风平浪静，王爷和刺客之间一团和气，但实际上他们无时无刻不处在一种比拼的状态。他们比拼的是双方对一个分寸的掌握，比拼的是双方对形势和细节的分析揣度，比拼的是双方心理的承受能力和忍耐力。

　　但是面对所有这一切，裴盛已经挺过了将近二十天，这绝对不是常人的意志可以做到的。这么多天里，裴盛唯一透露的只有自己的名字，其他所有和刺杀有关的、无关的都只字未提。所以就连李景遂也开始从心里佩服裴盛了，因为如果只是不屈服、不合作、不透露和刺杀有关的信息，那么这个刺客只是在耐心、耐力上超乎常人。但是能够连无关的信息也只字不提，那么就不仅仅是耐心、耐力上的超常表现，而且还有警觉性、抑制力、自我控制、自我疏解上的超常表现。这已经是近乎扭曲自己人格、人性的意志层次。

　　就在这时，太公轩竹门"吱呀"一响，走进一个胡须已经有些斑白但面色红润如童的高大老人来。

　　李景遂听到竹门响声后，手中鱼竿微微一颤，鱼浮瞬间荡开了几圈涟漪。李景遂知道自己作决定的时候到了，可他还没有完全想好该作怎样的决定。

"王爷，今日如何加码？"那老人声音洪亮，声出气荡，这就算是壮硕的年轻人都无法达到。

"第几日了？"李景遂其实心中清楚知道已经第几日了，但他还是问了一下。

"第十九日了。"

"那刺客状态如何？"李景遂又问，他觉得有些问题的答案可以帮助自己作出最为正确的决定。

"很可怕。"

李景遂没有想到会是这样一个答案："费刑司，你所说的可怕是什么意思？"

这个老人正是刑部总刑司，人称"半吊子"的费全。费全知道自己的回答肯定会让李景遂继续追问，而他也正想说出自己的看法："我之所以说他可怕，是因为这些时日他越过越自在了，看起来没有丝毫的负担，就像是住在自己家里一样。蔡佛爷也来瞄过几回，就连他都看不出这种状态是刺客矫情做虚，还是真的无心无肺，所以我说他可怕。不过有几点与普通杀者不同的特点可以确定，一是这刺客是经过特别训练的，二是此刺客似乎并非为财而杀。第三点是蔡佛爷辨出的，他说这个刺客虽然看似越来越轻松自在，但一举一动间依旧是以全神全力贯身。也就是说，他还处于刺杀状态，精神意识还没有从刺局中撤出。这一点很奇怪，因为他现在的处境已经没什么人要杀，也杀不了什么人。"

"你这样一说我便清楚了，也就是说，那刺客外部看起来轻松随意了，但其实是在暗中蓄力。我觉得他这样做可能是认为自己有机会逃出，或者可能是觉得会有人来营救他。"李景遂知道"十目佛爷"蔡复庆不会看错，但是明明已经是阶下囚了还处于刺杀的状态，那就只能是这两种可能。

"那不应该呀，从他第一天押到黄粱居，我们就已经清楚地告诉他，这里的所有设置是不可能让他逃出也不可能让人救他出去的。那天我特意提到几个坎行大家的名号和他们在此处做下的机关消息，蔡复庆从刺客表情神态上看出，那些大家名号和绝妙设置他全是知道的，而且同时还看出他表情中有惊容和愁怨，这说明他清楚凭自己的能力是无法闯过这些机关暗器的。"

"那么关键就在营救他的人身上，营救的人可能是有办法和能力闯过那些机关的。"李景遂说完这话后突然怔在那里。

"王爷是说营救他的人会是我们雅筑里的人？"费全到底不是一般人，李景遂因为自己所说的话而意识到一些可能才会怔在那里，而费全竟然也从这句话里听出了些其他意思。

"不一定是我们雅筑的人，也可能是可以在我们雅筑自由进出的人。而能在我雅筑自由进出的人寥寥无几，不是朝中重臣就是皇家一族。最想救出刺客的人应该是暗中操纵要用字画刺杀皇上的人，也就是说，这人是在重臣和皇家。难怪皇兄要把这件事情交给我和太子同审，看来背后操纵刺客之人非同小可。"李景遂有些吃惊，因为他之前并不清楚字画诡杀之事，是李璟委派他审讯查实之后才将各种信息加以梳理。但他怎么都没有想到自己其实是被列为怀疑对象的，另外作为李皇家族成员，他也根本没有将太子李弘冀列为怀疑对象。即便是和费全分析到这一步，他心中其实还是将脑筋在那些外姓的重臣身上转。

"王爷，这些疑问其实只需撬开刺客的嘴巴就全然水落石出了。天也不早了，不能让那刺客有闲暇歇息心力。今日的册子还加不加码？"费全要办的正事还未曾有答复，所以他将话头又拉了回来。

"你刚才不是说此刺客并非为财而杀，那继续加码有用吗？"李景遂反问一句。

"我觉得是很难有作用的，但加不加还得王爷定夺。"

"加码既然没有用，那么我们从今天开始就减码试一试。"李景遂终于决定改用技巧了，因为从种种迹象看，这一轮最终的决战可以开始了。"今日将这十几日来许下的码子减掉三分之一，如果依旧没有反应，那么明日再减三分之一。"

钓鱼的技巧是要在鱼儿吞到香饵吐出钩子的时候提竿，这样才不会脱钩。现在既然鱼儿不吞香饵，那么李景遂便决定逐步去掉香饵，直接露出钩子来钓鱼。这种技巧叫甩鱼，是难度极高的钓鱼方式。

一般而言，看到许下的价码被砍掉比一天天加码给人的压力更大，这就相当于直接将自己已经得到的东西重新剥夺了，而且一下子剥夺了那么多。面对这种剥夺必须尽快有所反应，因为这是实际利益的消失，并且总共只有两次机会。两个三分之一的剥夺之后，再要妥协就没有任何意义了。另外这还是一个先兆，一个预告。当许给你的实际利益被剥夺完后，接下来便会反过来开始剥夺你原有的了，包括精神、肉体乃至生命。

所以从第一次减码开始，就相当于给了一个宣判，和宣判死刑、绝症是同样的道理。宣判死亡不可怕，进入死亡也不可怕，最为可怕的是等待死亡的过程，那是一段可以让人崩溃发疯的时间。但是裴盛不仅要熬过这段等待死亡的时间，而且还要刻意拒绝一条可以让自己活得很好甚至更好的路子。所以现在的问题已经不是什么贪利忘义了，而是应不应该拯救自己。

这一次裴盛能挺住吗？

即入宫

裴盛能不能挺住还是个未知数，蜀国成都的王昭远却没能挺住，不，准确地说他连挺都没挺心理防线就彻底崩塌了。孟昶其实才问到他是否知道智諲禅师的俗家侄女之事，他便已经趴在地上连连磕头，带着哭腔把所有事情都抖了出来。

赵崇祚之所以带着华公公急匆匆回到成都蜀宫之中，是因为蜀皇孟昶一直都在等待关于宝藏皮卷的消息，同时也是为了彻查救助华公公的几个人到底是怎么回事。赵崇祚是不问源馆的主持者，各种怪异纠结的刑案都见识过。所以当那女子说出自己是智諲禅师的俗家侄女，到成都是要投靠王昭远的时候，他就已经确定这件事情要查证清楚易如反掌。

刚刚踏上往成都赶回的道路，赵崇祚就已经派人前往乐山县正觉寺去找智諲。到了正觉寺后立即将智諲严密控制，不得再与外人有所交流，然后将其秘密带到成都。

而当赵崇祚和华公公进到蜀宫之后，他们也把此事立刻向孟昶进行了汇报。华公公始终坚持自己遇险之事是与这几个人有关的，他们是要利用自己一路畅通无阻地来到成都，然后有所图谋。至于说与王昭远、智諲的关系，很有可能是谎言，不过也不排除他们所图谋的事情与王昭远和智諲是有关联的。于是孟昶传旨，令王昭远火速入宫。

"皇上，微臣该死。皇上你也知道，从前我与智諲禅师有师徒缘分。现在虽然我在朝中为官，但是那份情义我是不会忘却的，否则还怎么立足世上做有情有信的大丈夫。所以当智諲禅师求我替他安置俗家侄女时，我便想都没想一口应承下来。本来我也只是想着将他侄女暂留我府中，然后替她寻到一个合适的夫家嫁了，我这事情也就了结了。但是智諲说他俗家侄女艳若天仙，精通音律舞蹈，擅长写词种花，如非皇族之家，那绝对是不能随便嫁了的。于是我想皇上为了蜀国百姓日夜操劳，身边合心意的伺候之人却寥寥无几，不如就将智諲这侄女想法送入宫中。一则她有了富贵荣华的安顿之处，再则皇上身边多个照顾之人，也可让我们这般为人臣者心中稍安。故此我才斗胆托人造册立户，并将造册插入来年宫选之列。"

王昭远虽然没有治国安邦的文才武略，但是察言观色、见风使舵的一套无出其右。再加上能够说出天花的口才和不知肉麻的厚脸皮，所以诉说之中不仅将自己责任全推卸开去，而且还将自己说成个重情重义之人，对孟昶关怀备至、忠心不二。

"王大人，你这样做可是欺君啊！"华公公在旁边阴冷地说了一句。

"可不敢这么说！"王昭远眼泪没出来，唾沫星子却是从咧开的嘴巴里喷洒而出了，"华公公这话太过武断绝情了。我是为了谢师恩、酬君恩，想做成个两全其美的好事。但是迫切间未曾细作思量，所以在做法上不够妥当而已。"

"是不够妥当，皇上后宫中有花蕊夫人淑慧贤德，而你要将一个远途而至不知底细的女子弄入宫中，却不知是何居心。"赵崇柞虽然不赞同华公公将自己遇险之事与那几个人关联上，但是王昭远要将一个女子弄进宫中安置在孟昶身边，他却果断觉得这是针对花蕊夫人的。而花蕊夫人是他和毋昭裔的靠山，王昭远设法针对花蕊夫人那就是想和自己两人斗高下。所以这个时候自己应该落井下石，把王昭远这把算盘砸碎了才能安宁。

还没等王昭远开口辩驳，门口有太监进来传话："皇上，正觉寺智谌和尚被赵大人手下带到。"

"正好，王昭远你且到一旁等候，我听听这智谌和你的说法对不对得上号。"孟昶说完示意下面将智谌带入大殿。

智谌和尚进来后便伏地磕头，然后微微抬头扫看殿中的几个人。满脸的茫然和惶恐，这模样一看，就知道到现在他还不知道到底发生了什么事情。

孟昶再次示意，赵崇柞立刻领会，他上前两步，将华公公出差事赴楚地遭伏遇险，被几个从东南之地远道而来的人救下的事情大概对智谌说了下。并告知华公公觉得这几人是故意设局救他，借机随他一同入成都另有图谋。

"皇上英明，各位大人睿智，这些事情与贫僧没有丝毫关系呀！如果是要辨别这几人说话真伪，应该去找无脸神仙才对。"智谌听完赵崇柞的叙说之后一下子轻松了许多。

赵崇柞这一回什么都没说，而是将秦笙笙交给他的书信递给智谌。

"啊！这是我写的书信，赵大人是从何处得到？难道，难道大人刚才说救回华公公的是我俗家侄女秦艳娘和家里亲戚仆人？"智谌一眼认出自己书写的信件，随即一下就联想到自己到此到底所为何事。这不仅需要智谌脑筋灵活，而且必须是场面上常常办事的人才可能具备这样的反应。

"那真是你侄女？"华公公冷冷地问道。

"人我没见到，我怎么知道是不是。不过能拿出这书信的肯定是和我侄女艳娘有着关系。"智谌说话滴水不漏。

"你让你侄女到成都有何企图？"华公公突然厉声尖喝一声，空荡的大殿中响起一阵刺耳的回音。

华公公的尖喝不但惊吓了智谌，就连孟昶、赵崇柞以及殿上伺候着的太监宫女也因为太过意外而吓了一跳。

孟昶侧脸瞪了华公公一眼，心说这阉奴才是不是因为在外遇险遭受了刺激，所以才会在这皇宫大殿上一惊一乍的。

智谌的样子是真被吓到了，但说出话来却像没把华公公当回事："华公公，你可别吓唬我。我这些天心促气急的，皇殿之上你这一喝再把我吓得一口气转不过来，心跳一顿再接不上来。我这一蹬腿虽然显得你威仪无比，但我这话还没能说清，死得岂不冤枉？"从智谭的语气特点便可知道王昭远的本领是从哪里学的，这僧人都是忠厚本分严守清规的，但是这天天与世人、俗人打交道的僧人无赖起来，那整天躲在宫里的太监真没得比。就这话里头已经隐隐在暗讽华公公比孟昶还要威风。

"不要扯远了，回答我的问题，到底有什么企图？"华公公这次的声音依旧很高，但是大家有了心理准备便不再被惊吓了。只是觉得他那尖厉的嗓音提高之后很是难听，就像有只猫爪在抓挠心尖。

"怎么说呢，说有企图那是真有企图。这世上谁人没有企图，谁人不是奔着荣华富贵、重职高位去的。其实我的企图王大人是知道的，要没有他我这企图也就是一场空梦而已。"这时候便越发显出王昭远是智谭的徒弟了，这智谭还没说到实际的内容，就也开始把责任往王昭远身上推了，"我一个出家之人如何能安置一个成年的姑娘，所以只能靠着王大人的关系给我的俗家侄女虚造户册，然后托借一个名门望族的份额选到宫里。王大人，具体是这样操作的吧？"

话说到这里事情已经完全清楚，再纠缠下去已经没有任何意义。

孟昶此时心中已经在想花蕊夫人的温柔窝了，这大殿空荡荡的，让他总觉得有股驱之不去的寒意。

赵崇柞也觉得可以就此打住了。三方面的言词全都对应上了，王昭远、智谭最多就是玩些贪小谋私的手段而已。现在最好是孟昶发话，让其废除虚假造册，然后让他们两个带走那几人随便怎么安顿就行了。

"不会有这么巧的事情。我一个蜀国皇宫的内防总管在楚地遇难，然后一个蜀国名僧的侄女从千里之外而来正好救了我，并且正好与我同路回来找蜀国的枢密院事，这说出来几人能信是真的。"只有华公公不肯罢休，他始终觉得这其中存在疑点。

"华公公，不管有几人相信这是真的，现在这事情确实是如此发生的。按理说，我侄女一个柔弱女子，带着几个无用之人随行，见你遇难是不该多管闲事出手相助的。而如果不予相助，让华公公永远睡在那山清水秀的野路边，那么华公公反会觉得是合理的，后来的麻烦猜疑之事也就不会发生了。但是我侄女从小就是心有佛性之人，不忍见死不救，这便给自己惹来了无尽的麻烦，毁了自己大好的未来。华公公，你觉得如此对待这样一个善心、佛性的女子应该吗？"智谭的话很有分量，问得华公公哑口无言。

"华公公带着一帮高手前去楚地出差事。但是手下全军覆没，所做差事丝毫未成，只剩自己一人遇救后艰难逃出。而到底发生了什么、如何发生的又无法说清。为了自己颜面，也为了在皇上面前好有交代，便不惜抓住一个救助自己的弱女子和几个随行之人不放，将自己该担的责任全嫁祸给他们。"王昭远紧接着智谭的话头侃侃而言，是要堵住华公公的口，更是要堵住华公公的心。

"一派胡言，一派胡言！你们，你们两个，都是欺君之罪，欺君之罪！"华公公尖着嗓子反复着这几句。他现在的思维只能让他反复这几句，而他现在的样子也只能是让孟昶更为厌烦地瞪他一眼。

就在这时，大殿门口探出一个尖小的脑袋，满脸好奇地往里看。华公公思维展不开，言语说不开，但这眼力还行，一下看到那个探出的小脑袋。

"大德仙师，大德仙师来得正好！你来评一评，或者推算一把，看看这其中是否有着不可告人的企图，看看这两人是不是有欺君之罪。"说着话，华公公还急急地走到殿门口，将探头往里看的申道人拉了进来。

"我不懂我不懂，这事情我推不出。我是给皇上送灵丹来的。"申道人本来是不肯进来的，因为这皇殿之上是商议国家大事的，平时他连接近都不接近，而且就算接近了也是会有侍卫将其拦住。但是今天皇殿里争执的可说是国事也可说是家事，所以殿外的那些侍卫也就没有拦申道人，让他走到了皇殿门口。

但是架不住华公公大力拉扯，申道人连着几个趔趄被拖进了皇殿。然后也不管申道人愿不愿意听，在不在听，只管自己尖着嗓子将事情经过又对申道人说了一遍。

本来孟昶已经开始厌烦华公公，不仅是因为他一惊一乍地吓到了孟昶，

第四章　皮卷被分

还因为他此行毫无收获，没有带回一点丰知通他们夺到宝藏皮卷的后续消息。但是现在见华公公将申道人拉了进来，孟昶一下提起些兴趣，他很想知道申道人会如何判断处理眼前这事情。

"这可以说是欺君之罪。"听完华公公的讲述后，申道人果断答复。但是还没等华公公表现出丝毫欣喜，也未等智諲、王昭远来得及开口反驳，申道人就又冒出一句："也可以说不是欺君之罪。"

"大德仙师此话是什么意思？"孟昶觉得申道人话里有话，于是好奇地问道。

"这是不是欺君之罪不在于造册立户什么的，那只是给蜀国多加个人而已。也不是在于要把大和尚的俗家侄女设法送入宫来，那只是给皇家多加个人而已。从王大人和大和尚的角度来讲，这些做法虽出于私情，但都是人之常情。即便提前跟皇上说了，我想皇上也不会加以阻止。"

孟昶听了申道人的话连连点头，说实话，他根本没有将虚造户册这种事情当回事。在他认为像王昭远这样级别的官员，应该有安置一些人的特权。他们安排几个人造册立户为蜀国人，其实可以算作正当手续，根本不构成虚造户册一说。

"可你不是说他们是欺君之罪吗？"华公公觉得申道人有帮着王昭远和智諲说话的意思，于是赶紧插入一句，打断申道人的话头。

"这是否有欺君之罪，是要看他们想要送入宫里的女子是否具备资格。如果是个滥竽充数的效颦东施，那他们所为应当算为欺君之罪。而如果确实是可以为后宫增色添彩的天香国色，那么非但无罪，还要算大功。"

"说得有理，这倒不是难事，赵大人，你带回的那个女子在何处，可以唤上殿来一验。"孟昶对这种事情是很感兴趣的。

"皇上，此女现正在宫里惩戒犯错侍卫的'闭思房'，但没有经过检身，也未查清底细，带上殿来怕身怀不利。而且微臣觉得，不管如何此女都是远道而来，非蜀国中人，不像正常途径选送宫中的秀女，是有大户大族为担保的。所以此女应该让王大人带回另行安置，以此显示皇上宽宏。至于入宫就算了。"赵崇柞这是不想让王昭远安排的人有一点接近孟昶的机会。

"一验也无妨，只当是消遣。不过赵大人小心是不错的，我们可以移步到'闭思房'，从窗栅之外看她。那么不管她是否检身，都不会对我不利。"孟昶兴致盎然，竟然是主动要去"闭思房"看被关押的秦笙笙到底长的什么模样。

没人能阻止一个男人对女人的好奇，也没一个大臣能阻止皇帝作出的决定。所以这一群人只能是随着孟昶的抬辇前往"闭思房"。

透过"闭思房"的窗栅，孟昶看到了秦笙笙。只一眼，孟昶便一下呆立在原地许久许久。

这个女子也许不是他见过最美的女子，相比花蕊夫人还是略有逊色的。但是这个女子的气质却是透着一股引力，是孟昶一直向往的引力，一直想品味的引力。这引力中有如同花蕊夫人那样的雍容华贵，但也有花蕊夫人没有的妖冶妩媚。这引力中有服用了"培元养精露"后与花蕊夫人狂冲猛进的激昂，也有服食"仙驾云"之后全身心放松状态下无控制喷泻的舒畅。所以孟昶一下认定这女子是自己要找的，而且是一直在找的。

许久许久之后，孟昶轻咳一声，于是周围所有人都把目光转向他。

"净沐，检身，即刻入宫。"这是孟昶最终给出的决定。

随着这个决定，一个公案变成了一段佳话、一桩喜事。随着这个决定，秦笙笙以秦艳娘的名字入了蜀国后宫。随着这个决定，某些爪子、钉子开始占位、入局，一个局相逐渐成形。

第五章　三面合围

伞状兜

八天后的一大早，齐君元来到了城隍庙门口，这时城隍庙的庙门才刚刚打开。很明显可以看出，今天的城隍庙门口比八天前更加热闹。大概是临近年关了，卖东西的想多挣些钱过个好年，买东西的也想买到些好年货过个好年。但更主要的是因为进出庙门的香客变得更多，特别是一早庙门刚开的时候。

广信这一带流行烧早香，最初时都将正月初一早上来敬的香叫烧早香。但是都集中在那一天早上的话，所有的寺庙都得给挤破。所以后来烧早香的习俗变成从小寒之后就开始，这样那些香客信徒还可以在过年之前顺便到庙里请些吉符、镇物、香烛回去，在过年时张贴悬挂、祭祖祭家神，祈求来年平安多福。但是一大早就去烧香的习俗却没有改变，因为传说各路神仙每天都要接受世人无数祈求祷告，只有大早的时候是耳聪目明的，所以只能记住最先求下的一些愿望。

齐君元随着人流在城隍庙门口走了两个来回，确定了周围没有一点异常。但是这两个来回中他也没有看到其他任何一个人，估计是因为自己没有说定具体什么时间，所以这些人可能会来得晚一些。不过齐君元却清楚记得自己说定的地点是在城隍庙里面，所以在没有发现到异常的情况下，他决定先进到庙里去等候。

城隍庙里的人更多，特别是在刚进庙门的地方。因为庙门门廊并不大，进门不远就有一堵木影壁。木影壁是固定在左右两个粗大立柱上的，正面有金色"道"字，反面三清坐像。一般情况下木影壁右侧是进寺通道，左侧为出寺通道。进寺通道靠墙有雨公像，出寺通道靠墙有风婆像。但现在就在右侧雨公像的前面架起一个请香的香台，这就将进去的道路截掉一块。

过了木影壁靠近右侧阶道有个很多枝杈的铁支架，样子有些像棵矮树。这其实就是个大烛台，上面插满点燃的蜡烛，是给那些香客点香用的。而木影壁背后正对大殿的位置放了一个跪榻，这是让香客们点燃香后先拜全寺神灵的位置。这里拜完之后，再一路大小阴官、田神谷神地拜过去，直至拜到城隍老爷法座前。

齐君元不是来敬香的，但是一样被堵在了进门处的位置。当后面又进来的香客将他完全围在拥挤的人群中后，他的心里涌起一种不安。但是这不安并不明显，而且齐君元无法判断是因何而来。为了确定这种不安的真实性，齐君元随着缓慢移动的人群往请香的香台走去。

香客中有很大一部分是自己带香进庙的，所以香台那边相当于是将人群分流了，显得松散了许多。另外齐君元是空手进庙的，如果不去请把香拿着会显得与周围人群格格不入，让人注意到自己。于是他决定去请几炷香，那至少可以作为自己的掩饰物。同时他还想利用移动来证实周围的环境是否确实存在让自己不安的因素。

就在齐君元往香台那边移动时，他敏锐地觉察到人群中出现了几个不正常的移动。齐君元没有转头，只是眼珠转动，朝着那几处位置偷瞄一圈。他最初以为这几处移动是范啸天那几个人，他们可能已经比自己更早地进到庙里，看到自己进来后便都想随着自己往一处去。但事实不是这样的，齐君元没有看到一个同伴，甚至连不正常移动的是哪一个都没有看出来。

第五章　三面合围

　　这现象让他顿时间浑身汗毛倒竖，肩胛、脊背自然绷紧，就像一只发现了危险的豹子。但是和发现了危险的豹子不同的是，齐君元并没有发现危险。也正因为没有发现到危险，他才会更加的不安和害怕。因为这意味着人群中藏有和自己一样混在一斗豆子里无法辨别出的豆子，而且这些豆子已经将自己这颗豆子确定为他们的目标。说得直白一点，就是这一次齐君元遇到的不是官家捕快、秘行组织，而是真正的刺客。并且和他一样是刺客中的高手，不露声色状态下连他都无法觉察出的高手。

　　齐君元的脑子在飞速地转动着，这种状况下，他唯一需要做的就是确定哪些是豆子，他们各自在什么位置。然后综合周围环境和条件，设计自己该采用怎样的方式脱身。至于这些人从何而来、为何而来等等问题都必须立刻从思维中完全摒弃。将身心放置到最为空灵的状态，把周围一切与自己心意融合，这样才有可能夺路逃出。

　　首先要做的是找出豆子。想到这里时，齐君元脚下其实已经迟缓了两步，身前已经空出三四个人的空间，而后面往香台前移动的人已经在推挤齐君元了。于是齐君元借着背后推挤的力道顺势一个急冲，两个急促小步的走动，一下就扑撞到前面人的身上，同时将身体放低、回转。

　　由于齐君元只是看似的急扑跌出，所以后面并未太用力推挤他的人一下站住，并且背部死死抵住后面继续往前的人。这是怕发生连续的推挤，也是为了表示自己并没有大力推挤，怕前面的人有什么事情发生自己会承担责任。而这样一来齐君元身前的空当变成了身后的空当，让放低并回转身体的他可以看到一个扇面范围中的情况。

　　闪电般的一瞥之间，齐君元确定总共有三处异动。

　　一处是庙门左侧往里四五步处的一个庙祝，随着齐君元身形的突然变化，一直双手合十朝着庙门外的庙祝突然往右移动两步，并且微微扭头往齐君元这边瞟了一眼。这是一颗豆子，齐君元非常确定，不仅因为他随着齐君元的动作而迅捷异动，而且因为庙门左侧是让烧完香的香客往外走的通道，一个庙祝站在这位置会影响香客走出。再有这位置的庙祝应该是送客才是，而他为何是朝着庙门外合十致意？所以这颗豆子应该是安排在那里确定齐君元进入庙中并给同伴信号的，同时还负责堵住庙门不让齐君元出去。

第二处豆子是个平常书生打扮的男子，他的异动很小。在齐君元急促动作时，书生正在烛火上点香。但是就在齐君元动作之后，他却将还未完全点燃的香头从烛火上拿开。并且身体往后挤退一步，直接把点香位置让给了别人。但让出之后却又站在原地没有再动，这样他的身前就有了一个可以随意折转的空间。而且他所处位置正好可以堵住右侧继续往庙里去的阶道。

第三处豆子的动作更小，而且是个别人很难相信的对象。但是齐君元相信这是一个刺客，而且是个很厉害的刺客。那是个头发已经花白的老太太，粗布蓝袄，拿着一把香站在点香烛火和跪拜垫榻之间，似乎是在考虑该先去磕头还是先去点香。她表现出的唯一异常是在齐君元动作之后，既没有去点香也没有去跪拜，更没有朝齐君元这边看一眼。而是侧转身体，将一个身材比她高大许多的男子让过。但就是她这侧转过来的身体，往前挤进可以和书生构成合击态势，往后退步，可以与庙祝构成合击态势。而这两个态势的形成，对于齐君元来讲其实已经是被困在一个伞形区域中。

这个区域中全是熙攘的人，这对于齐君元使用的武器很不利。要是在空旷的地方，无色犀筋挂钓鲲钩长距离主攻，其他种类钩子助攻，就算一个对三个高手，齐君元即便不能取胜，也是可以坚持一段时间的。再有齐君元不敢明目张胆地和这几个人对决，广信城中防御使刚刚被杀，临时接替的副防御使生怕刺杀针对城防有何目的，已经是将官兵派上城墙守护，完全处于临战状态。如果他们这边再一动手，惊动了官府，将四城城门关闭，那么自己几个人就无法及时从广信城出去了。一旦梁铁桥醒悟之后及时赶回，自己这几人肯定会被他从广信城中翻出来。

确定了目标，下一步就是要寻找合适的武器和条件，布设一个可以杀死或摆脱三个刺客高手的兜子。

于是齐君元重新站直了身体，他先把鞋底在地上蹭两下，好像是因为地面上有什么不平才导致他扑撞的。实际上借助这动作齐君元已经将铺地青砖的表面光滑程度了解清楚。按说这青砖铺设的地面不会太光滑，但是像这人来人往的寺庙却不一样，太多人走过之后肯定会将砖面磨滑，特别是在人们

第五章 三面合围

聚集的位置。比如说点香的枝杈形烛台那里,比如说跪榻前一步的范围,比如说插香的大香炉周围一圈,等等。

蹭完地面后,齐君元抬起了头,转身朝四周的人点头微笑,以示歉意。而这过程中,他已经将庙门、香台、立柱、木影壁、枝杈形烛台等物体的相对位置、角度、距离盘算清楚,还有进入人流的行走规律也了然于心。

最后,齐君元从怀里拿出钱囊,拈出一枚铜钱后很随意地将钱囊挂在了左手手腕上,就连敞开的囊口都没有收紧。

把铜钱放在香台一头的斗盘里后,就可以随便从香台上挑选自己中意的供奉香烛。齐君元放入铜钱后从香台上抓了一把佛香,这些都是用竹条裹了香料做成的插香。另外他还拿了一支蜡烛。蜡烛倒是普通的卷纸芯蜡烛,不长也不粗。

拿了香烛之后,齐君元继续随着人流往前缓慢移动,依次朝着点香处插满蜡烛的枝杈状铁支架走去。

三颗豆子没有发现齐君元有任何后续的异常,仍然以最为正常的动作和速度随着人流往里走,所以确定刚才出现的异常情况真的只是个意外。三个高手很隐蔽地交换下眼色,确定继续按他们原来设计的布局行动。

齐君元慢慢走向点香的枝杈形大烛台。但是在这过程中,他已经将那三人的所有行动都捕获在眼中。现在他急需这方面的信息,有了这些信息才能推断出对手的布局和计划,自己也才能针对他们或利用他们的意图布设自己的兜子。

庙祝的动作依旧是最大最明显的,他是在往右移动。因为有着庙祝的身份,所以香客们都主动挤让开通道让他先走。这样一来,虽然同样是在拥挤的人群里,他的移动速度却比齐君元快得多,很快就到达香台靠里的一端,占住齐君元右后侧的位置。

那花白头发的老太太已经确定自己不去拜榻也不来点香,而是往木影壁的右侧移动了两步,那样子像是要从进来的原路退出去。但是真要退出去的话她应该往左边走才对,那边人少,而且都是顺着出庙门的人流。不过齐君元看出她往这边硬挤两步的意图,这个方向正好是在自己左后侧,而且随着

后面那些自己带了香烛的香客人流,可以慢慢往自己这边逼近。

这一次书生的动作是最小的,他站在原地没动,好像在犹豫自己是该往跪榻去叩拜还是该回到点香烛台那边继续将没有点燃的香点起来。但是当齐君元站到枝杈形大烛台前后,他终于拿定了主意,看一眼没点着的香头,微微摇下脑袋,再次往烛台这边挤来。

很明显,书生是想要挤到齐君元身边来,而且只要再有两个依次点香的让开,他的目的就达到了。随着书生与齐君元的距离越来越近,庙祝和老太太也在不露声色中加快了移动的速度。此时这三个人依旧是呈伞形布局,而且从他们的行动上来看,他们的企图是在拥挤的人群中出手,却要在大家毫不觉察的状态下就将齐君元制住。

齐君元看清了对方转移位置之后却依旧未变的布局,也从他们一起收缩布局范围的行动上看出了他们的企图。齐君元也有同样的企图,在这种人多的小环境中,在广信现在草木皆兵的大环境中,他也希望在没有什么大动静的状态下或者别人认为是意外的状态下制住对方三人。所以对方的做法和步骤也正合齐君元的心意。

杀双强

书生距离齐君元只隔着一个人了,只要齐君元旁边点香的人让开,书生就可以从他身前两个人的夹缝中挤到齐君元的旁边。庙祝也快到齐君元右侧身后了,如果齐君元和他是个老相识,他们相互间的距离完全可以探出手臂来握个手。而老太太的位置相对靠后,她那年老体衰的样子,如果挤得太猛会让目标觉得不正常。另外或许她根本就不用挤得太近。一般刺客行中的女性,特别是年老的女性,所精通的都是小巧杀技,或是使用可以在较远距离达到效果的武器。而这一切都在齐君元意料之中。

站到烛台旁边的齐君元已经在烛火上很认真地点他手中的那一大把佛香了,真的很认真。他是要将这把香上的每一支都点燃、燃透,所以那整把的佛香顶上一段其实已经全燃烧起来,形成了一朵不小的火苗。

第五章 三面合围

也就在佛香头烧成火苗的时候,齐君元的另一只手将那支蜡烛扔在脚下,用脚轻轻控制住。当齐君元身旁点香的那个人让开时,齐君元将挂在手腕上的钱囊拿在了手里。而当书生正准备从两个人的夹缝中挤过的时候,也就是在庙祝距离齐君元只有两臂不到的时候,齐君元将钱囊中的铜钱、碎银全抛洒了出去。

"天上掉钱了!"齐君元抛钱的同时喊了一声。

人们一听到钱字,所有人都在那个瞬间停止了一切动作。这个暂停正是齐君元所要的,他可以将那三个点上的人定位,或者让他们的动作与周围其他人都产生差异。因为只有他们三个人的目标不是钱,而是自己。

书生这个时候已经挤到两个人的夹缝中,本来这两个人在这样用着暗力的挤入中应该顺势让开。但是就因为他们耳边很清晰地听到句"天上掉钱了",所以这两个人的身体一下绷住,全运着力站稳脚跟抬头往上看。书生身体挤过一半,却正好被两个突然凝滞的身体夹阻住。

一个正在暗中采取行动的刺客不管身体还是神经都是处于高度紧张的状态。而处于这样一种状态之下的身体却被两股本该无碍的力道突然夹阻住,从大脑到神经再到身体所做出的反应是最快最激烈的。而书生此时的身体趋势已经朝前倾出,从夹缝中挤过的力道也已经使出,所以这时能做出的最快最激烈也最正常的反应就是将自己往前的力道猛然提升,迅速挤开夹阻到达自己预想的位置。

齐君元本身就是优秀的刺客,他完全了解一个刺客在这种状态下的反应。所以就在这一瞬间,他把脚下的蜡烛推到了位置。而抛出钱后收回的手正好抓住一个香客的肩膀,这个香客是夹阻书生的两个香客中的一个。齐君元单臂用力,将这个香客的身体横向拉开些距离。

所有的分析和描述其实就是一个瞬间的动作,所不同的是书生做的是下意识的动作,而齐君元做的是有意识的动作。两个动作配合之下,产生的效果是别人无法想象的。

书生在猛然发力的瞬间突然发现夹阻自己的力道消失了,有一边夹阻的身体让开了。于是自己猛然间提升的力道全加注在了自己身上,让他整个人往前面树杈形的大烛台跌扑过去。

如果只是单纯的跌扑，书生凭着自身的腰力、腿力仍是可以将身体收住的。而且他已经在急促间探出一脚，这一脚足以让他在身体触碰到树杈形烛台以及烛台上任何一支烛火之前支撑住自己。问题是，他探出的这一脚踩在了一支圆滑的蜡烛上，圆滑的蜡烛加上光滑的青砖面，让他这脚只是像踩中了一片水上疾漂的浮板，根本没有着力点。于是跌扑的身体依旧跌扑，并且以为可以脚下着力稳住身形而没有采取其他方法来改变跌扑的状态，减小最终的伤害。

枝杈形的大烛台主支撑架全部弯曲变形了。但变形更严重的是书生，烛台上枝杈、枝杈上插蜡烛的铁钉全插入了他的脸面、脖子、胸部。而那些被他压断压烂的蜡烛则将最后的一朵火焰传递到他的头发上、衣服上，让他变成依旧插在烛台上燃烧的一支大蜡烛。

后面的老太太一直注意着前面的情况，虽然中间隔着不少人，但是他们之间的实际距离很近，近得可以看清表情的变化。老太太没有看到书生表情的变化，但她看到了齐君元表情的变化，那变化是非常夸张地张口喊了一声"天上掉钱了！"也就是这个变化让老太太知道，目标已经发现了自己这些人的存在，突然制造这种意外是为了脱身或抢先攻击。

久经杀局的老太太立刻缩身往后两步，这是经验，更是实战技巧。

目标抢先采取了行动，因为他已经发现了一些人的存在，并觉察到他们的意图，所以他可以抓住合适的时机实施他设想好的行动。现在反倒是设兜者这边并不清楚目标到底发现了多少，实施的计划到底是杀是逃。因此这个时候采取一定距离的避让是最为明智的，哪怕只是退后两步。这不仅是对自己的保护，也是为了更多地了解目标，更好地对付目标。

当看到书生的脑袋扑闪一下从人群中失去踪迹后，老太太知道齐君元开始下手了，于是再次缩身往后硬挤着退步。刺客特性就是这样，他们的首要任务是保证刺标被杀，并不会在乎同伴的失手。除非是非常有必要也是有相当把握的情况下，他们才会相互施以援手。

但是齐君元也是刺客，刺客中的高手，所以老太太所有的反应都在他的

第五章 三面合围

预料之中，也在布设之中。就在老太太再次要缩身后退的时候，齐君元将手中那把佛香拿到面前，一口憋足的气朝着佛香顶端已经燃透的一段吹去。于是燃透的那一段全散了，高温的香灰、火星朝着老太太的方向疾飞而去。

而这个时候齐君元抛出的钱已经落下，拥挤着的人正设法运力推开别人让自己可以弯下腰捡起地上的铜钱和碎银。香灰、火星飞不远，只是扑到离得最近的几个人的脸上、脖子里。但是灼烫的疼痛比针扎、刀割还难忍受，于是这几个本就在运力的人一同朝着老太太的方向避让。

几个人本就聚在一起，然后同时大力地朝一个方向避让，相互间不免纠缠在了一起，脚步变成无法控制的跟跄。这大力的跟跄推动了这个方向上其他正在运力的人，突然的大力推动改变了他们原来的运力方向，只能随着大势往同一个方向无法控制地快速跟跄。于是被推动的人越来越多，推动的力道也越来越大。

其实最终被推动的也就十几二十个人的样子，但是每个人跟跄中上半身的体重，再加上主动避让时的力量，综合起来都会超过百斤。而十几二十人累加起来就超过了两千斤。

老太太此时也在使着暗力往后硬挤着退步，而且已经退到了木影壁右侧的大立柱前。背靠立柱可以让她安心许多，这样至少不会被什么人从背后偷袭，让她也从人群中突然消失。

但是就在老太太后背还未贴住立柱的瞬间，前面的人像滑坡的山石一样整个推压过来。于是人群无法控制的推挤力道，加上老太太自己运用暗力往后硬挤的力道，将她生生压在了大立柱上。

嘈杂跌撞中没人听到骨骼的碎裂声，但是有人却感觉到老太太的躯体突然间变得很软，还有人清楚地看到鲜血从老太太的七窍中喷射出来。

后来人们救助时发现，这堆人中受伤的不少，但死去的却只有老太太。可能是她太过年老骨脆了，可能是因为最终的推动力道全作用在了她一个人身上，也可能是她背后有个圆形大立柱顶着，所以脊骨肋骨全被压断了。

齐君元知道会是这样的结果，因为位置角度是他算好的，周围人的状态是他设计好的，最佳时机是他把握好的。而且他还知道刺行中的女性都是以小巧、阴毒技法见长，这类技法越是年纪大的女人功力越是高超。但是此消彼长，这种技法功力越高，便越会小视大力刚强的技法。所以这种高手的腾挪躲闪的能力很强，自身内在防护强度却会比一般刺客都要差，因为她们从未经历过被大力挤压而死时的无奈和无助。

人群中发生了些推搡跌倒在有些人觉得是很正常的事情，完全不会意识到造成压伤压死的后果。反倒是因为这么一片人推挤到旁边后，后面的人松开了许多间隙，让他们可以蹲下或弯下腰抢捡地上的铜钱和碎银。

但是那个庙祝不会蹲下或弯腰，因为他是刺客，一个正在全神贯注要对目标采取行动的刺客。而这一点齐君元也知道，因为他也是刺客。

周围人都蹲下或弯腰，这就将那个不会蹲下和弯腰的庙祝显露了出来。也正因为周围人都蹲下或弯腰，一下将刚刚松开的间隙再次填满。并且由于是在争抢地上的铜钱和碎银，人群推挤的力量变得更大更混乱。所以露出上半个身体的庙祝愈发难以动弹了，只能随着人群推挤的起伏力道前后左右地摇晃身体。

不过庙祝不会持续随着这力道摇晃身体的，因为他已经在采取行动，他需要有稳定的下盘支撑。所以此时的他快速地挪动脚掌，将双脚前后斜角状分开，这样的支撑再加上他双腿和腰、肩的力量，可以让他成为起伏人群中的一根砥柱。

齐君元就是在这个时候出手的，他的样子好像也是因为遭到推挤难以站稳，所以手臂乱舞试图以此平衡身体。但就是在这手臂乱舞之中，他握着的那把佛香已经分成了两束。而已经燃透的佛香在经过刚才那一吹之后，没了燃烧的火苗和未散的香灰，只剩下红旺红旺的两团。这红旺的两团相互间分开的距离恰好是和一个人双眼分开的距离差不多，而齐君元看似胡乱的舞动最终是要将这两团红旺插到庙祝的双眼中的。

就在庙祝刚好将身形稳住的刹那，两束红旺的香头正好也到了他的眼前。但是这两束香头却没有继续插进眼睛，而是在离着眼睛很近的位置停住了，并且因为强行地急停而剧烈颤动。

庙祝恐惧地定在那里，半张着嘴，紧闭着眼。他清楚看到那对红旺的

第五章 三面合围

香头直对自己双眼而来，但是他根本来不及躲开，就连下意识地闭眼都是在那香头停住之后。闭上眼睛的庙祝并不清楚发生了什么，自己受到了什么伤害，因为他的脑子里一片空白，身体因紧张和恐惧而麻木。只有眼睛的部位还保留了唯一的一点感觉，所以他知道香头的灼烫，知道自己的眼睫毛已经开始卷曲焦煳。

灼烫的感觉很快消失，但是庙祝是过了好一会儿才睁开双眼的。睁开双眼后的庙祝发现那两束本该让自己从此变成瞎子的佛香不见了，手持那两束佛香的人也不见了。而此时周围已经变得更加混乱，惊呼声、尖叫声、呼救声、呻吟声响成一片。

这些声音此时才响起一点都不奇怪，因为齐君元从抛钱、拉人、吹香、插眼这一连串的动作其实只是在瞬间做成。当人们看清眼前情形并反应过来时，齐君元已经从被扑压塌了的枝杈形烛台上跨步过去，绕过拜榻前插香的香炉，随手将手上的香插在香炉里，然后汇入出庙的人流中迅速出了城隍庙庙门。

当人们已经开始自发地疏散人群救助伤者，那庙祝才从长时间的惊魂状态中恢复过来，也是直到这个时候他才知道自己两个同伴都已经命丧黄泉。但至于自己是如何躲过一劫的他却完全不清楚，像这样一个瞬间将自己两个同伴灭杀于当场的高手本不该突发善心放过自己的。

城隍庙里虽然死了两个人，但是这事情应该不会报到官衙里去，只会请来这一带的保长或者更高一级的里长出面验证一下，然后通知家属前来领尸。庙里以及周围邻里、有善心的信徒们再捐一些钱财，贴补一下死者家属也就算了。因为没人能看出这是一场搏杀带来的后果，都认为是进庙上香的人太多太过拥挤而导致的意外事件。

这次暗中对局杀人脱身，再次显示出齐君元"随意"的特长。城隍庙里的所有设施包括地砖、立柱、枝杈形烛台都成为他布局的设施，佛香、蜡烛、铜钱碎银都成了他的武器，而最为重要的是他巧妙地利用了人，这些人包括拥挤的香客，更包括了那三个刺客自己。

有一部残本《众寇坊间列传》，是北宋时荆州人沈青麟所写，其中有个

"城隍庙明杀双强"的故事,不知道是不是就是记录的齐君元这件事情。

齐君元出了城隍庙,此刻的他并没有因为顺利脱身而感到欣喜,相反他的心中比刚才发现了三个会对自己不利的人时还要忐忑不安。因为他觉得自己做错了一件事情,这件错误的事情可能是出于误会,可能是由于某些人的失误,但更大可能是有人故意设下的兜子。而且是个双面兜,不管自己是陷入还是脱出,其实都已经中了别人的招数。

四面围

虽然忐忑不安,虽然满心惊疑,但齐君元出来后并没有走远。因为他是到这里来等人的,而现在等到那些人比他进庙前显得更加重要,有些事情、有些问题或许在这些人身上就能找到,所以齐君元觉得自己必须等,而且一个都不能漏。

再有齐君元知道自己在里面制造的事情不会惊动到太高等级的官府机构,更不会让别人把这件事情和不久前刺杀防御使联系起来。虽然在最后一刻他收手放过那个庙祝,虽然那个庙祝顷刻间死了两个同伴,但齐君元可以断定庙祝不会将自己杀死这两人的事实告诉给任何不该知道的人,那样做的话也会暴露他的身份。所以齐君元依旧可以在这里耐心地等待自己要等的那四个人到来,只要是那四个人还能如期出现。

没错,齐君元现在只是将那四个人定位为自己要等的人,并没有将他们当作一起做刺活儿的同伴。发生这样的改变就在刚才,就在他将烧得红旺的香火强行停住在庙祝双眼前的那一刻。

作为一个被别人盯上的刺客,在设法脱出对方布局时,除了保证自己安全顺利地离开,还要尽量做到干净地"抖翅"(消除踪迹),避免被对方始终坠住尾儿。而"抖翅"最直接最彻底的方法就是将见过自己和交过手的对手杀死,这样他们自己无法坠尾儿,也无法告诉其他成员自己的特征,指导他们该怎么坠上自己的尾儿。

齐君元熟知这样的规矩,而且对于那些会给自己造成威胁的人他是从不

第五章　三面合围

会手下留情的。这也是在城隍庙中对付那三人他都设计了死兜的缘故。就最后放过的那一个庙祝，他最初也是准备先用佛香烫瞎他的双眼，然后亲自推动人群让他往后跌倒。周围人都弯腰或蹲下在捡钱，推动之下，整个弯腰和蹲下的人群肯定会朝着推动的方向不可逆势地跌倒。由于只有庙祝一个人的脑袋突出在外面，所以他跌下的惯性是最大的。而齐君元在距离和角度上已经度算好了，庙祝跌下后，后脑的位置应该正好是在请香台的角上或边上。这样的话有可能是一跌致死，也有可能只是当场晕厥。就算只是晕厥，那些头埋在下面捡钱的人在突然跌倒并相互滚压在一起的状况下，肯定会很慌乱地挣扎着爬起。那样人堆中一个晕厥的人便成了大家挤压踩踏的唯一对象，且毫无防护能力。所以庙祝最终的结果应该和那个老太太是相似的，只是过程没有那么直接而已。

但是就在佛香香头将要插入眼睛的那一刻齐君元强行停住了，因为他看到庙祝手中握着的一件东西。那东西是一叠大小各异的六角铁圈。齐君元知道，这一叠铁圈总共应该有十三个。

这铁圈也不是普通的铁圈，每一个铁圈都有可开启和关闭的两个边，而一旦这两个边关闭扣合，这六角的铁圈可以越收越小、越扣越紧。而且和圆圈不同的是，六角铁圈可以以一角的两边固定，对角的两边收压。这就相当于一个杠杆，可以直接用剩下的两个对边直接将锁住的物体压断、压残。

十三个铁圈可以单独使用，但最为巧妙的是它们也可以相互关联着使用。所有铁圈之间通过精钢细链连环而成，当这些铁圈分别扣合在身体的腕、肘、腋、颈、踝、膝、腿根共十三个部位上后，可以通过钢链的总连接盒调整十三种松紧程度，使被扣住的人处于十三种状态，从可以小步走、拖步走、挪动、双脚跳……直至丝毫不能动弹。

这个东西叫"龟背锁狐扣"，是离恨谷工器属独门制作的锁扣器具，而会使用这种器具的除了妙成阁的刺客就只有天谋殿的刺客。天谋殿的刺客虽然不懂制作锁狐扣，但他们使用起来却比妙成阁的刺客更加娴熟。那是因为他们更多的时候需要做的是计杀，所以活擒一些可利用的人远比他们亲手杀死的人多得多。

这是离恨谷的人！所以齐君元强行停住插向双眼的香头。这是离恨谷的人，那么其他两人肯定也是，但是这两人却已经被自己杀死了。

"'自食'（离恨谷中清理门户的意思）！难道自己被自食了？"那时齐君元立刻慌乱了，就像个无意间闯了大祸的孩子一样只想着赶紧逃离现场。但随后他马上就理清了一些思路，自己进庙时只是觉得不安而没有发现危险，是因为这三个人只是要拿住自己而并没有要杀死自己。在人群中这三个人不管是移动还是等待，都是想靠近到自己身旁，因为他们想用"龟背锁狐扣"在周围人无法觉察的状态下拿住自己。所以还不是"自食"，很有可能是度衡庐要"收蜂"（将外派的刺客抓回）。

可是为什么要将自己收蜂？而且从身手和外相上看，至少那老太太怎么都不像是度衡庐中的人。是因为自己割了那半幅皮卷？所以觉得事态紧急，等不得度衡庐中人出手就先遣附近"洗影"（以平常身份隐藏潜伏）的谷生谷客出手了？但这事情如果一起的那四个人不说是没人会知道的。而自己的做法是为了尽量保证大家的安全，维护大家的利益，应该是没人说出去的。唯一有可能的就是范啸天，因为他怕自己携带的皮卷缺损导致严重后果自己无法交代。但是范啸天现在是出外做刺活儿，只有执掌或代主主动来联系他，而他也不可能在这几天中返回谷中汇报这事情。另外就算他通过什么途径汇报了，那也该有谷里执掌发出的"纠行令"或度衡庐发出的"问责帖"先行到达自己手中。只有在自己一意孤行的情况下，才会发出指令让就近的谷生谷客"收蜂"呀。

城隍庙里出了死人的大事，于是住持、庙祝以及一些常帮着庙里做事的信徒开始清场。此时已经有人主动跑去通知里长了，先让里长过来看一下，然后再决定需不需要通知衙门。因为有的事情还是尽量不惊动官府衙门的好，否则一大堆捕快衙役过来，装模作样地鼓捣半天什么结果都没有。但是这些人一来，招待吃喝再孝敬些补鞋钱，那都是要庙里和周围居民凑份子的。所以出了什么事情大家都希望私下里处理好就算了，出的钱他们更情愿贴补给死者家属料理后事。

这时候庙里面已经没什么人了，不过庙外面倒是挤满了看热闹的。齐君

第五章　三面合围

元便躲在议论纷纷的人群中，样子好像是很好奇地在听别人讲述到底发生了什么事情。实际却是用这些人作掩护，以便能更好地观察到周围的情形，防止再有其他什么意外情况。另外也是为了能在暗中仔细查看要等的四个人，看他们到来时有无异常表现。

不过还没有等到范啸天他们四个人到来，处理城隍庙里香客死伤事件的官家人反倒是先到了，就好像早就在附近等着似的。

最前面走的人没有穿官家服饰，看样子真有的像是里长或保长。但是他的背后竟然跟着一大帮的捕快衙役，由此可见此人绝非一般的里长、保长。

当最前面那人逐渐走近，齐君元看清楚他的长相后，禁不住大吃一惊。因为这人既不是什么里长、保长，也不是官衙里普通的差官捕头，而是他的一个老对手，已经调入金陵替鬼党做事的神眼卜福。

卜福为何会出现在这里？寺庙中发生的意外死伤事件为何会惊动到他？齐君元心中充满疑惑，这疑惑与之前发现是离恨谷中的门人要将自己拿下而产生的疑惑叠加起来，就如同将他的思维放入了一个满是牛皮胶的大桶中，怎么都搅转不起来。

但是与疑惑相比，齐君元心中更多的是焦急。因为他知道只要卜福进到庙里，那么肯定可以轻易地从两个死人身上发现他们不是普通人，发现他们的死也不普通。然后卜福应该还能推测出，混在一群普通人中的两个刺客高手像普通人一样死去，而其他真正的普通人却只是受伤或一点事情都没有，这种结果只可能是更加厉害的对手给他们下了兜子、落了爪子。

不过神眼卜福能做的还不仅仅于此，虽然没有看到当时的情形，但只要是通过周围人的讲述和对庙里情形的查辨，他还能直接推断出当时所有过程和细节，并且确定出这是刺客高手间的对决。而一旦确定这里发生的事情是刺客高手间的对决后，卜福肯定会将发生的一切与前些天防御使吴同杰被杀的事情联系起来，那么接下来肯定会是全城的搜捕。

齐君元现在已经很难保持自己融入周围人中不显出一点特别的状态了，他带有很大焦躁感的目光不停地往街的两头看。现在他觉得最为要紧的事情不是看那四个人有什么特别，自己刚刚遭遇的事情和他们有没有关系。他现在焦急的是自己能不能带着那四个人赶在卜福查出真相继而下令全城搜捕之前逃出广信城。因为这是前提，如果这个都做不到，那么什么真相、澄清、辩解都成了不可能的事情。

但是就在焦急之时，齐君元发现了更大的危机，一些南唐官兵陆陆续续出现在了城隍庙门前的集市上。这些官兵全副装备，但是没有列队而行，而是三三两两地混在集市各处不显眼的位置上，如面棚子里、炒糖锅后面、沽酒柜旁边，等等。

齐君元发现这些官兵所占据的位置是不规则的"暗星围月式"阵形，分布各处的官兵是暗星，而目标则是会不断变形直到不见的月亮。这阵形本属于兵家战场用兵的阵形，但实际上它又是兵家并不常用的阵形。由于使用这阵形需要很快的速度和攻击力，一般的官兵很难达到这样的实力。所以出现在这里的官兵不是平常的官兵，而是经过特殊训练的精锐团体。

不过在环境复杂的地方布设不规则的阵势是需要花一些时间的，所以目前为止整个阵形还没有能够全部设置到位。

哑巴和范啸天是在"暗星围月式"还未能完全成形之前出现的，看得出他们两个有些慌乱。否则哑巴应该不会和范啸天并肩而行，更不会任由穷唐在人流中快速穿行，吓得女人、孩子尖叫躲避，引起一路的骚乱。这其实已经犯了刺行大忌，主动将自己显影儿了。

齐君元藏身在人群之中，但是他却逃不过穷唐的鼻子，那穷唐是直奔他而来的。而穷唐那凶猛的样子一冲过来，齐君元周围的人便都让开了，将他一个人孤零零地显露出来。

虽然周围有很多人遮挡，但是齐君元知道那些官兵肯定已经注意到这里的异常了。而此时千万不能再将卜福从庙里惊动出来，他只要迈出庙门，居高临下地站在庙门前那几级石阶上，肯定能一眼看到自己。

本来齐君元也是可以随着其他人一起躲避穷唐，继续混在人群里。但是他知道没有意义，穷唐会一直紧追着自己，那反而会引起更大范围的混乱。所以齐君元索性赶前几步，绕过穷唐，一把拉住范啸天和哑巴，然后带着他们往回走。他算好了距离，只需以这样不急不缓的速度行走，就可以从"暗

第五章 三面合围

星围月式"还未来得及完全成形的缺口处走出，远离城隍庙，远离卜福。

但是他没能拉动那两个人，这两人更加坚定地不让齐君元带他们往回走。

"不能往那里走。楚地一众聚义处的人进城了，虎禅子亲自领的队。现在正往这边过来，我们两个差点就和他们正面撞上了。"范啸天微喘着作出解释。

齐君元终于知道他们为何会不顾显影大忌而一路急赶来了。很明显，一众聚义处的人是针对他们两个而来的，至少也是针对哑巴而来的。穷唐抢了铜甲巨猿的皮卷之后，哑巴早就成了各国秘行组织的共同目标。

"那往市场的另一头走，不要聚在一起，注意街边的那些官兵。"齐君元小声说了一句，然后转身就要往人群中钻。

但是还没等他钻入人群，人群中已经钻出了另外两个人，唐三娘和六指。这两人装作不认识的样子从齐君元身边走过，但就在肩头快碰到肩头时，唐三娘轻声说了句："快回头走，丰知通带着不问源馆的人过来了。"

齐君元听到这话后一把抓住了唐三娘的手臂，到这个地步已经不用再装什么样了。市场两头的口子，一头有虎禅子带着楚地一众聚义处的人过来，另外一头有丰知通带着蜀国不问源馆的人过来。而自己所在位置的周围还有南唐官兵正在逐渐布设到位的"暗星围月式"。

对了，那些不平常的官兵！齐君元突然想到了些什么，他猛然回头盯住三个离自己最近位置的官兵。这三个官兵在有意回避齐君元的目光，但他们却没有移动自己的位置。他们没有正常官兵那种耀武扬威的德行，但是却知道自己该坚守的阵形位置。齐君元再仔细打量了下，这些官兵虽然是南唐官兵的甲胄军服，但是身上的装备却比正常官兵要多，特别是背后都背有牛皮袋，里面鼓鼓囊囊的，应该是带着正常配备武器以外的什么兵刃。而从三个官兵的肤色、体格上看，他们都显得粗黑健硕，应该不是江南人，而是北方人。大周鹰狼队？这些官兵很可能是大周鹰狼队假冒的！

齐君元立刻眼珠转动，目光从所有官兵分布的点上跳过，他想发现薛康的存在，但是没有。也正因为没有看到薛康到底在哪里，齐君元才会感到更

加害怕。一个凶狠的对手未曾出现，很可能正在布设第二重的兜子，也可能就躲在附近严密地观察自己，还可能正试图接近自己给自己致命一击。而自己却根本不知道他在什么位置，这就像一个瞎子遇到了一只老虎一样可怕。

入庙遁

到了这个时候这个地步，齐君元已经知道自己犯了个怎样巨大的错误了。他之前只考虑到了梁铁桥，计算了他带着夜宴队会分两路往北往东，等完全醒悟过来再赶回广信至少需要八天半的时间。却没有考虑到其他秘行组织从被哑巴诱走的伎俩和另外一些麻痹手段中醒悟过来的时间，也没有考虑到皮卷在广信城显相的消息传递到这些秘行组织手里以及他们及时赶到广信的时间。还有他也没有考虑到广信防御使被杀后，南唐会有的反应，南唐除了梁铁桥外，还有其他像卜福这样的六扇门高手。这些高手完全有可能看出六指和范啸天做出假象后再缩回广信城里的做法，而且可以赶在梁铁桥醒悟之前先行到达广信。因为没有考虑到的方面太多，所以他们现在被堵死在这里了。

"没路走了。一头是一众聚义处，一头是不问源馆，还有那些布下兜子的官兵，你们仔细看，应该是大周鹰狼队假扮的。"齐君元给出了一个结论让所有人的心一下子凉到了底。

"是不是可以想个什么办法，让他们相互掣肘而无法对我们下手？"范啸天凉了心却不死心，他觉得这情形和在上德塬时相似，齐君元那一次可以将大家带出，那么这次也应该有办法。

这就又看出范啸天实际经验上的差缺来，有些现象他能看到却无法看透。现在虽然情形是和上德塬相似，但是所处的环境和上德塬不同，对手的想法也和在上德塬时有着差异。

有些办法对于某些对手只能有效一次，更何况齐君元利用几方力量之间相互掣肘的关系来帮助自己脱身其实已经不止一次，后来东贤庄夜逃也是利用了他们三方和唐德之间争夺利益的关系。所以事情只可再一再二，不可再

第五章 三面合围

三再四。

另外他们现在不止身陷在三股秘行力量的围堵之中，他们还陷在广信城中，而且神眼卜福就在身后的寺庙中。即便诱起三方力量之间产生冲突，一旦闹出了大的动静，他们还是无法脱出广信城。

再有现在那三方秘行力量也是在人家的势力范围内，他们应该也不想因为自己的鹬蚌相争，让南唐这个渔翁得了利。所以首先会希望自己可以在不动声色中就将要得到的标儿拿了，即便拿不到，他们也情愿让其他哪一方拿了，这样对他们来说至少可以目标明确地再夺回来。而在什么都没得到之前，相互间就大动干戈，最终不但谁都得不到甚至连自己都要毁在广信城中。这三方人又不是傻子，这种事情是绝对不会做的。

对于范啸天的问题齐君元没有说话，只是摇了摇头。这时候他不想和范啸天费口舌力气作解释，因为他需要构思，构思出一个最有可能脱身的线路。

这时候"暗星围月式"已经布设到位，所有的缺口已经填实。而市场两边来往的人流此时一下子变得拥挤了，特别是城隍庙门口这一段。除了原来因为庙里出事而聚集在这里看热闹的那群人外，还有更多衣着服饰和当地人不大一样的人混在人流中缓慢地朝着城隍庙门口移动。

虎禅子出现了，丰知通也出现了，但是他们就像没见到对方一样只管做自己该做的事，部署自己的计划，相互间就像有某种互不干扰的约定。而事实上他们之间并没有什么约定，可能是因为他们之间交过手，相互间都知道对方的实力。另外也可能是他们在交手过程中同时知道双方都是被欺骗的，有些同仇敌忾的意思在。所以至少在东西到了他们谁的手中之前，他们应该会保持这样一种状态。

齐君元的气息平稳下来，心跳变得缓慢。这是他独有的特点，越是危险，他的身体机能越是变得平复、稳定。不过此刻他的思维却是绵延展开，将周围所有的一切都拢入一个画面，然后再从其中构思出一种意境。在这意境里可以发现危险，也可以寻找到没有危险的出路。

这一次构思的时间很短暂，强敌已经近在咫尺，如果再拖延过多时间就只能束手就擒了。当齐君元半闭的眼角有一丝精光闪过时，一个可行的脱逃计划已经在他脑子里成形。

齐君元在几个人耳边悄声说了几句。虽然说得很简单，但那几个人都是离恨谷训练出的刺客，立刻便明白了具体做法和意图。

范啸天从所带兜囊里不知掏出个什么东西交给六指，然后大家各自散开，除了六指，其他人全都混在寺庙前的人群里，而那穷唐在哑巴的指使下则不知道蹲伏到哪个人们看不见的角落里了。

只有六指独自走入市场上的人流中，样子显得非常紧张。这紧张有一部分是真的，这时候他的周围已经不仅仅是逛街购货的百姓，而是有着许多一众聚义处和不问源馆的高手。如果对方已经确定六指为目标之一而抢先下手将他控制住的话，那么齐君元的计划将无法实施下去了。但是这种情况的可能性应该不大，因为从对手之前掌握的信息来看，他们的目标应该是哑巴。就算他们已经知道了广信防御使被刺的详细经过，那么也应该是将目标锁定为范啸天。

不过六指还是非常小心，他在认真地挑选对象。本来他是想从一众聚义处中找个人做戏的，那样就可以直接把火烧到他们身上去。但是怕撞上的万一是个自己无法应付的高手，那样的话说不定自己会在大家还未曾有丝毫觉察时就被对方拿下了。所以为了保险起见，他最终决定还是找个平常百姓下手。

六指撞上了一个衣衫整齐的讲究男人，这人一看就是一早梳洗完毕后出门的，不会是一路风尘奔到广信来的秘行组织的高手。撞到之后，六指一下子跌坐在地，而且顿时满头满脸都是血。血是范啸天给六指的东西造成的，诡惊亭在做一些吓人的虚境时经常会用到血液，所以随身总带着特制的血泡。六指的手掌中藏着血泡，往头上一按，血泡按破，那头上便顿时鲜血窜流。

"啊！流血了，你身上藏了什么？"六指高声呼叫着，"不好，这人身上有凶器，他是凶手！"

那讲究男人呆立在当地，他根本不知道到底发生了什么事情。而周围的

第五章 三面合围

人一下子注意力都集中到了这里，那些正在熙攘而行的百姓也都一下停住了脚步。而集市两头更远处不知道这里发生意外情况的百姓却仍在往这边走。这样一来，一下便增加了集市里的行人密度，让一些已经准备好展开快速行动的人无法达到自己的意图。

六指翻过身，但是却没有起来，而是手脚并用在地上很快地爬着，他是朝着一个南唐兵卒爬过去的。集市上那些人见他满头满脸的血，谁都不敢去碰他，而是主动挤让开一条路径，让他直接朝着那兵卒爬去。

"军爷，救命啊，那人是凶手！把他抓起来！"六指边爬边惨呼着，他那"随相随形"的功力施展出来，让人看着真的感觉很是触目惊心。

但是站在炊饼台板后面的那个兵卒表现出的却是无措和不安，面对这突发事件他根本不知道自己该怎么办。因为他本就不是真的南唐兵卒，只是一个受到指派占住兜位的大周鹰狼先遣卫。所以这种情况下他只能始终站在原地一动未动，就像根本没注意到有个满头满脸流着血的人正朝着自己爬过来。而这情形就算是寻常百姓看了也会觉得不正常，更何况那些混杂在寻常百姓中的不寻常高手

"不是的，我不是凶手！不关我事，真的不关我事！"被撞的讲究男人这时才刚刚反应过来，然后也跌撞着朝那兵卒跑去，他这是想澄清自己的清白。而他这一跑，引起了更大范围的混乱。

就在那人跑到那兵卒跟前的时候，六指也站了起来。但是随着六指站起来，那兵卒却倒了下去，直直地倒在跑过来的男人身上，喷出的鲜血一下就染红了那男人整个前幅的衣袍。

"杀人了！杀军爷了！杀官了！这人是奸细！"六指继续高喊。

"奸细！不好了，楚地的奸细进城了，快逃啊！楚地奸细要夺城了！""快逃啊！楚军混进来了！要抢关屠城了！""往庙里逃！快往庙里逃！他们已经把两边街头堵住了！"齐君元、范啸天、唐三娘也在人群中高喊起来，而哑巴这时不知从哪里拿来个和面的铜盆，用根擀面杖拼命敲着。

人们在奔逃，而且很多人都是听了喊声后在往庙里挤。但也有人不动，那些人都是秘行组织的高手，面对突然出现的混乱，他们要比那些百姓镇定

得多。特别是楚地一众聚义处的人，喊声明显是针对他们的，但他们却比其他秘行组织的人更加稳定。这是一种正常的现象，往往是在确定自己成为目标之后，反而放弃所有想法和顾虑应对即将到来的状况。而像不问源馆的人、大周鹰狼队的人，他们此刻想得更多一些，会考虑是否该随着逃走的人群一起动起来，避免被牵连其中。但其实此刻鹰狼队的先遣卫已经被牵连其中了，因为他们现在的身份是南唐官兵，而且已经有一个同伴被杀死当场。不问源馆的人则是想走不能走，他们堵住了集市的另外一头，如果让开了，目标就可以借此机会逃走。而突然出现的意外和混乱很大可能也是要达到这个目的。

庙里面的卜福也听到了外面的喊叫声，但是当看到从门口涌进潮水般的人流后，他连续几个纵步退到庙里的院子中。等进来的人散开了，不再堵死了，他才再次纵身，在香炉、立柱、香台、木影壁等几处点脚借力，最终落足在庙门口。

刚刚站稳脚步，卜福便猛然转身，因为就在这几次借力纵跃的过程中，他恍惚间看到人流中似乎有一个自己曾经刻意记住的熟悉身影。

目光整个扫了一遍，人太多了，而且进来都处于惊魂之中，场面一片混乱。那些人有喊关庙门的，有要找梯子上房翻墙的，有缩在角落不停哆嗦的。卜福知道，进庙的人并非没有一个和他记忆中那个永远沉稳的身影可以应合上的，而是不知道那个身影现在躲在什么地方去了。

不过卜福很快意识到，现在不是寻找那个身影的时候。就算找到那个身影用处也不大，自己独力是拦不下他的。这件事情是需要慢慢来、暗地里做的，而眼下要走的是把外面的场面折腾清了。于是他顺势改变身形，迈一步到墙角处捡起一支被人们踩断却并未熄灭的香头，然后再次朝着庙门外走去。

很快，真的很快，街上该走的人眨眼间就走得差不多了。逃命的人往往能瞬间激发潜能，跑得比什么时候都快。不过那个被六指撞到的讲究男人没有走，他仍极力想将血已经流得差不多的兵卒扶住。但是当他发现周围除了自己和靠在他身上的死尸外，剩下的全是和死尸同样装束装备的兵卒，还有

第五章　三面合围

一些虎视眈眈紧握兵刃的凶狠之人，他一下子吓尿了。

丰知通和虎禅子也吓了一跳，他们突然发现自己落在南唐官兵设下的一个"暗星围月式"兜子里。那莫名其妙的信笺果然是个诱子，肯定是广信城的军营、官府发现了自己这些人，于是故意设下这么个兜子要将自己一网打尽。

有这样的想法一点也不奇怪，因为他们现在确实是在别人的地盘中被兜子困住，更重要的是他们已经不是第一次上当了。

那天丰知通和梁铁桥对峙之后，听说目标被楚地一众聚义处的人抓走，于是嘴巴上吩咐一通奔西北在岳州城截杀虎禅子一类的话给梁铁桥听，实际上却是直走西南，在昌北县外截下了虎禅子和一众聚义处的人。

但是还未等双方真正开始交手，铜甲巨猿便突然捉住那只黑色怪狗并且一把撕成两半，这情形让双方都顿时明白自己上当了。

铜甲巨猿抢到皮卷之后，是被一只黑色怪狗夺走的。也就是说，铜甲巨猿害怕那只黑色怪狗，怪狗是巨猿的克星。但是现在巨猿如此凶悍地将黑色怪狗撕成了两半，这只能说明此黑狗非彼黑狗。狗不是那狗，那人也就不会是那人。虎禅子抓到的肯定是一个假目标，一个故意抛出让他们走错方向的假目标。

其实在上德塬时，丰知通已经见过一个让铜甲巨猿害怕的黑色怪物，但当时是在夜间，那黑色怪物如闪电般窜行而过，并没有看清楚到底是什么东西。现在想来应该就是那只真正的黑色怪狗。那一次黑色怪狗恐吓铜甲巨猿，是为了显示被三方秘行组织困住的几个人所具备的实力。后来在东贤山庄为首之人用讯息换取三国秘行力量的帮助，由此可见他们在上德塬确实获取到了某些重要信息。而当大家辗转搜寻、追踪，找到唐德在天马山设下的挖掘营地，并冲入其中抢夺上德塬的族人，迫使皮卷显相。又是这黑色怪狗最终将皮卷抢到，这再次显示那几个人早就掌握了一切，最终得了渔翁之利。所有这些全对应上了，那么目标应该还是上德塬遇到的那几个不明来路的人。

但是这几个人又该到哪里去挖出来？如果真要那么好挖的话，那么在上德塬、东贤山庄、天马山这些地方早就应该将这几个人给收了扣了。

虎禅子掌握的信息没那么多,所以也没有想太多,他直接从抓住的那个假目标身上下手,用重手法迫使他说出真相来。很快他发现这只是个被利用的人,他是收了别人钱财,然后按要求将这黑色怪狗送到南昌府,自己也没想到半路会被擒住。但是从这个被利用的人口中他还是找到了一些线索,就是付钱让他送狗的人怕他敷衍差事,不真正将狗送到南昌府,便随口威胁他说如果耍滑取巧不把事情做好,那么整个南唐境内都不会有他的立足之地。这样的威胁不是一般江湖上的凶狠之人口中出来的,而应该是南唐极有权势、手眼通天的人物口中出来的,否则话不会说得这么大气偏又文绉绉不带凶气。

所以虎禅子决定带着假目标回到他最初接到活儿的地方,从那里再进一步搜集线索进行深追。而这地方已经是离广信城不远了。

第六章　秦淮雅筑

皆散走

　　丰知通真的是茫然没有方向，到这时他才想到了梁铁桥。梁铁桥会不会真被自己所说的截堵虎禅子的路线诱骗，所以选择了其他只需赶在自己之前的路线堵截一众聚义处的人了？或者当时他就看出了蹊跷，已经朝着真正的目标追踪下去？但最后问题其实都集中在自己走后，梁铁桥是往哪里去的？所以他决定也回到起点，回到与梁铁桥对峙的地方，在那里可能会找到一些线索。而这地方距离广信城也不太远了。

　　虎禅子和丰知通都没有找到想象中应该有的线索，但是他们却都听说了广信防御使被刺的事情，而随着所获知的刺杀袭击信息越来越多，那个最让他们敏感的皮卷字样出现在了他们耳朵里。于是两路人不约而同地奔往了广信。

　　他们在广信城内外细加打探，却始终没有找到目标的一点蛛丝马迹。这也难怪，刺杀了防御使之后，刺客肯定会带着夺回的皮卷急忙逃离。所以他们觉得自己更该做的事情是找到刺客逃走的方向。而这时候他们也打听到梁铁桥带人是从北门去追刺客的，而且已经追下去七八天了。这让他们觉得自己已经晚了太多，于是也急急地准备着要往北追下去。

就在即将上路的时候，虎禅子和丰知通都收到一份没有来由的信笺，上面写明带着皮卷的目标今天一早会出现在广信城隍庙。虽然他们对这信笺有着疑虑，怕是到那里被放了兜子，但是踌躇之后还是难抵宝藏皮卷的诱惑。而这个时候天已经大亮，于是他们也不顾匿迹隐形这些行动规矩，带着人直接在大街上奔走，迅速往城隍庙赶来。

还没到城隍庙前，虎禅子他们就已经发现了穷唐的踪迹。而丰知通及手下不但发现了穷唐，还发现了他们曾经试图用马队围捉住的黑色怪狗的主人。于是他们再不放过眼下的机会，混在人流中往目标处靠近。而且为了赶在对方前面，他们的速度也在暗中加快，以至于疏忽了对周围情况的观察。虽然眼角飘忽之间也看到几个南唐官兵，但这些江湖高手完全没有将这些零星的官兵放在眼里。

可是当庙前突然出现一番闹腾，然后又有军卒被杀，他们感觉出不对了。不过这两帮人都没有慌乱，不管是自己暴露了还是被别人套了兜，他们都已经是别人眼中的明目标了，所以此时慌乱、奔逃、躲藏都是没有用的，只能导致自己的反应迟钝，战斗力下降。

街上的百姓全四处逃散了，街上只剩下一众聚义处和不问源馆的高手，还有就是已经布好阵势的假南唐官兵、真大周鹰狼队。到了这一刻虎禅子和丰知通才明白"莫名之利必有莫测之事"的道理。

"杀！"虎禅子凶悍的匪性依旧未改，当他看清楚自己已经处于被困状态后，他想都不想就决定杀出去。随着这声令下，一众聚义处的人立刻朝着那些官兵杀过去。

丰知通没有那么莽撞，他一开始就将手下人之间的前后距离拉得比较长，所以他们还没完全进入到兜子当中，除非是兜形变化，将他前后截断。但是从布设兜子的那些官兵的反应来看，他们似乎对眼前出现的场面也很惊讶、无措。因此丰知通当机立断猛喝一声："退！"他要借着兜形上那些爪子暂时的迟疑赶紧退出去。

第六章　秦淮雅筑

而这个时候一众聚义处的人已经冲到了那些官兵面前，挥舞的兵刃像一团带着闪电的乌云狂卷过去，于是一时间处处血溅肉飞、阵阵痛哼惨呼。

受到重创的不是那些官兵，而是一众聚义处的人，因为他们根本没有将这些普通的兵卒放在眼里，都觉得自己只要出手，便是刀出命丧、风卷残云一般。但是他们的攻势像翻转的乌云，所以最终变成残云的也是他们。那些兵卒的确是在迟疑，不知道面对眼前的情形该怎么办，但那是在大家都不动的状态下。而一旦有人对他们发起攻击，想要了他们的命，他们当然知道自己该怎么办了，而且毫不迟疑。

狼牙飞矛和挂链鹰嘴镰都是远攻的武器，使用这样的武器不单是为了不让一众聚义处的人靠近自己，同时也是为了"暗星围月式"上的点位之间可以形成互连交叉的关系，充分发挥出阵形对敌、阵势对敌的优势。所以一众聚义处吃了大亏，包括心理准备、武器优劣、攻守布局等方面，他们都完全落在下风。

也就是在狼牙飞矛和挂链鹰嘴镰出手之后，虎禅子和丰知通一下看出这些南唐官兵是假的。因为各国秘行组织对大周先遣卫鹰狼队所擅长使用的武器都是非常熟悉的，普通的南唐官兵非但不具备这样的战斗力，可能就连这两种异门兵器叫什么都不一定知道。

如果早知道这些官兵是鹰狼队假扮的，那么虎禅子是绝不会驱动手下主动发起攻击的。别看鹰狼队换了身装束，而且已经布设成"暗星围月式"，但其实他们现在的处境、身份与一众聚义处、不问源馆是一样的。他们也不想暴露自己，他们也希望能够悄没生息地在别人没有发现的状态下继续寻找、追踪目标。

江湖上寻迹、探信本就不是鹰狼队所长，上一回乌坪镇与虎豹队冲突之后，将一直坠住不放的齐君元三人弄丢了。于是薛康果断回转，往另一个方向追赶寻找。他们虽然对江湖中寻迹的一套不是所长，但是兵家觅踪的一套却是绝对高超。所以一下就找到了御外营的踪迹，并坠住尾儿后再不松脱，一直跟到潭州天马山挖掘营地。

天马山争夺皮卷的一场大战之后，他们眼见这皮卷被蜀国夺走，便再

不抱希望准备回转大周。但是半路上却发现不问源馆、夜宴队都在往南唐境内急赶。如果只是夜宴队，薛康可能还会觉得是他们国内有什么紧急事情发生，所以急急地赶回去。但是不问源馆此时已经夺得了宝藏皮卷，他们最该做的事情应该是赶回蜀国去才对，怎么会也往相反的方向紧追？这种现象推断下来只有一种可能，那就是不问源馆抢到的皮卷又被其他什么人夺走了，他们正是要再次夺回。

于是薛康心中已经熄灭的希望之火再次燃烧起来，他带着鹰狼队也潜入了南唐境内，并且在路过一座边界军大营时，从中偷出南唐官兵的装束装备，这样改头换面下更有利于他们行动的自如。

接下来薛康也听闻到广信防御使被刺的事情，并且从不断搜集到的刺杀细节中知道皮卷在刺杀现场出现过，于是鹰狼队也赶到了广信城。

和一众聚义处、不问源馆一样，他们在这里几天的搜索也是一无所获。就在失去耐心的时候，有莫名其妙的信笺出现，告知今天一早携带皮卷的人会在城隍庙门口出现，所以他们装作晨巡的广信内城巡防营赶到了城隍庙门口。

虽然知道和大周鹰狼队发生冲突是没有必要的，但是既然动手了，那就不会轻易停止。虎禅子让手下贸然而动本就是有用意的，他其实早就已经知道这一轮冲杀会是怎样的结果。只不过只有出现了这样的结果后，他们才有可能扯破"暗星围月式"的兜子。

虎禅子亲自出手了，抓住了瞬间即逝的机会。和他一起出手的是他最为得力的一帮子亲信兄弟，这些也都是一众聚义处中技击功力最好的高手，也只有这样的高手才能像虎禅子一样抓住这个瞬间即逝的机会。

前面的攻击遭到"暗星围月式"上几个爪子点的攻击，那是狼牙短矛和挂链鹰嘴镰交织而成的杀伤网络，将兜形的优势和能量尽数发挥了出来。

但是对于已经发出攻击的点位，他们有一个瞬间是疲软的、无助的，那是当全部攻击力到位之后。这和强弩之末无法穿缟素是一个道理，这个时候他们再无法继续攻击。就像一个打出去的拳头到了极点便失去了所有攻击力，必须收回拳头才能储备能量再次攻击。

第六章　秦淮雅筑

而现在的"暗星围月式"整体上还有个缺陷，就是它布设的位置是在集市上，兜形范围内到处是摊位、炉台、桌凳，还有混乱中抛落得满地的东西。在这样复杂的环境中，兜子的变形、爪子的移位都不会顺畅。所以那些已经将攻击施展到极致的点位无法及时得到更多阵形点位上爪子的配合和支持。

虎禅子抓住的就是这个瞬间，虽然已经知道那些南唐官兵是大周鹰狼队假冒的，但他蓄势满身已经是不得不发。另外虎禅子这个人是个很狂妄的人，不管什么情况下必须自己掌控状况而不能给别人丝毫制约自己的可能。所以刚才明明知道已经陷入到兜子之中，却根本不等事态更清楚一些就已经毫不犹豫牺牲手下，决然要扯开兜形。

非常硬朗的一次撞击，就像铁锤砸在冰块上。鹰狼队的先遣卫虽然来不及收回已经攻出的短矛和鹰嘴镰，但也都能及时反应，丢弃原有已经撒出的武器，改用随身短刃或直接拳脚以对，反击的力量不容小觑。但是冰块再硬终究是抵不过铁锤的，只是一下，"暗星围月式"上便有好几人飞出。于是这几个点位上豁出了口子，虎禅子带头冲出了"暗星围月式"的兜子。

不过对抗却没有就此结束，真正硬碰硬的对决才刚刚开始。虎禅子才奔出兜子的范围四五步，就再次被一段铜墙铁壁挡住。铜墙铁壁仍是由假冒的南唐官兵组成，所不同的是这些人的步法更加稳健、速度更加迅捷，举止更加有力。而铜墙铁壁的领头人身体笔直、步稳肩沉，仿佛一尊"铜柱炮烙"。薛康终于出现了，而且他果然是布设了第二重兜子。

薛康手中挺七星蜈蚣剑，迎着虎禅子过去，就像要脸对脸胸贴胸那样贴到一起去。但就在距离还有三步的样子时，两人都骤然后退。没有发出一声碰撞的声响，也没有发出丝毫脚步声响，就像是两个飘忽的影子。但就是在这须臾间无声的碰撞之后，两个人都知道对方的实力不是自己轻易可以拿下的。特别是薛康，他的心中更加没有把握。这主要是由于虎禅子使用了一对虎牙作武器，薛康是军中将领，很少见到江湖中的奇门兵刃，像以一对白虎牙作武器，他只是听说过而已。

而虎禅子不单是觉得薛康力大剑快，更觉得那一段铜墙铁壁让人害怕。

很明显，那是一种编排好了攻杀进退的组合，一人力可当几人力用，而自己带的这些人原是草莽匪寇，虽然个人技击功底不弱，但与这样的组合相敌肯定会吃亏。

于是一时间双方都在犹豫，考虑是否应该进行第二次交锋，又该采用怎样的方式进行第二次交锋。根本就没有必要发生冲突的两方人马，现在冲突却一步步地在升级，甚至会发展到更严重的地步。其实这都是因为面子，双方谁都不愿意成为显弱的一方。

就在双方犹豫的时候，一声尖厉的声响窜上了半空，随着声响一起上去的还有一条浓艳的红色烟尾。烟尾凝滞空中，久久不散，只是慢慢地在变粗变淡。

卜福站在城隍庙门口，手中拿着半支断香，抬头看着空中的红色烟尾，他在打量烟尾的明显度和滞空时间，以便确定是否需要再发一支。这是南唐兵家的"急击令"，只有在发生紧急军情下要求周边所有官兵对发出令号处进行出击、增援才会发此信号。南唐不像塞北之地可以用烽火台烧狼烟传信，所以便请江南霹雳堂专门制作了多种颜色烟尾和光亮的升空令箭，可根据不同军情需要在白天或黑夜中发出军令。卜福不是兵家人，但是在濉州跟随顾子敬回金陵时，濉州守备万雪鹤送给他几支"急击令"，有白天用的也有夜间用的。说是保护顾子敬的过程中如果遭遇截杀而无力突围时，可燃放此令让周围驻军看到过来救援。不过卜福护着顾子敬一直都没用上这"急击令"，今天在这广信城中倒是正好派上用场。

薛康是兵家人，对南唐军中的各种号令作过了解，所以知道这"急击令"代表着什么意思。而虎禅子原是匪家，不仅在楚地打家劫舍，只要有财发，也常常会越境到南唐、蜀国境内作案，所以也熟悉南唐兵家的信号令箭，否则是不利于自己逃脱追捕的。此时反倒是丰知通不知道这突然升空的怪响、红烟代表着什么。

"急击令"一发，薛康与虎禅子只是眼中精光流动，相互间便已于无声中交换了想法。于是两人各自撤招，然后手势加唿哨，召唤自己手下立刻往城外逃遁。而丰知通看到两路人突然如此反应，方才明白了那升空的令箭于己不利，于是马上带人也朝城外突出。

晾压磨

官兵来得不算慢，但是当他们到达城隍庙门口时，这里只剩几个死人和瘫软在地始终不敢乱动的讲究男人。卜福对带兵前来的将领表明了自己身份，说清眼前情况，最后还提出应该立刻关闭城门搜捕其他国家奸细。

带兵的将领不敢自己做主，立刻派人通知了广信临时负责军备的副防御使，然后再由副防御使下令关闭四门。等四门真正紧闭时，拖延的时间已经足够那些行动迅捷的秘行组织来回进出两三趟了。

"急击令"升空时，齐君元还没有出城。他和范啸天几个从城隍庙后墙翻出后，一直都在纠结该从哪条道出城。其实几日之前他就计划好要从东门出城的，西门是走回头路，南门则与自己要去的目的地背道而驰，只有东门和北门可以继续前往金陵城。而北门是梁铁桥追出的路径，一旦觉悟自己上当的梁铁桥原路返回的话，从那里走很有可能与他迎面撞上。

但是今天一早他们会在城隍庙出现的情况不知道从何种途径泄露出去了，虽然设计逃出，但只要有些脑子的人稍加推理就会得出他们最有可能从东门逃出的结论，所以现在这条最该走的路变成了最不能走的路。于是当齐君元看到"急击令"升空后，他当机立断，带着几个人立刻往北门而去，原来最为危险的北门现在或许变成了最为可行的路径。

梁铁桥也是在城门未曾关闭之前进城的，就在城门口与齐君元他们擦肩而过。但是和齐君元之前预料的一样，此刻的梁铁桥一定是急吼吼地往广信赶，不会注意到沿路的异常人色。另外从推算的日子上看，他现在应该已经离广信很近很近了。所以"急击令"发出后，他很大可能会看到。

而广信城中发出了"急击令"说明出大事了，而这大事情又很大可能就和自己正在追办的是一回事，所以梁铁桥肯定会不管不顾地赶回城里。而城里出了这么大的乱子，还有人嚷嚷着有敌国奸细要夺关屠城，这难免会让一些胆子小、顾虑多的小百姓往城外躲避。齐君元他们便混在这些百姓中间，一路疾奔的梁铁桥以及他的手下根本没有注意到稀疏的人群中还裹挟着这么几个人。

齐君元今天应该抚额称幸，或者哪天真要回到广信再好好敬拜一下城隍老爷，谢谢城隍老爷保佑。因为才半天之中，他就与两个最为厉害危险的人物擦肩而过。一次是城隍庙门口与卜福，一次是城门口与梁铁桥。

出城之后齐君元先急赶了一路，尽量远离广信。因为现在那座州府真的太可怕了，里外以及周边聚集了多方面的秘行组织，然后还有南唐六扇门中的顶尖高手卜福。成为他们共同的目标也许是件值得荣耀的事情，但是要想不成为被他们任何一方掌控的目标，那就必须逃得越远越好。

一路往前没有遇到任何麻烦，这也是选择从北门出城的好处。北门是梁铁桥追出过的方向，然后又从这方向赶回，沿途的县镇关卡都已经知道了刺杀广信防御使的刺客可能还在广信城里，所以盘查全部松懈下来。

但是这一路齐君元心里却再也无法松懈下来，至少有两个解不开的结死死缠住他。一个结是因为那三个试图拿住他的三个人，他杀到最后剩一个时才认出是同属离恨谷的谷生谷客。这三个人到底是出于什么原因、收到什么指令来做这活儿的？还有一个结是他约好八日后在城隍庙聚集，那三个要拿自己的谷生谷客是如何知道这个信息并提前在那里做下兜子的。还有那几方秘行组织又是如何会一起聚到城隍庙来的，很明显他们也是知道了聚集的时间和地点。

而知道聚集时间和地点的除了齐君元自己外，就剩范啸天、唐三娘、何必为、牛金刚四个人。也就是说，他们中至少有一个是钉子，否则是不会出现城隍庙门口那一幕的。但是就算谁是钉子的话，那也只可能是某一方的钉子，为何会将三方面的力量再加上卜福一起招来？总不会四个人全是钉子吧？

另外除了钉子之说，也许其中还有谁是害怕受到牵连而被度衡庐追责，所以将齐君元取了一半皮卷的事情通过某种渠道告知谷里，然后才会出现谷生谷客布局要将他拿住的状况。可是接活行刺局的谷生谷客遣出后便与谷中失去了一切联系，除非是谷里主动来找你，这是为了防止失手、漏相儿的谷

第六章　秦淮雅筑

生谷客带回尾儿来。难道真会这么凑巧，就在这几天之中，谷里正好有事找到他们其中的一个，而这一个又正是害怕被牵连的那一个。

没有办法想通的事情有时候通过相互间的交流和其他人的印证是可以找出答案的，所以齐君元决定找个安全隐蔽的地方和这几个人开诚布公地谈一下，否则相互间带着猜疑去做刺活儿只会是将自己往虎口中送。

"秦淮雅筑"的竹月堂是招待贵宾的场所。这里面一水儿全是金丝楠的桌椅，背板桌面都镶嵌着鹤顶龙纹石。用的茶具是青花透影瓷，泡的是雨花白芽茶。真的是富贵不至极，雅韵尚有余。

但是最近这段时间里，贵雅兼具的竹月堂每天上午都会出现一种尴尬的氛围。坐在里面的几个人虽然话说得并不多，却是满挟冷雨寒风，一字一句都用了多少心思在里面。

李弘冀不知道父皇李璟为何会让他参与审讯烟重津刺客这件案子的。虽然他觉得自己完全可以胜任这件事情，但同时又很不愿意参与这件事情。因为李弘冀是个心志远大之人，他觉得自己的才能和时间不应该浪费在这样的小事上。

不过李璟的旨意李弘冀不敢违背，只能前来做这不情愿的小事。他本来觉得就是审讯一个刺客而已，一间刑房、两三个刑役、四五套刑具，这事情三下五除二也就解决了。但事情偏偏不是他想的那样，与他同领皇命审讯刺客的皇叔齐王李景遂却是将那刺客肥肥地养了起来。每天美酒佳肴、美侍娇娘地伺候着，还天天给出不断加码的金银、官位等许诺。可那刺客至今无动于衷，那感觉就像是在庙里拜菩萨，灵不灵都给你一个不予理睬的回答。

如今已经过去了二十几天，每天李弘冀都要到秦淮雅筑来报到问进展。但来了也就是在这竹月堂里喝杯香茶吃两块点心，还有就是听齐王李景遂反复说"等等、再等等"这几个字。

李弘冀真的是有火发不出，虽然有两次他也表现出很坚决的态度，要求按自己的方式来审讯刺客，但总是让李景遂用软钉子给碰了回来。李景遂的态度也很是坚决，只要是让他的一整套前戏铺垫了，到后面由着李弘冀来用硬手段。不过前期的铺垫如果真的达到了预期效果的话，那么后面的硬手段很有可能毫无效果，甚至最终还要将他们几个审讯的人反逼进死胡同里。

李弘冀是个霸主之才，沙场上的勇悍，政场上的阴枭，他都能够驾驭自如。但自从李璟宣布李景遂为皇位继承人之后，李弘冀在关系的处理上变得有些盲目了，几乎在所有立场上他都是和李景遂唱反调的。

李景遂采取的那一套其实李弘冀是能理解其真实用意的，如果是李弘冀先将要审讯的刺客控制在手中的话，他或许也会循序渐进地采取类似办法。但现在他不愿支持这种做法的原因很多。因为是李景遂抢先控制了刺客，并且采取了这种方法在进行，所以他首先下意识地就不愿按李景遂的方式慢慢去做。另外这是元宗亲自安排下的案子，让他和李景遂共同审理，他觉得这其中应该是有着什么用意，有可能是在考量自己和李景遂的能力。从这方面讲，他更不愿听凭李景遂做主让他得到头功。再有最近大周、楚地、吴越异动，让他感觉有战事发生的可能。所以现在时间对于他来说真的很重要，他不想将自己的太多精力都耗费在秦淮雅筑里喝茶吃点心，听念经一般的"等等、再等等"。

但是不管如何不情愿，李弘冀都不敢做得太放肆。因为最终谁能得到南唐的皇位还不知道。假如将来真的是李景遂继承了自己父皇的位子，那么他现在太过强硬的态度就有可能影响到以后的地位和处境。

在自己不能太过强硬的状态下，李弘冀便想利用两个协助审办此案的重臣来出面说话。冯延巳和韩熙载在南唐朝堂的地位举足轻重，其实只需一个人对李景遂的做法提出异议，而另一个人不正面反对的话，李景遂就必须考虑马上改变刑审方式，甚至可能直接将案子扔给李弘冀。

但是李弘冀却怎么都没有想到，无论老奸巨猾的冯延巳，还是横言无畏的韩熙载，这一次都蔫搭得像是挂在墙上的兽皮。每次进了秦淮雅筑，这两个老家伙依旧活着的好像就剩一双眼睛了，泰然处之地作壁上观。就好像他们到这里来的任务就是看自己与齐王演一场明争暗斗的大戏。

不过今天的李景遂也没有以往那么沉稳笃定了，已经是第二十四天了，黄粱居里的那个货色到现在仍是丝毫反应都没有。虽然到了这一地步李景遂

第六章　秦淮雅筑

自己仍然是可以沉住气与那货色耗下去的，但问题是他觉得再这样拖下去很难面对李弘冀的质问。而且如果最终真的得不出什么结果，他也无法自圆其说给李弘冀和两位陪审的重臣一个妥帖的交代。其他损失当然是不会有的，但面子上肯定是要狠狠剥损一些了。

李景遂在第十九日的时候将所有许诺的筹码改为减去，而且一次就减去三分之一，这样做其实对于刺客的压力更大。这是人性的弱点之一，也可以说是人的感性错觉之一。在一点点给予好处时或许并不会有太大的感受和触动，而当所拥有的失去时，哪怕是失去了一点点，那都会敏感地触动到神经。更何况裴盛面对的不是失去一点点，而是骤然之间三分之一就不见了，如果不及时做出反应，那么两天之后所有这些就都没有了。

另外作为刺客除给予的筹码还应该考虑到更多。自己只是别人砧板上的肉而已，至于是被做成宴席上的美味还是剁成几块去喂狗全在别人意愿之中。财富、地位的筹码在削减，说明别人已经在重新审视砧板上这块肉的价值了。而一旦筹码全没有了，现有的待遇还会有吗？而且问题还不仅仅是失去现在如此享受的待遇，接下来所受的待遇会从一个极点转换到另一个极点。那是从天堂到地狱的转换，那是欲仙欲死到生不如死的转换，那是从宴席上的美味到剁去喂狗的转换。

第二十一天时，原来逐渐累加起来的筹码全都减没了，裴盛依旧无动于衷。

到这时候李景遂再也无法安心坐在太公轩里垂钓了，而是常常踱步在距离黄粱居不远的双钱回廊中。"半吊子"费全又来问李景遂下一步该怎么办，这一次李景遂思忖了半天才给出答复："晾着办。"

费全没有完全猜出李景遂的意思："如何晾着办？"

"依旧好吃好喝，但是人都撤了。将黄粱居白钢壁、乌铁门、黄铜窗都锁严实了，再不要有一个人和他说一个字。就把他晾在那里！"

费全点点头，他知道该怎么做了。这是又一重的心理压磨法子。

世人最难抵寂寞，更何况是在寂寞中等待未知凶吉的命运。不管什么样的犯人，不管如何的好吃好喝，他的心里总是忐忑的，他的思想总是处于剧烈的运转状态。而这个时候再将此人放入到孤独寂寞的状态中，没有其他的人和事情来转移注意力，只让他独自进行最大限度的心理活动和思维活动。那么犯人就会对自己无法预测的未来产生各种各样的想法，并且会越想越偏、越想越深。以至于无法从思维的旋涡中自拔，精神上自我加注无法承受的巨大压力。这就是监狱中为何会对犯错的犯人采取关小号、关禁闭的原因，因为这是让他们自己对自己心理进行高压惩处的一种招数。而现代监狱中对等待宣判的犯人进行心理疏导也是出于这个原因。

处于心理高压状态的犯人在精神上无法承受的时候，唯一解脱的办法就是主动要求说出心底所藏的秘密。有些意志薄弱的人甚至很快就在睡梦中或迷离状态下说出心底藏着的所有事情。

但是李景遂采取这个方法后仍然面临两个问题：一个是这个方法能否对黄粱居中囚禁的刺客有效果他仍没有丝毫把握；还有就是这个方法要想发挥效果仍然是需要很长时间的，而太子和冯、韩两位大人还愿意给自己更多的时间吗？

今天才是李景遂将刺客陷入极度寂寞和极力思维的第三天，他知道如果是个普通犯人，三天或许已经足够了。但对于一个面对各种利益诱惑完全无动于衷的对手，这么短时间的压磨是不会产生任何效果的。另外这个刺客能坚持到现在，除了心理的强大外，可能还有其他原因。比如说在得到自己给予的各种好处之前已经有人许诺给他更多的好处；比如说他有什么重要的人或东西被别人要挟在手上；而最可能的原因应该是这刺客指望会有什么人来营救他。

其实除了这些以外还有一种可能，不过这种可能却不是李景遂能够想到的，而且这种只会出现在真正的、达到某种境界的刺客身上。那就是这个刺客所做的刺活儿并没有结束，他现在所经历的一切都是预计之中所做刺局的一部分。这样的话这个刺客就能全身心地投入到一种状态中，完全不为外物之诱所动，以最终完美做成刺局为乐为荣。

但是就裴盛而言出现这种可能的几率并不高，他只是烟重津刺局的一个组成部分而已，他所做的事情全是由齐君元安排的。而且就算另有什么谷里秘遣活儿的话，那也用不着变成阶下囚去做。对于一个被囚禁的刺客，别人采取的各种防范措施至少会提高一倍。既会防范他逃出，又会防范他伤人，在这样的状态下，任何刺局的成功希望都会更加渺茫。

疑锋转

李景遂这段时间的确很伤神，他觉得这个刺客真的很蹊跷。据他所了解，不管怎样的刺客都是唯利是图的。而这种天性是骨子里的，即便是受到什么要挟、指望什么人来解救，还是有更大好处的许诺，他们对摆在眼前的已有利益总会在微小的细节方面表现出不舍和贪恋。但是这一个刺客却没有，一丁点都没有。所以李景遂相信这个看似平常的细节，其后肯定隐藏了极大的秘密。时间，还是时间！破解这个秘密需要时间，需要可能比现在已经付出的时间更多的时间，而这么多的时间自己能争取到吗？

正是由于心中怀着这样一个目的，所以李景遂今天并没有让手下人将李弘冀、冯延巳、韩熙载三人带到黄粱居的"独向窥镜壁"那里观察刺客的状态，而是直接引导至竹月堂喝茶议事。

"皇叔，作为晚辈我其实不该在你面前啰嗦什么。但是作为朝廷命官，又是受皇命来同审此案的一员，我却不得不叨问几句。那刺客的审讯你已经铺垫许久了，是否已经掏出了些许信息？下一步该如何继续在他身上用功？这样说吧，你只需告知我和两位大人哪怕一点点进展，让我们在父皇问起时至少可以有些说辞，也好证明我们并非慵懒无为。"李弘冀的话似软实硬，不但是将冯、韩两人牵扯上，还把元宗李璟搬出来了。

李景遂虽然在李弘冀面前辈分长，在冯延巳、韩熙载面前权位高，但其实这三人都是他目前不敢冒犯的。

他是个颇有心计的人，也是个看得清局面的人。南唐现在看着挺繁华富裕的，但其实是外有危机、内有诟病，这样一个摊子不是他所拥有的实力和能力可以接手下来的。至于皇兄李璟为何会昭告天下定自己为皇位继承人，他也不知道其中原因。他也看好南唐将来要想立稳脚跟再展雄风，就必须交给李弘冀才行。所以从一开始他就没有想过要和李弘冀争这个皇位。说句心底话，他甚至是有些怕李弘冀的。

至于那两个朝中重臣，一个是凭口舌、笔头就能让天下大乱的人，一个是暗地里示个意就能让人神不知鬼不觉掉了脑袋的人。这两人平常时虽然和自己并无冲突，但也不交好。所以这件案子凭着自己性子拖到现在都未曾给出一点交代，从这两位重臣的表现来看，他们已经是耐住了性子，给足了面子。

"虽说此案是你我同审，两位大人协助。但父皇的意思其实很容易看出，他怎么可能将两位大人屈就在你我之下，让他们来是为了督促和防误。说直白一点，也就是此案应该是由我们四人共审才对。但是你将刺客独藏于你秦淮雅筑之中，不让我们与之有任何接触，这其中是否有着什么别样的缘由。"李弘冀继续言语进逼，这些日子他每天退朝之后还要再到这里来点卯，心中已经极为躁闷。

"太子可能有些曲解我的心意了。我是想太子日常还要兼顾兵部诸多事宜，而两位大人也是公事繁多。各位体力精神虽强壮卓盛，但也抵不住多方要务疲劳筋骨。而我正好兼职刑部事务，这审刺客的案子本就是我辖下之事。于是想着自己多担当些也只不过是顺便为之，能让太子腾出些工夫来运筹国家宏景大势。"李景遂说得很是客气，但这客气之中却是有着另外一种分量。他话里意思有自己才是刑部刑审的行家，自己不坐庄谁又能坐庄。还暗指太子老把自己放在干国家大事的位置上，可现在南唐的大势如何大家都应该清楚。

李弘冀如何听不出李景遂的意思，所以一下噎住，将后面本来要进一步升级的逼迫话堵在了嗓子眼。

"齐王如此照顾，老臣先在此谢过了。只不过让齐王独劳，让我等偷闲，心中颇为不安。所以齐王最好将那审讯艰难之处也告诉老臣一二，让老臣品味香茗的同时也转转脑筋，不求愚钝朽脑能想出些许关键，只求以后皇上面前应对也能心中坦然。"冯延巳说话了。他倒不是要帮着李弘冀，而是因为李景遂这么多天除了让他们从嵌在壁上的独向镜中看到十分享受的犯人

第六章　秦淮雅筑

外，就再没有其他任何实质性的信息告知。

冯延巳不通武、不知刑，虽然心眼玲珑、诡计多端，但是对李景遂用如此方法审讯刺客也是无法理解的。以利相诱是可以的，这方式他自己也经常用。那只需要开价、加价、再加价，然后交易成或不成，有个一两天也就见分晓了。但李景遂将这刺客独自控制了二十几天，利诱的法子用几遍都够了，早就应该是重刑威逼阶段了。由于之前他和韩熙载分工而查，他是查刺杀李璟的诡异字画的来源，而这条线查到李景遂这里便再查不下去了。所以他现在很自然地就有种感觉，感觉李景遂是在愚弄、搪塞他们三个，而愚弄、搪塞的目的很有可能就是为了不让刺客的嘴里吐露些什么出来。

"冯大人所言极是。刚才太子也说了，这案子皇上吩咐下来已颇有些时日。齐王不辞辛劳独揽艰难我等谢在心里，但总该多少给我们些说道，让我等在皇上问及时可以有说辞应对。如果不让我等参与又不给丝毫信息，那齐王好像是要在皇上面前独居功而置我们于不为不力的境地。"韩熙载也说话了，而且开口就是横风竖雨，直扑李景遂软痛处。

本来韩熙载完全可以不参与其中的。他和冯延巳的任务是一边旁观，寻找蛛丝马迹确定齐王和太子两人谁才是背后操纵以字画刺杀的主持者。所以开始时随便李弘冀与李景遂两人如何推来挡去，他和冯延巳都不插话。但是二十几天过去了，事情竟然还是和最初时是一样的状态。虽然从目前的想象上推断分析，李景遂似乎更有拖延、掩盖此事的意图。但从韩熙载已经掌握的信息分析，更多的疑点是直指李弘冀的。韩熙载不想南唐出现内乱，所以一直都暗中替李弘冀掩饰，希望这事情能糊弄过去，什么都查不出来那才是皆大欢喜。

但是现在韩熙载迷茫了，他开始怀疑之前的线索是否可靠，怀疑从现象和巧合上推断得出的结论是否真实。那李景遂这二十几天表现出的状态可以说是在用极为巧妙的方法对付被囚押的刺客，但也可以说是在故意拖延推诿，想把这事情蒙混过去。如果是后一种情况的话，那么一直对准李弘冀的矛头就要转向李景遂了。

到了这地步，韩熙载反而觉得最终的结论不能下了。现象能说明问题，这两个人都有可能是真正的背后主持者。现象不能说明问题，那么真正的幕后主持者依旧有可能是他们两个中的一个，但也可能是他们两个人以外的第三者、第四者……

正是出于这样的想法，在冯延巳开口之后，韩熙载也跟在后面砸了一砖。他希望能够改变现在的平静状态，让所有有关联没关联的关节都动起来。这样才能看出更多的现象，找到更多的细节。

见冯延巳和韩熙载都说话了，而且矛头都是对着李景遂的，李弘冀的底气顿时前所未有地鼓足起来。这是合审此案以来头一次出现这样的局面，是让他李弘冀占到上风的局面。于是李弘冀恰到好处地利用了这个局面，向李景遂提出了更为实际的问题。

"皇叔，两位大人也都把话说到这个份上了，你也就不要再封住坛口独酿美酒了。今天我们也不去看被囚刺客了，看也看不出什么来。就在竹月堂听你说说这二十几天已经审到什么程度、有些什么收获，还有下一步准备用什么法子继续？"

李景遂的脸上微微显出些难色，既然问题问到这一步了，有些话他只能明说。但是他心里也知道，明说的话很难出口，而一旦明说了别人又无法理解，那么接下来自己的意图和想要达到的目的就更难实现了。

"现在什么程度都不到，什么收获都没有，我之前不是说过吗，我所做的一切只是铺垫，有可能直接达到目的，也可能一无所获。现在唯一可以肯定的是利诱失利，所以下一步我想晾他一段日子。一切情形照旧，只是再也不准任何人与他说一个字。让他在孤独、忐忑和无望中干耗一段时间，这样最终不管能不能逼出他心中的秘密，至少也可以给下一步你们所说的重刑威逼再作个铺垫，感觉上的反差越大，越能促使犯人意志的崩溃。今天我让人将太子和两位大人直接引领到竹月堂而未去黄粱居，就是想商量这件事情。我需要与那刺客再多耗些时日，直至压磨得他心力全无、意气尽失，到时候再用强硬手段逼迫就容易多了。"李景遂实话实说，他真心希望哪怕只有一个人理解他的做法，那他就能坚持原定计划继续做下去。

其实理解他做法的不止一个人。韩熙载是懂的，他手下夜宴队抓捕目标

第六章　秦淮雅筑

之后，会用各种方法从目标嘴里掏出想要的东西来，其中就有这样的心理压磨法子。而李弘冀虽然不是完全理解这种做法，但他参与过许多沙场征战，知道战场用兵时心理战术的一套，所以从李景遂的说法中他至少知道这是在采取一种心理战来征服被俘的刺客。

但是李弘冀不会支持李景遂，他更希望采取自己的一套来审讯刺客。自己的一套方法简便，时间短、见效快，估计不用三天就会有结论。而这样的话就可以让自己在父皇和众臣面前展现出另一番能力，最终择定皇位继承人的天平或许就会朝着自己这边倾斜。

韩熙载也不会支持，因为他正想打破目前的僵局。刺客到底知道多少谁都不清楚，刺客能否吐露出些什么也是未知数，刺客吐露出的秘密是真是假更无从知晓。但是韩熙载并不一定需要刺客嘴里掏出的信息，他要的是审讯过程中的各种细节，以及细节发生后带来的个人现象、现场现象以及外围现象。将这些现象结合起来，才有可能找到真正的答案。

而冯延巳是不懂的，他只是很早就觉得这种平静的审案像在愚弄他。既然太子反对，韩熙载也不支持，那么他当然也坚决地要求更换另外的方式来审刺客。至于什么另外的方式，那肯定是他经常见到的重刑伺候了。

李景遂知道自己再拗不过这三个人了。别说自己，就是元宗李璟在此恐怕也不会与这三人共同的意见相悖。所以李景遂重重地长叹一口气："这样吧，明天，明天开始，送那个叫裴盛的刺客进'无极渊'。"

"无极渊"并非一个水潭，而是一个建筑，一座横平竖直得有些像盒子的房子。房子之所以这样设计，一般出于两个原因，一个就是要这房子结实，还有就是这房子里分区域性设置了特别的需要。

结实是肯定的，整座房子墙体都是方正的花岗岩砌起，除了正常的木梁、木柱外，还增加了两道铁铸的偏梁和四根海碗粗的铁柱支撑。

至于区域性设置的需要则非常简单，就是在靠近房子的一侧有一小块长方形区域用拇指粗的钢栅栏隔断着。这区域里空荡荡的什么都没有，但是靠墙的三边有流水槽。

这隔开的区域应该是用来关押人的，而且是关押那种已经不需要床睡觉、不需要吃喝,甚至不需要大小便的人。这样的人一般要么是被病痛折磨得奄奄一息,要么就是被刑具折磨得半死不活。那靠墙的水槽可以作为佐证,因为不管关押的人昏躺在哪里,身上是有着不能自禁的大小便还有极力想自禁的流血。只需挑来几桶水冲一下,那么躺着的人该醒就会醒,让别人觉得恶心的污物也同时被冲净。

钢栅栏外的大片区域倒是有着很多器具和设施,包括那些铁梁铁柱也都是有用的。只要看到这些,立刻可以知道被关在栅栏另一边的人肯定都是第二种人,因为这些器具和设施全是设计精巧绝妙的刑具,让人生不如死、欲死不能的歹毒刑具。

"无极渊",这名字其实没有太多的玄理妙寓,它的解释就在字面上:"没有极限的深渊。"

明天,裴盛将从黄粱一梦中醒来,转而进入没有极限的深渊。

这一回他还能撑住吗?

迫迎战

"枯冬薄夜清冷月,冻地断水无声影。"寒冬的黑夜本就该是这样孤寥沉寂,就连夜游的孤魂野鬼都会缩进哪家的屋檐下,不愿在如此寂寒生硬的残月枯木间游荡。

不过蜀后宫一处偏僻的宫院瑞馥宫中却完全是另外一番情景。四处插满儿臂粗的红烛,虽然不能将高大的宫屋照得非常明亮,却足以把这里装点得粉红浓艳。墙角处每隔几步便放置一个焖足火炭的暖炉,让整个室内达到了暖春的温度。而靠近床榻处的两只百窍莲朵香尊,更是将一种甜腻的、醇重的沉香香气弥漫在整个空间里。

透过半掩的纱帐可以看到床榻上很是凌乱,胡乱扯脱下的衣物扔得到处都是。富贵花缎面的大被半挂在榻下,根本遮不住榻上两个汗津津的裸露身体。而人体激情混乱之后产生的各种味道就连百窍莲朵香尊里的沉香香气都无法掩盖。

第六章　秦淮雅筑

虽然孟昶已经十分疲惫，但是有种兴奋感始终充斥着他的全身，让他渴望再次到达那种可以放弃所有乃至生命的瞬间欢愉。这种享受的感觉是他从来不曾有过的，这种持续索取的冲动和自信更是他从未有过的。今晚他已经支撑了三回了，每次他都是恰到好处地到达顶峰，然后峰回路转，就像从顶峰上驾云飘飞而下。但还未等到飘飞的感觉变成脚踏实地，他便又恢复了登峰的勇力和激情。

孟昶很庆幸华公公出事之后会遇上秦艳娘，也很庆幸赵崇柞将秦艳娘带回了成都蜀宫。而自己见到秦艳娘第一眼的时候便看出这是一个非比寻常的女子，看出她的天性中、骨子里就有着一种能让男人舍弃所有的引力。这倒不属于庆幸，而是属于自己独到的洞悉力和心中的感应。即便秦艳娘不是智谭和尚的俗家侄女，王昭远不曾为其买通籍官私下造册，他也会毫不犹豫地将这女子留在宫里。真正的男人可以石榴裙下死，却绝不能让石榴裙红了眼，又眼睁睁地看它化作一片红色烟云飘走。

这秦艳娘也真的是与众不同，她可以说是后宫嫔妃加上宫女再加上花蕊夫人的一个集合体，本该是各种女人所独有的味道和技巧都可以从她身上找到。不，还不仅如此，有些其他所有女人都做不到的事情她也能做到。

首先秦艳娘的身体柔韧、肌骨力度是其他女人无法比拟的，这不单是可以跳出让孟昶瞠目结舌的舞姿来，更重要的是孟昶以往学到的那些无法在其他女人身上施展的房中秘术，这秦艳娘却是都能配合到位，满足了孟昶追求快感的种种另类方式。

再有不管一个女人能将孟昶挑逗得如何激情，但他毕竟是血肉之躯，所以要想有持续的雄风和有力的爆发，就必须依靠申道人给的那些补药。而不管是"养精露"、"梦仙丹"还是"仙驾云"，那秦艳娘配合的一招一式或者引导孟昶所做的一招一式都能与那些补药药效相应合。将药力发挥到最大功用，让孟昶享受最大快感，然后还让孟昶在最短的时间内再复雄风。

床榻微微动了一下，是孟昶肥硕的身体发出的些许颤动。他能感觉自己还未擦拭的敏感部位再次蠢蠢欲动，小腹间一股暖流再次盘绕到全身，撩拨过心尖，压揉着脑垂。这种现象可能就是人们常说的俗语"精虫入脑"。

而就在此刻，秦艳娘润滑温湿的身体也恰好贴在孟昶的身上。于是孟昶身体些许颤动的频率开始变急，幅度开始变大，气息也粗壮起来，这是能量开始积聚的表现。而秦艳娘的身体也开始随着孟昶的身体开始蠕动、摩擦起来，她这是要帮助孟昶加快能量的积聚。

"皇上！皇上！有重要军情！"门外是值守太监谨慎而低沉的呼唤声。

孟昶颤动的身体一下停住，但他身上的肥肉是滞后两个频率才完全平静的。

"皇上！毋昭裔大人、王昭远大人现正在四海殿等候，他们同时接到密探道燎角飞信和八百里军情急报，要向皇上禀告重要军情。"值守太监这一次提高了声音，而且将事情说得更加详细。

密探道和军信道同来急报，那肯定是出了天大的事情。于是孟昶重喘一口气，随即挪动肥腿往床榻边上移。他的身体太重，直接爬起太过费力，所以想挪移到边上再顺势滑下床榻。

但是秦艳娘身体的蠕动和摩擦却没有停止，非但没有停止，她的腿脚手臂唇舌还如同蛇一样缠绕上孟昶的身体，并且全都停留在孟昶身体的几个敏感部位，用极小的快速动作给予孟昶难以抵御的刺激。

于是孟昶发出一声哀号般的呻吟，身体用力地翻转过去，一下压住背后震颤着的软滑肉体。等他再起来时，已经是半个时辰之后，其间门外的值守太监呼唤了不下十余次。

秦艳娘没有动，孟昶从她身上爬起来后她就始终保持着这个姿势一动未动，一双眼睛只是直勾勾盯着墙上挂的一幅画。这幅画和浓色重艳的瑞馥宫有些不大协调，但秦艳娘说这是她祖上传下来的，看着可解思念已故双亲之苦，所以才挂在了寝宫的主神位。

从风水角度而言，一家或一屋的主神位挂画放物必须吉瑞，否则是会对家中当家之人或主事之人有害的。这瑞馥宫虽然是秦艳娘住着，做主的却是孟昶无疑。而挂着的这幅画正是"神龙绵九岭"。

孟昶出去了，走远了，走了好一会儿了，秦艳娘这才动了动。而她这一动便如疾风旋起，顺手拉来的衣物还未完全裹住身体，人已经如同鬼魅般从窗口飘出。

第六章　秦淮雅筑

空荡的四海殿中虽然也燃着几只暖炉，但是与瑞馥宫的暖春温度相比，却显得冷冽许多，所以当孟昶踏入四海殿的时候，不由缩紧身体打了个冷战。

除了感觉冷外，孟昶还觉得自己的脑袋有些晕沉，双腿发软无力，这应该是内元多损、肌力多耗导致的现象。但是当他听到毋昭裔和王昭远报上的军情后，那昏沉的脑袋里顿时如同插入了一支冰凌，一个激灵驱散了晕沉，但同时也因为冰寒而僵硬了思维。而发软的双腿却是再也支撑不住肥硕的身体，将他肥壮的屁股重重地夯在了龙椅里。

也就在这个时候，一个黑袍裹着的分不清是男是女、是人是鬼的身影在蜀宫中飘忽而行。身影手中有几股丝线活的一般，在丝线的助力下可以无声地越墙、上房、爬檐、走脊。一路躲过了所有明卫、暗卫、定位哨、巡查哨，由此可见这身影对蜀宫中的安全防卫很是了解。

身影最终顺着四海殿西角的外柱滑下，先快速凑到窗户前听一下。确定孟昶在里面后，立刻又回头看了下四周。确认四周无人，这才又将耳朵凑近窗户仔细听里面的谈话。也就是在这回头间，可以看清此人是过去的秦笙笙现在的秦艳娘。也只有她这样的耳力，才能在大殿一角的窗户外听清里面三人声音很低的谈话声。

王昭远拿在手的是兵部转枢密院的八百里急报。枢密院是专管军政的，职责其实等同于兵部。五代十国时有的国家除了兵部以外还再设崇政院，后改为枢密院。特别是后蜀，一直都保留着这个机构。其实准确些说枢密院其实是个内廷机构，虽然也是管的军政，但说白了就是皇上本人的军事参谋处。它并不真正负责上阵打仗的事情，而是及时向皇上通报军情大事，为皇上军事方面的方针决定出谋划策。而后来辽国、元代先后出现的南枢密院、北枢密院，其实是替代了兵部和吏部的职能。

八百里急报上的奏报比较复杂，有很大一部分内容是用来推卸责任的，那骆谷界营未曾作丝毫抵抗也未曾发信示警便一夜尽毁，这件事是可以将源州武定道军中众多官员问罪的。但是复杂的奏报通过王昭远读出来就变得很是简单："近日有一股大周兵马偷出骆谷，兵入蜀境，并且迅速朝凤州、成州方向移动。"

把复杂的事情说简单了是王昭远的特长，因为他怕太复杂之后孟昶会追问很多问题，而那些问题他能够拿出正确答案的却并不多。

毋昭裔手中的燎角密报是从密探道传回的。蜀国布设密探道，原本只是用来检测地方官员和驻地军营是否有异动的。但是发生了邻国入侵这样的大事，他们肯定也是会以最快的速度将讯息传回。

燎角密报上所传军情是说大周与蜀国交界处的遗子坡突现一支彪猛周军，朝着青云寨逼近。其意应该是想夺取青云寨，然后断了东西二川与秦、凤、成、阶四州的关联枢纽。

两份急报，其实说的是同一件事情。这也是孟昶一直在担心的事情：大周终究还是对蜀国下手了。

担心的事情终于发生了，虽然突然但不意外。之前大周违背信义和道德，通过援助他们的边界易货将疫病牲畜输入蜀国，孟昶就已经担心会出现这样的局面。而现在回头再看，大周主动派遣使者前来蜀国极力要求开边界易货市场，其意图就是为现在兵犯蜀国做准备的。大周为邻家虎狼，他们无食之时哪有易货之说，肯定是要空手掠取的。所以还是自己天真了，以为解彼之困便可建成相互盟谊，却忘记了自古就有"助虎脱陷必遭虎噬"的道理。

"自大周疫情传入蜀境后，我就知道早晚会有此事发生。"孟昶这句话似乎是想表现一下自己的睿智，但随后一句迫切又无奈的问话却又显示出他此刻的无措和茫然，"两位大人，眼下情形如何应对是好？"

毋昭裔看了看王昭远，随即摇摇头。他是一个文官，不知道行军打仗的一套，本觉得王昭远是枢密院事，应该会有自己的一套独到见解和策略。但是当他看了王昭远一眼后，猛然想起这只不过是个世俗和尚的徒弟，凭着阿谀献媚讨得皇上欢喜才得来的官职，他又如何懂什么对仗制敌之法。

王昭远看出毋昭裔摇头的意思来了，这是毫不留情地在表明看不起自己。他可以让人看不起，但绝不能让毋昭裔看不起，那样会让毋昭裔觉得他连做个对手都不配。所以王昭远毫不犹豫地往前一步躬身说道："皇上不要

第六章　秦淮雅筑

太过焦急，正所谓兵来将挡水来土掩。我蜀国能征惯战的将帅大有人在，我推荐一人便可在挥袖间击退凶悍周军。"

"你快说来，是何奇人可当此大任？"孟昶在龙椅上一下坐直了身体。

"此人便是客省使赵季札。"王昭远回道。

这赵季札是蜀中名相赵季良的弟弟，平时夸夸其谈、怪想连连，语不惊人死不休，这些德性都和王昭远有得一拼。虽是同朝为官，但赵季札是世家子弟，王昭远是侍随出身，所以两人并无交集。但是后来通过智諲和尚从中介绍拉拢，两人发现彼此德性相近、臭味相投，于是大有相识恨晚之憾。然后又觉得日后相互间是可以利用的，所以平时颇为交好。

"赵季札是罕有的将帅之才，只是无人识得，此番正好让他大展身手。如今周军从遗子坡突入的兵马还未开始攻占青云寨，而骆谷偷入的周军入境后也未对哪座州城发起实质攻杀，应该还在部署阶段。所以皇上应立授赵季札代圣权宜之旨，遣往边界州府。让其视战情调配兵力，更换将领职要，然后择最佳区域与周军对仗。"王昭远急切得似乎已经是要替孟昶拟旨了。

孟昶看看毋昭裔，毋昭裔没有提出异议。因为他真的不了解赵季札这个人，只听说此人出身名门，为人自傲，常出惊人之语。而王昭远平时是不把别人放在眼里的，更不会将皇上面前立功的机会推荐给别人的。但他今天如此积极地推荐赵季札，此人或许真就有惊世之才。

不过毋昭裔虽然不懂行军布阵的一套，外交的一套他却是精通的："皇上，兵马对敌是肯定要的。但大周势强，我们要想退敌避祸，还得联合其他人共同对敌才行。"

这句话提醒了孟昶。之前蜀国疫情蔓延之后，他已经心中觉得不妙，所以连遣五路密使前往南唐联络李弘冀，其中还包括李弘冀派来蜀国协助边界易货的德总管。可是李弘冀那边到现在都不曾给自己只字片语的回复，不知出了什么状况。或许是觉得事情还未发生，不宜预先给予承诺。但是现在战事已起，李弘冀应该是能看出局势的。蜀国一损，其后便会是南唐。而且李弘冀还指望蜀国给予自己支持夺取皇位，所以这种时候他应该很主动地给予蜀国支持，夹击大周。

"这件事情我一直在做，只是音讯未回。等兵马应对事宜确定之后，我再作安排，联络盟国。"孟昶说这话时才又显出些帝王的威仪。他觉得自己应该继续联络李弘冀，环顾众国，可利用的也就只有南唐的李弘冀。

不过有一件事情孟昶并不知道，他遣去的五路密使先后全被困在了前往南唐的五条路径上。困住他们的是高手，但这些高手设下的都是锁兜，只困不杀。因为这些信使是有价值的，只是还没有到产生价值的时候。

"再有边界几州由于牲畜疫情蔓延，军中马匹数量锐减，大大削弱了战斗力。所以除了王大人刚才推荐的客省使赵季札外，我觉得还应另外派遣一些兵马支援临近边界的几个州府。"毋昭裔这个想法虽然简单，但是对于目前大周采取的策略而言却是十分有利有效的应对方法。当下的局势，只要是边界州府驻军的实力增强了，拖住周军不让其攻城得手，那么大周就会因为军备不足、粮盐缺乏等诸多原因无法长久僵持，在一段时间围城无功的情况下肯定会主动退兵。

"这是惯常的做法，不能出奇制胜，只能是硬扛硬斗。估计周军肯定也会想到这一步，所以他们先锋部潜入之后肯定会封堵道路，不让我们后援兵力进入边界州府。"王昭远张口就是出奇制胜，然后又将别人切实的策略否定得一文不值。

"刚才王大人不是说入境的周军只是先锋部，兵力不会太多。而且现在他们只是在部署阶段，还未形成有效的封堵拦截。皇上只需从临近边界州府的行道或军营增调兵力，便能赶在周军部署完成之前及时到达指定州城。即便因为周军拦截不能及时赶到，那么就近扎营，城内城外形成犄角合击之势，也同样可以增加对周军的威胁。"毋昭裔这般分析其实已经是用兵之道，并且由此可见他以文运武的思维筹划更加缜密周全。

"毋相这般安排极有道理，只是临近的行道、大营有多个，调哪一路合适呢？"

"保宁节度使李廷圭可用。"毋昭裔推荐李廷圭不仅因为此老将久经沙场、能征惯战，还因为他们两个是多年老友，知道底细。

"很好很好，就这么去办。王枢密，赵季札是你推荐，我即刻拟旨授他

第六章　秦淮雅筑

边界特巡使兼领权宜事,由你去传旨赵季札,让其即刻动身带一路人马和辎重前往蜀周边界,届时蜀地各级官员任由他调用。李廷圭那边则要辛苦毋相一趟,你带着左卫圣步军都指挥使高彦俦、客省使赵崇韬前往巴州。授李廷廷捧圣控鹤都指挥使,兼领北路军大首领,左卫圣步军都指挥使高彦俦为招讨使,武宁节度使吕彦珂任李廷圭副将,客省使赵崇韬为监军。发兵秦、凤二州,再以此二州为点辐射阶、成、兴、源等州府,共同抵御周军。"

孟昶吩咐完这些后,毋昭裔和王昭远未再多言,领了圣旨急急离开蜀宫。而这两人还未曾出四海殿殿门,偷听的秦艳娘已经五色丝随心意收拉,蛇一样无声地缘柱而上,然后很快消失在瓦脊翘檐之间。

第七章　无极渊

谁漏息

　　毋昭裔不辞辛苦，未待天色大亮便带着高彦俦、赵崇韬直奔巴州，传旨给李廷圭。而王昭远也是连夜赶往赵季札的家砸门，他倒不是急着传旨，而是急着邀功。自己抓住了难得一见的大好时机，将一直处于闲职的赵季札给推了出来。如果此战成功，赵季札在朝中站稳脚跟，就可以作为自己的臂膀，以后联手与毋昭裔、赵崇柞那一伙老东西明争暗斗。然后再加上后宫秦艳娘支撑，那么以后蜀国朝堂之上谁能与己抗衡？一想到这里，王昭远心中又怎能不得意。

　　孟昶虽然满怀心事，但还是不由自主地回到了瑞馥宫。但是此刻的他再没有丝毫欲望，只是坐在那里对着红烛上的火苗，假想着熊熊战火焚城灭府。

　　"皇上何故半夜冒寒而去，是有什么大事发生了吗？"秦艳娘从床榻上起来，她并未穿衣，只是用一张裘毡裹住裸露的身子。

　　"是呀，有大事发生。不过说了你也不懂，你还是安心睡觉不要多

第七章　无极渊

问。"孟昶心情很不好，所以即便秦艳娘在他面前闪动着半隐半露的婀娜裸体，他仍是不能气顺。

"我是不懂什么大事小事，不过我知道就算有天大的事情皇上也不该如此愁闷啊，朝堂上下那么多的文臣武将难道就不能为皇上分忧？他们拿了俸禄就只是每天杵在皇殿之上作摆设的吗？如果真是那样的话，倒不如立上几个石人、铁人那还更加威武些。"秦艳娘这话说得虽然小气了些，但也不无道理。

孟昶听了这话心说也是呀，事情来了躲不过，因为那由不得自己。但是应对事情却是全凭自己安排，如果事事都要皇上亲力亲为的话，那这皇上做了得累死。但转念再一想，有些事情的确可以安排臣子代劳，而有些事情却必须自己亲自去做的。比如说联络南唐太子李弘冀的事情，如果不是自己亲自操作，那李弘冀肯定不会理睬。而且旁人操作中要是不慎将此事漏出，那么对李弘冀会有很大不利，对于蜀国和南唐间长久的合作也是很大的不利。可是连着几路密使遣出，多少时日过去了怎么没有丝毫回复的音信？是路上出了什么意外？那也不会五路密使同出意外呀。除非……除非是有人知道了自己和李弘冀暗中交往，然后有针对性地采取手段要断自己和李弘冀之间的信道。

孟昶因为与李弘冀暗中筹划之事都极为隐秘，所以相互间传递的信件都不从密探道和军情道走，那样会辗转许多环节、经过众多人手。他们的每封信件都是由身边最为亲信之人专门传递，没有第二人可见。

秦艳娘见孟昶仍是愁眉不展，便过来倚坐在孟昶的身上。孟昶虽然满心烦恼，但这温香软玉入怀，他却怎么都无力推开。

"皇上，几多愁绪山欲倾，就算奴家一曲南音、两回旋舞解不了，这一夜的云雨欢情难道还解不了吗？"

"唉！女子只知帏间乐，哪里得知国事愁啊。两国联盟最惧信道不通，这你解得了？"

"这我虽解不了，但也不是谁都解不了的大事呀。我瞧那日带我入成都的赵崇柞大人就是个精明强干的栋梁之才，手下又能人众多，通信道之事我觉得他就能解得。"

孟昶一听这话猛然醒悟，对呀，自己原先只是用自己身边亲信或李弘冀身边亲信传递信件。这些人虽然可靠，但都是宫中、府中养尊处优之人，行路传信之事一旦遇到波折便无法应对。而九经学宫的人虽然是经过各方面严格训练的高手，但是他们平常都是作为内宫防卫，江湖经历很少。否则的话那么多高手随华公公去蜀、楚边界接应丰知通，怎么都不可能全军覆没呀。只有赵崇柞掌管的不问源馆网罗的都是江湖异士，可奔驰千里取人首级，那么让他们给自己和李弘冀暗建一个秘密信道应该不会有大问题。

第二天早朝之后，孟昶单独留下了赵崇柞，将自己的想法对他说了。

刚才早朝之上已经向众大臣通报了大周军入境之事，并且将已经在进行的两个策略告知众大臣。因为那两个策略毕竟是仓促间想出的急办法，所以还需要集思广益补充其中不足，最好将后续的可能和应对措施也商量出来。不管战争还是政治，都像是在下棋，比对方多想一步那么胜算也就多出一分。当时朝上建议最多的就是联合南唐、北汉夹击大周，所以孟昶刚提出要在自己和南唐太子李弘冀之间连接一条可靠的秘密信道后，赵崇柞马上就知道这是出于什么意图了。

"建起信道并不难，我不问源馆本身在各国就安插了密探暗点。主要的问题是南唐李弘冀那边如何知道我们新的信道，我们不问源馆与他们从无来往，而且不问源馆的人都是江湖中人，李弘冀又如何能相信他们？"对于赵崇柞来说，传递信件真不是问题，重要的是如何和李弘冀挂上钩。

孟昶想了想，他觉得这真是个问题。原来自己的亲信以及李弘冀的亲信，都是在他们初次结盟时见过面的，然后又带着相互间指定的印符、标记。而现在突然换人前往，就算依旧有指定的印符、标记，但仍是难以让李弘冀确信。最好是有什么能代表自己的人前往南唐，一则是将这次大周兵入蜀国的事情与之协商对策，再有就是对新的信道予以说明。方便的话甚至可以确定几个以后专门的传信人，并带到李弘冀处让其确认。

那么谁去合适呢？这一次孟昶没有多想，因为他面前只有赵崇柞，而秦艳娘也对赵崇柞推崇备至。所以能代表自己前往南唐见李弘冀，商议应对大

第七章　无极渊

周的办法、搭建新信道的人选非他莫属。

当知道孟昶要派自己前往南唐后，赵崇柞很是犹豫。因为毋昭裔已经替孟昶前往巴州传旨给李廷圭了，然后自己再前往南唐的话，成都府中便再没有个能时刻提醒孟昶、稳住蜀国朝堂的人了。这样一来恐怕会让王昭远这种人乘机弄权，搞乱了朝纲，搞冷了民心。到时候就算外敌退去，所遗内患亦会无穷。

担心归担心，赵崇柞却是没有想任何办法来改变孟昶的决定。一个臣子要想改变君主作出的决定是需要极大勇气的，而且也是十分没有必要的。所以赵崇柞做了一些准备，第三天便上路赶往南唐。

南唐大部分区域是在江南，这里自东晋时起便修建了无数寺庙。而且越往金陵城方向去，寺庙越是密集。杜牧有"南朝四百八十寺，多少楼台烟雨中"的诗句，描述的就是这一区域的景象。时过境迁，如今这些寺庙有的已经破败没落，有的已经香火寥渺，还有的藏于林深山重处，人迹罕至。但是不管是何种情况，这些寺庙对于两种人来说仍是有实际作用的，一个是做学问的人，可以躲在这清静处研修，或约几友共论。还有就是行路之人，遍布各处的寺庙可以成为他们很方便的歇脚点、借宿点。

寺庙虽多，却并非所有寺庙都适合人去的。都说废弃了的寺庙神灵不驻便会被恶鬼凶魂盘踞，比如说广信府东面一百多里，靠近修水的心济寺，便是一个传说中被妖孽占据了的荒庙。

这天天刚擦黑的时候，庙里来了几个行色匆匆的过路人。更奇怪的是这几个过路之人到此并非要歇脚、借宿，他们留下一只黑色的怪狗看门后，便一起躲进小庙最西侧显得最为破旧的斋厨中，个个满脸肃穆，真像是要做场大学问。

林深山静，古寺如坟，仿佛连风儿都不愿意经过这里，以免惊醒沉寂中的魂灵。但是齐君元心中却喧腾得厉害，对于他们来讲，现在找一处地方停下来是十分危险的。虽然这是偏僻没有人迹的地方，但是他们能想到并找到这种地方，别人也就能想到并找到。他们现在最为合适的状态应该是始终处于运动中的、不确定的，这样才能躲避那些想找到并拿住他们的人。不过齐君元很清楚地觉得自己必须先停下来，如果运动的、不确定的状态始终在别人的掌握中，那么还不如找个地方把内情掰扯清楚。这样才有可能摆脱危险，确定自己下一步该何去何从。即便掰不清楚内情，至少还能养精蓄锐静心等待即将到来的对仗。

没有说话之前齐君元先调整了下气息和心情，因为只有以最平静的状态才能从意境之中发现异常。然后他审视了一下所有人，想直接从严肃的氛围中看出某些人心中藏着事。但是没有任何发现，这几个人除了刚刚脱离危险的紧张和兴奋外，其他所有的表现和反应都很坦然、正常。

"你们卖了我。"齐君元出其不意说出这句话时，目光迅速从那几个人脸上扫过。他在庙里遭遇离恨谷自己同门的兜子，这几个人都不在场，所以应该没人知道他遭遇到此次险情。如果其中有谁的反应和大家不一致，那么这件事情很大可能就与他有关。

几个人的反应都很茫然，因为他们全不知道齐君元此话从哪件事情上说起的。不管是和齐君元接触时间最长的哑巴还是接触时间最短的六指，他们都知道齐君元从灌州刺局开始就连续遭遇被出卖的事情，就是广信先遇夜宴队，后遇三方秘行组织，也都是十分蹊跷的事情，像是被人出卖了。

"你们将我取了半张藏宝图的事情密告代主或执掌了。"齐君元继续说道。

这一次大家全是很惊讶的表情。有可能是惊讶于谁真的这么做了，也可能是惊讶于齐君元忘记了一些规则。离恨谷刺客出刺活儿之后，便不能主动与谷中直接联系，只能谷中出指令来指示刺客行动。除非是回到离恨谷找到执掌，当面诉说原委才可以被采信。所以就算有谁要出卖齐君元的话，那也无法在这几日之中往离恨谷走个来回。

"谷里派人在城隍庙布兜对我下手。"到现在为止齐君元这句话才是发生的实情，也正因为是实情，给别人的触动才会更大。

所有人的脸色立刻变了，变得很惊骇、很恐惧，因为只有他们才能真正体会到成为离恨谷下手的目标是多么可怕。

第七章　无极渊

"怎么回事？谷里为何要自食？""谷里是怎么对你下手的？你能确定是离恨谷招数？""我们也是接露芒笺或乱明章出来做刺活儿的，无法与谷里直接联系，没法将你取半幅藏宝图的情况密报过去。"大家纷纷而言，有疑问也有反问。

齐君元知道不能听他们说话，这时候说出来的话都是有道理的。应该看他们动作、表情等方面的细节，再将这些细节构思成一种意境，一种能体味出背后的、内在的意境。

但是很让齐君元失望，所有人的表现都是正常的。所以他只能微笑，不停地微笑，不明所以地微笑，让别人感觉他是发现了什么才发出的微笑。

看到齐君元这样的微笑后，大家立刻安静了下来。所有人都在心中嘀咕，所有人又都极力保持镇定，怕因为什么不合适的言语和动作引起齐君元的误会。

"你们当中还有人出卖了大家。"微笑的齐君元突然又说出这样一句试探的话。

这句话大家似乎并不感到意外，因为在广信城里遭遇到卜福，被三方秘行组织合围，都是会导致这种猜疑的。

"出卖大家的人之前就已经故意显相留迹，让人坠上我们。"这其实是齐君元的猜测。因为他觉得刺杀广信防御使的消息虽然会将三方密行组织引来，但是他们能确定自己这些人会在城隍庙聚集并且提前设下兜子，那肯定是有人提前泄露了消息。

这个猜测反应很大，那四个人立刻相互对视，而感觉上关注哑巴和范啸天的程度更大一些。从他们到达广信之前，哑巴离开过大家，然后又是在广信发生一连串事情之后又突然出现了。而范啸天在安排好的队列中莫名其妙变换了位置，反而是在他背后的齐君元到了广信西城门之后他才匆匆赶来。

"不要看着我，这八天来我一直都和哑巴在一起，躲在醉一仙酒楼的后客房中就没出去过。你们也许会说老虎还有打盹的时候，哑巴贪酒未必会时时刻刻都注意到我。但是穷唐在呀，我稍有什么动作穷唐就有反应，而穷唐一有反应哑巴就知道了。所以不要看我，我是最没有嫌疑的一个。"从范啸天的性格来讲,他能这样很理直气壮地说话,应该是问心无愧。

哑巴不会说话,但是他无声地点了点头。而替范啸天证明其实就是在替自己证明。

"我因为上次刺杀防御使时救援二郎,在军备堆场和北城门两次出手。所以生怕有人认出我来,这几天一直都躲在城里一户只有瞎眼老太的人家。房子是三娘出面租的,她东厢房我西厢房。我们两个白天各自房中歇息,晚上才会一起出去准备一些吃穿用度回来。"

"那个小院子很小,东西厢房距离连他打鼾都听得清清楚楚。"唐三娘补充一句。其实这真的没必要,在场这些人都是技艺超群的刺客,都知道像他们这样的人只要在一定距离内,都是可以感觉到对方的存在和状态是否正常。就说打鼾吧,从其高低、间隙、起伏等等状况的自然度上就可以判别出这人是真睡还是假睡,是睡得很熟还是睡得很警觉,有没有做梦,做的是美梦还是噩梦。

只能进

齐君元很失望,所有人的表情、表现和言语佐证都没有一丝异常。所有人此刻都转而看着齐君元,他们的目光中有显示自己无辜的成分,也有对齐君元所说情况的质疑。质疑主要集中在两点上,一点是齐君元凭什么怀疑他们当中有人出卖了他和大家,为什么不会是因为其他原因而导致这样的情况出现?还有一点质疑是齐君元凭什么确定对他下手的人就是离恨谷中谷生谷客?这一点不是没有可能,但是却没有任何理由。而且齐君元判断的方法是否准确,对方带有离恨谷中特征是否只是巧合而已。

齐君元也在思考,如果这几个人都没有向谷里密报自己取了一半皮卷,那么对自己下手的人是离恨谷中谷生谷客之说的确就需要推敲了。但是其中那个庙祝所拿的"龟背锁狐扣"却肯定是离恨谷的器具,而且是离恨谷工器属独创的器具。齐君元本身就是工器属下的谷生,对"龟背锁狐扣"非常熟悉,因此在这一点上他对自己的判断有百分百的把握。

第七章　无极渊

"看来是我判断错了，你们当中没有戳漏兜底的钉子。"齐君元承认了自己判断上的错误，但说出这话时的语气有些怪。他丝毫没有因为自己同伴是忠诚的而显示出些许释然来，反而是变得更加紧张。"但如果不是我们中的谁戳漏了兜底，那么这次我们遇到的事情就更加不可思议了，其中危险更是多出几重。"

也许那几个人的分析推理能力没有齐君元那么迅捷，但是齐君元这话说出之后，再稍加思索，便不难想到他这样说的原因是什么，于是乎，几个人脸色都相继变了。

"你的意思是说我们的一举一动全都在别人的掌控之中？"范啸天下意识地问了一句。而问出这句之后，他的脸色出现了第二次变化。这是一个与其他人不一样的细节，而这个细节没能逃过齐君元的眼睛。

"范啸天心中有事，他应该是在这样的提醒下意识到了什么。看来即便他未曾出卖大家，却也不排除是因为什么失误而暴露了什么。"齐君元在心中暗想。但是范啸天这人强守各种规矩，为人十分执拗，而且很好面子，要让他说出自己是在什么环节上出现失误，那是非常困难的一件事情。而不知道什么环节上出现的失误，也就无法分析出追踪而至的三方组织到底如何掌握了自己的信息，又掌握了多少信息。更无法进一步判断对自己下手的到底是不是离恨谷的人，所以必须将他们心中的话逼出来。

既然已经发现了细节，齐君元便一改原来一句一句的试探，换成大段言辞的晓之以理、晓之以害。

"我始终肯定在城隍庙里对我下手的是谷中谷生谷客，我还肯定，对我下手的人并非仅仅将我作为目标，否则也不会有三方力量突然出现，将你们都困在了兜子里。早在八天之前我就已经和大家详细分析过我们此次任务可能会出现的危险和艰难。但是我没有想到这些危险和艰难会出现得这么早，而且出现得这么不可思议。我们现在要面对的不止是三方秘行力量，另外还要加上南唐梁铁桥所领夜宴队和卜福为首的六扇门高手。而更为可怕的是谷里也不明原因地派人对我们下手，我们在执行谷里所派刺活儿的同时，自己也已经成为了谷里的刺标。"

齐君元这段话是绝对具有震慑力的，特别是最后那一句。在场所有人都沉默了、恐惧了。而齐君元也看出来了，这个时候只需要再加一把力，火候就到了。而一旦范啸天或者更多的人能将一些隐藏于心的秘密吐露出来，那么综合分析一下或许会发现从灌州开始就已经在酝酿的什么大阴谋。

"对于处境的危急程度我不想多说什么了，只是告诉大家一点，我们是一条绳上的蚂蚱。不！不仅绑在一条绳上，而且还塞在一根竹管中，无处可逃，无法回头。行刺活儿的谷生谷客不得再与谷中联系，而刺活儿未做又绝不允许就此放弃回转谷里。我们现在唯一能做的就是闯过重重难关，去刺杀齐王。如果刺杀成功的话，那就可以直接回谷向执掌印证城隍庙是否同门下手。如果刺杀不成功，那也可以接到谷里下一步的指示，这样就有机会见到代主，或者是再次传递'一叶秋'的谷里同门，到时候应该可以问明情况。即便问不明白怎么回事，至少也可以让他们将此番意外遭遇快速报回谷中执掌和谷主。"

听了齐君元这话，大家都在点头，特别是范啸天，他真的是由衷地佩服齐君元思维的缜密。

"但要做到这些必须得有几个前提保证。保证我们闯过各路追捕和关卡，保证能活着到达金陵城。不管成功与否，还要保证活着做完刺局。但从今天一早开始，要想保证活着对于我们来说并不是一件容易的事情，这需要大家同心共力才行。"齐君元的话语重心长。

"要怎样同心共力？"又是范啸天在问，这时候不仅齐君元看出他心中确实有事，就连其他三人也都觉出范啸天有些不正常。

"先把你做了但我们都不知道的事情说出来。"齐君元眼睛死盯住范啸天，然后一个字一个字咬嚼着从唇边吐出。

范啸天愣住了，他嘴里低声含糊地嘟囔着："怎么这样子的，每次都是我，我几天前不都说了吗？"

"都说了吗？"范啸天低声含糊的嘟囔齐君元竟然全听清楚了，于是再反问一句。

范啸天脸色再次变了变。

第七章　无极渊

"不是我要逼你，因为这关系到我们大家的性命。"齐君元这话不仅是在逼范啸天，而且还在挑唆其他人一起逼迫范啸天。

其他三个人听了齐君元的话后坐着的身体微微动了动。虽然只是微微动了动，但在场的每一个人都看得出也感觉得到，他们是同时对范啸天摆出了一个可以突然出手要挟住范啸天的启动招式。

"我还是那句话，如果是你的原因让我们处于生死危机之中，那么我肯定会让你第一个合理地去死。"齐君元的要挟不需要摆出招式。

范啸天是个讲规矩的人，但他也知道在某些状况下别人不会和他讲规矩。

范啸天虽然是个讲规矩的人，但是面对生死时，他也知道最需要遵守的规矩是保证自己能活下来。

"其实在清平村被你选中前来南唐做刺活儿之后，我又收到了一份'一叶秋'。"

"在被我选中之后收到的？当时就那么几个人，我没见你和谁单独接触，是谁交给你的'一叶秋'？"齐君元听到范啸天这话后十分惊奇，因为那天他一直对在场的所有人都心存防备，谁有什么异动他都一清二楚。正是因为这个他才会更关心谁传递的"一叶秋"而不是其中的内容。

"那人就在我身后，你大概没有注意到。"范啸天说话的神情很诚恳。

"你身后？"齐君元回想了一下，当时范啸天、哑巴是最后出现的，他们的身后跟着倪稻花和一个乡下老头，后来才知道那就是所有组织都在寻找的倪大丫。

"不要绕弯子了，这地方也不知道安不安全。说清楚了我们好赶紧离开，别被什么人再堵在这里。"六指说的倒是真话，从这一点上可以看出他还是颇有江湖经验的。

但是没等范啸天说话，齐君元已经抢先说了："如果我猜得没错的话，这'一叶秋'是倪稻花传递给你的。而且之前让你带哑巴夺回皮卷在南唐显相的'一叶秋'，也是她传递给你的。"

范啸天睁大了眼睛，满脸的不可思议："的确是这样，两次'一叶秋'

都是她给我的。"

"可是你为什么会相信她呢,仅仅因为她带给你'一叶秋'吗?而谷里规矩并没有以'一叶秋'来确定身份之说。"齐君元从范啸天的角度质问了他一句。

"我是在天马山脚下那场混战中知道她是谷里同门的,就算不是同门也应该和谷里有着极大关系。那天几方力量都出现后,呈对峙状态,倪稻花突然发一声喊:'倪大丫!快将身上宝藏秘密的皮卷给他们,上德塬的人都要死光了!'而之前我并没有告诉过她我要给倪大丫的是一个皮卷,更没有说过这个皮卷是关于宝藏秘密的。而她喊得如此清楚,说明她掌握的事情比我还多。"范啸天这时候已经没有丝毫需要保留的了。

"她这么喊应该还有一个意图,就是让在场所有方面的力量都知道皮卷在倪大丫身上,让大家去抢夺,这样才能实现在抢夺中让不问源馆得到。"齐君元立刻看出范啸天所说状况的异常。

哑巴也在旁边"咿呀"几声,还比划了几下。

"对了,哑巴这一比划我也想起来了,最后也是她高喊着让倪大丫将皮卷扔出去的。"

齐君元沉默了少许,他脑子里将之前那些零碎的线索开始拼凑起来。一些无法解释的事情开始显露出来。

"我觉得事情应该是这样的。当初安排范大哥送皮卷给倪大丫,其实倪大丫可能只是个借用的名字,或者利用的工具。真正等你的是倪稻花,而且在你将皮卷送到后应该会有后续安排。但是出现了意外,上德塬被灭族,皮卷没有送到。于是便一路追踪下去,直到天马山营地将皮卷送到位。几方力量抢夺中再设法让不问源馆得到皮卷,转身又让穷唐抢回皮卷,遭你们带皮卷南唐显相。而其实按照原来安排,这些在天马山脚下做的事情,还有在清平村安排的活儿,可能早在上德塬时就应该完成了。我不知道为什么这么做,但我可以相当自信地告诉你一句,这一切行动的主事是倪稻花。"

这一回不仅范啸天睁大了眼睛,就连哑巴、唐三娘也都睁大了眼睛。只有六指不知道倪稻花何许人,没有显出太多惊讶。

第七章　无极渊

"我再大胆猜一猜，第二份'一叶秋'要么和南唐夜宴队有关，要么和大周鹰狼队有关。因为当时在上德塬时除了不问源馆外就是这两方面的秘行力量，而不问源馆皮卷得而复失，已经被利用了一次，接下来应该是利用这两方面了。"

"是的！"范啸天已经显得有些激动，"那份'一叶秋'中说南唐夜宴队会坠上我们，让我一定要引这夜宴队同行。皮卷在南唐显相时，夜宴队的人必须在场或者在左近。齐兄弟，你再猜猜这又是什么意图？"

齐君元皱紧眉头想了好一会儿，然后摇摇头说："真的不知道这是要做什么，但其中必有很深用意。眼下且不管，这用意最多是利用我们而不会是直接害我们。你且再说说你是如何将梁铁桥引到广信的。"

于是范啸天将他偷偷躲到排列顺序最后，在哑巴要引走夜宴队和不问源馆时发响箭将夜宴队再吸引回来的事情说了一下。

听完范啸天轻描淡写的叙说，齐君元心中微微触动一下，因为他突然间发现这其中还有玄奥。但他没有再深究，只是将种种细节藏在心里，以便在有更多线索时再挖掘出更多真相来。

"我都把隐事儿敲了，你们也该说一说呀！"范啸天突然间觉得自己吃亏了，因为他觉得在场这些人绝不会只有自己藏着秘密。

大家相互看了看，那哑巴和六指真的是满脸坦然，看着的确是心底不藏任何隐秘。那唐三娘踌躇了一下最后还是开口说话了："我本来觉得不必说的，因为这是上德塬的事情，和现在的活儿没有关系。但那事情和齐兄弟所推断的情况应和，然后又和'一叶秋'有关，所以我觉得说出来可能会对大家的思路有所拓展。其实我和裴盛临时接到乱明章前往上德塬不是为了救人，而是要放药迷人，然后再夺皮卷。"

"你们接到谷里指令要从我手中夺皮卷？还是从倪大丫手里？"范啸天很难理解这种安排，他的神情上也开始出现了些感觉被欺骗、被利用的愤懑。

"不是从你手里，也不是从倪大丫，而是从没有被迷倒的人手里。"齐君元替唐三娘回答了问题，"当时火球中的迷药虽然强烈，但是有两种人不

151

会被迷倒,一个是早有准备的,另一个就是身体强壮且速度极快的人,也能避免被迷药迷倒,比如说铜甲巨猿。如果当时上德塬没有出现意外,倪大丫拿到皮卷,三方力量争夺皮卷。唐三娘放迷药,大家眼睁睁看着铜甲巨猿将皮卷抢走。而巨猿走不多远便会被裴盛的'飞猿笼'和'石破天惊'制服,重新夺回皮卷。"

"现在想来应该是这样的。但是有一点不对,我们在那之后也接到了'一叶秋',但不是倪稻花给的,而是秦笙笙给的,让我们两个听从她的安排,但既不要说出之前乱明章的内容,明面儿上也不要表现出是跟随秦笙笙做事的。"唐三娘这话说完之后长长舒出口气,由此可见心中的秘密吐出后会是多么的轻松、舒畅。

"'一叶秋',最早是你和裴盛收到的,由秦笙笙传递,这是离恨谷中我们都没见过的雏蜂。然后是范大哥收到的,而且是两份,传递者倪稻花,这是一个未能明确判定是否离恨谷谷生的白标。后来我收到的是王炎霸传递的,这是一个可以明确判定既非谷生又非谷客,只是范大哥谷外收的不入谷弟子。范大哥,我说得没错吧?"

"没错没错!"范啸天也不管齐君元要他确定的是收到"一叶秋"的事情还是关于王炎霸的身份,只是一个劲儿地点头说对。

"很奇怪,很奇怪!"齐君元只是连说两个"很奇怪",并没有再多加分析。所有人都以为他是感觉这几份"一叶秋"的传递者安排得奇怪,却不知道他心中却是觉得有更多的现象奇怪。

刑加身

但不管如何的奇怪,齐君元到现在为止至少可以肯定自己这几个人中并没有让谷里派人来对自己下手的人,也没有让几方秘行组织来布兜夺取皮卷的钉子。所以有一个简单的决定是可以作出的,那就是目前为止自己这几个人之间可以不作提防,共同努力闯过重重危机,前往金陵去做完刺活儿。而对于他们这几个已经被派出的刺客来说,眼下也只有这样冒险去做,才能彻

第七章　无极渊

底摆脱危险的困境。

"不过我们这么几下里一凑，好像是知道了许多不该知道的隐情。这样一来会不会变得更加危险？"一直没说话的六指突然冒出这么一句。

大家都听懂了六指的意思，也知道他所说的危险是指哪一方面。到现在为止所有对话内容挖掘出的一些隐情都是离恨谷内部的安排。这虽然可以让他们在下一步行动中可以循着某些线索和规律避开来自离恨谷的威胁，但这样做也有可能会打乱谷里原有的意图。谷中代主和执掌完全可以从他们相应变化的行动上发现他们已经窥出一些隐情，那么即便完成了任务或面见谷里做主之人，后果仍然会是可怕的。

"有可能，但并非坏事。这样一来或许会有人出面制止或纠正我们下一步的行动，让他们的意图达到。这样我们倒可以提前把一些情况说清楚、弄明白了。"

齐君元的话并没能让其他人放下心来，因为他们都知道成为离恨谷目标的可怕程度。而齐君元自己的心则提得更高了，因为他很清楚到现在为止只有他自己实际成为了离恨谷下手的对象，其他人只是被他在不知道真相的状况下强扯上关系的。再有城隍庙中谷生谷客对他下兜，本身就可能是在制止和纠正着某个他并不曾意识到的错误行动。由于没能成功，后续的制止和纠正只会是采用更加有力、有效的手段。而如果再发现他已经窥出一些可能会影响什么大计划的隐情的话，那么运用最高等级的"即处杀"都是有可能的。

离恨谷中的"即处杀"是动用谷中"洗影"遣在谷外的谷生谷客，这些谷生谷客遍布天下，而且都是做着各种普通的营生。一旦成了"即处杀"的目标，所到之处，遇到的任何一个人都有可能突然对你使出最厉害的杀技。而这些人或许是经过你身边的走卒贩夫，或许是招待你吃住的掌柜、伙计，也或许是向你乞讨的老妪、歌女。

离开心济寺时，每个人都心事重重，恐惧、紧张的情绪充斥了整个身体，包括警觉性最强的齐君元。所以他们都没有发现一个离他们很近的人，一个就躲在他们所在斋厨门口井中的蓝衣人。这人用一套各种大小六角铁环组合成的器具将自己吊在井壁中,将斋厨中几个人的对话大概听清。

不过很奇怪的是看门的穷唐不知为何也未曾发现这个人。或许这蓝衣人早就料到齐君元他们会到心济寺来,料到他们会进斋厨商议发生的事情,所以提前在井中等候。也或者他有驯服穷唐的办法。

李弘冀这一天到了秦淮雅筑之后并没有直接去"无极渊",而是先来到竹月堂见李景遂。因为他已经对自己手下的军刑官完全失去信心了,要想事情能够按自己的想法继续下去并获得成功,他就必须去找李景遂。而且他此去并非求李景遂,而是要逼他出场。

从开始对裴盛实施严刑逼供,李景遂便一直没有在刑审现场露过面。每天只是让手下安排好点心茶水,然后静心在竹月堂中等着,等李弘冀、韩熙载、冯延巳这三个人带着失望和焦急过来。

李景遂不是一个治国的良才,但他在刑案上确确实实是很有一套的高手,这在《六朝拾遗》《江宁府绣版人物事》中都有提到。所以他预知就算采用重刑审讯,对于一个不被荣华富贵所诱惑的对象,没有一个漫长的过程也是不可能成功的。而且这成功还要建立在合适的刑法和器具上,建立在肉体、心理等多方面的综合打击上。

自从那天被李弘冀和韩熙载、冯延巳这三人以言语逼迫得没有回旋余地后,李景遂决意撂挑子。第二天李景遂便将裴盛连同"无极渊"一起交给了李弘冀,而且交得非常彻底,没有留一个自己的人,就连平时负责打扫"无极渊"的杂役都撤了出来。对此做法李弘冀并没有太在意,因为他自己手下有一帮军营中施刑的军刑官。在他认为,这些军刑官的手段已经足够应付这场审讯。平时军营中那些颇有骨气的硬汉、莽夫都承受不住这帮军刑官两三番折腾,抓到些探听军情的奸细、探子也没有一个不被撬开口说出真实来历和企图的。

为了证明自己方法的正确和手段的高超,刑审的第一天李弘冀便让手下军刑官们拿出了狠招儿。

军刑官们用"四分扯马扣"将裴盛吊起,这种吊扣可以将人体完全展开，把所有最为敏感、软弱的身体部位都尽量暴露出来。比如说腋下、软肋、腿根等，都是与外界接触最少、极为敏感软弱的部位。正因为敏感，所以疼痛对它们造成的刺激感觉会更加强烈。正因为软弱，所以在外力和器物的击打下更容易产生难以忍受的痛苦。刑审之道是要受刑者在尽量小的伤害下被摧毁意志，特别是不能出现危及生命的伤害，那反而会让受刑者故意对抗以求解脱。

被"四分扯马扣"吊起的裴盛第一天遭受到"逆鳞蟒鞭"和"麻花扁棍"两道刑法。那些军刑官很有经验，每一鞭、每一棍都准确地打在裴盛最敏感软弱的身体部位，但他们又并非一下就将他打得皮开肉绽的。因为那样短时间中就会因为伤害而麻木，反而淡化了疼痛感。他们的用力很是恰到好处，而且力道始终不变。在这样的击打下身体只是不断地留下血痕，连表皮都不会破，但其实表皮下面的血肉组织此时已经开始破损、肿胀。看似力道不大且始终如一，产生的疼痛感却是越来越强烈呈递增状态的。试想从击打皮肉到击打肿胀的皮肉，再到击打肿胀得越来越厉害的皮肉，那痛苦肯定是不断递增的。

一天下来，裴盛高声惨叫不绝于耳。但叫归叫，却始终没有吐出一个字，反倒是累得那几个军刑官一身臭汗。

出现这种结果李弘冀和韩熙载、冯延巳都不感到意外，如果说这个刺客一天中就被棍棒和皮鞭打得招供出些什么来，他们反而会觉得不可信。因为这不是个一般的刺客，否则不会被派去执行那么重要的刺活儿。而且这一天的皮鞭、棍棒与李景遂二十几天的荣华富贵的刺激度相比差得太远，要是这个刺客的意志连这都抵受不下的话，那他早就应该被李景遂拿下了。所以一切才刚刚开始，虽说是用重刑来得快，那怎么也是需要几天过程的。

第二天继续，仍是用的这三招，打的还是那些部位，不过疼痛的程度和第一天又有不同。过了一夜，看似给裴盛缓了口气，其实是让打伤的部位在一夜之中尽量发作。所以第二天早上肿胀部位已经油亮发光，所有血痕已经发紫发黑，稍稍碰一碰便会疼痛入骨，更不要说继续以"逆鳞蟒鞭"和"麻花扁棍"击打了。

但是第二天裴盛仍然在大呼小叫中坚持到晚上。这一次李弘冀知道不能再等一夜了，第一夜发作的伤势基本已经是将这两种刑法的疼痛感推到了极致。如果第二天没能让裴盛屈服，那么再过一夜也就只能这样，甚至会让他开始使用这种疼痛。所以李弘冀让几个军刑官连夜继续，轮流出手，势必要将"逆鳞蟒鞭"和"麻花扁棍"的效果完全发挥。

差不多到二更天的时候，李弘冀决定停止。因为所有击打部位的肿胀都已经爆裂开了，此刻已经有很大程度的麻木替代了疼痛。所以再打下去只是单纯的伤害，并不能用疼痛击垮裴盛的意志。

第三天没有再打，那几个军刑官开始给裴盛舒展筋骨。棍棒和鞭打没有作用，而且最为有效的身体部位已经打得血肉爆裂。就算要打的话也该让伤口恢复一下，疼痛感重新回归后才采取这种方式。舒展筋骨相比而言要比棍棒击打要安静，对于军刑官们来说也相对轻松，但是对于裴盛来说却是痛苦更胜之前。

军刑官们用了两种刑法，这两种刑法都利用了"无极渊"中现成的刑具，"大夹棍"和"拧布桩"。

夹棍军营中也有，但一般都是小夹棍，也就是用来夹压四肢的夹棍。大夹棍是用来夹压身体的夹棍，不但大，而且制作很巧妙，可以对胯骨、腹部、肋骨、胸骨这四处进行夹压。在夹压肋骨和胸骨时，可以将双臂一同夹入其中。不仅让胸骨、肋骨和手臂遭受夹棍的夹压力道，同时使得手臂与胸骨、肋骨间产生相互挤压的作用，造成额外的巨大痛苦。

"拧布桩"军营中没有，但是军刑官们经常会采用一种与之类似的徒手方法来折磨受刑者。这方法是将受刑者身体固定，然后将受刑者的一只小臂裸出，两个人抓住小臂的上下段，然后同时用力反方向拧转，就像拧干洗好的床单一样，这会让受刑者有种皮肉全被撕裂开来的痛苦感觉。但是徒手只能是针对小臂，针对小腿的话会因为太粗而无法握住。

"拧布桩"与拧转小臂有两个不同，一个是四肢它都可以用，再一个它不是拧的皮肉，而是拧的关节。是固定住上下臂或大小腿，然后慢慢拧转，将全部力道都施加在肘关节和膝关节上。这种刑法不仅疼痛，而且会给受刑

第七章　无极渊

者造成很大的恐惧感，谁真真切切感觉到自己的肘关节和膝关节在被慢慢拧断会不害怕？但其实这种刑具的力道和角度控制得极好，它是一节节逐渐收力的，可以根据需要停留在任何一个痛苦的程度上。即便是最终拧过了头，它的角度设计也是会让关节只是脱臼而不会被拧断。但是四肢同时脱臼，需要的话还可以让四肢反复脱臼，如此带来的痛苦就是铁打的人都难以承受。

裴盛不再大声惨呼了，而是变成了低沉的呻吟。他浑身上下都湿漉漉的，但只有极少部分是由第一天的伤口破裂后渗流出的血造成的，绝大部分是因为汗水。在这样一个接近年关的严寒冬日里，还出如此的大汗全是忍受疼痛所致。

大夹棍和"拧布桩"交换着用了三天，而且之间没有间断过。这一次李弘冀是发了狠，他觉得如果拖过五天的话，那么自己在李景遂面前说话的底气就会弱许多。如果拖过十天还是不能从刺客嘴里掏出些什么来，那就是在证明李景遂的正确，证明自己的无能。所以这一次他让十几个军刑官轮流换班，不但始终让裴盛陷入痛苦之中，而且还不让他有睡觉、进食的可能。

大夹棍很快就夹得裴盛腹食吐光、大小便失禁，而此后裴盛便如同成了一块死肉，随便军刑官们如何摆布他。就像进入了一种迷离失魂的状态，只是低声呻吟。这样子其实是因为他想动也动不了了，腰部以下就像没有了似的，手臂也像不是自己的了。另外裴盛也知道，被夹处的痛楚已经达到了极致，所以会暂时没有感觉。不动还好，动的话会更加痛苦。所以裴盛尽量顺应这种状态，就当自己是在睡梦之中。

但是这种状态很快就会被打破，交叉进行的"拧布桩"让他在一声沉闷的长吟中从假想的睡梦中醒来。而身体自然的挣扎扭动会让本来已经暂时失去知觉的腰部和手臂重新感觉到痛入骨髓。随着"拧布桩"一节节地加力，他的身体变得不能动弹，而他心中又是迫切地想挣扎、想扭动，哪怕是将自己身体挣断成两截。

每次都是四肢同时脱臼，每次都是疼得立时昏厥。到最后，以至于裴盛都在暗中期盼这种剧痛造成的昏厥早点来到，他开始将这昏厥的间断时间用来弥补自己无法睡眠导致的过度疲惫。

整整三天，军刑官们除了听到裴盛的呻吟声外再没多听到一个字，即便是处在昏厥之中他也没有说出一个字的胡话。也是第三天，那些军刑官们自己都不敢再动手了。面对样子已经不再像人的裴盛，他们怕他随时会在下一轮的折磨中死去。不是怕自己将他折磨死，而是怕他疼死、疲死、心力衰竭而死，怕在下一次的昏厥后不再醒来。另外在反复的重刑之下，受刑者却始终是不变的反应，这会让行刑者对现有方式和刑具失去信心，而且会觉得这种做法很是枯燥和无聊。所以军刑官主动请求李弘冀更换方式，或者暂停一下，让裴盛伤痛处稍加恢复再用刑，这样可以让受刑者体会到差距，加大对心理和意志的刺激。

"可以更换刑种，有没有更为厉害的器具和方法？"李弘冀同意更换方式，但他却没有准备暂停。好多事情都是稍稍缓了一下失去最佳时机和最佳结果的，所以他要继续，用更厉害的手段继续。他觉得受刑者应该已经处于随时都会屈服的状态。

听到李弘冀的话后，旁边的冯延巳和韩熙载对视了一眼。这一刻他们两个的心思竟然是完全相同的，都觉得李弘冀要么是太急功近利了，要么就是存心要将裴盛折磨死。

但是李弘冀一代霸主之才，战场上运筹帷幄、决胜千里，眼下对审讯这么一个不知名的刺客应该没必要如此贪功吧？至于存着要将裴盛折磨死的念头倒是有可能的，至少韩熙载心中是这么认为的。因为综合现有的所有信息来看，李弘冀应该是以诡异风水画刺杀李璟的背后操纵者。

韩熙载其实是从诡画刺杀李璟这件案子中掌握信息和线索最多的一个人，但正因为如此，他也是其中最为矛盾和不安的一个人。他要对李璟负责，但这负责不仅是要对他的生命负责，还要对他的江山和子孙负责。现在诡画刺局已经查明，元宗无恙，那又何必再深究下去？这样反而会逼迫李弘冀出手造成南唐内乱。所以韩熙载虽然明知如此刑审有所不妥却丝毫没有阻拦，他觉得在重刑之下将裴盛折磨死或许是最好的结果。这样所有的线索都可以说成是无根据的线索，因为没有最为直接的关系人和证明人。这也是他为何支持李弘冀采用酷刑审讯的原因之一。

第七章 无极渊

冯延巳也没有阻拦，一个是他不懂刑审，再一个是想尽快看到结果。在他看来得到结果的过程其实很简单，就将如此酷刑持续下去。这样到最后只可能出现两个结果，一个是刺客的嘴巴被撬开，道出线索，查出李景遂或其他重要人物为刺杀李璟的主谋。还有一个是刺客被折磨死，那么所有矛头都将指向李弘冀。因为对比李景遂截然相反的态度，李弘冀执拗要用酷刑审讯的目的很有可能就是要在这个过程中杀人灭口。冯延巳之所以也支持采用刑审，就是觉得这可以直接找出背后答案。

痛始至

从第六天开始，"无极渊"中的一群军刑官对裴盛采用了更为毒狠的烙刑，而且是李弘冀亲自从众多刑法中指定的。这其实很让韩熙载觉得奇怪，因为他知道烙刑虽然更加痛苦难当，但是相比"大夹棍"和"拧布桩"，反倒不易损及生命。所以对于李弘冀的意图到底是什么，他自觉有些摸不清了。

人们一般理解的烙刑很简单，就是用烧红的烙铁烧烙受刑者。其实不然，烙刑根据烙铁的特殊形状、烧烙部位的不同是有很多讲究的。最平常的应该是蹄铁烙，那就是烧红了直接烧烙肌肤，让一小块、一小块的皮肉成为熟肉、死肉。比蹄铁烙高一等的是三角烙，三角烙比蹄铁烙烙烫的深度更深。再高一等的是切刀烙，这烙铁是可以边烙烫边切割的，但切割的伤口因为高温烫结并不会流血。但是烙烫加上切割的双重伤害其痛苦比正常烫烙又要痛苦双倍。这三种烙铁所施烙刑都是直接作用于皮肉的，还有一些奇形烙铁则是有针对性的，其伤害和痛苦也更甚。比如说火鬼脸，这烙铁烧红后是直接罩扣在受刑者脸上的；脆火饺，那是烧红后塞入嘴巴里的；点红指，可以塞入鼻孔和肛门；还有火凤钗，这用处最多，指甲缝、耳朵、关节骨缝，甚至可以直接插入眼睛。

烙刑虽然厉害，但是它有着极大的破损变形特点，对于裴盛，并非所有烙刑都可以使用。比如脆火饺就不行，用了裴盛就算想招出些什么都说不出来了。比如说火鬼脸，用了之后会被人怀疑调换了其他犯人来替代他招供，因为面目已经认不出了。所以接下来的三天里，基本都是用的前三种烙铁对裴盛用刑。

裴胜的呻吟声变成了闷哼，那种仿佛从身体深处冲击出来的声音，让人觉得这种声音随时可能将身体冲出一道裂缝来。不过这道裂缝始终没有出现，即便裴胜的身上全都黑糊焦臭了，他都没有出现一道裂缝，包括那张嘴巴。

第八天上，几个军刑官再也耐不住了，因为裴胜的身上已经烫烙得没一处好肉了，所以他们决定使用点红指和火凤钗。

但是李弘冀制止了他们，他说情愿再想其他办法也不能把这刺客的性命给弄没了。否则皇上面前无法交代，要查的真相再没直接线索。

韩熙载真的觉得有些奇怪了，他不知道李弘冀到底要干什么。本来用刑用到这程度了，再稍增加些危险性的器具很正常。只要这两种烙铁中的随便哪一件出现差错，将裴盛灭了，然后推说是军刑官操作不够谨慎，那是谁都提不出什么疑义的。这样一来对李弘冀存在的危机便消失了，可不知李弘冀为何在这程度上却偏偏罢手了。

"这人真是硬气得很啊，我倒不信这世上就没有能撬开他嘴的办法。"李弘冀此刻竟然显出些欣赏、佩服裴盛的意思来。

"不仅硬气，而且还怪气。刚开始只是鞭子棍棒，他便疼得大呼小叫。后来动了他的筋骨了，他反变成小声呻吟。而现在烫得他浑身没一处好皮，他倒反是闷着声哼哼。越往后越难挨，越难挨他好像就越能扛。"从这话里可以看出冯延巳始终都关注着用刑的细节。

"不是，我听我家门客说过，这其实是有经验的练家子才会有的表现。刚开始大呼小叫其实是根本没将那种刑法放在眼中，所以出高声发泄痛楚感觉。越往后的刑法越难挨，于是他也相应地放低了声音。这是为了提住一口气护住心元，对抗外部疼痛对心理的伤害。此时再要大呼小叫不但损气，还耗费体力。"由这话可以看出韩熙载不仅注意到刑审的细节，而且已经找人请教了其中的原委。

第七章　无极渊

"对了！韩大人府中门客高人众多，能不能请教他们一两个可以对付这硬骨头的手段？或者直接请两位高人过来用用手段。我想这刺客是江湖中人，或许只有江湖中的高人能窥出其弱点对症下药让他开口。"李弘冀此时已经是病急乱投医，他也不想一想，江湖中人即便有逼供的方法，但谁又会遵循官府刑审的规矩？哪一个不是以死为逼的。

韩熙载本想拒绝，但眼珠一转马上就又改变了主意："行啊，我回去之后问一问。"

第二天也就是刑审的第九天，韩熙载带给李弘冀一个刑逼的方法，却没有给他提供任何一个高人。韩熙载其实昨天在李弘冀提出要求时就已经想好了，不管这裴盛是谁的隐患，他都将趁着这个机会利用刑审的环节将其除掉。当然，在他心里认为是在替李弘冀除去的。但是他可以做事却不能背黑锅，所以刑逼的方法可以出，人却是不能出的。因为那是个看似不会有危险的方法，其实稍有不慎就能要了受刑者的性命。如果最后李璟那里追究唯一的人证如何死的，完全可以推卸为军刑官操作此刑法的方法错误。

韩熙载带来的是呛刑。这刑法很奇特，军刑官先给裴胜拿来了好些好吃的，烈酒、辣油面、麻辣汤，就好像是要重新再用好处来收买他一样。裴盛也不在意，有好吃的他便吃，这些都是可以恢复体能以便应对下一轮的折磨。但他却没有意识到，给他吃的这些都是很辣很麻的东西。

等裴盛吃饱喝足了，军刑官们立刻将其五道八花地捆绑起来，然后头朝下吊着。然后再在下面放一个水缸，那里面是用醋精和过的酸水。裴盛倒吊的头正好是鼻子往上的部分被淹在酸水中，酸水倒灌入鼻，酸气直冲头顶，那是肯定要被呛着的。

于是裴盛只能尽力收腹将身体抬起，避免酸水倒灌入鼻子中。但被捆得像个粽子似的他只能将身体曲起一点，而且很快就被绳索的背劲将身体恢复原状。然后又被呛，又曲起……于是裴盛处于被呛和曲起身体的反复中。

身体本来就倒吊着，再如此用力地曲起身体，加上被呛后的大力喷气，引带着刚刚吃进去不久的食物不由自主地倒流出来。嘴巴也许还能紧闭不让流出，鼻孔却是无法关闭的。只能由着一根根红辣辣的碎面条往外涌，黄乎乎的酸辣麻辣汤往外滴。很麻辣的食物，加上酸水的作用让呛感更加剧烈。而呛感越是剧烈，身体的曲起也就更加快速，喷气更加大力。于是腹中的食物便更多地倒流、涌出，持续着这种恶性循环。

其实这个时候的裴盛已经处于危险之中，此时只要是曲起身体的频率稍慢些，他的鼻孔就会少一次大力的喷气。一旦少了一次喷气，他的嘴巴势必就要张开替代呼吸。而现在被他控制在嘴巴和喉咙间的食物，在嘴巴张开后一旦涌出，他便再无法控制，那样就会堵住口鼻继而喉咙。

裴盛的脸已经涨得通红，就像血滴要从皮肤上挤出来似的。但是他身体的其他部位却开始发青，那些被烙铁烫烧得焦黑的伤痕因为发青而变成了墨绿色。无论他如何挣扎，都只是像条被挂在檐下的鱼，所有的生命迹象随时都会停止。

终于，嘴角张开了，但是并没能充分地换气，因为张开的嘴巴其实早就被倒流的食物堵住。裴盛曲起动作的频率一下子变慢，接下来几下连头部都没能出了水面，只是在水面上摇晃着。鼻孔一会儿在水面上，能喷窜出几根面条和水雾，一会儿在水下，则喷出几个艰难上升的气泡。

又过了一盏茶的工夫，摇晃的幅度更小了。而且只能看见面条却看不到水雾，气泡则是若隐若现、零星而细小。这应该已经进入了一个濒死的状态。

"等等，快放下，先将他放下！"李弘冀突然发出一声喊。

军刑官们很听话，马上将裴盛从水缸上移开，放到了地上。裴盛侧躺在地上不停地抽搐，鼻孔和嘴巴中仍是不停地有面条和酸辣水涌出。

"太子，为何不继续？"冯延巳在旁边问了一句。

韩熙载则没有说话，而是冷眼观看着，心中疑惑着。刚才已经到了关键时刻，只要再有一会儿裴盛就会一命呜呼。但是偏偏李弘冀让人将其放下，这太奇怪了。难道他不想让这个危及自己一切的刺客就此死去？他还有什么重要的东西或把柄在这个刺客手中？如此积极地要用重刑加诸刺客，难不成是在逼供他想要的东西在哪里？

"不是不继续，只是需要间断一下才能继续。"李弘冀的话大家都没听懂。

"间断一下？"

"不错。韩大人这个呛刑着实厉害，这是给受刑者体验死亡感觉，而且是极度痛苦的死亡感觉。这是可以完全摧毁他的意志和心理的。但是有一个情况我们可能疏忽了，在这样一种状态下，即便刺客屈服了愿意说出些什么来，他也无法发声、无法示意。所以必须暂时将他放下来，问问他招是不招，不招的话再将他吊上去。"李弘冀的说法没有错，他想到的正是韩熙载可以合理达成目的的手段。

李弘冀这话一说，韩熙载心中立刻确定了两件事情。一个是李弘冀真的不想让这个刺客死，还有一个是这个呛刑对这个刺客不会有效了。既然在快死的时候被放下来问他招不招，也就是在告诉他不会让他死。那么吊起他后他即便不加挣扎，到一定时候也是会放他下来的。

事实果然像韩熙载所料，当再次将裴盛吊起后，他的挣扎变得不再那么强烈，只是身体一些本能的反应。所以虽然腹中食物在第一次吊起时已经流出了大部分，但他却比第一次吊起时更早地进入濒死状态。

这一天从早到晚，一共将裴盛吊起了三次，让他死了三次。但是越吊效果越差，因为裴盛腹中的食物已经快流光了。而裴盛也不是傻子，现在他再也不会吃那些用来折磨他的食物，除非是硬塞。不过硬塞的结果恐怕人还没吊起就已经呕吐出大半了。

第八章 半口气

更主刑

李弘冀真的无计可施了，连韩熙载带来的这种绝办法都无法让刺客屈服，那么其他那些普通的刑法更是无法见效的。

"其实这刑审的事情太子应该和齐王商量一下，他是这行的尊长，手下有专门做这行当的高手。他要说没办法了，那才是山穷水尽。"冯延巳这倒真的是在为李弘冀出主意。

"是呀，本该是齐王和太子共审刺客，我两人是助审。现在齐王躲在一边不出面不出力，这是不愿听皇上的旨意呢还是不愿意看太子的样子呢？"韩熙载说的话带有明显的调拨意图。他已经知道李弘冀并不愿意借助刑审的机会杀死刺客，所以觉得是将齐王拉进来的时候了。李景遂出场后才会让李弘冀有所压力，这样才有可能在暗争高低时下重手让刺客一命呜呼。

但是韩熙载这一步想错了，因为随后的刑审并不是他想象中那样进行的，以致最后的局势显得危机四伏、惊心动魄。

李弘冀停审了两天，然后才决定去找李景遂的。其实不用两天的时间

第八章 半口气

他就已经想好如何既保住自己面子，又可以让李景遂心甘情愿出场刑审的说辞。之所以等上两天，是因为他自己的关系。因为有军探从军信道传来讯息，说大周屯兵蜀界，偷走骆谷，包抄凤州，逼近青云寨，已经是对蜀国展开逐步吞噬的态势。李弘冀接到这消息后很是讶异，因为之前他得到的讯息全是大周兵马在南唐淮南一带不停调动，从迹象上看应该是要向南唐动手才对。南唐提高过境和出境货物税率，导致大周粮盐暴涨、物资奇缺。而南唐的淮南一带是盛产粮盐的区域，而且就连南唐自己国内，全部的用盐也都是淮南一带供给的。所以不管是于情于理、于需于求，大周都应该是兵进淮南才对。

"难道是自己之前已经看出些蹊跷，然后南北守军一起调整。既防大周突袭淮南，又防吴越策应攻袭景德镇、饶州一线。大周觉得无处下口，所以转而去攻打蜀国，以求能占地获利缓解国内经济颓势？"李弘冀想到这里心中是很有一些得意的。

"不对！自己和蜀皇孟昶是有盟约的，不要说大周已经出兵入了蜀境，就是之前稍有一些迹象，蜀皇也是会派人与我联系的。听说蜀国易货之举被大周利用，导致蜀国境内畜疫横行，这其实已经是大周拉下脸皮了。怎么这事情蜀皇也未曾有密信送来，自己反而是在户部提醒牲畜防疫的来往公文上才知道的。能想到的解释有两个，要么蜀国自己完全可以应付疫情和大周的攻击，所以暂时还用不到自己这方面的相助，要么就是蜀国看出大周此番用兵是佯攻，实际的意图可能是要转移南唐或北汉的提防心，然后突然对这两国中的任何一国下手。而从情理和需求上看，攻打南唐的可能性会更大。"

想到这里，李弘冀果断写公文到兵部，让兵部发急令至各处大营，协同各州府守军北防大周，东防吴越，西防楚地。其中大周是重点，水旱两路所有兵马都必须全部处于备战状态。吴越方面也不能掉以轻心，所以南边的几处大营可以立刻拔营按步骤逐渐朝饶州、信州、歙州移动。楚地方面的当地守军必须严阵以待，虽不增兵，但防御设施必须多备。一旦遭遇突袭，必须能坚守至援兵赶到。

安排好这些，李弘冀觉得还有个很重要的事情，就是将粘在手上的案子给赶紧了结了，这样才能专心应付可能会发生的战事。虽然之前他一直踌躇满志要显示一番自己除军事才能以外的其他能力，让父皇李璟更多地了解自己，但是遇到眼下这情况他却不能不打退堂鼓。

李弘冀霸主之才，他其实早就意识到父皇李璟让自己参与此案的审讯是另有深意的。而在他参与这个案子之后发生的一些变化，也在证明他的猜测是正确的。比如说本来他是可以直接发令到各大营和边关守军的，自从参与这个案子之后李璟借说审案繁杂，怕乱了头绪错了决策，让他将所有军令先写成公文发至兵部，然后由兵部统一传令，这样也可多一道把关的。说实话，从规矩上来讲，这样做确实是更加合理严谨。但从权限上说，李弘冀的权力被弱化了。只是他不敢对此提出任何异议，更不敢轻易提请退出案审，怕引起父皇的误会。

眼下这种局势明摆在这里了，自己必须赶紧从这案审中脱身而出。而他认为最为合适的脱身方法是将案子快速了结，这样自己就能完全脱身而且不留任何后遗症。所以李弘冀决定去找李景遂，他知道能将案子快速了结的只有他。

李弘冀和李景遂的这次交谈并不复杂，言语间也十分直接，一些原来都故意避讳的意思也都表露出来。只有针锋相对、尔虞我诈的一套路数还和平常时一样。

"父皇让我们同审这个案子，其实是觉得我们两个中可能有一人和这案子有着关联。"李弘冀的话很直白。其实这话根本不用说，李景遂也早就想到这一点了。由皇上亲自下旨，让两个未来的皇位继承者和两个朝堂最举足轻重的大臣同审刺客，这其中的意图只要有些心机都能想得到。

"所以太子极力要求刑审，以表明你的清白？"李景遂立刻说出这样的话，说明他早就盘算过这种情况。

"如果我力主刑审可以表明清白，那皇叔将那刺客放在逍遥窝里养着，不就正好是在表明自己不清白了吗？"李弘冀针锋相对。

"也不见得，力主刑审还有一个可能就是怕我的方法会见效，这样刺客就有可能招出背后主谋是太子或是与太子有着大关系。"李景遂也不退让。

第八章　半口气

"如果真是这样的话，皇叔又为何将自己手下刑审高手都撤了，那也是怕他们的刑法逼供会见效吧。"

李景遂眉角挑了挑："我是怕刑审之中稍有差错让那刺客断了气，那就没关系也扯上关系了，所以索性撂得干净些。各用各法、各行其道，谁对谁错辨别起来也清爽。不过，太子啊，还不晚，现在你仍可以将刺客交还给我。他已经被你折磨到一定火候，可以趁着此时机转而给予怀柔温抚，奢食舒养，反而更有可能攻破其心堤。"

李弘冀当然不会答应，现在转而再给疗伤、安抚、金银美女、高官厚禄地收买，那又将是一个漫长的过程，自己更不知道何时才能脱身。而且就那法子到最后还不知道能否成功。

"皇叔，你也觉得我的刑审已经到了一定火候，那为何不出人出力再加一把火一蹴而就呢？难道真的是心中有着什么畏惧？"

李景遂长叹了口气："我不与你争执，因为实在没有意义。既然你执意力主刑审，那我可以遣专职刑审的六扇门高手供你使用。只是我不出面、我不牵责，你自己把握好了。如若刑审之中刺客一命呜呼再不能吐露真相，一切责任都由你一力承担。"

李弘冀听了这话后心中其实是有些犹豫的。自己强用刑部中人已经是不合规矩的事情，如果刑审过程中真再出些什么事情，自己这个黑锅是背定了。而且那些人虽然畏惧太子身份不敢不听吩咐做事，但毕竟都是李景遂的属下，万一他们做些什么小动作，自己对刑审的一套又并非内行，是无法看出来的。

"怎么了？太子犯怵了？要不还是将刺客交给我吧，你落个清闲一旁观戏就是了。当然，要想清闲看下来必须是心中坦荡无有牵绊才行。"李景遂反将一军。

李弘冀不是一个轻易就被别人将住的人，他眼珠转了一下，然后说道："行，明日你遣人来，我要'半吊子'过来。"

李景遂愣住了，他没想到李弘冀会直接点名要"半吊子"费全，但是现在想来他确实应该点费全。李弘冀被自己用话架住了，退缩有损面子和气势，盲目逞强又真的存在不利。如果刺客真的死在酷刑之下，那就真的是有口莫辩，所有的疑点都会交集在他身上。

但是李弘冀点了费全，费全是刑部总刑司，是李景遂手下最厉害的刑审高手。如果在他刑审过程中出了什么意外，李弘冀完全可以说这已经是最厉害的刑司，自己怎么都想不到连他都无法把握好。甚至还可以将罪责推到李景遂身上，说费全这样的高手应该有百万分的把握，出现意外有可能是背后有人指使。

不过既然话说到了这个地步，前面那么多相互猜疑的疙瘩都拧上了。李景遂必须要将费全派出，否则真的会让别人往歪处想象。

从竹月堂出来，李弘冀很有些得意。他觉得这一回自己占了上风，事情依旧在自己掌控之中，并且按着自己的想法在发展。

当天下午费全就来到"无极渊"，而且他不是一个人来的，还带来了"十目佛爷"蔡复庆。费全的理由听来是很合理的，他说自己的刑审必须要和蔡复庆搭档才能发挥最大效果。因为他使用的刑具能否给受刑者最摧毁意志的折磨，只有蔡复庆可以通过受刑者的反应辨别出来。还有就是一件刑具应该怎样用、用在什么部位、使用怎样的角度和力度才能达到最佳效果，也只有蔡复庆可以通过受刑者的反应辨别出来。

这种理由李弘冀认为很合理，所以他默许了蔡复庆的参与。

但是当费全提出又一个要求之后，李弘冀上午的得意一下消失殆尽。费全的要求很有些怪异，他要求自己的刑审现场只能有他和蔡复庆两个人，其他人必须全部撤出。有旁人在会影响他们判断和操作，也会影响受刑者的反应，这都是会导致刑审失误的。如果这个条件不能答应，他们也是不能出手审这案子的。

不能有第三个人在旁边，也就是说包括李弘冀都无法看到刑审过程，不知道刺客到底有没有吐露、又到底吐露了什么信息。但是和上午的李景遂一样，到了这个地步，很多话都说死了，再要打退堂鼓的话肯定会有人对李弘冀产生怀疑。所以李弘冀不得不答应了费全的要求，而这要求几乎可以肯定是李景遂所指使，以此反扳李弘冀一局。

第八章　半口气

军刑官们近十天的恶毒折磨裴盛挺过来了，但是费全和蔡复庆的刑审将会是另外一重境界，胜过军刑官们几个层次的境界。裴盛还能挺下来吗？

还有，裴盛只是烟重津刺局中普通的一员，从头到尾都没接触到任何有价值的内情。那他又在坚守着什么？

梁铁桥赶回了广信城，但是一无所获。携带了宝藏皮卷的刺客没有见到，三方面秘行组织没有见到，就连很奇怪出现在广信城的卜福他也没有见到。甚至在询问那些府衙衙役时都没一个人知道卜福的名字和身份，只说他是有京城大内护卫令牌的。鬼党属于内务官员，卜福被顾子敬调到金陵做护卫，随身带着大内护卫令牌那是很正常的事情。而卜福到广信只是给官府衙役们看令牌而不给看自己的号牌，这却似乎是在做什么隐秘的事情，要故意隐瞒自己的来历。

城隍庙来来往往乱得像锅腊八粥，推倒的摊子，跑掉的鞋子，丢掉的年货，泼洒了的小食，当然，还有几具谁都没敢动的尸体。梁铁桥的手下通过对各种迹象的辨别和在场人的叙述，很快确定三国的秘行组织在这里出现过。

梁铁桥心中很欣慰，虽然自己没有能抓住关键人物夺到皮卷，至少说明自己的追踪方向是正确的。否则那三方力量也不会都聚到这里来。但之前的正确已经不存在意义，眼下最需要的是下一步方向的正确。

"你们觉得他们这趟会往哪个方向逃？"梁铁桥问手下几个得力干将，其中包括寻迹追踪的高手。

得到的回答有很多种，而且说得都很有道理，但是没有一个人回答齐君元他们还是从北门出的，因为觉得没有这种可能，因为他们自己刚刚从那个方向赶回来。

"有没有可能走的北门？"梁铁桥是在问大家，也是在自问。

所有人一下子愣住，沉默，他们一时没有弄清梁铁桥问这话是什么意思。

"我们原来往北城门外追赶，是因为他们制造假象往北方逃出的。现在

169

我们识破了重新追回来，如果他们这次真的从北门出，我们是很难想到的，那他们为何不会这么做？还有，如果要避开我们从其他方向逃走的话，早在几天之前广信城门开放后他们便可以走了，为何要等到现在？那是在等我们回来，然后他们再走那条路。"梁铁桥的分析很准确，这不仅是因为脑子好，更多的是得益于江湖上尔虞我诈的经验。

"那我们再追下去，从背后赶他们个措手不及。"有手下人提议。

"不！这一次我们不追，就跟在背后慢慢走。这些人在广信杀死防御使吴同杰的目的很蹊跷，如果是偶遇中被吴同杰觉得可疑查出皮卷，继而为了夺回皮卷杀死吴同杰，这还算是说得过去。但是杀手却是布下了几重几道繁琐且没有必要的设置来刺杀吴同杰，这有可能是故意显示能力。不过我觉得一个拥有如此高超刺杀术的刺客是不应该故弄玄虚、显示杀技的。所以还有一种可能就是他在以此刺局发信号，是要用口口相传的影响让什么人知道他来了，带着皮卷来了。"梁铁桥这个分析倒是和韩熙载、王屋山他们不谋而合，只不过他回过味来的时间太长了些。别人是一听情况就想到了这一点，他是几天之后才有此意识的。

"而他们从北门出的话只有两条路径可走，一个转向西，一个继续往北。转向西，也就是回到他们过来的方向上了。那么他们花那么大力气跑一圈，然后还冒险做刺局发信号，似乎是没有必要的。所以他们肯定会往北去，往金陵去，是要将皮卷交给哪一个重要的人。而那人知道广信刺杀、皮卷露相之后肯定也会进行接应，所以我们只要慢慢跟在后面，看皮卷最终落在谁手上就行了。有些人的东西不能夺，夺了会惹祸上身。"

梁铁桥不愧是个江湖枭雄，虽然看着样子鲁莽，其实心思缜密。他刚刚归附南唐不久，而且只是在韩熙载的辖领之下，现在连个正式的职务都没有。而韩熙载虽然在朝中举足轻重，但是南唐比他官职大、地位高的还有好些人。说起来自己只是个出力办事的，对朝中、官家的情况关系也不太清楚。而能操纵那样厉害的高手从几方秘行力量手中夺到皮卷的人肯定不是一般人，其实力、背景至少不在韩熙载之下。所以梁铁桥觉着自己还是了解清楚后再动手的好。或者弄清到底谁是那帮高手的后台，然后报给韩熙载让他定夺。

拿定主意后，追捕改成了跟踪，这样就给了齐君元他们自由行动的机会，而且自由得就像钻入山林的小鸟，再也找不到了。

行佛径

丰知通带人逃离广信城后没有马上设法继续查找哑巴、穷唐，其实到这地步他也想到了，对方不是一个人在行动，和自己一样也是一群人、一个组织在行动。

时间过去了那么久，现在仍盯住怪狗和他的主人是愚蠢的。之前出现的假怪狗和假主人，说明别人早已在利用这个明显的标志点。而假的被揭破之后，别人应该会再利用真的。真的怪狗和主人同样可以牵着一些人的鼻子走，但那真正的皮卷却未必会在那人身上。刺杀广信防御使的刺客不就露相过一个皮卷吗，那刺客就不是怪狗的主人。当然，也无法肯定那皮卷是真的，如果是真的，一个刺客会这么不小心被掏了出来吗？

丰知通知道自己在前面错了一步，所以没能一步不落地盯住准点儿。这样一来中间信息漏掉了许多，无法综合作出判断。所以要想对下一步的行动作出准确决定的话，那还需要获取到更多可靠信息。

"最近的不问源馆暗点在哪里？"丰知通问旁边的人。旁边这人也是他"易水还"的门下，"荆命脉"的"挑花眼"毛金君，擅长设计各种机关器具。因为不问源馆有许多暗点传递讯息的指令、标志都是他根据暗点实际环境和条件设计的，所以他对各处暗点的位置、特点都非常熟悉。

"最近的一处在五里槐，但那里只有物匣没有人窝，不知道会不会有有用的东西。"毛金君回道。

不问源馆中所谓的物匣，其实就是一处隐蔽保险柜，定期会有人往里面补充钱和物。这样不问源馆在外行动的人一旦遇到意外或危险，就可以利用物匣里的钱财、衣物、药物逃跑、疗伤。另外当需要找到什么人或大范围传递什么信息时，也会将信息放在里面，让从中取物的人及时看到。

"马上去那里。"丰知通知道不管物匣还是人窝位置都是很偏僻、隐蔽的。他们这一大群的人,一路奔逃了好久都没有休息,所以不管五里槐那里能不能拿到自己需要的信息,至少可以让大家休整一下。

五里槐并非五里方圆都有槐树,而是有那么几棵大槐树距离最近的村庄、码头、官道、县城都正好是五里。也就是说,以这几棵槐树为中心,至少有五里人迹罕至的范围。

到了五里槐后,毛金君在几棵树的外围呈直角的方向上各走五十步。然后快步跑到其中一棵大槐树的旁边,掀开一块草皮,下面是一个很大的铁板箱子。铁板箱子没有把手没有锁,看着就像整块铁铸成的。毛金君蹲下用五指在箱盖中心位置灵巧敲击,有轻有重,就像在弹奏琴曲。也就十几下后,那铁箱盖自动弹起,滑到一边。

"丰掌门,这有给你的广传令。"毛金君首先从箱子里拿出的是一份白丝竹皮册。

"给我的广传令?"丰知通有些难以相信,因为他之前已经接了赵崇柞的指令在外夺取皮卷,现在怎么又会有赵崇柞的广传令发来?

"是赵崇柞大人亲发的,他已经以暗使身份偷入南唐办重要事务,要你前去与他会合。"

丰知通一把夺过了那份竹皮册,上面果然盖的是赵崇柞的私印。一下发出这么多盖有他私印的广传令,肯定是发生了极为重要的事情。丰知通又看了下上面的日期,这指令已经发出了有半个月之久。不问源馆中有许多规矩和约定,比如说一些高级首领之间包括和赵崇柞之间都有地点约定。这地点可以叫聚集点也可以叫救援点,一旦发出指令或求救信,收到的人就往这些地点过去,而发信的人也会往那地点过去。像南唐这么大的一个国家,他们就约定了四个地点,是从南往北一线的吉州、饶州、抚州、和州。赵崇柞的广传令是从成都发出的,经过半个月的时间,就算他是暗使一路小心谨慎,慢些的话也应该是到了抚州附近,快些的话有可能已经到了和州。自己现在上路,直接去和州,希望赶到时赵崇柞大人也到那里。就算晚了些,那边的暗点也是会告知自己下一步该何去何从的。

第八章　半口气

丰知通当即挑选了几个人，其中有毛金君，还有原来跟着他赶往上德塬的几个，包括铜甲巨猿在内差不多十个人的样子。然后马上从山高水深的僻静路径急急地往和州赶。

在这之后，追踪齐君元的人马又少了一路。

齐君元他们一路走下来，竟然是意想不到的顺利。

离开心济寺之后，齐君元采用的是"三点同进"的排列往前行。三点同进，一个点是前点，也就是开道的一个点，他用的是六指。因为六指相比之下还算是比较可靠的一个成员，另外他的"随相随形"技法应付意外出现的情况还是相当合适的。还有一个点是旁点，也就是策应点，这依旧是哑巴的任务。而剩下的三个人则始终在一处，这是行点，其实也叫主护点。这本来应该是重要的人或东西所在的一个点。

齐君元认为他现在就是个重要的人，其他且不管，一个被离恨谷列为目标的人怎么都算得上重要。而让唐三娘和范啸天陪在自己身边倒不是为了保护自己，而是为了真的再出现同门下兜出手的事情，至少可以替自己说明或辨别一下。另外他和范啸天身上共同带着一件关系着巨大宝藏的皮卷，这皮卷怎么也都算得上重要。

接下来一段路应该是比较危险的路，梁铁桥的夜宴队已经在这路上走过来回了，沿途的官府、驻军也会在重要路口设卡盘查，追踪刺杀广信防御使的凶手。但是齐君元他们始终都没有遇到什么卡口。这很奇怪，即便梁铁桥往回赶了，卡口的人知道目标还在广信会松懈盘查，但肯定不会就这么自作主张就撤了卡。除非，除非出了什么比抓刺杀防御使更重要的事情。

一直走到修水的位置，齐君元才意识到南唐可能真的出大事了，那么大的修水大营竟然已经拔营迁走了。这样看来前面设卡的那些驻军和官府衙役要么也是被调动了，要么就是被撤回州县参与守城了。如此大范围的官军行动，一般只有在很大的战事出现时才会发生。难道南唐是要发生什么战争了？

齐君元心中一下轻松了许多，如果真是这种状况，那么对他要做的事情是很有利的。首先是没了让他们举步维艰的盘查关卡，这就大幅度减小了行动的危险性。再有秘行组织在这种状况下肯定不敢再放肆，因为很有可能被别人当作敌国的奸细。而南唐的夜宴队也肯定没有那么多的力量分出来追捕他们，现在他们需要查找的是真正的敌国奸细。而刺杀齐王李景遂的难度应该也会降低，在这种状况下，那些平时最关心自身安全的皇室子孙们现在应该更关心自己的未来和社稷，所以防护方面必然是会有所减弱的。

即便出现了这么多对己有利的情况，但齐君元依旧是以最为谨慎的方式在行动。就算是秘行组织不敢轻举妄动了，就算夜宴队一时忙不过来，但是还有卜福，他带的六扇门里的人就是专做凶手、刺客这些事情的。如果在广信窥出了什么蛛丝马迹，发现自己这些人是往金陵而来，那么很有可能会猜到自己接下来的活儿是要对金陵李家皇室成员或朝堂重臣不利，势必会一路围追堵截。还有一处就是离恨谷。如果谷中没有改变原有指令，那么接下来所有有人没人的地方都可能成为齐君元的杀身之地。

过了修水之后，他们没有继续走官道，也没有走水路，而是走的佛径。其实范啸天没解释之前齐君元并不知道什么是佛径，而范啸天要不是替离恨谷描画、勘误谷生所用地图而走南闯北，他也不知道这一种佛径的。这是当时在南唐区域内一种独有的路线。

自东晋以后，江南佛寺众多，佛教教派也众多。许多僧人为了佛学能有所大成，于是形成了一种游历各种佛寺求学佛经的方式，古代管这叫"走寺学经"。这在佛家记事集《苦修法记》《多义宗祖师诸语》中都有记载。

有一些僧人在几年中走遍江南一带所有的佛寺，甚至还到过江南以外更多的寺庙，回来后便能一下子成为公认的得道高僧。这不但是拜求各种佛学极为不易，还因为走了那么多寺庙也是十分不易之事。因为当时的佛家游学属于苦修的一种，必须是一路走下来。而且没有盘缠、干粮，出了寺门所有应用都必须靠一路化缘和野外寻食。所以从一座寺庙到另一座寺庙之间的路径都必须是选择尽量短和尽量好走的，这样可以节省体力、避免艰难。而且这路径还要尽量在荒野和有人居的范围内交错，能化到缘便尽量化缘，化不到缘的时候要能找到野果、野菜，所以这又是一条所经环境非常复杂的

第八章　半口气

路径。

后来人们发现在"走寺学经"中有些僧人虽然也到过每座寺庙,却并未真正留下来潜心求学佛经理义,最后只是凭度牒上的佛印来表明自己游学经历丰富,所以大家开始质疑这种形式。此时正好到了隋末,到处兵荒马乱。躲在寺中尚且难保,更不要说出去到处求学,所以"走寺学经"渐渐没了,到唐代初期这种形式便不复存在。不过这一条连接寺庙之间最适于僧人们行走的路径却是留下了,而且仍作为寺庙之间互通有无、僧客来往的路径。原因很简单,这路径真的适合他们这些出家之人,不要什么费用,不惹什么麻烦。

范啸天是在实地画描地图时无意间听一个老僧人说起这么一条路径,然后又借那老僧人的《佛事录》将路径走向抄录下来。今天他将这条佛径说出来后,齐君元立刻决定就从这条路径走。因为这路径既可以从人居范围打听到外界正在发生的事情,又可以及时隐入野地山林逃避危险。而且一路还有清静佛寺和闹市之处作为掩护,这两种地方都是很难引起别人注意的。

佛径果然是很少有人知道的路径,从这里走不但安全,而且每到一处总能找到落脚点。而最让齐君元受益匪浅的是这一路走下来他沿途都能接触到佛学的一些知识,佛学的玄机不知道是不是与他做刺客的潜心、静心有异曲同工之妙,在一路路过那么多的寺庙之后,齐君元觉得自己构思的能力更强了,而且可以从构思的意境中发现到更多的东西。比如说在到达江宁府最后一站的长干寺里,他便在僧客墙上看到不知哪位高僧还是哪位佛学高人写下的一句话:"勿视他视,其视或更在你上;勿觉他觉,其觉或更灵于你。辨其谬者,只析其心。"这其实是佛学辨法的一种技巧,意思就是别跟着别人的视角和感觉走,这方面肯定是别人的优势。而只需抓住对方谬误的地方,并以此作为突破,辩驳对方论述的中心思想。但是齐君元怎么都没有想到,这一句佛学辨法的技巧竟然会运用到他此后的多次大刺局之中,引导了他思路的转变。

到了江宁府的长干寺,其实距离齐王李景遂的秦淮雅筑已经不远了。长干寺也在秦淮河边上,如果可以乘舟而行的话,也就半个时辰不到就能到达转向支流的东关铁闸处。

齐君元这几人顺利地来到金陵，顺利得他心中都在犯疑。离恨谷中再不曾有人出现对其下手，是没找到他还是指令停止了？梁铁桥哪里去了？卜福哪里去了？他们回过味儿后都是应该追踪自己而来的，为何竟然像人间消失了一般。还有那几路秘行组织，他们难道都不想要宝藏皮卷了？还是自己直奔了金陵，他们都不敢跟到这里来造次？

长干寺是个级别较高的寺院，寺里有客院客房。齐君元他们先装成几个乡下人的样子假说要替死去的亲人开个十几日的经堂，再装作乡下人哭穷的样子让寺里的和尚少要些念经钱，最后还是装作乡下人不懂行情的样子掏出了数目不小的费用。于是寺中和尚很乐意地将他们安置在了寺中的客房中，住在这里相比外面客店还要安全许多。齐君元早就打听过了，这长干寺经常会有些官家、皇家的人过来礼佛，所以寺庙周围衙役、巡卫来得比较频繁。衙役、巡卫来得频繁的地方一般都不会出什么事，而一直不出事那些衙役、巡卫便会下意识中觉得这地方不会出事，所以来得频繁反会变成一直走过场，没人再注意周围是否有异常的人和事情出现。

另外住在长干寺还有一件好处，就是这寺庙离着秦淮河很近。出门不远就能到河边招来一条船，而秦淮河上的船只只要你给钱，它都可以成为你所需要的船只。齐君元这些人是来做刺活儿、行刺局的，总不能一直窝在寺中，肯定是要出去"点漪"的，否则怎么行刺局？他们这几个人分散开来还无所谓，聚在一起的话也就只有在寺中进进出出不会很惹眼，所以长干寺应该是他们在江宁府中最适合的藏身点。

到了寺中的当天晚上，齐君元便和唐三娘、六指两个以外出购买第二天开经堂所需供奉物品为由出去"点漪"。之所以留下哑巴和范啸天，因为他们两个中的哑巴根本不会说话，那些啰嗦的和尚要想问些什么、唠些什么不会在无意中露出破绽。而范啸天又太要说话，比那些和尚还啰嗦，所以那些和尚会很不愿和他说话，更不愿听他说话，这样同样不会露出破绽。

但是让人没有想到的是，这一次竟然是他们外出三个"点漪"的露出了破绽，并且陷入了危险之中。

第八章　半口气

终启口

　　这些天都是费全和蔡复庆单独在刑审裴盛，谁都不知道进展如何。李弘冀虽然心焦，但是事情纠缠到这个地步，他已经被逼到了无法后退的地步。

　　于是现在的情形变成了主审的太子和皇叔加副审的两个大人全落个清闲，每天都是在竹月堂中聊天喝茶。就算偶尔到无极渊那边转一转，也都是被紧闭的大门挡在外面。而且无极渊里面也听不到丝毫声响，用刑的人无声无息，受刑的人也一声不发。从韩熙载之前打听来的说法判断，这其实已经是用到最为残酷的刑法，受刑的裴盛再不能发出一点声音来宣泄痛苦，而是必须吊住一口气护住心元，绷住神经抵受痛苦。但谁都不知道他现在吊住的是一口气还是半口气，如果是一口气，那么说明费全的手段还有存留，没有使出最为厉害的手段，否则那费全也不会外号叫"半吊子"。

　　费全和蔡复庆进了无极渊后什么话都没有和裴盛说，他们似乎比受审者更不愿意多说半个字。一上来直接就给裴盛加了软齿套，这是之前施刑时都没有做的事情。软齿套是用来防止受刑者忍受不了痛苦咬舌自尽的，这说明费全出手便是最厉害的酷刑。软齿套装在嘴巴里并不影响说话，只是说出来的话稍有些含糊。不过会影响饮食，因为没法咀嚼，所以刑审之后都是用勺漏（一种像短柄勺子的漏斗）给犯人灌食的。

　　接下来的十二个时辰中，费全连续使用了十二道酷刑，其中包括一发千钧、老虎磨、蚂蚁归穴、蛇钻肉、加根筋、霸王钉等。每一道都是让人痛不欲生、欲死不能的酷刑。但这十二道酷刑对于费全来说才只是试探阶段。

　　随后费全休息了一天，这一天时间是要受刑者好好回味一下十二道酷刑的滋味，从而消磨他对抗的意志。

　　一天过后，费全很客气地询问裴盛是否改变了主意？虽然裴盛没有任何回答，但是一旁的蔡复庆从裴盛面部肌肉、眼尾神经、指握拳的力度、背脊的挺直度综合做出判断，他的意志依旧十分坚强，并且已经做好了再次对抗各种酷刑的准备。

　　于是费全这一趟连续施刑二十四个时辰，也就是整整两个白天黑夜。

连续在裴盛身上下了六道酷刑,这六道酷刑是串皮、卸骨、刺脊、钩肋、烫阴、钻心。对于费全来说,这六道刑法才是真正的开始,但也仅仅是开始。

费全不仅用刑手法独特,而且动手之后便是一整套的过程。这其中会兼顾到各种刑罚、刑具的共同作用,最大限度对受刑者的意志进行摧毁。而这一整套施刑下来,那会是一个很长的时间过程。这除了增加痛苦的承受时间外,还在体力、心理、意识等方面对受刑者进行很大程度的消磨。

别人才刚刚开始,裴盛的防线却已经到了极度疲软的地步。这些日子他已经连续遭受数十种的酷刑,就算是铁打的人,意志上也会呈现不由自主的衰退。而他呈现的所有状态,一旁的蔡复庆都会通过他身体上的各种微小反应看出来,然后反馈给费全,那么费全便会根据实际状况进行调整,加大有效施行的力度,冲击受刑者有可能被突破的薄弱处。

就在二十四个时辰快结束的时候,裴盛终于开口说话了,那是一句脱口而出的:"替人消因果。"

费全和蔡复庆相对一笑,因为这句话证明自己的手法已经见效。

费全在第二轮刑审开始再不是半个字都不说了,而是每下一道刑具时或每加一级力道后都会问一句:"为何要行刺?"这是要让受刑者将这作为一个信号始终存在脑子里。然后在痛苦到了极致,意识开始出现模糊时,受刑者往往会不受控制地寻求发泄痛苦的渠道,这就有很大可能会将始终盘桓于脑子里的问题答出,因为对于受刑者来说,这也是一种发泄和解脱,而且是酷刑之下最为直接便捷的发泄和解脱。

所以费全的刑审高明之处并非一定要让受刑者无法承受了、害怕了、妥协了,然后愿意合作说出真相。而是在施刑的过程中,他就可以通过合适的刑罚、刑具,让受刑者在意识半清醒、半模糊的状态下不由自主地说出真相来。

但是费全和蔡复庆心中还是对裴盛非常钦佩,以往的受刑者就连开始热身的那十二道刑罚都很难熬过,常常是做不到一半便会完全崩溃,更不要说这真正开始的六道刑罚。裴盛不仅将这六道刑罚熬到了最后,而且最后这句话还是在意识开始模糊状态下为了发泄痛苦脱口说出的,并非彻底崩溃妥协。不过这一句话脱口说出后,裴盛的意识和意志的防线便会重新固守。那

第八章 半口气

么要想问出下一问题的话,将会又是一个漫长过程。这样的话在他身体和意识开始适应那六道刑法之后,还需要其他更加有效的刑法才能掏出更多。

这句招供随即便传到了竹月堂里的四位大人物那里,但是这四个人对得到这句口供的反应却并不一致。李景遂和冯延巳都很高兴,因为案子总算是有些进展了。

李弘冀高兴的感觉只是从脸上一闪而过,因为他在听到这两句口供后随即便想到了更多。既然已经招了,为何就这一句?一般犯人只要被逼得招供了,不管真的假的都会溜溜下水地说出一大堆来。肯定是藏私了,肯定是李景遂藏私了。费全和蔡复庆要求单独刑审,就算得出再多的口供他们都可以先告诉李景遂,然后由李景遂确定可以告诉其他人多少内容。而告诉大家的内容越少案情就越玄乎,到最后元宗询问此桩案子时,他就可以用实际获取的更多口供进行一番推断解释,把事情完全说清楚了。不但最后的功劳都落在了他的头上,而且还显示他睿哲、智慧,让元宗觉得把皇位传给他是个正确的决定。

韩熙载根本就不曾有高兴的表情,在发现李弘冀的表情异常后,他心中便开始变得惶恐。他觉得李弘冀的表情变化再次证明自己掌握的情况很正确,所以他怕最后刺客完全招供了,会出现自己最为担心的局面。

冯延巳也注意到了李弘冀的表现,本来他最初的怀疑对象是李景遂,现在李景遂的手下几天审讯后便拿出了有用的口供,而李弘冀喊得凶、样子凶,那么多日子的严刑拷打却没问出一个字来。而且在听到问出口供的消息后还表现得很不开心,这不正常,这很不正常!

刑审又歇了两天,是让裴盛回味痛苦,也是让裴盛恢复被折磨得麻木了的身体知觉,这样才可以让下一轮的刑罚更明显地达到效果。

新一轮的刑审费全只用了两种刑罚,狗舔和二十二天针。狗舔是痒刑,是将人捆绑固定好,然后用特别的刑具扫撩身体敏感部位,就像狗在舔一样,让酥痒的感觉持续刺激人体。二十二天针是酸刑,同样是将人固定好,然后在人体二十二个酸穴扎下银针,让身体产生无法排解的酸胀感觉。而更为残酷的是,这两种刑法是同时实施在裴盛身上的。费全希望这一轮能将裴盛的心理防线彻底摧毁了。

同时从这两道刑法实施开始，费全便不停地喝问裴盛："受何人指使？"因为裴盛如果下意识地回答了这个问题，那么就算他还能挺过这一轮，费全和蔡复庆也都可以交差了。

才三个时辰，裴盛就已经失禁了；六个时辰的时候，裴盛口眼歪斜、面部扭曲了；十二个时辰，裴盛浑身抽搐、急促喘气。

费全和蔡复庆都以为到这程度裴盛应该彻底放弃了，所以他们两个都仔细观察着裴盛的状态，以免错过他示意妥协的任何刻意动作和自然的身体反应。但是他们两个怎么都没有想到，即便到了这个程度，裴盛又坚持了十二个时辰，而且最终只是脱口说出一句："属皇命而为。"然后直到气息出现间断都未曾再说一句。

蔡复庆通过观察发现裴盛已经完全处于无意识的状态了，虽然可以用熏香激醒，但为了防止裴盛心智俱毁，费全还是停止了继续施刑。

这一次又是有收获的，不过费全和蔡复庆却并不十分高兴。因为他们没有想到裴盛依旧没有被彻底摧垮，下意识间的回答也并不如他们所愿。虽然说出是听从皇命而为的，由此可以推断出许多重要信息，但是现在列国群立，到底是哪个皇上布置的刺杀却没有说明，即便有推断方向也无法确定。再有刑罚还得继续，要想问出更多又会是个漫长的过程。而且那又需要手法更绝、控制得更好的刑法，这其实已经开始在给费全和蔡复庆出题目了。

第二句口供传回到竹月堂时，那李弘冀正处在焦躁不安的状态下。因为今天自打他进了秦淮雅筑之后就没安定过，先后有五个手下亲信来秦淮雅筑找他。这几个亲信找他的事情其实是同样的，都是报知蜀皇密使到了，其中包括他派往蜀国的德总管。

一天之中连续来了五个密使，可见情况的危急和所传信息的重要，大周兵才入蜀境，状况不会变得如此不堪吧？虽然心中焦急，但是李弘冀身在此处不便接到手下传信后就马上离开。所以依旧强作镇定、暗抑心乱地坐在那里，脑子里转来转去地想找个什么理由能很自然地赶紧回去。

当第二句口供传来时，李弘冀根本没有在意，他正皱紧眉头、满脸阴沉

第八章 半口气

地在想自己的事情。而这表情在别人看来却理解为另外的原因，韩熙载是这样理解的，冯延巳也是这样理解的。

"啊，又一句口供出来了。好，好。"李弘冀总算反应过来，喊了两声好却是干涩涩的，"这样，我现在就回去将八珍馆的食八珍和色八珍都给包下，晚上在我府中设宴。皇叔和两位大人一定要赏脸来饮酒赏舞，就算是为案子的进展庆贺一下。"

这其实是李弘冀急切间想出的一个一举两得的办法，既可以借此脱身，另外如果一切都能按着自己之前的心思进展下来的话，还可以借此机会当众将住李景遂，将自己的劣势扳回来。

其实自打第一句口供出来后，他就觉得自己的一着棋走错了。答应费全和蔡复庆单独刑审裴盛，那就相当于将控制权全交还给了李景遂。即便是审出了什么秘密，那也会先告诉李景遂。所以最终审得好，功劳会是李景遂最大，审得不好，自己却要承担更多的责任。不如今天晚上在自己府中摆下宴席，将费全和蔡复庆一同邀来。这样可以当着韩熙载和冯延巳的面对这二人突然逼问加诱问，估计他们之前如果没有和李景遂串通好的话，那么在自己的威势之下言语间肯定会露出破绽来。另外自己也正好可以安排盛宴脱身先走，去见一见那连续到来的五位密使到底是怎么回事。

八珍馆有食八珍和色八珍。食八珍是一个人，一个厨师，能以鸭为原料做成八种珍品佳肴。而色八珍是八个人，八个能歌善舞的"瓶上花"。

五代时秦淮女子的职业分为四档，一档是"荷上珠"，能吟诗填词、唱曲舞蹈，只卖艺不卖身。二档"瓶上花"，会唱曲舞蹈，还可以陪酒，也是卖艺不卖身。三档"檐下月"，只会些艳俗的唱曲舞蹈，然后陪酒、卖身。四档"水边草"，只会陪酒卖身。但这四档只是个限定概念，并非就此确定谁更高级谁更低廉，其实每一档中都有特别杰出的佼佼者，都可以拔得四档花魁的头筹。就算是那"水边草"，也有长得特别妖冶美艳的，如果床上的功底技法再有特别之处的话，其吸引力和价格可以远在"荷上珠"一档的女子之上。而八珍馆的色八珍，便是"瓶上花"一档中的最顶尖者。

八珍馆虽然在金陵城中非常有名，李景遂、韩熙载、冯延巳却都未曾去过。因为平时去人多眼杂、事多口杂，让别人看到万一编排些什么，那是筑堤都没法防的事情。另外那种地方也确实不安全，要是带上众多保镖、门客的话，更会让别人口舌翻浪。其实李弘冀自己也只去过一次，那还是在外遣驻军将领入京轮换驻守地界时，一大群的武将一同邀他前去的。那一次整个八珍馆中绝大部分都是外驻的武将们，当时情形几乎就相当于将整个八珍馆给包下来了。

一则是食八珍、色八珍太过有名让人向往，再一个是太子盛情邀请，都不好意思推却，所以三人都马上应承下来。

等大家都应承下来之后，李弘冀才又开口说道："我这也是想着最近刑审这个案子太过辛苦了，顺便犒劳一下自己的几个军刑官和费全、蔡复庆。"

这话一说，那三个人便立刻知道这顿饭是另有意图的。但不管什么意图，冯延巳都是要去的。他是皇上派来的观察者，所要做的事情就是看一次次的意图中是否暴露出些什么来。本来韩熙载也应该是和冯延巳一样的态度，但他知道得更多，担忧的也更多。到现在为止他仍然希望太子能够收敛，尽量将前面的事情抹平。然后自己才有可能从一旁帮着掩饰，不让内乱发生。所以这顿饭他也是必须去的，必要时他是要出面圆场灭火的。

李景遂此时很后悔刚才答应得太快，现在就算不想去也找不到借口了。其实他知道自己去不会有任何问题，在这案子中他担当的角色和其他三人没什么区别。他担心的是费全和蔡复庆，去了之后万一李弘冀当众逼迫他们两个说出刑审经过细节，他们说也不好、不说也不好。费全独特的刑审方法很少有人能理解，说了很可能会被怀疑是在说谎，不说则更有可能被歪曲为故意隐瞒。而不管说谎还是隐瞒，最终都会将自己列为背后指使他们的人。

但是老奸巨猾的李景遂只是稍稍迟疑了一下，随即就为自己争取了一些回旋余地："没问题，蔡复庆肯定会去的，他就是在那里给犯人察言观色，也和我们差不多闲得没事干。费全恐怕是去不了的，他的刑审很特别，是要连续、持久的。一个刑具落下去，就有可能是一天、两天甚至更长时间的持续作用，撤了就前功尽弃。所以他是不能离开的，这上刑的过程必须他亲自控制，万一犯人示意要招了，别人是看不出来的。另外他也要一直在场控制刑具的力道，根据犯人承受的状态不停进行调整。不能让犯人松了劲也不能让他死在刑具下。所以他就不去了，等案子结了，我再来做东请大家一回，那时让费全专门向太子磕头致谢。"

李景遂这话圆转且有理，只要是没见过费全刑审的便无法反驳。而且他还故意将蔡复庆先推出来，以此显示自己的诚意和后面所说原因的真实性，这么做其实是极为狡猾的。因为到时候蔡复庆如果遭受逼迫，他完全可以说自己只是负责查看受审者的状态，配合费全用刑。至于费全用的什么刑法、怎样逼问、问到些什么，他都可以推说不清楚。这样一来李弘冀要是逼迫得太紧，反会显得他很不讲道理。

李弘冀也只是稍稍迟疑了一下随即便笑着说："没事没事。刑审是大事，等费全大功告成之后我再犒劳他。那现在皇叔和两位大人先议议这口供中牵带着些什么，我就先回去安排一下，免得晚上款待不周有所失礼。"

李弘冀说完便走了，背影上留下三对疑惑的目光。有人在疑惑他为何会这样，有人在疑惑他会不会玩其他花样，还有人在疑惑他到底要做什么。

第九章　欲刺齐王

三寻尾

齐君元和六指、唐三娘出了长干寺后便分开来各走各路了。这倒不完全是为了防止被别人注意到，而是因为他们三个踩点是从完全不同的角度。齐君元属于妙成阁，他的刺局主要是要利用刺标经常出现范围的道路、建筑、器物，以及河流、山坡等自然条件。而六指是力极堂属下，虽然他修的是巧力一技，但所做的刺局还是会尽量采取最为直接的方式，所以他要踩的点是要能最快、最近、最意想不到进入到刺标有效杀伤范围内。唐三娘是药隐轩属下，她的刺局是要尽量利用活物。因为作为李景遂来说他是不会随便接触外界物体的，所以这就需要有活物能带着毒料接触到他，这活物可以是人，可以是其他动物。

一个下午走下来，齐君元的收获很大。李景遂的秦淮雅筑所处位置比较偏远，所以平时上下朝需要经过很长一段道路，而且这道路沿途环境也很是复杂。在这条道路上，齐君元很轻松就找出了六个合适的位置可以设下刺局。当然，具体应该在哪个位置、设置怎样的刺局才能保证一杀即成，还需

第九章　欲刺齐王

要接下来对李景遂上下朝时的代步方式、护卫模式进行进一步的了解。

就在齐君元准备回寺里时，他看到了六指。六指的收获也不小，他找到了四个合适突杀的位置。其中包括飞虹桥的桥底，彩凤楼东连的翘角阁，铁甲卫营的营口巷，还有吴王府（即太子李弘冀的府邸，他历任吴王）西侧的樟树街。

齐君元看到六指后没有打招呼，而是很随意地做了个手势，意思是自己已经结束，准备回去。但是六指看到齐君元的手势后马上快步赶了过来。

"先别回去，随我来。"在和齐君元擦肩而过的时候六指悄声说了一句。

齐君元不知道发生了什么事情，于是在旁边的小摊上摸索几下后转身随着六指的背影走去。

到了路边的一个巷子口时，六指缩进了巷子里。而齐君元没有进巷子，只是在巷子口蹲下提了下鞋。

路上行人没有谁看到被巷子两边墙挡住身形的六指，更没人听到他对假装提鞋的齐君元说话："我在樟树街踩点时听过路铁甲巡卫在说，今晚太子要在府中宴请齐王和韩熙载、冯延巳两位大人。不如我们现在不回去了，就在这附近转一转。等齐王队仗过去，看一看二郎所说的'半吊子、一佛爷、十银皮、三十六风僮'到底是怎么回事。"

说完这些，六指见齐君元没有反对，于是立刻往巷子深处走去，很快消失在鳞瓦连檐的大片民居之间。

齐君元也真的想看看齐王的护卫模式。说实话他心里有些急，希望这一趟刺活儿能尽早完成。因为此刻他自己还是离恨谷的目标，需要这个刺活儿尽早有个结果，然后说明情况并了解谷里的真实意思。

齐君元站起身，跺了跺脚，样子像是确定鞋子舒服了。并且提起棉袍下摆掸了掸，蹲下来弄鞋子下摆肯定会拖到地上沾上些尘土。这一切都是最为正常的行为，这做法是为了表现他是个最为平常的人。

但是就在他掸尘土的时候他发现到一点异样，就在他第一下甩手掸土的刹那，他感觉背后的行人中有个身影突然变动了下，幅度不大，速度极快。

这是警觉的变动，这是防范的变动，变动突然，说明那人一直注意着自己的一举一动，动作很快但幅度很小，说明那人不但能极快地随着自己的动作做出反应，而且能更快地发现自己只是一个正常的动作，所以马上收敛自己的反应，所以幅度才会很小。

这是一个高手，背后竟然坠上了一个高手！是什么时候、什么地方坠上的？自己又是露出了什么破绽让对方坠上的？齐君元全不知道。

按道理说，齐君元掩形的技法出类拔萃，走在人群中就像一斗豆子里的一粒豆子。好多人即便和他照过面，也无法准确记住他的面相。所以这个高手应该不是在自己"点漪"过程中坠在背后的。

那么会是在哪里？在长干寺？不会，自己在那里只和两个主事和尚接触过，而且那两个和尚一看就不是什么高手。在佛径的某处？也不会，那条道路知道的人很少，途经之处就算有高手、就算看出自己不寻常那也没有任何理由坠上，那应该是在更早的时候。

齐君元想归想，动归动，掸完尘土后便很自然地继续往前，他要做得让后面的人不知道自己已经发现了他。他要通过离恨谷独特的技法确认背后那人的存在，然后想办法不留痕迹地抹了他。

走在还算热闹的大街上，最合适用来判定身后确实存在尾儿的办法就是"旁人眼"，这情形就和六指在广信城救援范啸天逃下城墙后觉察背后有人盯住时的一样。

沿街没事干坐在路旁看行人的闲人不少，齐君元连续运用三次"旁人眼"的方法，但都显示背后没有人跟着。

于是齐君元当机立断，变化方法，改成"弯后影"。"弯后影"的发现和辨别比"旁人眼"更加直接，这方法是选择一个背光的路段往前走，然后找个路口或巷口拐弯。一般而言，坠在背后的尾儿在目标拐弯之后是会急赶几步，然后躲在拐弯处先察看一下转过去后是什么情形，目标又是怎样的状态，然后才可以确定下一步该如何继续盯下去。

"弯后影"就是利用这个时机来发现尾儿的。因为是在背光的路段，所以躲在拐弯处偷偷察看的尾儿就会在弯口的地上留下一个身影。

第九章　欲刺齐王

　　离恨谷中有经验的刺客都具有一种修习而成的能力，就是在"点漪"过程中一遍就记住所走过路径的方向方位。因为这是最为基本的技法，如果连方向方位都难以判断，又如何利用环境布设刺局？又如何能够在刺局完成后顺利脱身？所以齐君元要找一段背光的、有拐弯的路径并不难。

　　很快，齐君元在一段背光的街上拐进一条小路，并且在走进十步左右之后由重到轻地原地踏步。这是要让坠在背后的尾儿远远听到自己确实正在离去，然后快速追赶到拐弯处来。但是等了很久，直到齐君元完全停住了脚步，"弯后影"都没有出现。

　　"难道是自己判断错误？根本就没有什么人坠在自己背后。"齐君元对自己发出了疑问，"不可能，自己掸土的刹那背后人流中肯定有人做出高手才有的反应。看来只有用'急照面'了。"

　　"急照面"也是一种确定背后存在尾儿的方法，这比"弯后影"还直接。但缺点是这方法一用，对方也就知道自己被发现了，而且很有可能会因为双方距离太近而被迫动手。

　　齐君元决定采取"急照面"。这方法需要的是一段没有什么人的路段，最好是两边没有可躲避岔道的小街、巷弄。如果是没有岔道的路段可以是在这路段走完大半的时候，有岔道的路段可以是在这路段上第一个拐过的弯。采取突然间回身急奔，这样后面跟着的人便无法躲避隐藏，必然是要和被跟踪的目标打个照面。

　　"急照面"仍是没有发现坠住自己的尾儿。齐君元害怕了，因为这种情况只有三种可能，而三种可能都是让他感到害怕的。

　　一种可能是最近连续出现意外的事情导致自己精神紧张、判断错误，这是他以往做任何一次刺活儿都没有出现过的情况，不能不让他感到害怕。还有一种可能是背后原来坠着的是比自己更加厉害的高手，自己掸土时觉察到异常反应，而那高手也从自己的异常反应中觉察出齐君元有可能已经发现了自己，所以他停止了跟踪，或者采取了其他什么方式来继续观察齐君元的状态，这更是让齐君元感到害怕的。而第三种可能是齐君元最为害怕的，就是自己所有用来确定背后坠上尾儿的方法才开始，对方就已经确定了自己的意图，立刻采取相应的应对措施。因为坠着的尾儿也是离恨谷的高手，他们也熟悉这些方法。

不管是哪一种可能，除了让齐君元害怕外，还是一个信号，迫使他尽快完成刺齐王刺局的信号。要想事情不再出意外，要想别人来不及干预，要想让离恨谷知道具体情况、改变对自己下手的决定，都要求自己抢先动手，实施刺局。

想到这里，齐君元没有再纠结于尾儿的事情，而是马上选择合适的路径往樟树街而去。天色已经不早了，赴晚宴的话这个时候差不多该到吴王府了。所以要想看到齐王的护卫模式只能是直接去樟树街，那才有可能赶上。

韩熙载没有直接去吴王府，而是先回了趟家。他要换下一身正统的官服，洗个澡，换上合身的、随意的便服才会前去赴宴。和其他人不大一样，韩熙载的性格比较放荡不羁，是个追求享受和舒适的人。所以不管晚上吴王府的宴会最终会演变成怎样的尴尬局面，他都是要把自己搞得舒适随意的样子。而且他真心希望今晚什么不愉快的状况都不要发生，可以踏踏实实地享受一把。

但是刚进府门，就有手下心腹侍从迎上来告知："大人，有十几件从各处密探点急送来的密报。我都放在了大人书房内，小夫人正在看着。"

"你说什么，十几件密报一起到的？"韩熙载眉头一下皱紧，脚步也缓了下来。

"是的，前后不超过一个时辰。"

韩熙载的脚步转移了方向，没有继续走向后寝洗浴更衣，而是去往了书房。夜宴队在各处的密探点分布是以金陵为中心的线形辐射状，密报的回传也是单线直回。其中任意一个探点得到了有用消息，马上顺着这条线的上段各点接力往回传，而后面的点就不需要再另外呈上密报了。这样就算是针对一个国家或一个区域，有这样三四条由许多密探点连接而成的线路也就够了。所以即便是某个国家发生了很重要的大事，最多也就三四件密报同时传回。但是现在一下出现了十几件，这会是哪里发生了大事？又会是

第九章　欲刺齐王

怎样的大事？

此刻韩熙载突然想到了李弘冀，今天他在秦淮雅筑中竟然连续有五个手下赶来找他。而且和那些手下低声耳语之后，他就一直处于焦急不安的状态。而最后像他那般心胸如海天的人终于还是没能耐得住，找个由头提前走了，可见手下前来告知的事情是极为重要的。如果不是军国大事，那就是和他切身利益有关系的事情。这样想来，自己收到的这些密报会不会和李弘冀的不安有着什么关联？

走进书房时，王屋山正坐在他的金丝楠高背官帽椅上看那些密报。从王屋山凝重的表情来看，她对这些密报中的内容并不能完全理解。

韩熙载没有说话，而是走到书桌边直接拿起密报来看。十几件密报一一看过后，他知道为什么会一下子出现这么多件密报了，也知道为何会在这么短的时间间隔中一起报进府来。因为这些密报都是金陵周边距离很近的密探点报来的。密探点是以线形辐射状延伸开的，那么越靠近金陵，密探点也就越密集。而金陵是南唐中心，既要防外敌也要防内鬼，密探点密集也是需要的。

"你怎么看这些密报？"韩熙载问王屋山。

"我排了一下，虽然都是说蜀国有人来南唐的密报，但是从线路和位置的区分上可以看出，至少有四路。然后加上从蜀国回来的德总管，总共就是五路。"

十几件密报都是报的蜀国密使的事情，这倒不是那些蜀国密使特别好认，而是因为各密探点特别是金陵周边的密探点对带有蜀国迹象的人特别留意。韩熙载知道吴王府的德总管秘密前往了蜀国，然后萧俨、顾子敬在烟重津遭遇截杀。而他想替李弘冀消除后患，保住南唐不出内乱、国稳民安，于是派出的夜宴队秘密行事想夺回字画、截杀被俘刺客，但是都没成功。于是他只能转而注意李弘冀的动向，让密探点严查蜀国的秘密来人，以便可以在李弘冀有什么异动之前提前制止他。

"这些人的最终去向都是太子的吴王府吗？"

"接到第一件密报之后我就派人出去查了，的确都是去了吴王府。就是那德总管也是连家都没回，带着随从和东西直接回的吴王府。"王屋山回道，可见她并非只是坐在这里看看密报这么悠闲。

"这就对上了，今天在秦淮雅筑中，先后有五个太子的手下前来找他，应该就是通报的这件事情。前几天在朝上听兵部禀报的军情，说大周已经兵入蜀境，我想这五路密使齐到金陵，很有可能是孟昶想要太子想办法出兵夹击大周，助西蜀脱困。"韩熙载这是很正常的想法。

"不一定，周军虽入蜀境，但大战未始，蜀军未败，还未到疾驰求援的时候。而且就算疾驰求援，有必要用五路密使吗？那不反而显得招摇，密使不秘了。"王屋山毕竟是研究这些密报很长时间了，所以想法更有深度。

"那你觉得这些密使回来是为了什么事情？"

"根据我们已经掌握的信息，太子和蜀皇孟昶之间关系非比寻常，所以联手对抗其他各国的盟约应该早就定下。大周攻入蜀境，不用孟昶疾驰求援，太子能力许可之下也会调动兵马威胁大周，助蜀国脱困。而据我所知最近兵部确实下令调动了几个大营。"

"这事情我知道，调动的军令的确是根据太子的公文下的。但是所有调动都重在防御，并没有要援手蜀国的迹象。"韩熙载说道。

"这可能正是问题关键。太子原来是直接掌控大军的，现在却只能以公文协助统辖。这状况是从审理刺客的案子之后开始的，像太子那般胸有韬略之人，如何看不出皇上已是对他起疑。"

"我知道你的意思了。你是说正因为太子现在看出自己状况不好，于是只调兵防御，并不对大周摆出威胁态势。这样做是为了和孟昶讲条件，让他替自己消了眼前的祸殃，摆脱目前状况。"韩熙载只需稍稍一点便想到了问题所在，"可是孟昶那边又能如何替他摆脱目前状况呢？"

王屋山微微一笑："这事情说复杂也复杂、说简单也简单，试想下，如果齐王李景遂被什么人刺杀了，那么太子就成了唯一皇命正传的继承人，所有的问题都将迎刃而解。"

第九章　欲刺齐王

立被觉

"刺杀？你是说从蜀国来的那些人都是刺客？这倒也不是没有可能，太子前些日子阻止齐王继续利诱被俘刺客，中断了他已经持续很长一段时间、有可能即将见效的审讯。然后自己带军刑官对被俘刺客用刑十几天，却一无所获。这会不会是在拖延时间，等待刺杀齐王的蜀国刺客前来。"

"为什么不会？刺杀齐王，他绝对是不能用自己人的。而江湖中雇佣的人又不可靠，只有让孟昶从蜀国派刺客来是最为妥当的。因为他们之间有盟约，可以讲条件。"王屋山是刺行中的魁首之一，所以很当然地往刺局方面想。

"可是太子在刑审一无所获的情况下，却是主动找齐王，要他手下的费全和蔡复庆去进行刑审。"韩熙载还是觉得很难想通。

"那是觉得时间差不多了，蜀国的人快到了，所以主动从齐王身边将费全和蔡复庆调出。这两人是齐王身边数一数二的高手，审案是其次，主要还负责齐王安全。特别是蔡复庆，十目佛爷，没有他看不出的刺局布置。"

"啊！"韩熙载像是恍然大悟，又像是感觉惊讶，"今晚太子在府中设宴，齐王、冯大人和我都会去，而且他还特别邀请了费全和蔡复庆。后来齐王推脱，只让蔡复庆前去，就费全在秦淮雅筑继续刑审刺客。你觉得这里面会有什么用意吗？不会在吴王府中就对齐王下手吧？"

"不会，当然不会，否则就算刺杀了齐王他也脱不了干系。但是不对齐王下手，却挡不住对蔡复庆下手。要刺齐王，先刺佛爷，这是正路子。一个人在赴宴之后死去，说法可以很多。相克的菜品，对特定某些人有害的食材，厨师用了变质材料诱发了个别人原有的疾病等等。"

"不啰嗦了。马上挑几个得力的门徒，再从门客中挑几个高手，晚上跟着我一起去吴王府赴宴。我不管今晚谁会死，那齐王是绝对不能死在吴王府的，否则太子就完了，南唐前景也危险了。"

说完这话，韩熙载连衣服都不换了，重新往门口轿厅走去。他要尽早赶到吴王府，在任何事都没有发生之前赶到吴王府。因为眼下这事态，或许只有他才有足够的实力不让其扩大。

齐君元还是晚了，当他转进樟树街的路口时，李景遂和冯延巳的轿子刚刚进了吴王府大门。但是既然已经转进了樟树街，再要回头走就会显得有些反常，导致别人注意。齐君元是个和别人照过面都不会让别人记住的人，这主要取决于他的每一句话、每一个举动、每一个反应都是最正常最普通的，和平常人没有一点不同。另外他也真的是想看看吴王府大门处的情形，那也许可以给他提供一些有用的信息。再有他想知道六指在不在这条街上，这一路赶过来他都没有看到六指，也不知道六指是否察看到李景遂的护卫模式是怎样的。

吴王府门前真的看不到什么，就只有两个看着挺悠闲的守门家丁。如果不是门上挂匾写着"吴王府"（李弘冀历任吴王，后被封太子），如果不是那两个家丁一看就是目光如电、身手敏捷的练家子，齐君元还真看不出这里就是太子的居处。

齐君元在经过门前时毫不避讳地转头往里看了看，这是很自然、很正常的举动，一般百姓经过吴王府都会往里看两眼。

从大门往里看，只能看到轿厅。吴王府的轿厅不算大，里面停了几乘轿子，再加上还未曾被吴王府家丁另行安置、暂时仍在轿厅里面歇息的轿夫们，所以整个轿厅显得有些拥挤和混乱。

齐君元的目光扫视非常迅速，这是一个优秀刺客最起码的能力，一眼之下就应该区分出里面正常的和不正常的情形。正因为如此，本来已经转回头的齐君元再次把头转向了吴王府的大门里面，因为他看到了一个很不正常的情形。

一个人，一个背上背着一个又长又大的包袱的人，一个穿着打扮很像吐蕃国中某个异族部落的人，正微低着头站在轿厅的门口，那样子像是正在考虑自己是该进去还是该退出来，进去的话自己的大包袱该放在哪里，或者索性也一起背进去。

齐君元虽然离得远，但还是看出了这人的衣着很是老旧，最外面的羊皮

第九章　欲刺齐王

短袄都已经泛起了油光。所背包袱的布面也泛着油光，而且看得出这包袱的分量不轻，应该是一些很有分量的东西在里面。

就在这时，那人背上的包袱似乎微微抖动了下。于是那人猛然转身回头，一对雪狐般闪烁着金黄色光的眼睛迅速在可见范围中搜索。他应该是感觉到了些什么，或者是他包袱里的抖动告知了他些什么，所以才会让他如此警觉。

齐君元此时还没有来得及回转过头去，但幸运的是，在异族人回头的瞬间他正好走过从里往大门外看的可见范围，所以那异族人没有看到他。而他却是在最后的一刹那隐约瞄到了那双带着妖气、带着兽性的金黄眼睛，并且由这样一双眼睛以及那人的反应知道，这是要找自己。那个异族人在背对的状态下可以发现自己在刻意地审视他，凭借的到底是什么手段，莫非真的是妖术、魔法？

齐君元加快了脚步，而他的心跳比他的脚步还要急促。就在刚才那金黄色眼睛转过来的一刹那，一种直透心底的危险提醒了他，让他在突然之间觉察到自己这一回确实太冒进了，没有了以往做刺活儿时的沉稳和缜密。出现这种情况有可能是因为来自太多方面的压力迫使的，也有可能是自己从广信脱身之后再没有遇到任何艰难的侥幸心理导致的。

其实这时候回过来想想真的很可怕，自己是来刺杀齐王李景遂的，单是齐王手下就有"半吊子、一佛爷、十银皮、三十六风僮"。而自己现在竟然为了瞄清齐王的护卫模式，追到了吴王府的门口来了。这门口不单是有齐王的手下高手，还有更多护卫太子的高手，另外其他赴宴的高官皇族也应该会带着不少技艺高超的护卫。自己一个心怀杀人目的的刺客，应该远离这种地方才对，怎么脑子一热还往近前凑？这大门口一走便被人觉察到了，要是脚步、动作再稍迟疑些，说不定就被当场围在那里了。

齐君元走过吴王府大门差不多百步的样子，里面的黄眼异族人也已经走了出来，他门前左右看了一眼，最终竟然准确地将两眼妖光落在了齐君元的背影上。不过他并没有追出来，因为他的职责不是追踪、追捕危险的人，而是要保护齐王李景遂，任何一个人对吴王府心怀叵测他都管不着。更何况这个暗中审视自己的人有可能正是要自己追过去,故意诱骗自己擅离保护齐王的职守。

具备魔法般能力的人极少,能如此全身心坚守职责的人也不多。但这人可以,因为他是十银皮番羊。

齐君元走出樟树街的街尾后本来马上就准备回长干寺的,但是他怕六指会和自己一样也跑到吴王府门口转悠。要是被别人察觉并坠上尾儿,就会把灭顶的危机带到长干寺。所以齐君元放缓了脚步,改变了方向,走进了街尾一家酒馆,在酒馆最靠里面的一张桌子边坐下。这桌子虽然最靠里面,却是正对着酒店的正门面。可以透过一排敞开的栅板门将街上很大一片范围的情形看得清清楚楚。

一碗面,一盘肉,齐君元没有喝酒。做刺活儿的过程中他滴酒不沾,除了必须要以饮酒作为掩护。因为他怕酒会影响自己的构思,会影响自己对意境的判断。

面才吃一口,肉才吃一块,齐君元便再难有心情把剩下的都吃完了。不是面不好也不是肉不香,而是因为有两乘绿锦小轿从店门口经过,进了樟树街,往吴王府而去。

轿子移动迅速、不颠不晃,可见抬轿的人不是一般人。而几个随着轿子同行的步行者和骑马人,个个都眼闪精光,气、势、形融合自然,显然都是非同一般的高手。他们这几人行走的排列看着很散乱随意,但始终保持着不变的速度和距离。齐君元看出这是"鼋出浪"的兜形,具有很强的防卫性和反击力。

如果只是这两乘轿子、几个人从门口过去,那其实是和齐君元根本不搭界的事情。他不用紧张害怕,只管安心将面前的面和肉吃完就是,因为他现在的的确确是个很平常的食客。问题是两乘轿的后面还有人,很多的人,很多很厉害的高手。这些人开始应该都是紧跟在行进速度极快的轿子后面的,但刚到街尾,他们立刻就像遇到堤坝的水流,放缓了脚步,四散开来。有的继续往前,以缓慢悠闲的样子走进了樟树街。有的往旁边的小路、巷弄中走去,很快都不见了,也不知道躲到哪一个檐头屋角下去了。还有的就近进了

第九章　欲刺齐王

周围的店铺，和平常食客一样，点菜喝酒品茶。唯一的区别是这些人要么携带了各种形状的布包，要么腰腹间鼓鼓囊囊，这些应该都是暗藏的武器。

齐君元不知道这些人来自哪里，来此的目的，更不知道这些人的出现和自己有没有关系。眼前出现的情况和他在濉州城时的很像，所以他才会紧张、才会害怕。莫非自己前来刺杀李景遂的活儿又被什么人漏了底儿？之前发觉自己被高手坠尾儿了，接着在吴王府大门前又被一个妖怪般的异族人察觉，现在周围又出现了这么些人，种种迹象似乎都在证实着他的担忧。

也有两个高手进了酒馆，在离着齐君元不远的窗口边坐下。他们也点了一些简单酒菜，浅浅地喝着酒，慢慢地吃着菜。但是都不说话，只是不停地看窗外，像是在等待什么。

还有好几个高手就在店门口，他们像闲人一样东转转西看看。等前面刚才缓慢走入樟树街的人差不多走过一半距离时，他们才又前后拉开些距离，闲逛般地走入樟树街。

"巡行、坐镇、暗伏。"齐君元暗中做出了判断。这些人分作三拨，各有各的行动方式。但目的却是一样的，等待某个人的出现或某件事情的发生。

"就算和自己没关系，那也必须尽快离开这里。如果和自己有关系，那就更要赶紧离开这里。"齐君元这次暗中作出的是决定。

于是齐君元继续埋头吃面吃肉，但眼睛却偷偷地将店里店外一切自己能用的东西都瞄过一遍。因为来的这些人真的是和自己有关系的话，自己一动便会完全暴露，接下来就需要强冲而出了。

设想在齐君元的脑子里展开：首先是要将桌上的胡椒面倒在袖子里，然后站起身顺着柜台往外走。如果酒店中坐镇的两个高手对自己起疑心要拦住自己的话，可以将柜台上的一排酒坛顺手砸向他们。柜台靠门口那端有个温酒的炉子，上面放着大盆沸腾着的开水和一些正在开水中温热的酒壶。如果外面巡行的高手听到打斗声过来堵截的话，可以将这盆热水连同酒壶踢翻出去开路。暗器好挡，这开水却不好挡，连烫带砸之下，冲开一个口子应该没有问题。

柜台最外侧是收账的位置，冲出店去的时候可以顺手把算盘带走。冲出店后，应该以最快的速度跑过街面，进到对面的巷子里去。在过街的时候可以将拆散的算盘珠子撒在身后，让后面追赶的人脚下打滑，起到阻挡一下的作用。

对面巷子口的一侧有个茶水摊，架了个布棚子。进巷子口时可以随手将布棚拉塌，遮住巷子口。后面追赶的人看不清里面情形是不敢贸然跟着冲进去的，这就又多出一些脱身的时间。

进到巷子里，可将袖子中的胡椒面扬起。巷子里空间小，无风，扬起的胡椒面会滞留空中好一会儿。等后面的人掀开布棚冲进巷子后，呼吸间肯定会受到胡椒面的刺激。而如此紧张的状态下突然被异味刺激，他们肯定会以为是毒料，这样就又会停止追赶先自查自保，这就又可以争取到时间了。

如果这样还不能摆脱的话，接下来齐君元就只能直接在巷子里布设子牙钩、崩花钩、灰银扁弦等杀伤力极大的武器。虽然这些武器过后肯定会被夜宴队的一些高手认出，并由此确定自己的来历。但是为了脱身，只能是冒着暴露的危险使用这些武器来有效阻止后面的追击。

全考虑周全了，接下来就是去做，趁着现有的条件未曾发生变化前去做，一步步准确到位地去做。当然，最好是什么都不用做，最好刚才自己所有的想法和打算都是杞人忧天。

齐君元很认真地把面和肉吃完，然后很认真地将两枚铜钱放在桌上。而当他正准备很认真地将桌上的胡椒面儿罐拢入袖子时，一个很意外的人出现在了店门口，说出几句很意外的话。于是整个酒店里的食客都纷纷议论起来、喧哗起来。

军占街

这个意外出现的人样子像个破落户，他急匆匆地跑到店门口，用一种故作神秘却又想让大家都能注意到他的音量宣布了一件事情："有人要刺齐王！你们知道吗？有人要刺齐王！"

第九章 欲刺齐王

听到这话后，齐君元如同被一记重锤击在胸口，一口气久久地堵在喉咙不能舒缓。出事了！刺活儿又漏底儿了！是谁漏的底？不对！如果要漏底也不该采用这种方式啊，漏底儿的人完全可以将自己几个人前来南唐刺杀李景遂的消息悄悄传递过去，这样对方不但能可靠防范，而且还可以设下兜子将自己这几个人锁住或灭了。

亮声儿（江湖术语，喊叫、言语传递的意思）漏底，而且当众亮声儿的漏底儿。这样做只有一种可能，就是真的有人正在对齐王行刺局，但是被人发现了。而发现的人急切间想要制止这个刺局，那么采取这种当众亮声儿的方式是最直接、最快速的。

那么会是谁正在做刺齐王的刺局？齐君元首先就想到了六指，然后就是唐三娘。六指可能赶在自己之前看到了李景遂护卫模式并不严密，或者是正好今天不够严密，所以想抓住这个机会下手把刺活儿做了。唐三娘下午出来"点漪"之后便再没见到，会不会遇到什么巧合的事情混入了吴王府，又很巧合地可以接近到前来赴宴的刺标李景遂，所以想就此顺便将刺活儿做了。

可是又不对，如果是急切要制止刺局，那应该沿街奔跑大喊才是，或者直接奔到吴王府门口去告警，这样虚虚掩掩地又装神秘又想说的又有什么必要。而且六指是个非常谨慎、非常守规矩的人，这在烟重津刺局中就可以看出来。在没有自己的指示下，他绝不会莽撞行事的。唐三娘的几率就更小了，世上没有那么多连续的巧合之事，就算真有了这些巧合，按照唐三娘的性格，她反而会怀疑其中有诈，所以她也是不会独自抢先行刺局的。

那么这人到底是在玩什么花样？"拍水惊鱼"吗？是要用这种方式让自己和其他几个来刺杀齐王的人感到惊恐，然后在慌乱中做出错误的反应和举动，那样就会成为被拍打水面吓得惊慌窜逃而最终撞入网中的鱼儿。

如果现在齐君元知道这沿街之上的店铺门口，还有人们聚集之处，都有这样一个人在传达同样信息的话，他会更加摸不着头脑。

齐君元偷偷看了下之前坐镇的两个高手，再瞄一眼门口等待下一拨巡行的高手，这些人在听到这消息之后都显出一种紧张来。好像他们等待的就是这件事情，至少也是与之相关的事。

酒店中的食客们开始时议论纷纷，然后声音渐渐变大，变成一片喧哗。但这喧哗才开始，就被外面街上更大的喧哗给压了下去。街上的喧哗声很整齐，是许多脚步一起跑动的声音，也是许多甲胄一起抖动的声音。

这又是什么意外情况？齐君元的心再次紧缩。

大家纷纷跑到门口和窗口去看，原来有内卫营左锋虎翼军以三纵列的队形从店门口跑过，并且一直跑进了樟树街。虎翼军的人很多，三纵列的队形不仅将整条樟树街占满，而且还绵延出街尾，将这一段的街面也占住了大半。

街上的行人不准走了，店铺里的人不准出来。虎翼军刚站定，两边的两列便立刻散开做这些事情。而中间的一列则始终紧握兵刃，严密警戒，以防有意外发生。这情形和在灌州行刺局后，军卒和巡卫控制整条街有些相似。但是那些之前被安排了巡行的高手却并不买这些兵卒的账，虽然也一样让到路边，却是和兵卒们挤在一起，而且占据的都是街边视野最好、行动最方便的位置。

"怎么回事？我还要回家呢。""是查找刺客吧，刚才那人不是说有人要刺杀齐王吗？""对了，那人呢？那说有人刺齐王的人怎么不见了？"虎翼军控街，食客们也慌乱了。

这些兵卒又是哪里来的？他们很明显和前面到的高手不是一路的。是刺活儿漏底惹来了两路人马的严查和防护吗？不像，那些高手只是巡行、坐镇和潜伏，而且占住的位置都并非刺客会选择出刺的位置。这些高手不会连灌州的巡街铁甲卫都不如，所以他们不是来查找刺客、阻止刺局的。虎翼军占住了街面，但只是樟树街和往外延续的一段，而且只是控制住行人不动，并不真的盘查、搜身，否则那些高手都带着家伙呢，一查之后肯定全露相儿。所以他们很像是在装样子，或者是故意摆出架势给什么人震慑。但是不管到底发生了什么情况，齐君元都知道自己目前是走不了的，而且时间越长自己会越危险。

吴王府外笼罩着一种莫名的恐慌气氛，让人感觉很压抑、很怪异。而

第九章　欲刺齐王

此时吴王府内的情形则更加压抑和怪异，那已经不是笼罩在一种恐慌气氛之中，而是每个人心中都有各自的恐慌。

韩熙载和王屋山赶到吴王府其实不算晚，按常理说这时候应该才是奉茶闲聊的时候，最起码再过半个时辰才能落座开席。但是一听手下人报传韩熙载和王屋山的轿子已经进府后，李弘冀便立刻让手下在奇骏堂开席。等韩熙载和王屋山进到奇骏堂和大家寒暄落座时，食八珍已经全摆好了，色八珍也都在齐齐地给主人和座上客们施礼。

李弘冀今天的确失去了些该有的沉稳，这倒不是因为对刑审之事耿耿于怀，而是因为今天五路特使同至金陵。

这几个特使包括德总管都是很早之前就从蜀国出发的，最早的一个竟然是在两个月前，蜀国刚刚疫情流行之际。但是很巧的是，这五个特使在前来金陵的路上都有意外发生，有人是突发莫名疾病，有人是不小心跌摔导致筋骨错位不能动弹，还有人莫名地与人冲突，竟然被关在一个小县城的牢狱中好长时间。而最为精明机智的德总管，竟然是误走楚地，在山岭森林间迷了路。而且除了迷路的德总管外，其他几个特使发生事情后，就连身边随行的几个人也相继出事，总是无法派出一个可信得力的人替自己先回来。同样很巧的是，他们在最近都相继病愈体复，官司得以脱身，迷途获得指点，然后很巧地在同一天内回到了金陵吴王府。这冥冥之中似乎是老天爷安排好的，不过除了老天爷其实还有一些人也可以通过各种手段进行这样的安排。

早在几个月之前孟昶就已经发信联络，想寻求李弘冀的支持。但是李弘冀到现在才收到这些密信，此时大周已经兵进蜀境了，更为难的是自己现在还不能直接调动军队了。虽然李弘冀自己手下有一部分直接统领的军队，另外凭着他的威信和私交，也可以借调到数量不会太多的一些兵将，但这些兵马合在一起也很难对大周造成什么威胁。反而有可能因为与大的布局脱节，被大周军队轻易围困、吞灭。

李弘冀是个守信之人，所以他心中焦急。急于给蜀国援手，急于了结刺客的案子。只有了结案子才有可能重新得到直接调动南唐军队的权力，也只有拥有了这权力，才有可能帮助蜀国摆脱眼下的危机。

韩熙载根本没在意一些细节，因为他的性格本就随意不羁，再者他也知道今天晚上的宴席本来就不是一个坐得稳、吃得下的宴席，客套方面的不周到其实正是预示着有事情会发生。而他情愿有更多的不周到出现，却不愿意真的有事情发生。

而此刻李景遂心中其实也希望早早开席，然后最好天没黑就能散了席，这样没什么废话说，也就扯不上刑审的事情了。

所有的恐慌应该是从色八珍的第二支曲子开始的。这色八珍果然是奇妙之人，八人都有独特的嗓音，又有各自娴熟的乐器。她们各自的嗓音特点和八种乐器的特色编曲填词，让八种嗓音融合，然后再与八种乐器声融合，变化成一种绝无仅有的天籁之音（这可能是中国最早的和声演唱）。所以才开嗓第一曲，便让在座众人如痴如醉，暂时忘记了心中烦忧、焦虑之事。

但就在色八珍调弦清嗓准备再来第二曲的时候，番羊从门外走了进来，走到李景遂身边弯腰低语了几句。李景遂顿时脸色突变，手中酒杯重重地放在桌上，显得非常震惊和惶恐。

也就在这个时候，李弘冀的心腹手下天机军师汪伯定也走了进来，口绽一声清亮喝声，一下将色八珍刚刚奏起的乐声给震停："不好了！外面在纷纷传言，说有人要刺杀齐王！"

汪伯定这句话一说，整个奇骏堂中变得鸦雀无声。谁都不说话，谁都在等着别人说话，这就像是技击术中高手的后发制人。

很尴尬的沉默，但是李弘冀打破了这沉默。并非他不是高手，恰恰因为他是高手，这种情形下如果他不说话会显得场面更加奇怪，而他早就准备好的剧情也就演不下去了。是的，这是一场戏，是由李弘冀和汪伯定、德总管以及其他一些得力的手下共同设计的一场戏。

当李景遂替费全婉拒赴宴之事后，李弘冀虽然没说什么，心中却是对李景遂这样做的意图一眼窥破。负责刑审的两人只有蔡复庆一个人前来，那么就算自己当众拉下脸来逼迫威胁，他只需要将所有事情都推给费全就可以应对自如。当时李弘冀急着要离开秦淮雅筑，就没有多想此事，只求抓住个借口赶紧回府见那五路密使。而等到见了五路密使之后，他才知道逼迫出刑审

第九章　欲刺齐王

的全部口供、赶紧了结这桩拖得太久的案子是多么重要。只有案子结了，真正的内幕查清了，那么自己才有可能重新掌握调动大军的特权，也才有可能及时用兵给予蜀国援手。

李弘冀将此事和大家商量，天机军师汪伯定突发奇想："既然太子觉得所有口供齐王是知道的，那何不连着齐王一起逼迫呢？"

"逼迫齐王？"

"对！现在的情形是这样的，连同太子在内的主审四人，只有齐王有可能知道全部口供。"

"不是可能知道，而是肯定知道。但他就是慢慢拖延，以显示此案如何艰难，最后等父皇着急过问时，他再以自己发现的角度说出真相，以显示其睿智过人。"李弘冀对自己的想法很肯定，"但是我这边拖不起了，必须在最短的时间内重新拿回直接调军的权力。"李弘冀真的很着急，前段时间他怕大周突袭南唐淮南地区抢夺秋粮，所以采取了收缩防御的策略。但现在事实表明大周那样做只是虚张声势，实际力量都调至西南对蜀国下手了。此时只需南唐在淮南与大周交界处布兵，大周肯定就会有所顾忌，怕后院失火从而放弃继续攻打蜀国。当初有权时李弘冀采取了收缩防御的策略，现在没权了却要想再改换一个完全相反的部署，即便是行公文通过兵部的话也很难有说服他们的合适理由。万一谁再将这部署告知了李璟，很有可能会被认为是另有所图。

"趁着今晚夜宴，我们安排人在城里散布有人要刺杀齐王的消息。然后便咬死了是因为齐王从刺客口中得到了什么重要口供，所以别人才要刺杀他灭口。这样就可以从关心他保护他的角度将口供都逼迫出来。"

"这主意好，然后将虎翼军调过来占街，把吴王府周围都控制住。就说内卫营也得到消息，前来查找刺客、保护齐王。这样就能逼迫齐王说出全部口供，明天一早太子拿着这些口供直接去皇上处交差。"德总管也说出了自己的建议。

"虎翼军占街？那有什么用，齐王又怎么会怕了虎翼军啊。"李弘冀是将帅胸怀，很少会想到一些奸诈的伎俩，所以觉得这有些多此一举。

"非也非也，德总管此计绝妙，这会是对齐王最大的逼迫。"汪伯定马上否定了李弘冀的看法，"那时候我们已经将刺杀齐王的假消息传得满城皆知，齐王应该会想到，从刺杀的消息传出开始，他不管在哪里死、怎么死都可以说成是刺客所为，而且和正在被刑审的刺客口供有很大关系。这种情况下他肯定会考虑自己能否走出虎翼军的包围。"

所以今天当奇骏堂中一片沉默的时候，李弘冀的戏开场了："又是刺客，又是刺杀，而且这次是针对皇叔而来，怎么会这样？"

"是呀！怎么会这样？"李景遂是真的恐慌，因为刚刚番羊对他耳语时不但告诉他街上传言有人要刺杀他，而且还告诉他更早之前已经发现有意图叵测、行为诡异之人在吴王府门前转悠。

逼迫宴

李景遂虽然恐慌，但他却没有失去思考的能力。要刺杀自己的人可以选择很多地方，比如自己来吴王府的路上，从吴王府回去的路上，那时候天色全黑应该更容易下手。还有平常自己上下朝的路上，刑部的附近等等，又何必偏偏在吴王府大门口转悠呢？这些刺客不是傻子，他们难道不知道今天吴王府门口不仅仅有吴王府的护卫保镖，而且会聚集李景遂和其他高官的护卫保镖。所以这答案可能只有太子自己知道。

"占街了，左锋虎翼军得到有人要刺杀齐王的消息，赶过来保护齐王，将吴王府周围道路、街巷都占住了。齐王只管放宽了心喝酒听曲。"这时候德总管也跑了进来，传递了一个看似让人放心其实却是让气氛更加凝重、让恐慌进一步升级的信息。所以色八珍的乐声并没有响起，在座的所有人依旧保持沉默。

"对对，宽心喝酒！皇叔，也真是奇怪。你一向宅心仁厚、与人为善，怎么就会有人要刺杀你？"李弘冀觉得可以开始进入正题了。

"我也正在思考这个问题，好像什么人都没可能，又什么人都有可能。"李景遂本来想说只有杀死自己后可以获取最大利益的人才会这样做。

第九章　欲刺齐王

但是他又怕这话会激恼李弘冀，让他觉得骑虎难下，反增加了自己的危险，所以话临到嘴边改成了一种极为缓和的说法。

"我倒觉得最大的可能是与正在被刑审的刺客有关。一群刺客，只抓到这一个，其他的刺客以及指使他们行刺的人应该会采取一些极端的方式来营救他，或者是杀死他，免得一些秘密被泄露出来。而一旦知道有什么人已经从他嘴里掏出些秘密了，或者即将从他嘴巴里掏出秘密来，那么他们肯定会先对那个人下手。"

"太子不用绕了，我知道你的意思。你是说有人要刺杀我是为了阻止继续刑审下去。"

"不仅仅如此，我觉得皇叔可能已经从被刑审的刺客口中掏出了更多东西，只是我们都还不知道。"

话说到这里，其实在场的很多人都大概知道了眼下的状况是怎么造成的了。但是大家都不想说破，特别是冯延巳和韩熙载。他们两个一直都保持着沉默，到现在为止都没说一句话。

冯延巳很恐慌，他从没见过这样的局面，更没有亲身陷入类似这样的局面。所以他保持沉默，生怕自己开口说话会引火烧身，生生地被卷入到这场明争暗斗之中。

韩熙载也很恐慌，他担心的事情已经发生，并且正朝着愈发严重的方向发展。所以他也沉默着，静观每一个细节，以便能抓住一个重点抑制事态、扭转局势，就像捏住蛇的七寸那样。

李景遂虽然表情镇定，但心中的恐慌正在逐步升级。当很多现象看清了，很多细节想明了，所想象出的后果就变得更加合理、更加严重。李景遂正是这样，诡异之人在吴王府门前出现，街上到处都是刺杀自己的传言，然后虎翼军占街，这几个现象其实已经形成了一个局，一个可以将自己合理杀死的局。虽然这个局的漏洞有许多，但只要自己死了，所有的漏洞便不再是漏洞，因为南唐不会让两个皇位继承人都失去的。

"皇叔，如果真的是因为刺客的口供而刺杀你的话，那我倒觉得这是个不用费力就能解决的问题。你只需将得到的全部口供告诉大家，那些刺客刺杀你就没有任何意义了。他们再要想阻止什么的话，总不可能将所有知道真相的人都杀了吧。"

"太子，你我都知道，口供就那么两句，'替人消因果，属皇命而为'。所以刺杀我绝不会是与刑审刺客的口供有关，而是另有深意。"李景遂的话软中带硬。

这时李弘冀已经离开座位，他一手提酒壶、一手拿酒杯在几张客桌前面踱步。当李景遂说完这话时，他正好踱到了蔡复庆的桌子前面。

"真就这两句？"李弘冀笑吟吟地，问这话的同时还提酒壶给蔡复庆斟满了一杯酒。

李弘冀开始双管齐下了。李景遂那边破不开，他转而从蔡复庆这边突破了。

蔡复庆知道李弘冀的笑意中隐含的是什么，有时候笑着表现出的凶狠和威胁会更让人心惊胆战。蔡复庆也知道李弘冀满上的这杯酒不好喝，这酒可以是用来要你说话的，也可以是用来要你命的。虽说自己是齐王的手下心腹，但是太子在有理由或没理由的情况下杀死一个下人怎么都不会担上什么罪过的。更何况他想要编出任何理由来都不是问题。

但是蔡复庆的神情非常镇定，要是没有这样过人的胆色和强悍的心理，他也不会被尊称为佛爷。蔡复庆没说话，先将杯中的酒喝了下去，他要是连手中的一杯酒都分辨不出能喝不能喝的话，那他更不会被尊称为十目佛爷。

"回太子殿下，这些天的刑审我都在现场，得到的确实只有这两句口供。"蔡复庆其实是借着喝下那杯酒的工夫想好了回答李弘冀的每一个字。

"哪两句？"蔡复庆话还未说完，李弘冀立刻追问一句。他这样急问逼迫，是想让蔡复庆慌乱，然后说错话。只要他将那两句口供哪怕说错一个，李弘冀便可以在内容有差异上做文章，就此追逼下去。

"呵呵，就是齐王刚才说的那两句呀。"蔡复庆并不慌乱，而是先用两句闲语缓转一下，在心中将那两句口供又回想一遍，以保证自己说出时不会有一个字的差错。"替人消因果，属皇命……"

"你可想好了再说，这可关系到为何有人要刺杀齐王。你确定是这两句？确定只有这两句？"李弘冀没等蔡复庆说完就将其打断，脸色一下子阴沉下来，语气更是阴寒。

蔡复庆是专门审别人的人，李弘冀的这一套对于他来说真的是小儿科。即便是有些畏惧太子的威仪，但是只要不加得罪，从容应答那是没有丝毫问题的："我确定，就这两句，替人消因果，属皇命……"

"等等！"蔡复庆依旧没能说完就又被打断，而这次打断他的是冯延巳。

"是了！是这么回事！"冯延巳显得有些兴奋，因为他觉得自己找到了解决问题的关键。这个关键至少可以将眼下的场面先缓和下来，让自己不再感到恐慌。

奇骏堂中再次沉默，冯延巳突然冒出来说话，而且说的是没头没尾的话，其实给更多人带来了恐慌。他们不知道冯延巳发现了什么，对自己有利无利，所以一个个都无声地盯着冯延巳，这其中包括李弘冀。

"所有原因都在这两句口供中，所有解释也都在这两句口供中。"冯延巳冷静的言语并不能完全遮掩他的得意。

"之前我们得到这两句口供时都只欣喜于有了突破，并没有细究其中含义。因为刺客之前一直都能撑住不招，现在就算开口了，也才是开始。说出的话大都是刺客受不住酷刑后说出的搪塞之词，想以此暂缓施刑。但是刚才我突然发现我们错了，刺客虽然只招了两句，却已经是接近谜底。"

"我等愚钝，冯大人可否直点关键？"韩熙载最讨厌冯延巳的故弄玄虚。

冯延巳听到了韩熙载的话，再看看李景遂和李弘冀，顿时从得意和兴奋中醒悟过来，现在最关键的不是炫耀，而是解决眼前的局势。

"第一句口供是'替人消因果'，很明显，有因才有果，烟重津刺杀是为了替某人解决所做事情产生的后果。至于什么事情，大家都应该能想到，诡画刺杀皇上之事。什么后果，就是……"

"这个还是不要妄加推测，此处人多口杂，传出去你我不妥，别人也不妥。"韩熙载再次打断冯延巳，现在关于诡画刺杀的事情还没有定论，对太子和齐王的暗查也只有元宗李璟和韩熙载、冯延巳心中是真正清楚的。其他人即便也知道些，那都是凭着感觉和推测而出的。所以现在有些事情最好还是不要外传，一个是有损皇家威仪，再一个可能破坏皇上家的兄弟、父子感情。而韩熙载最担忧的是这些事情说破之后会让李弘冀觉得自己处境危险，逼迫他冒险行事、举兵夺位。

"对对，这就不说了。"冯延巳马上就领会了韩熙载的意思，"说第二句口供，第二句口供'属皇命而为'，我们原来都觉得这刺客是表明他是替某一国家做事的，但到底哪个国家却不知道，而南唐周围的所有国家都是有可能的。其实不是这样的，一者可能刺客口中装了软齿套，说话略有含糊，再者我们听到后的理解也偏了方向。关键处其实是在第二句前面的三个字，刚才蔡提刑说出口供时正好被太子在三个字处打断了，于是提醒了我。'属皇命而为'，应该是'蜀皇，命，而为'。"

"蜀皇？孟昶！这刺客是蜀国孟昶派出的？"李弘冀听到蜀皇二字反应很快，但不是演戏，他是真的很惊讶。因为回来五路密使，都未和他提及此事，而且他觉得孟昶根本没有理由做这件事情，诡杀字画的事情和他八竿子打不着。

"萧俨、顾子敬他们身在蜀国境内时，蜀皇肯定不便动手。所以当南唐特使刚刚离开蜀境，他便立刻让人进行截杀。"李景遂也像是恍然大悟。

"去年顾子敬在灌州遇刺也说是来自蜀国的刺客，可能是为了阻止提税之事。"冯延巳一直记得这件事情。

"这样看来要刺杀我的人仍是为了消因果，怕我将被擒刺客口中所有秘密都掏出。南唐朝中和蜀国孟昶交好的，加害我皇兄后对其有极大利益的，并且去年对提税不予赞同的，这人应该就在这范围中。"李景遂前面的话倒是将李弘冀撇清了嫌疑，但后面的话却又是将他圈在了嫌疑者中。

话说到这里，轮到李弘冀开始恐慌了，李景遂刚才提到的三点他全都应合。原本想演出戏将以为会有的其他口供逼出，却没想到最后反给自己脖颈上下了个套。其实这也就是李弘冀自己心虚才会如此恐慌，他与孟昶暗中交好结盟是很秘密的事情，除了他们自己外没几个人知道，特别是南唐的人。就算是韩熙载，也只是从一些情况推测出这种结论而已，并无真凭实据。至

第九章　欲刺齐王

于有可能加害李璟的人，随便找找理由就能扯出很多，算下来就连李景遂也是其中之一。而去年不赞成提税的人，朝堂上下举不胜举，能记住他李弘冀当时是持反对态度的也没几个人。

韩熙载更加恐慌，因为冯延巳的分析正是他所设想的真相，然后他又知道李景遂提到的三点全部与李弘冀应合。所以韩熙载有理由相信，李弘冀现在心中会更加坚定地要除掉李景遂，而一旦他真的下手成功，南唐的局面将会变得不可收拾。

"冯大人睿智，看出此两句口供的重要性。也正因为重要，可见这是真口供，是没有藏私的口供。所以太子就不用纠结了，齐王要想瞒些什么的话，怎么都不会将蜀皇孟昶给带出来。这么重要的消息到什么时刻都是制胜的条件。"韩熙载说到孟昶的名字时特别加重了下口气，他希望这能让李弘冀意识到些什么，"所以刑审的事情我们应该摈弃猜疑，精诚合作，尽快将案子了结。现在棘手的倒是有人要刺齐王，我已下令让夜宴队全数出动，查找刺客。太子也帮帮忙，让内卫营调兵在城内外要隘处严加盘查，特别是带有蜀国特征的。还有就是齐王自己，一个是自己多加护卫防范，再一个应该立刻下令让刑部派人，分区域盘查全城的客店和租户。这样一来即便找不到刺客，至少也可以将他们吓走。"

"谢谢韩大人关心，提到这消息我也真的着实害怕，这美酒佳肴食之如嚼干絮。今天也就不在意失礼不失礼了，先告个假回去，把命保住以后才有机会再品食八珍、色八珍。"李景遂说完这话也不等其他人说话，抱拳示意一下就往门外走去。

"也是也是，这刺客之事是大事。我要去安排夜宴队查找刺客，也就和齐王一起失礼先走了。"韩熙载说完后带着王屋山也急急地往外走。不管是真有刺客还是假有刺客，他都想保住齐王的安全，最起码在吴王府里是安全的，回去的路上是安全的。之后再发生什么，那就谁都保不住也说不清了。

李弘冀此时其实也是食之无味、听之无乐，食八珍、色八珍再勾不起他丝毫的兴趣。不过李弘冀却依旧微笑着坐在奇骏堂中，因为还有一个客人没有走，他还得强自按捺心中的烦闷陪下去。

留下的客人是冯延巳，现在他是唯一一个有心情继续将食八珍、色八珍品味完的。

占街的虎翼军突然间一阵骚动，像是依次在往后面传递什么命令。随即那三列虎卒全都让到路边，并且尽量地往边上靠，将控制住的行人都推挤进沿街店铺。

一乘红顶轿子首先走出樟树街街尾，不急不缓地往秦淮雅筑的方向而去。

"那是齐王的轿子，齐王回府了。""这么早就回府，夜宴这时还未开始吧。""肯定是听到有人要刺杀他的消息才急着往回赶的，等天黑了之后怕有危险。"旁边有人在轻声议论，有食客，也有占街的虎翼军兵卒。

第十章　对决

当街局

听说是齐王李景遂的轿子，齐君元立刻目光凝聚提神注意。他只是在轿子上瞄了几眼，便看出那红顶轿子的大小规格、制作材料以及工艺特点。

那是一乘全枣木榫接结构的轿子，倒斗顶，轿顶正中有金色的木雕宝葫芦顶塔。顶面刷四底四面的暗红深漆，日晒不裂、雨打不透。轿顶四边金色祥云飞边，四角麒麟探月翘角，飞边翘角下是一圈红绒线做成的灯笼状流苏装饰。轿身长宽各三尺三，背面实板，两侧有移板窗。和一般轿子不同的是，这轿子正面是有轿门的，门上同样有移板窗。在轿门与上沿处间有一卷起的卷帘，这应该是平常不用的油布挡雨帘，下雨时放下可防止迎面雨从轿门和窗缝中打入。

整个轿体外面看要比平常的轿子稍稍宽大些，但是这乘轿子采用的却是前后双杠，用八人抬着。从抬轿人的身形步伐以及轿子的颠摇程度上可以看出，轿子非常沉重。由此齐君元判断，应该是在轿体的内壁加装了钢板、铁甲之类的东西。所以轿子外面看着虽宽大些，内部空间却不见得比平常轿子大。人坐在这种轿子里面并不舒适，特别是雨天放下挡雨帘后，会感觉非常狭窄气闷。但是这轿子很安全，即便是采用攻城弩、抛石车那样的大型武器都无法一下将其射穿、击毁。里面如果再采用鲁班锁或姜维连机栓锁住轿门、轿窗的话，要想将轿子弄开那是要很费些时间的。所以是短途代步最为安全可靠的工具之一。

《杭水记》著于五代十国时期，为民间杂书汇编，没有具体作者，现仍有残本存世。其中有个故事是说当时吴越国首富茶粮巨商钱林顷让人定制过一乘轿子，一年端午坐轿去洛神祠上香还愿，半路被盗匪截住。随行人全都被杀，但钱林顷躲在轿子里锁上鲁班锁，那一群盗匪折腾了半天都未能将轿子打开，最后没办法准备架火烧的时候，官府衙役捕快赶到，救出了钱林顷。

所以像这样的轿子已经不仅仅是一件代步工具，它还是一个防护生命的堡垒。拿现在的话来讲，就是一个人体保险柜。

看清轿子之后，齐君元立刻将目光转向随轿而行的人。齐王的随行护卫很简单，总共就十几个人。但这十几个人的样子都显得十分怪异，其中除了一个开道的胖子是官家衙役的打扮外，其他人的衣着打扮很是随意。特别是围着轿子疾走的几个人，穿得花花绿绿的，就像是个唱戏班子。他们走路的姿势也怪异，甩着袖子扭着腰，样子看着有些疯疯癫癫的。这些人都没带武器，也看不出身上藏有武器。至于护卫的阵形更谈不上，让人觉得是乱糟糟地拥着轿子在走。

但齐君元是个不仅仅靠眼睛来判断的刺客高手，他还能构思意境，发现意境中更多深藏的东西。而在他构思的意境中，这几个走路疯疯癫癫的人其实就如同围住齐王轿子的一圈小旋风，谁想靠近轿子都会被这旋风给刮翻出去。

齐君元在轿队的最后看到了那个黄眼睛异族人，现在他才看清这人不仅一双黄色眼睛像妖怪，脸上也是怪纹纵横、青紫血管暴突，仿佛魔鬼。妖怪般的异族人比前面跟随轿子的队形要滞后七八步的样子，很明显，他是断后的。一个人能在完全背对的状态下觉察到齐君元在盯视自己，那么他身具的

第十章 对决

异能用来断后是最为合适的,谁都别想尾随在他身后伺机突袭。

齐君元记得范啸天说过齐王几个得力的手下,如果单从容貌上判别,这妖怪般的异族人应该是十银皮番羊。

齐君元的判断没有错,这人就是番羊,番羊也确实具备那样的异能。所以当他经过酒馆门口时,那双金黄色的妖眼像是有意无意地朝酒馆里瞟了一下。这动作对于某些人来说是个危险的信号,意味着番羊已经觉察到了什么。而被觉察到的人如果不能及时发现番羊的这个动作,并且有所意识、做出反应,那么他很快就会陷入摆脱不了的危险。

齐君元发现了这个动作,但是他却无法做出反应。大街依旧被虎翼军占着,他现在被困在酒馆中无路可走。

红轿子后面是最后进吴王府的那两乘绿锦小轿,这两乘轿子在街尾的地方并排停了片刻,像是轿子里的人在商量些什么。随后其中一乘轿子依然带着"鼋出浪"的护卫兜形走了,而另一乘小轿则加快速度追赶前面的红顶轿子去了。

绿锦小轿一走,和虎翼军兵卒混在一起的高手们也开始推挤、移动起来,因为他们也要走。虎翼军的兵卒根本挡不住这些人,于是高手们挤开兵卒走了,百姓们也开始推挤起来。幸好在场面越来越乱的时候,突然有铁磬敲击声。这是虎翼军退走的信号,于是街上顿时人如水泄,很快连兵卒带百姓一个人都不见了。

绿锦小轿很快就追上了前面的红顶大轿,因为红顶大轿没走出太远就停在了当街。

红顶大轿停住的位置是一个三角地。因为这一段的街道突然变宽,它的一侧连接着祠堂前的空地。而祠堂两侧影壁是雁翅斜插形,街道宽出的一块呈现出一个三角形来。过去这样子的路段、空地很多,所以人们都将这种位置叫三角地。

这座祠堂的周边是一些做香烛的工坊,那时候南唐一带佛教还很盛行,所以做香烛的都挺挣钱,要不然这周围同姓人家也不会有能力建起这样一个祠堂来。

见红顶大轿停了，那绿锦小轿并不过去，远远地也停了下来静观前面的情况。绿锦小轿里是王屋山，韩熙载出府之后觉得李景遂今天随从护卫带得少了，于是让王屋山跟在后面护送一段。

见前面停住，番羊先回头看了一眼身后，确定没有问题后立刻急步赶到前面开路的蔡复庆旁边："怎么不走了？"

"幡杆半颤，树色泛淡，炊烟散缕，前面有人设下高明的刺局了。"蔡复庆回道。

"冲过去？"番羊淡淡地问，这语气让人觉得冲过前面的刺局对于他来说根本就是一件小事。

"不。"蔡复庆轻声回句，"你带齐王轿队绕路先走，这里的事儿我来拔根除泥（六扇门术语，彻底除掉祸患并查出真相的意思）。"

番羊也不多说，朝蔡复庆微微点了下头。随即转身，挥手示意后面的人带着红顶大桥跟着自己走其他路。

齐王的轿队走了，就留下了十目佛爷蔡复庆还定定地站立在原地。而后面王屋山的绿锦小轿也没有跟着齐王的轿队走，依旧远远地观察着这边的状况。因为王屋山被派来除了保护齐王不被刺杀外，同时还要做到不让齐王的手下抓住刺客，掀了太子的底牌。所以当齐王避开了刺局之后，她关心的焦点开始转到此处的刺客身上。

红顶大轿绕过一道街后，迎面碰到费全带着更多穿得花花绿绿的人赶过来。原来这些穿着怪异、走路怪异的人就是李景遂手下的"三十六风僮"。今天赴宴，李景遂觉得没几步路的距离，又有蔡复庆和番羊同去，所以就只带了八个风僮。

有人要刺杀齐王的传言一直传到秦淮雅筑外围护卫据点东八关，再由东八关传入秦淮雅筑内卫点鬼肠子底。费全听说这传言之后，立刻召集余下的二十八风僮赶往吴王府。同时让齐王手下大管家召集齐王门客、保镖，作为第二拨援手去接齐王回府。

见到费全带来了所有的风僮，番羊停住了脚步："你们先回，我定准了一个暗攘子（吐蕃黑话，暗藏的匕首，意思就是暗中下刀杀人的人），现在就回去找他，看看到底什么来路。"番羊的中原话说得很溜，只有尾音处还稍有些生硬。

李景遂听到这话后将轿侧门打开一个："尽量跟踪探底，探不到底的话就想办法拿活的。"

"王爷放心，我知道。"说完番羊立刻像个鬼影般不见了，很难想象背上背着那么大个包袱还能行动如此迅捷。

齐君元随着人流连续跑出三条街，然后才辨别方向准备回长干寺。趁着混乱裹在人群中奔逃，可以甩掉有可能盯上自己的人。另外随着同方向奔逃的人渐渐变少，还可以像筛筛子一样发现周围是否存在对自己有威胁的人。

金陵是个繁华的都市，旱道、水道四通八达，所以回长干寺的路有很多。齐君元走的这条路径有旱道有水道，这是一条紧挨着秦淮河的石板路。路的一侧有很多烟花楼院，而另外一侧的河中有许多的画舫花船。虽然天色还未全黑，但花楼和花船都已经掌起烛火、点起了灯笼，将石板路连同秦淮河照得亮堂堂的。

齐君元喜欢走这样的路，因为他是刺客。刺客在行刺局的时候也许需要将自己变成影子甚至没有影子。但是在平常时却是要尽量走在光亮的地方，这样才能发现周边有没有危险，别人有没有注意他。

石板路没走到一半，迎面过来一个人将齐君元吓了一大跳。这人本来不应该在这里出现的，他的出现意味着齐君元连落脚点都没了，因为这人是留守长干寺的范啸天。

虽然意外，但凭着齐君元的江湖经验他肯定不会走过去一把拉住范啸天问怎么回事。如果长干寺那边真的出事了，范啸天的背后就有可能坠着尾儿呢，这时上去招呼他那就连自己都暴露了。但是齐君元却有必要担心，迎面走来的范啸天能否也像自己一样，如同路人般相对走过，等确定对方背后没有坠尾儿了再转入旁边小巷中说话。

齐君元边走边盯住范啸天，这其实已经和他平常的风格不一样了。但他却觉得这样的示意和提醒很必要，因为范啸天在经验方面真的如同一个白标。

但就在齐君元盯着范啸天示意的过程中,他发现了一件令人毛骨悚然的事情。盯住迎面过来的人看,所呈现的状态和"旁人眼"是一样的。所以范啸天的眼神和视线角度上是在告诉齐君元,他没有与他对视,而是在注意齐君元身后的什么人或东西。同时从范啸天的神情上还可以知道,跟在齐君元后面的不管是人还是东西,都让范啸天感到很惊讶。

范啸天缺少江湖经验,所以在看到让自己惊讶的异常情况时,做出的第一反应是不加任何掩饰。而这种状态正是正常人应该有的表现,正常的表现更好地掩饰了范啸天,所以除了齐君元外,没一个人注意到范啸天。

从范啸天的各种反应中获取到信息后,齐君元在三步之内就确定了自己背后跟着的是人而不是东西。

这三步是一个左、右、左的过程,也是一个起、落、起的过程。其中包含了起始、变化、复归,用现代科技解释就是一个校准加一整个波形的过程。在这样一个过程中,身后不管是什么东西在移动,都应该会发出声响或震动。因为它的移动是需要力的,是会发生位移的。但是齐君元这个离恨谷妙成阁最顶尖的高手刻意凝神聚气,却也没能通过地面、墙壁甚至空气觉察到一点东西移动该有的迹象。

人则不一样,特别是有个经过特别训练的人,他们可以通过各种手段掩盖自己移动时该有的各种迹象。就好比下午时坠在齐君元背后的那个高手一样,各种方法都用过了,就是不知道那高手在哪里。

妖甲斗

现在自己背后跟着的是什么人?齐君元在问自己。

他首先想到的是下午时早就盯上自己的坠子,自己连换几种方法都没能将其找出来,所以现在他很有可能再次出现在自己身后。但好像又不太对,下午他都躲得不让自己找出来,现在怎么那么容易就显相了。而且现在跟在自己背后的尾儿和下午的尾儿又有不同,下午自己至少发现了尾儿的存在,

第十章 对决

只是之后想确定是什么人时，被对方瞧破而未能成功，由此可见下午的尾儿对自己确定方法的熟悉。而现在背后的尾儿要不是正好碰到范啸天的话自己根本就无法知道他的存在，可在范啸天做出那样夸张的神情后依旧没有任何变化，由此可见此人坠尾儿的技巧虽然出神入化，但对齐君元可能发现他的方法和技巧一无所知。

所以齐君元接下来想到的是酒馆里坐镇的高手和樟树街上巡行的高手，那些都是身怀绝技的人，难保他们中间不会有人盯上自己。但如果是那些高手的话，自己裹在人流中奔逃时就应该有所觉察。

最后齐君元脑子里还飘过那个黄眼睛的异族人，经过吴王府门口的一回首，酒馆门口的一扭头，感觉上他似乎已经知道自己的存在。只是那异族人保护这李景遂回去了，怎么都不会再转回来并及时找到自己吧？

齐君元果断地转入一条小巷，他要将背后的人尽量带到远离范啸天的地方。自己已经是被盯上的明标，再不能让范啸天也牵连其中。另外不管是准备甩脱背后的人还是找地方抹了他，都应该远离人多热闹的地方。

由于刚在金陵城中转了半天，不可能将所有路径都熟悉下来。也因为心中惊骇和慌乱，所以仓促间转入的是一条齐君元根本不知道通向哪里的巷子。

前面再没路可走了，因为巷子另一头出来是到了一个河流的拐角处，只有一个呈直角状的空地。河道虽然挺宽，但是齐君元完全可以采取些辅助手段越过河道。问题是背后坠着的尾儿会不会给他这个机会？从现在的情形看，背后的已经不是只想跟着自己观察自己到底是什么来路的尾儿，而是已经准备拿下自己、解决自己的钉子。

再一个就算齐君元过了河，那也不见得就能比不过河更容易脱身。对岸旌旗招展、营帐连绵，几步一个火盏，十几步一个哨岗，那是一个规格级别很高的军营。从火盏映照下的旗号、幡挂可以看出，那是内卫营龙行军的驻地。龙行军巡防的是江宁府所有水道，所以驻扎在河边。

齐君元站定脚步，他根本没有考虑过河的事情。小巷尽头虽然无路可走了，但是这个僻静的角落却是很适合用来折断钉子的。

地形对齐君元真的很有利。他所在的是一个宽敞的空地，可以任由他在转瞬间便出手挥洒无色犀筋、飞旋钓鲲钩、弹射子牙钩、崩花钩，等等。而后面坠上自己的钉子却是身在黑暗的巷子里，没有回旋的余地。所以齐君元只需连续地、单一地往巷子中灌注自己的攻击，钉子肯定会在最短的时间内被折断。

齐君元这一次真的下了狠手，他希望一击之下就让钉子永远沉寂在小巷的黑暗中。所以一对钓鲲钩沉闷飞出之后，他紧接着还甩出了两只崩花钩。钓鲲钩钩尾系着无色犀筋捻成的索儿，齐君元想要它们什么时候回来就什么时候回来。崩花钩钩尾什么都没有，齐君元希望它们留在别人身上再不要回来。

但是崩花钩才进巷子口就回来了。直射而出，却翻着跟头回来，轻轻地掉落在了齐君元脚边。齐君元不由得一惊，于是猛然回提无色犀筋，让钓鲲钩打个旋儿飞回。这是空钩钓鱼，也叫甩鱼，巷子里的钉子只要让这钩子打起的旋儿挨到些什么，立刻便是血肉横飞、骨断肢离。钓鲲钩没能旋起来，更没能收回来，就像绊住了什么东西，而这东西是齐君元这一提之力无法撼动的。

齐君元双手再次运力，往外强拉一把无色犀筋的索儿。索儿猛然震动一下，巷子里面传来一阵鳞甲抖颤般的声响。

不想它来的回来了，想要它回来的回不来，而且这些都是出手之后的杀人武器。错愕之间不是要了别人命就是丢了自己命，更不要说完全颠倒了的意愿。

齐君元暂时没有丢了自己的命，但他在这刹那间却是丢了自己的魂，而且是吓丢的。那巷子里到底是什么妖怪？自己几乎同时的四击即便不能奏效那也不至于让自己受制呀。

巷子里真的是个妖怪，不仅一双金黄色的眼睛像妖怪，更重要的是他运用的真是传说中的一种妖术。这妖术可以操纵十副破旧的细鳞绞链银甲衣来战斗、来杀人，因为这些无盔甲衣上附着了许多的凶魂恶魄，因为这些无盔甲衣已经被邪恶的妖魔加持。

第十章 对决

巷子里是番羊，他只用了一张银皮子就扣住了齐君元的一对钓鲲钩，挡回了两支崩花钩。

番羊离开保护齐王的护卫队后立刻往回赶，刚刚经过酒馆前面时，他背上背的包袱再次微微弹跳一下，和他在吴王府里时的感觉一样。这是银皮子告警，只有当附近出现了真正存有杀心、杀意的人时，银皮子才会示警。杀心是做刺活儿的刺客下意识中就有的一种意念，杀意则是这种意念通过多种途径表现出来的一种气势，比如说武器、眼神、肌骨的态势、血脉的流速等等。而十张银皮子是十副银甲衣，曾被人穿着杀死过无数生命的甲衣，多少穿着这些甲衣的人最终又被别人杀死。所以银皮子上的魂魄都是在杀与被杀的瞬间附着上去的，也就让它具有了发现杀心、杀意便告警的灵性，就像活人发现了危险时心跳骤然加速一样。

导致银皮子弹跳告警的力量是来自酒馆方向，所以番羊确定刚才那个盯视自己的人在酒馆里。当保护齐王的人足够之后，他赶了回来。这个存有杀心、杀意的刺客必须找出来，而且最好能够顺藤摸瓜找出其他刺客以及指使者。

番羊只回过来一条街，便遇到蜂拥奔逃的人流。番羊相信当刺客看到齐王的轿子离开之后，肯定也会设法离开那个满是官兵的所在。而随在奔逃的人流中一起离开则是最为安全妥当的一种方式，所以跟住人流就能找到刺客。

番羊也在奔跑，他是在另外一条与人流奔逃并行的街上奔跑。混在人流中虽然比较安全、不容易被发现，但是像番羊这样在没有什么人的街上奔跑却是可以速度更快。所以番羊赶到了前面，并且在一处四方街口的位置转过来，躲在角落里等待已经四散得没有多少人的人流。

人流在四方街口彻底散开，分成了几道。这在番羊的意料之中，也正是他所希望的，这可以让他更加准确地捕捉到异常的感觉，找到刺客。

齐君元像筛筛子一样注意周围是否存在危险的人，却根本没有想到危险的人会在前面等着他。所以当周围人都散去就剩他一个人的时候，他很放心地择路返回长干寺，却根本没想到一个可怕的妖怪般的钉子已经坠上了他。

番羊的步伐很怪异，他学会操纵银皮子的舞蹈之后便很自然地也就学会了这种步法。每当他想要悄悄跟住什么人时，这步法总能让他像影子一样不被人发现。

齐君元很意外地遇到范啸天，也是很幸运地遇到范啸天，否则就算走回长干寺他都不一定能发现后面跟着一个妖怪。但正因为跟着的是一个妖怪，就算他发现了也未必就能摆脱危险。

就在齐君元暗中庆幸地形对自己有利的时候，其实番羊也在为自己有利的地形而暗喜。他虽然身在小巷之中，的确无法腾挪避闪别人的攻击，但他有十张银皮子，那是用妖术操控的甲衣，可以保护自己，可以攻击别人。另外银皮子在操控之后虽然布局神妙，但最强悍的攻击力道却是直冲直杀，特别是十张银皮子连续的直线冲击。因为布局后的打斗是利用每套银皮子所配的刀剑，这些都是吐蕃异族常用的小型刀剑，攻击距离较短。另外妖术控制的是银皮子，并非控制刀剑，所以以刀剑杀人其实依靠的是银皮子的各种动作惯性带动，力道不足以一击毙命，很多陷入银皮子合围阵势中的高手最终都是身中无数伤口失血而死。

在巷子里，番羊只撒出了一张银皮子，就将齐君元的两支崩花钩挡回，将一对钓鲲钩勾住。这就显出了银皮子的优势，要是换个活人，齐君元这四下就有可能将他撕扯成了几块。

齐君元立刻意识到不对，但他并不准备放弃钓鲲钩，因为从钓鲲钩撒出的距离来判断，对手离着自己还在有效攻击范围之外，所以现在还没有到舍弃钓鲲钩的地步。于是齐君元将双手拉的索儿合在一处，先绷紧了左右甩了一甩，这是试图松脱一下。然后口中闷喝一声，身体后倾，双臂运力，腿、腰、背、臂一线用力。他心中清楚无色犀筋的坚韧度，也知道钓鲲钩的强度和锋利，所以即便勾住的是一根石柱，他都觉得这一下能将其拉得崩裂开来。

钓鲲钩勾住的东西晃了晃，但是仍没拉动，也没有崩裂，巷子里就像是有一根比石柱更加坚固的铁柱。

巷子里的番羊双手莲花指状在面前打开，这是他妖术舞蹈的一个动作，

第十章　对决

样子和佛家的"捧莲如山"有几分相似。番羊做的这个动作很用力，因为此刻他正和齐君元的拉力抗衡着。他的舞蹈是控制银皮子的，所以他所用的力道也就贯注在银皮子上。只不过银皮子发挥出的力中他的力道只占一小部分，还有很大一部分是银皮子上魂魄被舞蹈调动后发挥出的力道。否则凭番羊这个直立的姿势是无法与齐君元的全力一拉相抗衡的。

不过番羊也没准备抗衡下去，他前面做的一切其实都是在蓄力。齐君元拉得越用力，银皮子抵御的力道也就越强。但是有一件事情是齐君元无法做到而银皮子却可以做到的，那就是力道的瞬间转换，将拉力瞬间变成冲力，这也是银皮子的优势之一。

齐君元不要说将力道转换了，当对方抗衡的力道失去后，他差点连站都没站住，要不是松脱的钓鲲钩撤回的过程中在小巷墙壁上钩拉了一下的话，他就自己将自己摔倒在地上了。

齐君元没有摔在地上，却是摔在了水里，而且真的是自己将自己摔出去的。他没有想到比钓鲲钩更早从巷子里出来的是一个没头、没脚的白影子，白影子冲过来的迅疾速度和手部位置闪动的兵刃寒光让齐君元下意识间便顺势往后跃出。

虽然躲避及时，银皮子没能撞到齐君元，但是齐君元还是受到一股无形力量的重重一推。因为银皮子上附着的魂魄力量是溢于甲衣之外的，不需要实际的接触就已经可以撞到。所以多出了的这份力道让本来应该落在河边斜坡上的齐君元越过了斜坡，上半身直接砸在了河水里。

跌入水后的齐君元立刻就地滚动，这是实战经验。现在跳起来或不动都会遭到对手连续的第二击、第三击，只有就地滚动让开对方的持续攻击范围，才能够有机会重新站起来进行反击。

但是当齐君元好不容易一个跃身站起来后，他仍必须踩着河水往一边快步避让，因为又一个没头没脚的影子朝他冲过来。

就在避让之中，第三个影子也冲了过来。这时齐君元的钓鲲钩已经撤了回来，他想得没想双手十指同时一拨，钓鲲钩滚动成两个四散着寒光的圆圈朝着那影子飞去。但是钓鲲钩最终只是在那白影子上撞起一溜儿火星，并没能阻止其冲击的速度和力道。

再没有空间往一侧避让了，已经是到了直角河道一个边的最顶头。此时如果又有一个影子继续冲过来的话，齐君元就只能往河道中间冲。但是就算冲入了河道中间甚至快速游到河道对面又能怎样，那些移动起来根本不需用脚的影子一样可以追到水面上。

未抖尘

出乎齐君元意料的是这一回从巷子里冲出的影子和前面三个不一样，这影子有脚，而且外形看起来很臃肿。另外这个影子也不是冲着齐君元来的，出了巷子口立刻往一侧移动，像在躲避什么东西。同时双手挥动，之前冲向齐君元的三个白影子立刻朝着那臃肿的影子迅速飘移过去。

只闪了三闪，仍处于惶恐中的齐君元都以为自己花眼看错了，那三个刚刚冲向自己的白影子全都套在了臃肿的影子上了，于是臃肿的影子变得更加臃肿。

也就在这个时候，巷子里又冲出一个身影，齐君元这一次能判断出这是个人，一个像影子一样的人。这人冲出巷子之后便朝着臃肿的影子甩手过去，于是像是有一片灰灰的夜间淡云朝着那臃肿的影子缠裹过去。

臃肿的影子跟跄了一下，像是动作受到了阻碍。但他随即手脚挥舞，像在挣脱着什么。于是可以听到一阵金属摩擦的响声，很是瘆人。响声很短暂，臃肿的影子再一次快速地移动起来。但是这一次的移动却好像发生了方向错误，是朝着巷子一边的房屋墙壁冲过去。

臃肿的影子在冲入墙壁的一刹那回了下头，可能是为了避让砖石灰尘。此时正好齐君元也关注着那个影子，所以这个刹那间他看到了一双金黄色的眼睛。

是那个妖怪般的异族人，只是将背在背上的包袱套在了身上。齐君元做出这个判断时，那臃肿的影子已经连续撞破数道墙壁走出很远了。

番羊的十银皮最厉害的不是以立体时的布局对敌对手，也不是银皮子依

第十章 对决

序的直冲直撞,而是将十套皮子全都套在自己身上,然后以所谓的舞蹈动作对敌。十层附着了凶魂恶魄的银皮子可以将番羊变成个摧枯拉朽、无坚不摧的移动堡垒,挥舞十数把刀剑同时对敌比三头六臂的哪吒还要强几分。这招数不到万不得已时番羊是不会使出来的,但是今天在这巷子里他却被迫使出。因为就在他专心对付齐君元的时候,背后有人偷袭了他。幸亏他及时觉察到银皮子告警,这才躲过了第一袭,然后用叠穿十银皮的招数挣脱了第二袭。

"快走!这妖人厉害,等他回过味儿肯定还会卷土重来!"连续攻袭番羊两次的那个人很明显对自己的能力没有信心,他知道自己的一套将番羊逼走全是凭的侥幸,是那番羊没有见识过自己的武器,所以才会心惧。等他想清怎么回事时,他立刻就会杀转回来。

那人边说话边弯腰把地上被番羊挣脱的武器收起来,灰灰的一片云变成了一叠六角圈。当看到这些圈后,齐君元尚未平复的惊惧心境不由得再添几分惶恐。

"是你!"

"你还认识我?"

齐君元点点头,他当然认识。因为这人正是离恨谷安排在广信城隍庙里对他下手的三个刺客之一,唯一在他手下幸存下来的庙祝。

离恨谷派来对付自己的人又出现了,这将意味着什么呢?

而刚才明明遇到了范啸天,他却没有跟过来救助自己,反而是本该对付自己的人救助了自己,这又意味着什么?

六指选定的位置很好,是在祠堂门左侧的廊墙后面。既可以遮掩住自己,又可以通过墙上砖孔看到前面的那块三角地。

齐王的轿子过来了,六指的目光再次在几个预置好的点上看了下。同时他暗暗将气息调匀,让全身的肌肉血脉处于一个最为通畅的状态,这状态可以保证他接下来的动作能随着心念的闪动而步步到位。

下午时在齐王前往吴王府的路上,他已经认定了齐王的轿子并仔细观察过了齐王的护卫模式。所以当接到今晚设局立杀齐王的指令后，他马上针对所获悉的各种信息选定了这个地方。虽然齐王的护卫都是高手，虽然齐王的轿子有极好的保护，但他相信自己的刺局还是能够做到一刺即成的。因为那顶有着坚固防护的轿子，已经被他找出了可以在瞬间打开防护的弱点。而那人数不多的护卫模式，他也发现了一个利用工具便能突破的方法。

选定了地方，他在街上买了些东西，这些东西是他所做刺局必须用到的。然后他就在这不时有人来往的地方人不知、鬼不觉地就将整个刺局布好，而接下来要做的就是等待，等待齐王回府，等待齐王的轿队踏入自己的兜子。

齐王回府的时间很早，连天色都没有完全黑下来。六指所布的刺局如果是在黑夜中施行的话可以效果更好，但他也预先考虑到也许会因为某种意外齐王会在天未黑下来的时候就回府，所以这一点对于他的布设影响不大。甚至会因为天色未黑、发生意外等因素而导致齐王轿队防护疏忽、行动仓促，这将更有利于刺杀的成功。

但是六指怎么都没有料到齐王的轿队会在即将踏入自己布置的兜子时停住了，转绕其他路径而行。

优秀的刺客都不会心存侥幸，所以六指断然判定是自己的刺局被对方发现了！

可对方是通过什么发现了自己做的兜子的？六指在心中自问。这兜子布好之后自己曾从轿子过来的位置查看过多次，所有细节都是很自然的，没有一处显示有异常存在。除非，除非看出之人在之前前往吴王府的过程中就将这里的所有状况都记下来了，这样才有可能发现到些许差异。然后这人还必须是熟知刺局的绝顶高手，否则无法从些许差异中辨别出存在刺局。

六指记得范啸天说过，齐王手下有这样一个可以发现所有绝妙刺局的高手，十目佛爷蔡复庆。所以六指断定这一趟给齐王轿队开道的那个胖子就是十目佛爷，否则换作其他人是绝不可能看出自己布设的兜子的，而且在轿队绕道而行后那人不会仍留在原地未动分毫。因为他要做的不仅是辨出布设、保护齐王，他还要反破兜子，将布设兜子的刺客拿下或杀死，以绝后患。

第十章 对决

六指想得一点都没错，蔡复庆正是要这样做，所以他站在原地没动。不是他不知道自己该怎么动，而是要逼暗藏的刺客先动。被瞧破的刺局现在已经没用了，所有布设用来杀他是不合适的甚至是根本没有用的。他现在需要提防的是刺客直接对自己的攻击，能做出这样一个刺局的刺客，其攻击力肯定是非同小可的。但是现在蔡复庆并不知道刺客准确的位置，启动面前刺局的暗藏位置可以有好多个。一般而言刺客会选择最有利于他进行攻击的位置，也有刺客会选择有利于自己一击之后可快速脱身的位置，还有更厉害的刺客会选择最意想不到的位置。蔡复庆无法判断这里的刺客是哪种类型，所以他必须等，等着刺客自己动起来。

六指知道自己必须有所动作，因为时间拖得越长对自己越是不利。对方会有后援，巡街的官兵、衙役也会经过这里，这些对于自己都会是致命的。而蔡复庆所站的位置恰到好处，自己与他之间的距离无法一击而杀。更何况蔡复庆敢独自一人留下，可见其艺高人胆大，技击功力方面自己能否胜他都在两可之间，更不要谈一击而杀了。

时间过得很快，夜幕开始降临了。但是蔡复庆没有动，六指也没有动。蔡复庆不动是在等待，他知道刺客最终会动，刺客如果像他一样等下去的话相当于是在等死。

六指不动是没办法动，他不是在和蔡复庆比耐性，一直耗下去是等死，贸然而动也不一定有活路。所以他现在是在等待一个能动起来的机会，而且心中但愿这机会是在对方后援或者巡街官兵、衙役之前出现。

终于，六指决定采取行动。此时正好廊墙旁边一户做香的工坊放工，门里走出十来个制香匠来，口中一阵打招呼告辞，随即散开各自回家。这是个机会，一个可以掩护自己逃走的机会，一个稍纵即逝的机会。

十来个制香匠在工坊里照出的昏暗光线中人影交错，六指走入这个人影交错的群体的时机把握得非常好。是在两个最先离开人群的制香匠正好遮住自己与蔡复庆之间可视角度的瞬间，他果断地从廊墙背后走了出来。

六指"随相随形"的技艺施展出来，真就和一个劳作了一天的制香匠一模一样。如果是换个人与六指僵持，六指真就可能趁着天黑、趁着散开的几个人溜走了。但是他面对的是蔡复庆，是不会让一丝丝异常逃过眼睛的十目佛爷。

人影在蔡复庆的眼睛中移动、交换、分散，很快他就发现这群人和刚出工坊大门时有差异。差异在哪里？或者说哪一个原来并不在人群中？蔡复庆却无法从人影的排列中得出结果。但是就在那十来个人散开先后走下工坊门前的两级石阶时，他将六指找了出来。

六指可以将外形、气质装扮得和一个制香匠一模一样，但是有一个细节他却是来不及做的。或者他根本就没想到这个细节，因为从来没听说过有人可以在微弱的光线下发现这个细节的差别。

这个细节就是香土粉尘。制香匠劳作了一天，衣服上、须发上多少都会黏附一些制香的香土粉尘。而在他们走下石阶时，身体的震动是会让这些粉尘抖落的。蔡复庆离得那么远，工坊里的光线那么暗，但他依旧能清楚看出每个人身上抖落下的粉尘在光线映照下弥漫的情景。

一个精干的身影没有抖落粉尘，所以这个人不是制香匠。不是制香匠却设法混在制香匠中，并且是刻意地躲过自己的视线混入其中，所以这个人是刺客，一个技艺高超的刺客。

蔡复庆依旧没有动，他首先要确定六指真的是要设法逃走，远离他的藏身位。因为蔡复庆虽然看出此处设有刺局，却不能具体辨别其中的爪子是什么形式，杀伤范围有多大。如果不仅仅是针对齐王的轿子，而是大范围杀伤，那么刺客的离开就很有可能是假意的，是诱骗自己进入杀伤范围然后他再回头启动血爪子。

六指所设的爪子只是针对齐王的轿子，所以他是真的要逃走。虽然是随着那些制香匠不紧不慢地在走，但是蔡复庆从他蜷抱双臂、身形前倾、脚跟着地的行走姿势便可以看出，刺客是真的要逃走。如果是假走，他会时刻准备着回身启动血爪子。那样的话身形会偏后，双肩会打开，落步会尽量用脚尖。

蔡复庆也果断地动了，庞大的身形疾奔起来竟然可以悄然无声。不管有声无声，六指眼角的余光都能瞄到他的动作。所以蔡复庆才奔出几步，六指也已经在往对面的一条小岔道上狂奔而逃。

绝刀对

　　这条小街是六指早就选定的脱身路线。本来当齐王的轿子过了祠堂前面一段三角形宽敞路段，再次进入接下来狭窄街道的道口时，他将启动设置，然后自己从一旁冲出下杀手，那只需要从轿子前面跑过的瞬间就足够了。至于最终刺杀结果如何他是不会管的，也来不及管，冲出之后就不能停步。所有设置制造的机会只有这一瞬间，出手之后就只能继续往对面一条小岔道上冲入。

　　小岔道不是最终的逃跑路径，对方护卫的高手醒悟过来之后发力猛追，其中只要有一个脚下功夫或腾跃技法过人的，很快就能追到自己。而只要这个追到自己的人稍稍拖延一下自己的速度，其他高手马上就能将他围住。

　　六指之所以选择这个岔道逃遁是因为岔道中还有一条小巷，而小巷中还有一条小小巷。小小巷是房屋之间的一道狭缝，他之前试过几次，知道自己应该如何侧身、吐气、含胸、收腹才可以从中迅速地挤过去。而后面追赶的高手并不了解这个狭缝的情况，就算最终也能挤过去，那肯定是要花不少时间的。再者面临如此狭窄的环境，一般高手是不敢紧跟在后面往里挤行的，也不敢贸然踏墙上屋，因为刺客很有可能在这种极好利用的地方设下杀伤设置。但其实六指在这里没有设下杀伤设置，他也没有足够的材料和时间去做这些。

　　虽然刺局未能如愿，这逃遁的路线仍是可以利用。现在对方只有一个人，而且是个胖子，那么原来设定好的这条路线对于六指来说就变得更有优势了。

　　蔡复庆是个胖子，但胖子的速度却不慢。虽然刚开始时他们两人之间有十几步的距离，但蔡复庆是先起步的，六指起步时蔡复庆已经是将速度提到最高的状态。所以在冲入小巷时他们只差了三步多，在六指侧身撞入狭缝的刹那，他们的距离只有两步多。

六指进了狭缝，但是危险依旧存在，一个他之前完全没有想到的状况发生了。这状况不仅再次拉近了蔡复庆和他的距离，而且还导致他由于惊恐慌乱而不能调整好身体快速挤过狭缝。

蔡复庆的确是个胖子，但胖子往往有胖子的技法特点。六指侧身进了狭缝，蔡复庆也紧跟着挤了进去。他用的不是缩骨功法，就算他会缩骨那这一身的肥肉却是没地方缩的。他的方法很简单，既然自己没办法缩，那就让其他东西缩。蔡复庆的胖大身形没有一点变化，但是狭缝两边房屋的墙壁却被他一冲之力撞得摇晃了、开裂了。而随着他身体继续挤入，墙壁上松动了的砖块在往里缩陷，在给他让道。

六指和蔡复庆之间只剩下两步不到的距离，伸出手臂再尽力够一够都可以触碰到六指的身体了。

六指惊骇之下乱了气息节奏、散了肌骨状态，不能一下子快速挤过狭缝。但他不能眼睁睁地看着对方接近自己，于是伸出一只手来阻止对方。

蔡复庆也伸出了一只手，他知道自己应该以最快的速度拿住对方一处身体部位，不能让他再往前挤行了。因为自己一冲之力让狭缝口的墙壁受损，自己身体可以推开松动的砖块往前挤入。但是越往里去，墙壁受损的程度越小，砖块的松动也越少，到最后自己的身体将再也无法挤进去。

两个人都出了一只手，两只手瞬间几番变化。但是双方都是未等对方招式使尽就立刻换招，所以两只手始终都未碰到一起，那情形就像是两个人在猜拳。

六指是离恨谷力极堂中极少修习巧力一技的刺客，然后为了巧力可以大成还兼修过妙成阁的技艺，所以他单手一出全是对榫、刻木、掸屑、描色等等，这些妙成阁的实用技在他的巧力运用下，点、拂、压、切、弹真的是妙指生花。

蔡复庆是佛爷，所以运用的手法是"弥陀手印"。中品三生、下品三生六种手印轮番运用，中间还偶然插入上品三生手印的单手运用。都说佛法宏大，所以这弥陀手印运转开来也是掌中自有乾坤。

结果似乎早就定下了，匠人做工手法再巧妙都是抵不过暗含禅理、玄理

第十章 对决

的佛家手印的,这就像孙猴子逃不出如来佛的手掌一样。所以那很像猜拳的对抗往来了十几回之后,六指伸出去的手已经很难收回来了,只觉得蔡复庆的手印已经将自己的一只手给包裹了起来,只能是以幅度越来越小的动作勉强坚持,尽量不让他一把锁拿住自己的指节、脉门等要害处。

蔡复庆知道自己不用再往里挤了,对方的一只手已经在自己掌控之中。虽然现在还负隅顽抗,但最终是逃不掉了,除非他将自己的手给砍了。

可就在这一念之间,蔡复庆的手差点就被砍掉了。他怎么都没有想到那只负隅顽抗的手会突然多出一个手指来,而且是一支锋利无比的手指。也幸亏他是十目佛爷,在那锋利的手指划向自己臂腕时他惊觉了一抹淡淡毫光。也幸亏他是佛爷,翻手之间便是无穷变化,所以他的手从飘起的毫光中收了回来。

蔡复庆的手往回一收,六指的手也收了回去,不仅收了回去,而且身体也蹿了出去,他挤过了狭缝。

蔡复庆没有再追,他看了看自己的手掌。手掌上面有一道细密的口子,他躲过了臂腕却没躲过手掌。口子暂时还没有流血,是因为划开它的锋口太薄太利。也是因为蔡复庆及时半握拳头压住了伤口。

"指间刀,这刺客竟然会使指间刀!"蔡复庆并没有掩饰自己的惊惧,因为他认为这时候周围只有他一个人。

六指挤出狭缝,立刻提气狂奔,就像一溜雨前风。一路差点撞到几个人,而那几个人都没看清与自己擦身而过的到底是什么东西,惊颤颤地以为遇到夜鬼过街了。

终于,六指停住了脚步,他的脸上全是汗水,薄棉袄里面的内衣更是湿漉漉的。这些都是冷汗,因为恐惧而流出的冷汗。

恐惧不是因为蔡复庆。蔡复庆的种种表现虽然让他很意外,产生瞬间的惊吓和慌乱,但他始终没有恐惧。因为即便到了最危急的时刻,他依旧自信可以从蔡复庆的手中逃脱。但是就在他逃脱了十目佛爷的手掌,从狭缝中挤出之后,他感觉到了一种真正的恐惧。

这是一股杀气,但与以往犀利逼人的杀气不一样的是,这股杀气给人的感觉是轻轻柔柔的、舒舒缓缓的，像春风，像轻纱，像娇媚女子口中呼出的气息。这样的杀气可以让人感觉不到死亡的来临，感觉不到死亡的痛苦，甚至很心甘情愿地走向死亡。

六指是个优秀的刺客，是个很会杀人的人，所以他能保持自己清醒的辨别力。即便再轻柔舒缓、再温馨如兰，那都是杀气，而且是更为独特、更为毒狠、更为厉害的杀人者才具备的气势。

在起步狂奔之前，六指朝杀气传来的方向瞥了一眼，那方向没有人，只有一乘小轿停放在黑暗的角落里。昏暗之中无法看清轿子的颜色和造型，只能看到黑乎乎的一个影子。这情形很是诡异，就好像是传说中夜魔来人间选女娶亲了。

狂奔了足有半个金陵城的距离，六指停住了脚步。但是最初的恐惧变成了更加强烈的恐惧，因为那杀气并没有消失，依旧轻柔舒缓地跟在他的背后。

六指慢慢地转过身去，像刚才那样的狂奔都未能摆脱掉这股杀气，那就只能抓紧时间喘口气，调整好全身状态来直对这股杀气了。

六指转身之后看到的不是小轿，而是一个娇小且娇美的女子。从外表看，这么美的女子怎么都不像一个会杀人的人。但六指不这么想，他觉得自己面对的是一个只凭容颜就能杀死人的人，更何况她所携带的杀气显示了这女子必定身怀特别的杀人手段。所以六指非但没有松懈状态，反是将精气神提升到一个更高的境界。这一刻他放弃了随相随形的所有掩饰，于是身体更加挺拔，目光更加灼厉，气势更加腾跃。

美丽且带有独特杀气的女子是王屋山，她看到了蔡复庆追捕六指的全过程，包括指间刀破弥陀手印。传说中失传已久的指间刀，让王屋山顿时兴奋起来。对于一个专门钻研刺杀技法的刺行掌门来说，能与一个顶尖的刺客高手对决那是一种幸运，也是一种乐趣。更何况这个刺客高手会使用与自己三寸金莲异曲同工的指间刀，所以王屋山很坚定地追了下来。

王屋山没有刻意赶上六指，她知道他早晚会停下来，因为自己跟在他的后面。她也知道自己这样一直跟着，让前面的刺客觉得逃无可逃，那样他才

第十章　对决

会施展最大能力与自己对决。也只有这样的对决，自己才能窥到指间刀真正的精妙之处，并从中有所受益。

两个人面对面，谁都没有说话。因为高手之间只需对决，多说一个字都是在浪费精力和时间，有这精力和时间还不如全部用在自己气息的运转和出招的度算上。

远处传来头更鼓的鼓声，就在鼓声停止的那一刻，两人同时出招了。

六指俯身、探臂、伸手，那样子就像轻浮地要去摸一把王屋山娇美的脸蛋。王屋山上身微仰，沉腰盘，踢单腿，感觉像个泼妇要踢对面男人的裆。

六指吃亏了，他的手臂再长也要比这娇小女子的腿短一些。而且动作上他是俯身，正好是将自己送给女子去踢。而女子仰身，恰好是可以躲开他像是要摸一把自己的手。所以六指只能变招，伸出的手顺势下落，去按王屋山的大腿。按住了大腿也就挡住了踢起的整条腿，再者他手指间藏有指间刀，抚摸到脸蛋附近和抚摸到大腿是一样的，他的刀都能找到人体最为粗大的动脉血管。

但让六指想不到的是，王屋山纤纤小脚速度比他预料的要快。还有一个更加无法想到的是，王屋山脚上的锦棉绣鞋会突然崩涨开来。破损的绣鞋中不仅露出粉白如珠的脚趾，而且还露出一把锋利如雪的小刀。

三寸金莲！而且是三寸金莲中最厉害的一招一枝花杀法。六指看清一切时已经太晚，他知道没等自己按住对方大腿，对方的刀子就会插进他的下腹处。所以六指只能再变招，尽可能将前俯的身体一边往后收一边侧向旋转，尽可能地躲避自下而上的刀尖。

三寸金莲的一枝花杀法是帝王杀，专门用于刺杀帝王霸主的一招，也是王屋山一直练不好的一招。帝王霸主为防刺杀都身着内甲，所以这一招是将踢起的刀尖自下而上走势，一路顺着内甲的绊甲丝绦刺入挑开。然后在胸前偏转，划破左胸。最后在左颈脉处交叉分割，剜出一个花洞。整个动作都只是在这一抬腿间，必须一气呵成。从而造成腹部往上的大伤口，左胸口处的深伤口，左颈脉处的不治伤口，让刺标必死无疑。

曾有前辈高手质疑过这一招太过繁杂，不如直接一脚将刀刺入最终的要害处。但是三寸莲的掌门祖师却不这样认为，她觉得既然是要抬脚出刀的，那又何不将抬脚的整个过程都变成攻杀对手的过程，以求一杀之后目标必死。

现在这样的一招是用来对付六指的，但六指肯定不会因为自己享受到帝王的待遇而感到高兴。因为这是要他命的待遇，一旦出招成功，瞬间就会被开膛破肚、割脉喷血。

六指侧身翻转着跌出，样子很难看。但这时候情愿跌得像个乌龟王八蛋也要将三寸金莲躲开。跌在地上的六指身体刚着地便又弹了起来，然后再次拔足狂奔，一串噼噼啪啪的脚步声很快消失在长长的昏暗街道上。

这次王屋山没有追，而是看了看脚下三寸金莲的刀头，上面有一抹鲜红。由此可见自己的一枝花杀法已经伤到了对方，否则那刺客起身后不会急着奔逃。而奔逃时发出噼噼啪啪的脚步声，说明刺客受伤还不轻，已经不能提气以足尖腾身纵跃奔跑，只能像平常人那样实打实地迈腿奔走。

虽然确定六指已经受伤，但王屋山仍是没有追下去。原因很简单，这个时候她的粉色长裙上突然出现了一团鲜红，并且迅速地渲染开来。

就在六指翻跌出去的刹那，他的手终于也摸到了王屋山的腿。只是这一把摸得仓促，并没有摸到最为敏感的要害部位。

第十一章　看破

遗未明

齐君元见到六指时，六指正被哑巴和范啸天两人架着在走。看着他的两只脚仍在坚持迈动着，但其实已经用不到力了，只是一个下意识的本能动作。不过可以看出六指的手还是有些力气的，他用这双手死死按住自己的左边脖颈处。但即便这样用力地按压着，还是不时有血泡从指缝中冒出，由此可见血脉、气脉都被划开了。

"你行刺局了？"齐君元问道，现在他更关心的是和刺局有关的信息而不是六指的伤势。因为据他判断六指已经救不过来了，他现在要做的就是趁着六指的意识还算清晰，尽量从他这里获取到和刺局有关的信息。

六指微微点了下头。

"我未曾安排，你怎么擅自做活儿？"

六指张口，喉中呼噜噜一阵响，那是血都积存在喉咙处了："一……叶……秋。"每说一个字，都有大量的鲜血从口中涌出。也正因为积存的血涌出，齐君元才听清了后面的两个字。

"一叶秋？！你是说你接到一叶秋行的刺局？谁给你的一叶秋？"齐君元急急地问。

六指抬起下巴，然后又扭动了下脑袋。随即身体微微一震，按住脖颈处伤口的双手滑落下来。双手滑落的一瞬间，伤口中一线血泉喷射而出，溅得左边扶住他的范啸天满头满脸。

那是一个可怕且丑陋的伤口，从左肩胛到脖颈斜线往上，皮肉翻转，白骨暴露。特别是脖颈处，不单被深深切破，而且伤口是个叉形。也就是说，这一招到最后还有一个极快极小的变化，是一刀变两刀，扩大伤口，让血流无法制止。而其实他们都无法看出，这一刀本来是要从下腹处一路折转划切到脖颈，最后在脖颈处一变三，切成一个米字形的伤口，便如剜出一个血洞。只是因为六指躲闪得及时，然后王屋山这一招杀技还未曾练到圆满，才导致杀法没能那么艺术，留下现在这么丑陋的伤口。

但齐君元并没有注意六指的伤口，他眉尾剧烈地跳动了几下，脑海中依旧还是六指最后的动作。这动作到底意味着什么？是想告诉自己是谁给他的一叶秋吗？

抬下巴，正对他的除了自己还有那个到现在还不知道身份名号的庙祝，会是他吗？

扭了下脑袋，那是要看向左边或右边吗？左边范啸天，右边哑巴，他们有可能给六指带来一叶秋吗？但问题是他们这些日子一直都和自己在一起，如果是他们中的谁给六指带去一叶秋，那他们两个又是从哪里拿到的？

对了，范啸天和哑巴不是应该留守在长干寺吗，没有得到自己的指示他们怎么都擅自跑出来了？

"六指死了，尸体怎么办？"范啸天打断了齐君元的思考。

"就把他放在这里，我们赶紧离开。"

"什么！就放在这里？"范啸天觉得不该得到这样的回答。

"没错。只有将六指就这样扔在大街上，才能让齐王和他的手下觉得刺客是单独行事，没有同伴。也只有这样他们才会觉得刺杀之事已告一段落，这样我们的活儿才有机会继续做下去。"

第十一章 看破

齐君元掰开六指的手,将他依然紧夹在指缝间的薄如纸帛的指间刀收起来。刺客组合做活儿,要尽量不留下让别人能够识辨的特别之物。再说这指间刀是世间少有的上好兵刃,留下来真的太可惜。

六指的尸体就这样被留在了黑夜的街边,这是正确的做法。但就算是正确的做法也并不代表着可行,更无法保证同样熟悉这种做法的人不会从中看出蹊跷来,所以他们几个人在之后的一段时间中不可避免地处于提心吊胆之中。

让人们有些难以想象的是在接下来的一天一夜里整个金陵城波澜不惊。齐王李景遂,一个未来的皇帝,在遭遇刺杀后竟然没有在城里城外展开搜捕,也没有闭关、封道、设卡。就连正常的巡街和城门盘查也都没有增加人手,一切都和平时一模一样,这让一直提着心的齐君元很是意外。

难道是将六指尸体留下后产生的效果?李景遂和他的手下都已经确定只有这一个刺客,而且刺客已经死了。所有人都不这样认为,他们觉得这种状况下越是正常也就越是反常。很大的可能正是因为李景遂和他手下觉得六指还有同伴,所以故意放假象让大家上当,诱使他们继续采取行动,然后用暗中预设的兜子将他们一网打尽。

而这一天一夜里,齐君元不只是担心,他还困扰,思绪就像一团乱麻怎么都没理清过。

他们是偷偷溜回长干寺的,唐三娘早就回到了寺里。她回到寺里之后便没有见到哑巴和范啸天,说明这两人也是很早就出去了。但是哑巴和范啸天相互间也说不清谁先离开的寺庙,都是说找不到对方了怕对方出什么事才出去寻找的。所以这两人中有一个是在说谎,而从以往情况来看,说谎可能性更大的应该是范啸天。

那个庙祝是个假庙祝,但确实是离恨谷的谷客。他叫汤吉,技承天谋殿,隐号"套圈"。这个隐号首先就让齐君元感觉很不舒服,套圈,圈套,只有有了圈套才能够去套圈。这让他联想到自己最近以来的处境,真就是在圈套中进进出出,就像一个被别人用来套圈的玩偶。而这个汤吉说不定就是又一个圈套,专门来给自己套圈的。

据汤吉自己介绍，他是伏波在广信城的谷客。当年家财被骗、娇妻被夺的私仇报完之后，他一直都不曾有机会"浮面"（意思是启用潜伏的谷生谷客显迹做活儿），就在广信城中替人裁制衣服。但那天却很意外地在一叠布料中发现了让他浮面的露芒笺，是一个生死两可令。让他和"孟婆""歪才"会合，第二天前往城隍庙。找到一个身上带有很多索儿和钩子的目标，能拿便拿，不能拿即杀。

"你们如何能看出我身上带有许多索儿和钩子的？"齐君元感到奇怪，因为到现在为止还未曾有人能从他身上直接找到某种特点来确定他的身份。

"我是个成衣匠，或许还是天下最专心的成衣匠。结合我所用杀器的特点，在裁剪过程中我对人体体型、衣服面料刻意熟悉。所以不管什么人穿着什么样的衣服，我都能通过他脸形与体态的差距，动作时衣物的摆动和折痕，以及走动时身体的动作细节来判断出他的身上有没有暗藏东西，又是藏着一些什么形状的东西，数量大概是多少。"

汤吉所说的成衣匠就是裁缝，古代裁缝很少，基本都是家中女人、女仆自己缝制衣物，只有少数一些女子为了生计才会替别人缝制衣物。而裁缝中的男子就更少了，从事这种职业的男子还不仅仅是为了生计，更多的是因为有这方面的天赋才能和特别喜好。所以古代时男子要么不做针线裁剪之工，做的话其手艺肯定要比一般的裁剪女子高出很多。

"正因为你有如此能力，所以让你浮面的目的就是要找准我。因为你虽善用龟背锁狐扣，但在那种场合以此器具下手是不合适的。只能是作为万不得已情况下的辅助措施。"

"确实是这样的。'孟婆'技承勾魂楼，但她那年纪和相貌已经无法以色勾魂，只能是以药勾魂。所以善使迷药的'孟婆'主要是负责拿你的。'歪才'技承诡惊亭，最拿手的是平常物变杀人物。他所带的笔墨、折扇、钱袋，还有穿戴的帽子、衣物，都可以突然变换成厉害的杀器。所以'歪才'应该是负责杀你的。"

"听起来应该都很厉害，但你们却没有成功。"齐君元这是威胁，也是提醒，现在的处境下离恨谷这方面不能再给他添乱了。

第十一章 看破

"没成功是因为我们都没想到你也是离恨谷的,否则肯定不会选择那种环境、采用那种兜形。"汤吉却不觉得失利就是失败,从他一招赶走番羊的能力来看,他的确具备这样认为的资格。

"那你接下来准备怎么办?"

"就是因为不知道该怎么办我才坠上你们的。刺活儿未成,我本该二刺三刺,但你又是离恨谷的人,而且正在执行离恨谷的刺活儿,所以我也不知道该怎么办了,这其中是不是有着什么差错和误会?"汤吉很茫然的样子,作为一个第一次被启用的谷客,陷入这种困惑之中真的是很难准确告诉自己该怎么解决的。

"你怎么知道我们在做谷里派遣的刺活儿?"齐君元感到奇怪。

"一路偷听,比如说在心济寺中,你们在斋厨中,而我就在紧靠房门口的井中。"汤吉只需要举一个例子,齐君元他们便知道他所知道的事情真有可能全是从自己这边偷听到的,于是几个人脸上不由有些发臊发红。

"你没有接到后续指示?"齐君元也很关心这个,他觉得这里面真的可能是有误会,希望能从汤吉接到的后续指示中找出些线索。

"没有,此后再没有接到任何指令,所以我只能死盯住你。"

齐君元开始相信汤吉了,所以想了一下后对汤吉说:"你现在处于一个茫然的两难境地,而我也是事事莫名其妙。所有这一切都需要谷里给个解释,否则就是死了都不知道怎么死的。但是现在你的活儿未成,我的刺局还没布,都是无法联系到谷里代主和执掌的。不如你帮着我赶紧将金陵的刺局了了,然后我就可以联系代主或者直接回到谷里,问清楚到底怎么回事。那样你我就都能了解内情,解脱了困扰。"

汤吉虽然是个第一次被启用的谷客,但齐君元所说的情况和道理他都是能理得清楚的。所以没有经过太多考虑便点头同意了。

又过了两天,金陵城里仍是一切正常,于是齐君元决定其他人都留在长干寺中,自己单独出去查探一下情况。他相信有了一个和其他人都没有任何关系的汤吉在,某些人就算想做些自己的事情也会有所顾忌。

金陵城中这两天都在议论刺客的事情,所谓的平静只是官府的反应,老百姓中却是传播得非常热闹。所以齐君元只是在几个茶馆酒肆前面驻足了一小会儿，就听到了不少真真假假的信息。

刺客在三角地布设的刺局是齐王手下十目佛爷看破；刺客逃遁后是被韩熙载府中伎妾王屋山所杀。这两个信息是所有议论中完全肯定的。也正因为这两个信息，齐君元决定去看一下六指的尸体，还有六指布局的三角地。

局看透

六指的尸体就摆放在江宁府衙门口，衙门的目的是要老百姓看看有没有认识这具尸体的。因为有了这具尸体平时老百姓不大敢靠近的府衙门口变得非常热闹，围观的人群一拨一拨的。

齐君元敢混在人群中来看六指的尸体，是因为这里相对还是比较安全的。刺客被杀，那么刺客如果真有同伴的话肯定会逃得远远的，就算不逃也不会主动冒险跑到衙门口来看尸体。对于这种道理的认同，不管是一般的刺客还是官府的人都是如此。

六指是离恨谷中的刺客高手，被一个伎妾所杀是件很难让人相信的事情。但事实上六指也确实没有死在当场，而是从对方手下逃脱，而且一路奔逃了很远。这一切都说明对手给六指留下的伤口虽然必死，但只能让生命慢慢流逝。可是六指死在自己面前却是很突然，本来还能说话的，并且越说越清楚，怎么突然间就断了气？

六指的尸体就在那里，齐君元躲在人群中远远地看了下伤口。那伤口虽然丑陋而可怕，但他可以确定，像六指那样一直用手按住伤口，最后应该是由于失血太多、气息变弱而慢慢昏迷死去，突然断气的可能性不大，除非有人在暗中使了手段，而这只有当时架扶住他的范啸天和哑巴才能办到。

自己当时是在问六指谁带给他的"一叶秋"，如果使手段让他立死只有可能是为了阻止六指回答这个问题。也就是说，带给六指"一叶秋"指令，让他立刻对齐王实施刺局的是范啸天和哑巴中的一个。可是他们又是因为什么要这样做呢？

第十一章　看破

　　随后齐君元去了三角地，这地方倒是和平常一样。其实就算有些什么不同，一般人也看不出来，更不会在很短时间内就被改变。所以六指做的那些很难觉察的设置依旧被保留着。

　　说实话，这个地方和躺着六指尸体的衙门口不一样。因为一个刺局未能成功，做刺局的刺客很有可能在就近的范围内给同伴留下什么记号和提示，甚至以某种特殊形式传递一些信息。所以有经验的捕快和护卫高手会在这种地方严密布控，等待可能出现的刺客同伴。

　　齐君元知道自己到这地方是在冒险，所以不但反复查看了周边可能暗布下兜子的关节之处，他还特别选择了几条可以随时应变逃遁的方式和途径。再有，他还特意观察了这条街上来往最多的是香烛工坊的工匠，然后顺手牵羊偷来一套工匠的装束，换好之后趁着中午各家工坊上工的时候走进了三角地。

　　只需要慢慢地从那段街上走过，齐君元便可以将六指做下的所有布置都辨看出来。于是他惊骇了，不仅是因为六指布局的精妙，更是因为看破布局的人辨查能力之强。

　　六指之前肯定是仔细观察过齐王红顶大轿的构造特点，所以他采用的是"砸顶闷烧"的刺局。

　　三角地祠堂前有一根幡杆，六指在其双石夹状的顶部位置用指间刀给幡杆划了半圈切口。六指全都算好了，当齐王的轿子到达三角地这一头的街口时，幡杆倒下，那幡斗正好可以砸在红顶大轿的轿顶上。而幡杆与旁廊柱之间原来就有的一根晒东西的绳子正好可以作为拉断幡杆的启器（刺行中将一种布局启动的物、人、动物都叫启器。这就和坎子家的机栝、扳机一样）。

　　齐王的轿子虽然内有钢制护板、护网，包括四角立柱都有可能是特别加固的，但是就观察到的轿子重量来看，这些材料都不会太粗大。在幡斗当头重重一击之下，立柱和板材肯定会产生向内或向外的偏斜。而一旦产生偏斜，轿门和轿窗的关闭就无法合缝了，肯定会出现很大的间隙。另外轿子变形之后，里边的鲁班锁也会变形打不开，齐王就会暂时被困在轿子里了。

　　但是幡杆被划切了半圈的切口后，其微微的颤动状态就会发生变化，偏向于未曾切开的一半。蔡复庆虽然看不出幡杆上的细密切口,但他却能看到幡杆的颤动变化,这就是他所辨出的"幡杆半颤"。

而晒衣服的绳子除了可以作为拉断幡杆启器外,它还有一个作用,就是在幡杆倒下时可以刮带到路边两棵树干细小但叶冠极大的常青小树。小树背向三角地的半边叶冠,所有叶片上都被六指均匀地撒了一层薄薄的石灰粉。绳子带动小树,树冠猛然倾倒,石灰粉立刻就会撒落弥漫开来。这样就能让所有护卫眼不能睁,而且不敢乱动,生怕伤了自己人。而已经度算好步数的六指则可以闭目而行,快速从轿子旁边过去。

虽然面向三角地的半边树冠上没有撒石灰粉,颜色依旧浓绿,足以作为另半边撒了石灰粉树冠的遮掩。但是蔡复庆却能看出树冠整体颜色变得淡了,这就是他所谓的"树色泛淡"。

而被刮带到的小树还有一个作用,在它们顶部的枝梢上还系着一根绣花丝线,这绣花丝线的另一头牵到街旁两户人家的烟囱口。在烟囱口有六指预先点好的两束散香,而点好的香只有放在烟囱口才是合理的,别人都会以为是冒出的炊烟。一旦小树树冠猛然倾斜后,绣花丝线就能将散香带出烟囱口,上百支的散香会撒落得满地都是。

而此刻六指已然从藏身处出来,闭眼按计算好的步数从轿子旁跑过,边跑他会边将手中一只皮囊中的火油挤射向红顶大轿。火油会射在轿子上,也会顺着轿门、轿窗被砸出的间隙射到轿子里。当然,肯定还会有火油是洒落在地面上的,那样只需要上百支散香中的一支,就能将火油点燃,将轿子点燃,将暂时困在轿子里出不来的李景遂点燃。

蔡复庆虽然看不见那根绣花丝线,但他却能看出烟囱中飘出的烟和平常不一样,这就是他所说的"炊烟散缕"。对于这条并不经常走的街道,走也不一定在这个时间走,能发现到炊烟的异常,那不仅仅是靠细致的观察力,而且还要靠惊人的记忆力。

一幕幕仿佛都在齐君元眼前展现,他暗叹这个刺局的设置真是妙到毫巅,可以说是个刺局的经典。从最初的计算到保证能奏效的布设,再到抓住准确时机启动,以及刺客自己只有瞬间机会的出手。另外还牵涉隐蔽性、合

第十一章 看破

理性等因素，齐君元掂量这些就连自己也不一定能够把握好。

但就是这样一个绝妙的刺局却被齐王手下的十目佛爷直接看破了，连启动的机会都不曾有。这个十目佛爷不除，刺杀齐王便不可能成功。而更大的问题是十目佛爷既然能看出刺杀齐王的绝妙刺局，那么又有什么杀技可以对他奏效呢？

齐君元回到长干寺后，那几个人问他这一天在外面查探的情况如何。齐君元其他话都没有说，只狠狠地下了个定论："要刺齐王，必先杀十目佛爷。"

金陵城中小小杀局便如此惊心动魄，那么蜀国与大周的军事对抗就更是风云变幻，后情难卜了。

赵匡胤带领前营轻骑马队从骆谷快速进入了蜀境后，迂回至凤州以南。然后开始对凤州实施外围封锁，将通往凤州的各处路径全部隔断。随后周世宗柴荣带领甘东、陕南两道大营由宝鸡南、渭水源直入蜀境，围困凤州。

但是情况并未能像赵匡胤最初献策"游龙吞珠"时预料的一样。凤州还未曾围住，蜀军已经连调两路人马前来救援，进逼速度极快。特别是保宁节度使李廷圭那一路，连突赵匡胤禁军前营几道阻挡。现在这一队人马已经接近秦州扎营，其意应该是要与秦州守军呈掎角之势相互呼应。然后以扎营处为立足之基，步步为营地往凤州、成州慢慢逼近。而凤州城中的官兵也未如想象中被周军大势吓住，他们甚是强悍，攻防调度极为有方。当然，如果依靠王昭远调至凤城的亲信镇守使王威远那是根本不可能做到这样的。这全凭得到周军侵入军情并及时赶到凤州的威武节度使王环、监军赵延溥主持，这才能够拒周军而不溃。

另外还有一个未曾预料到的事情，那就是青云寨一直都未能拿下。虽然石守信、王审琦已经兵合一处，有九千禁军之众，再加上赵匡义带着虎豹队也赶了过去，但到现在为止双方一直是处于僵持状态。一则青云寨山高道险，再则这是会扼死蜀国的一个咽喉，所以蜀军不惜一切代价严防死守。即便禁军全是精锐之士，即便虎豹队是精锐中的精锐，也始终未能打开突破口。而这一个寨口不能拿下的话，东西川就可以快速往秦、凤、成、阶四州快速调兵，迎击周军。

面对种种未曾预料到的情况，周世宗和赵匡胤决定改变原来的战略计划。"游龙吞珠"没有错，错就错在吞珠之前应该将护住珠子的蚌壳打碎。所以他们决定先放弃围困凤州，转而分兵三路，一路由甘东道大将军王景带兵进逼秦州，与李廷圭直接对敌。一路由周世宗和赵匡胤亲自带领，迎战从成都赶来的赵季札部。还有一队由侍卫亲军副指挥使韩通带领，前往青云寨增援，务必要将此隘口扼住。韩通临走时周世宗还提醒了他一句："如果青云寨实在拿不下，可设法绕过，直接抢夺再上一级的隘口，连同青云寨一同扼死。"

所有战略确定以后，大周军队立刻拔营而动，迅速按自己的任务移动、部署。而蜀军却没能看懂周军这样的突然变化，甚至部分周军是往哪里移动的他们都没有摸清。这样一来就不可避免地吃了不少亏，就如同一个试图破解刺局的人却并未完全了解刺局的变化。

但是就在周军准备分兵而战之际，赵匡胤接到赵匡义派千里足舟门人送来的紧急密报。说是蜀国赵崇柞已经秘密进入南唐，很有可能是联系南唐援手，出兵夹击大周化解周军对蜀国的攻势。

知道这个消息后，周世宗沉思了好一会儿。大周强势兵力都已经用在对蜀国的战场上了，再分兵对付南唐肯定会捉襟见肘。另外大周目前的状况主要是缺粮少银，灭佛强征的资产只够应付对蜀开战的军需。所以现在最好的选择是从蜀国退兵，那样大家都不伤不痛。但是以周世宗的性格他又怎么可能这么做，打出去的拳头收回来那就是扇自己耳光。

"九重将军，你觉得此事该如何应对？"沉思许久后的周世宗还是想听听赵匡胤的意见。

如果是在过去，赵匡胤可能会很理性地劝说周世宗采取稳妥做法，暂时退兵。但是现在的他心中另怀着私心，誓要攻下蜀国夺回花蕊夫人才肯罢休。

赵匡胤此刻的思维异常活跃，他从千里足舟想到了水道，从水道想到了长江,想到了长江上自己曾经去过的江中洲。于是一个妙计跳入他的脑海。

"南唐羸弱,虽然有李弘冀可当一面,但现在终究还是李璟做主。所以我们可以虚张声势,主动出兵,用水军借道汉水,从八马杈河口入江顺江而下。同时让吴越也出动水军,缘江而上。然后再利用江中洲一江三湖十八山的帮众散布传言编造两路水军兵强船多,造成要合兵一举拿下江宁府的假象。"

赵匡胤这一招很阴狠,当时的长江是公江,哪一国的船只都可以航行。只有几处临江州府是归各国管辖,可收取过境税费,其中包括江宁府。也就是说,虽然南唐境内有大段水路,真正属于它的也就几个点而已。而现在赵匡胤所做的架势是要从这条水路直入南唐腹地,直取其皇都所在。

"我原本也是想着主动骚扰南唐沿江驻守兵马,然后从淮南一带用小股兵马突进。让他们觉得我们是要以江为隔,单独对淮南一带动手。现在这两个方法可以合二为一,水陆同进,虚张声势。凭着南唐现在的分兵部署,他们只可能将全部兵力用来防守,根本无胆出兵侵入大周。"

周世宗其实这是在赌一把,但就这并无十足把握的事情他依旧可以做得霸气横溢,就仿佛不是虚张声势,而是真正要攻下南唐。

蛊出世

就在蜀国和大周两国大战即将全面展开之时,蜀国后宫的战争也拉开了序幕。

花蕊夫人知道孟昶最近宠上了一个刚刚收进宫的女子。但她心中清楚,一个男人,特别是一个可以凭着心情拥有很多女人的男人,最大的问题不是迷恋上一个女子,而是迷恋的女子是谁,迷恋时间有多久。

花蕊夫人一直都是自信的,蜀国后宫之中,不,甚至可以说整个蜀国之中,能像她这样美艳且多才的女子绝不会有第二个。孟昶迷恋她的美色是真的,但除了美色之外,她作的诗词、她做的美食孟昶都十分迷恋。再有她还能替孟昶出谋划策,解决一些别人无法解决的问题,比如说分发月钱管理后宫，比如说变化绯羊首的方子应对牲畜疫情。

所以孟昶迷恋上刚收进宫的秦艳娘之后花蕊夫人并没有太在意，她觉得这和其他所有男人一样，是贪图新鲜的短暂行为，用不了多久就会乏味。另外孟昶仍然经常到慧明园来，而且每次来了都情欲喷薄，不驰骋三四个回合是不会罢休的。也正因为如此，花蕊夫人便更加没有在意秦艳娘的存在，因为她觉得自己始终是孟昶最强烈的需要，自己在孟昶心目中的地位是无人可以撼动的。

但是花蕊夫人并不了解秦艳娘的手段，那都是离恨谷勾魂楼中绝妙的技法，可以让男人迷魂失魂、欲仙欲死的技法。这技法中包罗很多方面，床上功法只是一个小方面，还有作诗填词、舞蹈、吟唱、奏曲。特别是这奏曲、吟唱，是可以将功力注入其中，在不知不觉中就将别人的魂魄摄去。

秦艳娘入宫之后没有多久，便从宫乐司中亲自挑选乐工，然后谱曲同奏。再贯入孟昶喜欢的宫词，以吴越泉州口音吟唱，这便是中国古乐的一种——南音。孟昶每次听到南音，都如痴如醉。于是召集了更多的乐工，组建了一个南音院，专门以秦艳娘所奏风格谱曲并记录下来。

孟昶是个对文化发展有着杰出贡献的历史人物，他建立了中国第一家画院，出版了第一部词集《花间集》，还有就是让南音得以发展和保存。所以直到现在，南音传人都将孟昶奉为乐神、南音始祖。

但是不管南音也好、舞蹈也好、床上功法也好，那都和花蕊夫人是两个路数，相互间没有冲突只有互补。就说南音中填唱的词吧，绝大部分还是花蕊夫人所作。

所以蜀宫里的战争真正开始是源于一件事情，这件事情花蕊夫人和秦艳娘先后都替孟昶解忧应对。但花蕊夫人的方法只能缓解，而秦艳娘的方法却可以除根，这件事就是应对蜀国牲畜疫情。

花蕊夫人以绯羊首的方子将死肉变存粮，而秦艳娘却献上了一个可让染疫牲畜痊愈的办法。这办法是陪同秦艳娘一起来成都的家仆夫妇告诉她的，他们来成都时套了家里仅剩的一辆驴车。那拉车的驴子到成都后就染上了疫病，口鼻淌着血等死。那佣人夫妇懂些治疗牲口疾病的法子，于是死驴当

第十一章 看破

活驴医，找来各种草药胡乱给它吃个遍。成都府气候温和湿润，虽然刚刚开春，城外的山里却是各种新鲜的药草都能找到。那驴吃了这些草药之后病情开始好转，这让家佣夫妇看到了希望，于是从各种草药中筛选，找出了对疫病有效的草药。然后专门喂食这一种，那驴的疫病很快就完全治好了。

秦艳娘将这草药给了孟昶后，孟昶找来御医和御马廊的兽医，他们辨出这是一种叫拒霜花的草叶，也叫木芙蓉，楚地最多。拒霜花的花和叶均可入药，有清热解毒、消肿排脓、凉血止血之效。不过拒霜花畏寒，北方冬季时地面上的杆儿、叶儿全都会被冻死，开春再发。幸好蜀地山围水湿气候温，所以才能在刚开春的时候就找到拒霜花。

孟昶让人立刻传旨到兵部、户部，让发通告告知各地军营官兵和蜀国百姓，发现得了疫病的牲畜就赶紧喂食拒霜花。这一招真是立竿见影，那疫情果然被止住。只是这样一来蜀国的拒霜花洛阳纸贵，山间、田野里所有的拒霜花全被割光，连花根都被挖得干干净净。

秦艳娘献的这个方子对于蜀国来说意义重大，牲畜疫情止住，军力大大恢复。蜀军之所以能够运动快速，辎重及时到位，很快部署到预定区域，使得大周"游龙吞珠"的策略未能达到效果，很大原因是得益于秦艳娘的方子阻止了疫情。

疫情控制之后，孟昶大喜，让秦艳娘提要求，自己可以给她任何奖赏。秦艳娘果然提出了一个很让人意外的要求。她说拒霜花能制疫情，但是现在要想找到已经十分不易，如果再有疫情爆发，就算有治疗方法也无济于事。所以她的要求就是在成都府内外遍种拒霜花。

"此花亦娇美，此花更为善。当花开满城之时，城如锦拥，那会是何等的缤纷壮丽。到时皇上与万民同赏，既得民心，又显皇家大气象。"提出自己的要求之后，秦艳娘还给孟昶描绘了一幅如画般的情景。但暗地里却似乎有着鄙薄花蕊夫人的意思，她是群芳共赏、与民同乐，而花蕊夫人却是藏一枝红栀子在宫中孤芳独赏。

孟昶对秦艳娘此举非常感动，觉得她不仅能解自己心愁、身欲，而且还深明大义、近思远虑，不由更加珍爱。于是立刻遣人赶赴楚地，寻找熟识拒霜花的山民、花农，多多凑集拒霜花品种，带来成都种植。然后又觉拒霜花名字难听，就取了另一名字木芙蓉中的芙蓉二字，从此改叫拒霜花为芙蓉花，并将此名录入书册。

花蕊夫人意识到自己的地位出现了危机。秦艳娘献方子解牲畜疫情，但居功不求私，而是为国为民想得更加深远，这其实在连续两个方面很大程度上压制了花蕊夫人在孟昶心中所占分量。现在孟昶虽然仍是常到慧明园来，每次来也仍然会像以前那样恶狼般云雨几番。但是他不时会很自然地在花蕊夫人面前提到秦艳娘，甚至在云雨之时还说及秦艳娘带给他的另一番滋味。由此花蕊夫人看出孟昶心中已经有了比较，秦艳娘和自己在孟昶宠爱的秤盘上已经不相上下。

偶尔一次，她听到宫女们背后的议论，这让她变得更加担忧。宫女们议论的事情是从宫外传入的，说外面的百姓已将秦艳娘奉为芙蓉花神，养牧牲畜的人家如今都会供个芙蓉娘娘牌。奉人为神，这虽然是一种盲目崇拜，但由此可见秦艳娘在百姓心中的地位已经何等尊崇，根本不是自己可以相抗衡的。

其实花蕊夫人并不知道，芙蓉花神一事是人为造出的。疫情得到控制之后，送秦艳娘来成都的那个远房舅舅和表弟、家仆便开始在成都百姓中编故事、讲故事，说秦艳娘是天帝派下来救助大家的花神。而这种神话般的传言在中国古代是流传最快的，也是崇拜神灵的百姓们非常愿意相信的。再加上除了秦艳娘带来的几个人外，暗中还有更多的人将这故事推波助澜，所以很快就在蜀国民众心中扎下了根。

花蕊夫人出身官家，和平常人家女子不同的一点是她从小就能听说许多官场、宫廷中的争斗，所以对于出现的这种情况她敏锐地觉察到了威胁，这时候已经到了必须采取手段维护自己、反击别人的境地。

但是花蕊夫人外围本来可以倚重的两个强大支持毋昭裔和赵崇柞都不在成都。毋昭裔前往巴州给李廷圭传旨，但是现在李廷圭挥兵已经接近秦州了，那毋昭裔却还没有回来。可能是关心前方战况，所以暂时待在巴州未归。而赵崇柞被孟昶派往哪里就连花蕊夫人都不知道。

第十一章　看破

　　那两位外围支撑指望不上，花蕊夫人便只能从宫内想办法了。后宫由她管理，各宫每月的花费都由她分派，但是那秦艳娘从未到自己这里领取过花费，这让她根本没有机会对秦艳娘施加压力。不过有很多嫔妃宫女都是臣服于她的，利用这些人或许可以给秦艳娘一些打击。只是宫中之人都是审时度势的高手，现在如果都明眼看着别人压过了自己，那她们还会帮自己吗？

　　对了！还有一个在内宫之中会给自己极大支持的人，花蕊夫人想到了阮薏苡。阮姑姑最近在炼制什么丹药，如果那真要是能够吃得长生不老、健体延寿的仙丹，那么自己拿来献给皇上，所得功劳肯定可以重新压过秦艳娘一筹了。

　　想到这里，花蕊夫人决定先去找姑姑阮薏苡。因为阮姑姑是最靠得住的，就算别人都背弃了自己，阮姑姑铁定会一心一意地帮着自己。

　　"我炼的丹药不是延年益寿用的，对人只会有害不会有益。"阮薏苡对花蕊夫人是不会有丝毫隐瞒的。

　　"有害无益，那姑姑还炼这丹药做什么？"

　　"这是一种活药，也叫虫药。原来在交趾时我就曾试着做过药虫，但是没能成功。最近有人透露给我一种道家用菌炉炼丹的方法，可炼出虫药。正好牲畜疫情发作，我发现那些病死的牲畜内脏中似乎有一种鼠毒，也叫鼠虫。于是我将自己学会的药虫与菌炉炼制虫药的方法相结合，取病死牲畜的内脏做引子，同时加注我的中指血、百会发，炼出了一种特别的丹药。"阮薏苡说得很得意。

　　"说得怪恶心的，这丹药有害何必费心费神地炼出来？"花蕊夫人不能理解。

　　"对别人有害无益，对我来说却是有害有益，而且害少益多。当我想控制住什么人的话，便可以设法让其服下这种丹药，然后丹药中的鼠虫便会破壳而生，在其身体内生长。平时这人看着和正常人一样，一旦我以心念引导，那虫子便会按照我的意思在那人身体中钻移、咬嚼，给那人带来极大的痛苦。如果想中止痛苦，那就必须从此听我命令。"

　　"啊，这样啊？"花蕊夫人听得花容失色，"姑姑，这样的话那中了虫子的人还不得把你给害了。"

"不敢，我是虫主，如果我死了，那虫子失控。这样的话会让中了虫子的人痛苦不断加倍，将其折磨得生不如死，最终还难逃一死。"

"这样的话那服食了丹药的人不就相当于一个养这虫子的器皿吗？"

"这个比喻恰当，嗯，养了虫子的器皿，虫子，器皿，虫、皿，那这种丹药就叫'蛊'好了。这是我的独创，叫成'蛊'可以和交趾的药虫、道家的虫药区分开来。"

"要是皇上能像中了蛊的人那样听我的话就好了。"花蕊夫人发出一声感叹。

"那就给他下蛊呗，你留些中指血和百会发，我来给你炼一炉蛊出来，你设法让他服下就是了。"阮薏苡不是不懂什么叫欺君之罪，毕竟她也在做官的徐家生活了很多年。只是花蕊夫人在她心目中就像自己最溺宠的孩子，说出什么她都马上想办法答应。

"那怎么行啊，那是在害皇上。再说我也不想让他痛苦，就想让他的心思放在我身上，离那秦艳娘远一些。"

"那也行啊，你什么时候也搞到一点皇上的血液，我用你们两个的血炼一个同心蛊。这样就能保证你们两个能心意相通，谁对谁负心忘情，那么就会让虫蛊动作，初时只是感觉不适，然后才逐渐增加痛苦。"阮薏苡此时已经搜集到各种虫引，可以做出多种蛊虫。但是像这种同心蛊她之前并没有炼过，所说的功用只是凭着经验推理。所以并不知道当其中一人对另外一人完全死心绝情之后，那是会被发作的蛊虫噬心而死的。也正是因为这个情况，才会给后世留下一个不解之谜。

"如果有这样的蛊倒是可以一试。"花蕊夫人觉得这相当于是将自己和皇上始终连在一起的无形锁链，不由得动了念头。

"还有，你如不愿见皇上痛苦，那可以将鼠蛊下给秦艳娘，用痛苦来控制她，让她自己远离皇上就是了。算了，这种事情你是做不来的，还是我亲自去给她下。"阮薏苡此时眼中露出一丝凶光，这是花蕊夫人以前从未见过的。这也难怪，炼蛊、下蛊之人要是没有一分狠辣心肠，那是不可能研创出如此歹毒技法并施加于人身的。

这段时期是阮薏苡蛊术初成之时，是在蜀宫内专为她搭建的药庐中炼的蛊虫。此处除了她再无人随便进来，十分安静，所以所炼蛊虫都是以心念为诱导。后来蜀国被攻破，她逃入蜀南地区的苗寨，才发现养炼蛊虫过程中如果发生过什么惊扰的话，那蛊虫便不再被心念引导，但是却可以被惊扰到它的东西诱导发作。比如说落雨蛊，就是炼蛊过程中被雨淋过，那么中蛊之人一旦淋雨，那蛊虫就会发作。再比如五音蛊，炼蛊过程中刻意敲击或弹奏某种乐器，然后这乐器的声音就可以成为发作诱导。民国时出版的游记合集《西南有路》中就曾提到有人用歌声诱导蛊虫发作将人折磨至死的事情。而后来蛊虫的种类越来越多，诱导方式也更加匪夷所思，一句话、一段经、无声笛哨等都可以。于是蛊术显得更加诡秘神奇，中蛊之人就如同被诅咒了一样，人们便索性把这技法叫做蛊咒。

累饿熬

这几天的秦淮雅筑很平静，但这种平静中却似乎酝酿着一场风暴。

将事情前后仔细斟酌过后，李景遂决定采取一些行动。他觉得，最为有力、有效的行动应该是平静的，而结果则应该像风暴过后一样。

别人能大胆地做一些事情，之前肯定已经想好了各种意外发生的应变措施，所以风暴般的行动并不一定有效。就好比针对自己的那个刺局，现在做刺局的刺客已经死了，而他有没有同伴、同伴在哪里全不知道。就算有同伴，估计也早就藏进别人替他们准备好的避风港里，因为操纵他们的那个人是个能量极大的人。所以就算是把江宁府翻个天翻地覆也根本没有意义，只会让想刺杀自己的人有更多的防备，还有就是惹来全城百姓的埋怨。

李景遂真的没有让手下衙役、捕快搜捕刺客，也没有报江宁府城防使衙门，让官军出动搜捕其他刺客。这做法倒是让齐君元有惊无险地逃过了一劫。

其实早在元宗李璟让李景遂和李弘冀同审被擒刺客，再派韩熙载、冯延已陪审，李景遂就已经觉察到此事蹊跷，元宗很有可能怀疑主使诡画刺杀的是自己或太子李弘冀。

李景遂并不知道韩熙载和冯延巳寻查的线索最终牵扯上自己和李弘冀，但即便没有任何依据这种怀疑他认为也是合理的。从李弘冀的角度来说，本来他是最为合理的皇位继承人，却被元宗一纸诏书推到了第二位，所以他完全有可能是使用诡画来刺杀元宗的主谋者。只有这样他才有机会以手中的军事力量，甚至外借其他国家兵马来争夺皇位。另外从自己的角度来说，被定为皇位继承人也是个模棱两可的事情，只要元宗还在，他随时都可以改变主意，重新确定皇位继承人。所以自己完全有可能抢在元宗未改变主意之前用诡画刺杀他，保证自己可以坐上皇位。

但这些合理都是猜想、怀疑，事实上自己是问心无愧的。两个人中既然自己是问心无愧的，那么所有的嫌疑就只能落在另外一个人身上，那就是太子李弘冀。而从李弘冀最近的所作所为来看，他身上的嫌疑很可能就是真相。

共同审讯刚刚开始，李弘冀就出面阻止自己利诱刺客，这应该是怕利诱更胜过酷刑，让刺客将该说的不该说的都交代出来。

第一次让步之后，改成李弘冀亲自带领众多军刑官刑审刺客，十几天下来却一无所获。最后韩熙载出了一招极为狠毒的刑法，但刚刚运用李弘冀就又赶紧叫停，这应该也是怕刺客抵受不住而招出真相。

向自己借用费全刑审，应该是想玩个欲擒故纵的小伎俩，显得他已经尽心尽力了。他肯定觉得借用费全的话自己肯定不会答应，因为费全还兼顾着自己的安全防卫。但让李弘冀意料不到的是自己再次让步，而让他更加出乎意料的是费全要求单独刑审，不得干扰。此时李弘冀已经骑虎难下，只能让费全带蔡复庆去封闭式刑审。

而当审出第二句口供"属皇命而为"后，李弘冀立刻变得焦躁不安，应该是知道这一句其实是"蜀皇命而为"，因为这件事情蜀皇说不定就是为他干的。所以接下来他故意请大家赴宴借此暂缓刑审，夜宴上再玩花样想知道有没有更多的口供。

第十一章 看破

刺杀自己的传言突然间就四处传播,这很明显的人为做法其实有两个目的。一个是想以此为理由逼蔡复庆说出他以为还有的其他口供,还有就是当真给自己设下个刺局后,李弘冀可以借此提前撇清干系。就从这两点来推断,刺杀自己的事情肯定是李弘冀操纵的,因为这对于他来说是件一举多得、一劳永逸的事情。如果自己真的被杀死,那么刑审会停止,诡画刺杀的事件会告一段落,或者直接嫁祸在自己头上,皇位的继承也再没有争议。

李景遂在南唐皇家子孙中不是最勇敢的,也不是最有学问的,但他却可能是最聪明的,是大家公认的人精。一个人精在自己生命遭受威胁时,他会变成害人精。因为他必须自保,而反击是最好的自保。这就像一柄双刃剑,要想推开自己面前的锋刃,那就必须把另一边的锋刃推进对方的脖子,哪怕那人是太子。

所以当一切都思考清楚后,李景遂找费全商量了一下。他想让费全想出一个大家都可以在场却不会干扰到刑审的刑法,而且这刑法得是个终极刑法,是最为痛苦和残酷的。现在已经到了必须将刺客知道的秘密全都掏出来的时候,找出真正的诡画刺杀主谋。如果真是太子李弘冀,那么这正是自己彻底打垮他的大好机会,否则就算自己能坐上皇位也难得安宁。如果不是李弘冀,那么自己也可以解脱,至少李弘冀针对自己的明争暗斗不会再继续,用刺杀自己来夺取皇位也还没到时候。

"在这世上最折磨人的并非麻痒疼痛,而是累与饿。我们经常可以见到一些人稍微疲劳了点便会情绪大变,形象全无,就算牛粪堆都能坐下来歇息。挨饿的人那就更加狼狈,当看到食物时会连命都不要了。"其实在对裴盛施加了酸刑和痒刑之后费全能想到的也就只有累刑和饿刑了。

像裴盛这样具有极强意志力和生命力的刑审对象是费全从未遇到过的,以往不要说酸刑和痒刑了,随便一个平常的刑法费全就能运用得淋漓尽致,让受刑者连祖宗八代的烂事都迫不及待地说出来。而这一次他为了在齐王、太子以及两位大人面前表现一把,上来他就直接用了最狠的招数。但是让他完全没有想到的是,最狠的招数就快用完了,才得到两句作用并不大的口供,这对费全来说是一种羞辱。所以当李景遂提出自己的要求后,费全想都没想就决定使用累刑和饿刑,这已经是他仅剩的两个选择了。

但是对于这两个仅剩的选择,费全却不想再浪费。现在的处境对于他而言其实极为微妙,本来他想借机表现一把的刑审现在已经演变成了他和受刑者的对决,演变成了他必须捍卫自己声名、地位的战斗。所以他决定孤注一掷,将最后两种刑法合用,务必撬开刺客的嘴巴。

"我不管怎么用,我只要两点,一个是让刺客说出更多,还有一个就是别人可以在场。特别是冯延巳、韩熙载两位大人,我要他们亲耳听到刺客招供。"李景遂的目的很简单,不管最终招出的真相关系是否直指李弘冀,他都不想亲自将这情况汇报给元宗李璟。这个功劳不是好抢的,甚至会成为迁怒的对象,试想,谁愿意听到自己儿子要刺杀自己的消息?而且自己的身份格外微妙,要是抢这功劳甚至有可能被怀疑是在故意陷害,传出去肯定什么议论都有。所以这件事情让冯延巳或韩熙载做是最合适的。

"那没问题,使用累刑和饿刑不再需要力度和时机的调整配合,只需耐心等待结果就行。旁边不但可以有人,而且还可以任意在旁边行走、吃喝,这反而可以从感官上更加刺激受刑者,反差会让他觉得更加难以煎熬。"

所谓累刑,是用佝偻枷将受刑者身体加以固定。似蹲非蹲,似站非站,似直非直,似弯非弯,使其处于一个扭曲的吃力状态。身体各处肌肉始终绷紧,那样很快就会出现疲累的感觉。而累的感觉其实是痛、酸、麻、胀都有的综合感觉,所以比单纯施加某一种痛苦更加难以承受。

佝偻枷就像个轻便的、变形的贴身铁笼子,又像一套很宽大的金属衣服,它完全依照人体的结构制造,只是造型是怪异扭曲的。人被关在里面后,其实是打破了身体的正常状态,并且始终不能恢复。一个人如果一动都不能动,不管他是站着、坐着还是躺着的姿势,时间长了都会觉得累。更何况现在是强制将身体固定在非常扭曲的吃力姿势,时间一长那就会像背负了一座山的感觉,身体就像要被压爆开来。而实际上这种累的感觉全是自己给自己的压力,直接加注在感觉和心理上的压力。

被佝偻枷固定后,手脚其实都是可以稍微动一动的。如果体力够好的话,甚至还可以蹦跳着挪动步子移动距离。很多人在感觉很累后都极力想改变一下身体姿势来缓解疲劳，但身体其他部位不能动，于是下意识地就挥动手或移动脚步。但这并不是好事，此时哪怕是手指动一动，都会牵动身体肌肉带来更大的疲劳感。这正是佝偻枷设计的又一个巧妙之处。

累刑以往没人能超过两个时辰，饿刑虽然时间较长，但从未有人挺过五天。饿刑并非简单地不让受刑者吃喝，那会很快将受刑者饿死、渴死，而是适当地灌食极少量可维持生命的食物，但这些都是特别制作的食物，其中含有茶梗、麻叶等东西，虽然能维持生命体征，但饥饿的感觉会成倍增加。饿的感觉本就不好受，抓心挠肝似的。而饿到极致时，腹内更会如火烧、如刀刮、如锉磨，这是由内及外的感觉，是其他施加在身体表面的刑具无法达到的效果。而且据说饥饿的感觉是与心碎最为接近的一种感觉，是最让人绝望和伤感的感觉。

所有人的正常反应是情愿死都不愿意饿，死都要做个饱死鬼，所以饥饿也就成为征服别人最有效的方式。将一些人饿极，然后在合适的时候哪怕给予他一点吃的东西，那人便会像狗一样完全臣服。因为他们已经体会到这世上最难受的感觉就是饥饿，他们可以为了不再饥饿而放弃尊严和一切。也正是因为人们难以抵挡饥饿的感觉，自古以来饥民造反的事情是最多的。

累刑、饿刑同时施加，不仅是成倍增加的饥饿感觉，同时还有如山一般压迫的疲劳感。想死死不了，活着又比死还难受。这种情况下，一个受刑者还能有什么理由坚守某种秘密？

第十二章　终极刑审

刑决胜

开始对裴盛施加累刑和饿刑的这一天，除了李景遂、李弘冀、冯延巳、韩熙载之外，还来了一个不速之客，他就是刚刚从南平回来的鬼党顾子敬。

顾子敬是在上元节的前三天离开南平荆州府的。其实裴盛被押回南唐之后，他留不留在南平已经没有什么实际意义。但是他害怕自己设计以自己为诱偷偷将裴盛押回了南唐，那些拦截的人会对他产生怨恨杀他而后快，所以一直都赖在南平不回。

春节的时候他是故意不回的，因为一般人都会认为这个时候要杀他的人肯定会松懈，应该回去。但顾子敬却偏偏反向思维，他觉得想杀自己的人会猜测自己肯定要赶回去过年，所以这时候路上的危险会更高。而上元节的前三天离开却是最合适的，想杀自己的人觉得自己过年都未回，肯定也不会急着赶在上元节之前离开，所以这时候倒会是截杀者最松懈的时候，应该能安全赶回南唐。

也不知道是顾子敬推测准确还是根本就没谁要截杀他，总之他是很安

第十二章 终极刑审

全地回到了南唐金陵。这一路都是南平九流侯府的高手护送的，到了金陵之后，才转由卜福接手负责他的安全。

顾子敬回来之前，在蜀国、南平发生的所有事情都已经有人汇报给元宗了，所以他也没有必要再无趣地去邀功，只是先回鬼党报个号，让元宗知道自己回来了。至于元宗会不会给自己什么赏赐，那就要看他心情如何了。

但是听卜福介绍过他在南平时金陵发生的各种事情后，顾子敬知道自己现在想拿到什么赏赐是很难的，因为抓到的刺客还没招出什么来，自己以身投下的注还未能开宝，那当然就不会有什么收益了。

所以对他而言回来之后选择一个合适的时机到秦淮雅筑看看刺客的情况那是理所当然的事情，就算核对确认一下押回的刺客确实是他在烟重津捕捉到的刺客，也是一个很说得过去的流程。

而选择今天前来，是因为卜福打听到消息，说齐王手下今天开始要对擒到的刺客用最厉害的刑罚逼供，而且这一次不逼出真相是不会罢休的。顾子敬那是多玲珑的一个人，他觉得自己选择现在插进去是最好的时机。如果自己在场时刺客招供了，那么在皇上面前他完全可以很圆满地将自己和这大功一件扯上些关系。

按理说凭着顾子敬的官职身份，在秦淮雅筑那四位主审陪审面前那是根本说不上什么话的，但是这些人对他的出现都表现得很客气。这情况和他是鬼党成员没有丝毫关系，其他官员也许会畏惧鬼党，但这四位却没一个会把鬼党放在眼里。对他客气是因为这四个人都觉得有他出现是件好事，因为刺客是他抓住送回的，最终不管能否审出结果，审出的结果是什么，需要的话都可以将责任推到他的头上。

在裴盛被上枷施刑之前，顾子敬在卜福的陪同下和裴盛见了一面。这两人已经认不出裴盛了，前面的连番酷刑招呼，已经让裴盛整个失去了人样。裴盛也没认出顾子敬和卜福，为了能使累刑和饿刑配合着同时施加，他已经提前被饿了三天。再加上之前受刑受到的伤害还未恢复，所以他完全处于目光茫然的迷离状态，眼皮耷拉着，连站在自己面前的是谁都没看。

佝偻枷上身之后立刻就会出现极为难受的感觉，但是裴盛像死了一样一动不动，只是突然间将耷拉的眼皮一下睁开，睁得很大很大，还有就是脸色渐渐涨红了起来。这是裴盛感觉复苏的一种表现，也是显示佝偻枷产生效果的一种反应。

时间在一点点地过去，李景遂、李弘冀他们几个就站在一旁看着，虽然在无极渊中已经安排了舒适的座椅和香茶，但他们都没有落座。因为从费全的描述来看，他们觉得很快就会有结果，心中也希望尽早得出结果。包括心情复杂的韩熙载，他也想尽快知道这个刺客掌握的到底有多少，继续吐露的口供凭自己能不能从中将其圆转过来。他注意看了一下李弘冀的神态，感觉他还是比较镇定的。这其实不是好事，如果诡画刺杀之事确实是他所为，现在仍如此镇定则说明他已经做好了准备。一旦刺客口供直指他的话，说不定马上就是皇家内讧之事的发生。

但是情况并不像大家想象的那样，随着时间的推移，裴盛始终都一动不动，眼皮反而渐渐又耷拉下来，脸色似乎也不再涨红。从佝偻枷刚刚上身的那一刻，裴盛便意识到这是一种什么刑具。他知道离恨谷中有一种叫"龟背锁狐扣"的锁拿器具，上身之后不能挣扎，越挣扎扣得越死。而现在将自己套住的这个刑具似乎有着同样的功效，所以裴盛在忍受越来越沉重的疲劳感时，他在尽量放松自己的身体，刻意麻木自己的神经。虽然他知道最终这做法是不会有用的，但他还是希望能坚持更长的时间，这种下意识可能就是意志力坚强者骨子里的抗性。

一个时辰过去了，两个时辰过去了，周围的人都已经坐在了原本以为不需要坐的椅子上。除了香茶，下人还送上了点心，这么长的时间就是站在旁边看都会觉得又累又饿。

裴盛依旧在坚持，虽然还是一动不动，眼皮耷拉，但是他脸上的汗水开始流挂下来。这种自然的生理反应是没有办法阻止的，由此可见他已经承受得非常辛苦。

"给他灌饿食。"费全觉得需要加料了。四个多时辰，能忍受这么久的受刑者少之又少。他承认自己面对的是个很不一般的受刑者，他也自信自己只要继续下去，再不一般的受刑者都会屈服。但是为了能在齐王和几位大人

第十二章 终极刑审

面前表现一番，他决定加料，尽快了结这件事情。

灌下去的饿食很少，因为不是为了让裴盛吃饱，而是要让他更饿。饿食灌下去之后才半个时辰，裴盛耷拉的眼皮再次翻起，圆睁的眼睛开始充血。脸色虽然没有涨红，却是在短时间内变得苍白，而且白里透青。流挂的汗水变成大颗大颗地直接滴落，脸上的、脖子上的紫色经脉全凸暴了出来，原来控制得很好的气息也开始沉重混乱起来。

没人能体会到裴盛此时的痛苦，疲劳已经让身体有种四分五裂的感觉，而饥饿感又被强烈地提起，就仿佛有一股滚烫的油从腹中滚动到喉咙口，再从喉咙口直冲到大脑。而这两种感觉随着时间的推移会越来越剧烈，他已经提前进入了十八层地狱的磨难之中。

即便加大了饿刑的力度，这场刑审外表看来依旧是波澜不惊，这可能是他们见过的最为文明、最不血腥的刑审。所以依旧能悠闲地围观，并且毫无负担地喝茶吃东西。

现场除了费全、蔡复庆几个施刑者外，可能就只有卜福能意识到这种刑法的惨烈。所以当饿刑的力度加大了，他主动走到裴盛面前关心了一下裴盛的状态。裴盛圆睁着血红的眼睛，透过散挂在额前的乱发盯着卜福。这眼神是空洞的、绝望的，谁都不知道他到底在看卜福身体的哪一个部位，或者他什么都没看，睁大了眼睛只是为了舒缓身体的痛苦。

蔡复庆见卜福走近了看裴盛，于是也跟了过去。判断受刑者的状态是他的责任，他不想别人看出什么本该他看出的状况，更不想其他人在走近受刑者时有什么动作或表情误导了受刑者，使得刑审不能按原定计划达到要求。这也就是原先为何费全要和他两个人单独施刑逼供的原因之一。

"他还挺得住。"卜福看了一眼裴盛后就转身回来了，转身之前对蔡复庆轻声说了这么一句。

蔡复庆相信卜福的眼力，他们都是查办的高手，也都知道对方的名头。但他更相信费全的手段，因为他和费全合作了那么多次，在累刑和饿刑之下从没有一个人能挺过一天的，所以卜福刚刚转身，他便扭头回了一句："挺也挺不了多久。"

事实证明蔡复庆错了，一直到打了头更，无极渊里的灯火全掌亮了，裴盛仍依旧挺着。这已经超过了以往遭受此刑刑犯承受的最长时间。

"灌饿食。"费全命令手下。虽然裴盛是熬过此刑时间最长的一个，但是费全并不感到意外，之前他已经从刑审的过程中看出这是一个比以往任何一个刑犯意志都要坚强的受刑者。已经是掌灯时分了，费全此时心中反不着急，他已经不再想着在齐王和其他人面前有所表现，而是准备静下心来和这个难得一见的受刑者比拼一番。这就像是高手遇到了高手对决一样，那会带来很大的乐趣和成就感。

第二次饿食灌下去之后，裴盛的状态有了更大的变化。他的呼吸变得更加粗重，圆睁的血红色眼珠已经开始暴突。手脚都没了血色，身上的衣物已经被汗水湿透。而最重要的一点是散挂的发梢开始有些微微的抖动，这一点说明他已经再不能尽量放松自己的身体来抵抗刑罚。而身体无法放松，承受的疲劳感觉就会快速增加。

费全很满意这样的现象，他觉得离得出结果的时间已经不远了。

但是有人已经等不及了，韩熙载是最早离开的，因为府中有人来传信，说有重要的事情需要他回去处理。

李弘冀本来倒是没准备走的，他是想亲自听到刺客吐露口供的，免得再像上一次那样还要大费周折地逼迫齐王和蔡复庆后才能确定得到的口供有多少。但是韩熙载走后没多长时间，他府中也有人来传信，让他回去处理重要事务。所以李弘冀将自己的心腹德总管留在无极渊中盯着刑审，自己则赶回府去。

冯延巳没有走，但他也没有一直待在无极渊里，齐王让手下在离无极渊不远的"柳色青"院落里给他安排了客房。虽然自己去了客房休息，冯延巳也留了心腹盯住刑审。现在到了最关键的时候，冯延巳可不想这么长的日子自己最后落个有劳无功。

过了二更天的时候，顾子敬和卜福也离开了。虽然齐王也客气地给安排了客房，但顾子敬还是坚持回去，说第二天再来。其实顾子敬心里是十分愿意留下的，因为审讯出的结果关系到他的功劳成就。但他是鬼党成员，是皇上信任的人。如果留在什么王爷大臣家中过夜，让别人知道后会留下话柄，甚至会成为被王爷大臣拉拢的证据在皇上面前参一本。

恐宫乱

韩熙载在路上就听传信的人说梁铁桥回来了，是他有重要的事情要禀报。梁铁桥一直在外追踪宝藏秘密，他突然赶回来，那肯定是和宝藏有关的重要事情。所以韩熙载也心急火燎地往回赶，宝藏的事情在他看来比诡画刺杀的事情要重要得多。如果得到个巨大宝藏，国力陡增，军力充实，南唐基业稳固，谁继承皇位都是康泰盛世。那他也就不用费心劳神地护着李弘冀了，只需着手布置防止发生夺位内讧就行。

但是回到府里见到梁铁桥后，才知道带回的消息不管是与宝藏有关的还是和眼下局面有关的，都紧紧地套缠着李弘冀。

和宝藏有关的消息其实是梁铁桥的推测，而这推测韩熙载早在梁铁桥醒悟之前就已经看出，那就是广信刺杀宝藏皮卷显相是要从军信道传信给李弘冀知道，让他派人接应。而事实上梁铁桥二次赶回广信之后，发现城隍庙前出现的冲突的确是与带着皮卷的刺客有关，而冲突中也确实有来历不明的官军参与。

从刺客们逃走的方向判断，他们正是往金陵而来。于是梁铁桥一路跟踪，路上却遇到修水、举水等几处大营的兵马调动，州县周边分散的驻扎兵马也在作位置调整。而在这之后便再也找不到刺客踪迹，似乎那些兵马的调动是在掩护刺客踪迹。

在失去刺客踪迹之后，梁铁桥想抄路先回金陵，提前拦截带着宝藏皮卷的刺客。很意外的是在所抄偏僻道路上竟然发现了蜀国不问源馆的丰知通，他带着众多高手保护着一个身份地位肯定非同一般的人也在赶往金陵。于是梁铁桥转而坠上丰知通这一路的尾儿，并且在半路上派遣曾经在成都府做过密探的手下扮作路边小贩，认出丰知通保护的正是蜀国礼部尚书、不问源馆主持赵崇柞。

这些人今天赶在即将关城门之前，乘着更前黑进了金陵城，然后在城里绕了一圈后进了吴王府便再没出来。

赵崇祚去了吴王府！他是来干什么的？韩熙载几乎是转念之间便确定赵崇祚来到金陵是和蜀国局势有关，也和李弘冀现在的处境有关。孟昶在大周入侵蜀国后肯定会请李弘冀出兵夹击大周，以解蜀国危难。但是李弘冀由于之前的诡画刺杀之事身陷困境，已经无权直接调动兵马，所以他会反过来先向孟昶要求帮助他解脱困境。而解决困境最好的办法就是杀死刺客中止刑审，其次是杀死齐王将诡画刺杀之事推到齐王身上，再次就是动用武力逼宫夺位。

李弘冀私下有不少可用兵力，比如说城中的内卫营虎翼军，比如说他之前调拨到采石的三万水陆兵马。但是要想做成这三种方法中的任何一种，拥有兵马是不够的，还必须要有能翻墙越脊、摆设刺局的技击高手。而李弘冀虽然身边也有一些这样的能人，但数量太少，另外都已经是金陵城中大家都面熟的人，所以一些事情无法交给他们去做。就算做成功了，追究下来还是会锁定吴王府。

之前德总管等五路密使回来，肯定零星地带回了一些能做这类事情的高手。所以那次吴王府夜宴才会到处传闻有人要杀齐王，随后还果真出现刺局刺杀齐王。这些都应该是那天刚刚随五路密使来到金陵的蜀国刺客所为。

而零星几个刺客只能完成前两种方法，要想做成逼宫夺位的话，那就还需要更多的高手，并且要有能管理调配这些高手的人来主持，所以赵崇祚来了。

"赵崇祚来了，所以宝藏皮卷就不见了，这就对上了。最开始时李弘冀和孟昶的交易应该是宝藏皮卷，江湖上都在传闻巨大宝藏是在蜀国境内，所以将宝藏皮卷拿来和李弘冀交易也无所谓。最终也就是两方面共同启开宝藏、共同得利的事情，这样就能更加稳固孟昶和李弘冀的盟约。但是诡画刺杀的事情即将暴露，李弘冀得到宝藏皮卷也没有用处。所以改变交易条件，让蜀国派人帮他逼宫夺位。也正因为条件重新洽谈，那些携带宝藏皮卷的刺客才会在广信盘桓了七八天。随后貌似继续赶往金陵，实际上刚过修水就失

第十二章　终极刑审

去踪迹。"韩熙载心中有个底线，他首先是要对元宗李璟负责。只要元宗安然、南唐不乱，他会想办法尽量保住李弘冀，以求将来南唐基业的稳固发展。但如果李弘冀要起内乱大逆不道夺取元宗的皇位，他肯定是要不惜一切代价保护元宗击溃李弘冀的计划。

"立刻安排人手在吴王府周围布控，严密监视府中异动。将夜宴队分散在金陵周边暗点的所有人手都调回来统一部署。然后用我私帖通知江宁城防使，加强城防部署和城内巡卫，再以夜宴队名义通知御前护卫总管处，加强内城守护。这两件事情尽量保密进行，特别是要避开兵部和内卫营，防止传到太子那里，让他觉出些什么来抢先动手。"

韩熙载吩咐完这些，感觉仍是不够，于是让手下人备轿，连夜前往天德都虞侯杜真府上。杜真从烈祖李昇开始便辅佐南唐，很受元宗的信任，所以一直留守在金陵皇驾前。韩熙载觉得眼前的局势只能与杜真商议，看他能不能尽快从最近的大营和驻军调拨一些兵马赶来金陵，以防可能会发生的逼宫夺位。

第二天的无极渊里，气氛比第一天凝重了许多。

裴盛可以说创造了个奇迹。这一夜下来，他坚持的时间已经超过以往承受累刑最长时间的双倍。而且在这一夜中，他又被喂了两次饿食，实际已经超过四天的饿刑，然后在这基础上被数倍放大的饥饿感，裴盛在承受累刑的同时也挺了过来。

但是可以看出，裴盛现在已经是在挨命了。由于煎熬中大量流失了水分、脂肪，裴盛看上去很明显地瘦了一圈。他的双眼已经紧紧闭上，嘴唇在不住地颤抖。被汗水湿透了的身体偶尔发出一下抽搐，这是神经的自然反应，是他身体无法控制的。但是这种偶尔的抽搐却是会让他的身体在佝偻枷的作用下承受到更强烈的疲累感，所以每抽搐一下时，裴盛口中都哀叹似地吐出一口重重的气息。让人总觉得他这一次吐气之后便再不会吸入。

费全、蔡复庆的心情很郁闷，出现这样的情况让他们很没面子。而更让他们感到没面子的是，他们无法确定面前这个同时遭受两种世上最难挨酷刑的人到底还能坚持多久,所以在齐王和其他人问到这个问题时,他们只能含糊地回答"很快、很快"。

本来从之前的刑审结果来推断,费全觉得裴盛最多可以挺到以往的最高纪录。但是好像哪方面出了异常情况,裴盛比之前受刑时表现出了更强的意志力,挺住这两项酷刑的时间远远超出了费全的意料。所以再继续下去裴盛什么时候能屈服,他已经无法做出大概判断。

李弘冀今天显得有些烦躁,他昨天见到了赵崇柞,知道赵崇柞此来的目的是要疏通孟昶和他之间的密信道。对五路信使半路被阻又同时赶回的事情他本来就一直感到蹊跷,现在再由赵崇柞根据五路信使的描述所作分析来看,这是有人故意阻路。自己和孟昶交好很多人都知道,但是两人暗中结盟一直互通密信却是别人不知道的。但这五路信使被阻,说明这件事也被人发觉,并且针对这种情况从中干扰,破坏这种互通关系。这人会是谁?李弘冀想了下,他觉得南唐之中有此能力的只有韩熙载,只有他手下的夜宴队能够发现密信道,也只有夜宴队的高手能设下种种表面看似合理巧合的情况阻止信使。但是韩熙载为什么要这样做?而且他又未曾在元宗面前说破此事,其目的到底是为了什么?

另外让李弘冀感到不安的是赵崇柞此番来还告知了他目前大周与蜀国开仗的局势,李弘冀没想到战事已经到了如此激烈的程度自己却丝毫不知。也是,那五路一起回来的信使带来的都是过去很长时间的信息。而赵崇柞带来的最新消息让他觉得自己必须赶紧设法出兵夹击大周,否则一旦大周在蜀国站稳脚跟,夺取了足够的储备军需,那时候就算出兵夹击也不见得有效,大周完全可以分兵对抗。

所以第二天李弘冀到了秦淮雅筑无极渊后,一见韩熙载便目光闪烁,似乎在故意回避着他,而且显得心神不宁,像是要急切地想做些什么。

韩熙载心中其实也一直不安,昨天夜里他找到杜真说明情况后,杜真立刻连夜派人拿金批令叫开城门外出调兵。只是杜真就近驻扎在润州的杜家军人数还不过万,不足以解决问题。另外杜真发信到他好友江州节度使皇甫晖那里,让他发兵入金陵护驾。那皇甫晖原是后晋密州刺史,后投奔南唐。曾投水以示效忠南唐之决心，很得元宗李璟信任。太子李弘冀在军中关系错综拉拢极广，但这皇甫晖却是死心塌地忠于元宗的，接信后肯定会急速赶来。只是江州路途太远，就怕李弘冀情急动手的话，赶来也是晚了。

所以韩熙载在考虑是否应该立刻将可能发生逼宫夺位的事情报知元宗。虽然李弘冀在金陵城内外安置了不少势力，但是如果李璟亲自出面与那些军营兵将沟通或给予威慑的话，即便是李弘冀拉拢了的兵马也不见得全都听李弘冀的。毕竟李璟还是皇上。但是韩熙载知道将逼宫夺位的事情告知元宗会是吃力不讨好的，如果这事情最终没有发生，自己可能会落个离间皇上父子关系的罪名。就算这事情真发生了，元宗也不会因为及时化解了这件事情而高兴。那是父子间你死我活的争斗，元宗会觉得被别人看了笑话，说不定还会迁怒于自己。

顾子敬和卜福到得晚一些，他们并不参与这个案子的审理，所以要等手头其他一些事情处理完了才能赶来。到了无极渊之后，顾子敬还不觉得怎样，那卜福却是十分惊讶地睁大了眼睛，围着裴盛转了几圈。然后还敲了敲佝偻枷，一副很是不相信的神情。

韩熙载见到顾子敬，脑中灵光突闪：“这个鬼党成员或许是将逼宫夺位这件事情上奏给元宗的最佳人选。问题是自己说出的话顾子敬能信吗？"

己入兜

时间一点点过去，一个上午费全又给裴盛灌了两次饿食。人饥饿的极限是七天，裴盛虽然只饿了四天多，但是他承受的饥饿感远远超过了七天，这可能只有地府的饿死鬼才有体会。

又过了午时，李弘冀终于把心思拉回到刑审上：“怎么还审不出？你这两种刑法有没有极限？我瞧再继续下去那刺客不死也会疯傻了。"但李弘冀这话在别人听来却是有着其他意思，比如说韩熙载。

费全和蔡复庆对视了一眼，其实他们两个心中知道，这两种酷刑早就过了极限。但是他们又不甘心就此停刑，一旦停刑那就意味着他们从未有过的失败。

"应、应该没问题。"蔡复庆回答时有些迟疑。

"那就继续。"李景遂也觉得李弘冀突然说出那些话是别有用意,所以他坚持与李弘冀相悖的意见,因为只有坚持才能不让自己的意图功亏一篑,也才能让真相水落石出。

"我看刺客被折磨成这个样子,就算说出什么来也都可能是胡言乱语了。"李弘冀倒是说的真实感受。但这话更是被别人认为是在预先打伏笔,这样就算受刑者说出什么来,他也都可以推说是在胡言乱语。

韩熙载不但觉得李弘冀刚才的话别有意图,而且还觉得这些话正好可以用来替自己作某些证明。于是他装出几分热情,将顾子敬邀到外面凉亭说话。

"顾大人,你觉得刚才太子的态度是否有些异常?"韩熙载试探着问顾子敬。

"韩大人的意思我知道,吴王府德总管在成都蜀宫出现后,我便已经知道你所担心的危机在哪里了……"顾子敬的反应出乎韩熙载意料,自己才提起个头,他便滔滔不绝,将自己从德总管成都密见孟昶,然后自己烟重津遇刺,再后来"神龙绵九岭"的风水诡杀画被夺走等等情况加以分析,将矛头直指李弘冀。

"顾大人近来一直屈身南平,好些金陵发生的事情你都不知道。"韩熙载一副将顾子敬当作知己的样子,毫不保留地将刺客前两句供词以及太子宴上逼供、齐王遭遇刺局、蜀国赵崇柞偷入金陵等等金陵城中最近发生的事情都告诉了顾子敬。

"原来还只是采用不为人知的诡画刺杀,而现在已经是逼宫夺位的架势了,皇上知道吗?"顾子敬满脸惊讶,他确实没想到会发展到这地步。"太子肯定觉得这一回刺客再难熬过去,所以做好所有准备,一旦将其招出便立刻兵变逼宫。"

"皇上还不知道,我们去告诉他这件事情很不合适,那会显得他年老思衰、有失明断,连自己儿子要忤逆犯上都未觉察。所以我想可能还要麻烦顾

第十二章　终极刑审

大人，将此事婉转提醒皇上。顾大人本就是皇上安置在各处的眼睛，你发现了什么，也就是皇上亲自发现了什么。你出面提醒，只会更显皇上睿智。"

"韩大人客气了，这本就是我分内之事，我这就进宫。"顾子敬心中窃喜，他觉得这是平白送给自己的一份功劳。自己冒险行事，以己为诱躲在南平那么久，没想到老天还是公平的，最有分量的功劳仍是落在自己身上。

顾子敬急匆匆走出几步，突然又停步回身："韩大人，有件事一直忘了谢你。烟重津那回要不是你及时鸽信提醒，我们恐怕就要尽数丧身他乡山水间，更遑谈擒住刺客揭示真相了。"

"你搞错了吧，我并没有发鸽信提醒烟重津截杀的事情。"

"不会错，鸽信是发成都密探点的，但我们当时已经离开成都，幸好夜宴队办事能力非同寻常，赶在我们进烟重津之前将鸽信由密信道转给了萧大人。"

"不对不对！我根本就不知道刺客截杀烟重津之事，之前虽然发了三份鸽信，内容只是告知吴王府德总管也去了成都，提醒萧俨谨慎行事，如果字画已经有解，就先遣人将字画和解语送回。"

"信件我亲眼看过，是大人才能写出的俊秀文字，也有大人印鉴在。韩大人要么是居功太谦，要么是怕此事被人知道了另生枝节？哦哦，我明白了，哪天我遇到萧大人让他前来致谢时将信带还与大人。"顾子敬说完赶紧走了，这是急着到元宗那里去邀功，却没有细想一下这要是块好肉怎么会轮到他张口。

看着顾子敬走远的背影韩熙载心中纳闷，顾子敬所说信件从何而来？会不会是王屋山或夜宴队中的哪路首领以自己的名义发出的？如果是他们的话又何必模仿自己的笔迹，还有印鉴又是哪里来的？那么是什么人用假冒的信件替换了自己之前的鸽信，可替换的鸽信是提醒顾子敬他们避开烟重津的刺客，其意图是什么？是想让萧俨他们带回证据扳倒太子李弘冀吗？那么做这种事情的人会是谁？李景遂？或者是其他哪位皇子？

韩熙载边想边慢慢往无极渊走去，还没到门口，就看见李弘冀急步从里面走出，身边带的随众竟然被他远远甩在后面。而且从韩熙载面前经过时竟然理都没理他，那样子应该是在想着什么重要的事情，根本无暇注意到旁边的任何人。

韩熙载回到无极渊里时，受刑的裴盛状态又有变化。他眼睛已经不再紧闭，而是露出一道缝隙。缝隙中只能看到眼白，就像是个天生的盲人。呼吸变得急促而短暂，胸腔和腹腔不停地起伏替代了偶尔的抽搐。而最让人感到兴奋也最让人担心的是，裴盛的嘴唇现在开始蠕动，像是在呢喃着什么。这是快撑不住要招供的征兆，但一般受刑者神智尽毁之前也会是这样的表现。不过就算是神智尽毁，在目前这种下意识状态的呢喃乱语中，说不定就会吐露什么重要信息，所以蔡复庆现在一直都站在裴盛的旁边。

"冯大人，太子因何离开？与刑审有关吗？"韩熙载问冯延巳。

"应该没关系，虽然他几次提醒这番刑审有没有过极限，但都没有加以制止。匆匆告辞离开是因为兵部来了个传信官，和他耳语了几句。"

"这样啊，其实我也正想问，这刑审极限是多久，这样审下去不会让刺客神智尽毁或心力衰竭吗？"韩熙载之所以和李弘冀关心同一个问题，是不想逼得李弘冀太急，让外调的兵马能赶在李弘冀动手之前赶到金陵。

费全看了李景遂一眼，见李景遂没有什么阻止的表示，便实话实说回答了韩熙载的问题："已经超过极限整十二个时辰，从未有人能抵受到这种程度。"

"啊，难怪太子会有担忧。你们还要继续下去吗？"韩熙载觉得李弘冀的确应该离开，现在这种情况，如果还坐在刑审现场会对李弘冀也是一种煎熬，因为受刑者随时都会吐露出真相来。

"继续，很快就会结束的。"这一次是李景遂替费全回答的。

虽然李景遂开了口，韩熙载也考虑了下自己是否应该坚持制止，这样给李弘冀一些空间余度，同时也给杜真一些调动援兵的时间。

但就在韩熙载准备进言制止继续刑审时，他脑子里电光一闪，突然联想到顾子敬所说的那份莫名其妙的鸽信，不由心中猛然打个激灵："不好！那鸽信是个绳套，早就将自己裹进了一个局里。"

韩熙载脑子飞快地转动着："以自己名义给萧俨发信，告知烟重津有刺

第十二章 终极刑审

客截杀。既然自己能知道有截杀之事，那也应该知道刺客从何而来。但是直到现在自己都没有说，只是陪着审刺客，这将会是李弘冀事发之后自己遭受追查的一个疑点。烟重津刺客截杀只是个幌子，实际是将大部分护卫调走，然后抢夺了'神龙绵九岭'的画作。而自己传递鸽信提醒萧俨是实现这个幌子的辅助，这样才能让他们采取反制措施，调走护卫，所以这将会是自己遭受追查的第二个疑点。烟重津截杀之后，自己为了保住李弘冀，曾派人拦截南唐使队、夺取字画、杀死被擒刺客。如果元宗追查到了鸽信，难保夜宴队中不会有人为求富贵功名将截杀之事一起捅出。"

韩熙载此时才意识到自己的处境其实很尴尬，因为有了那份很莫名的鸽信，自己很有可能被扣上与李弘冀共谋的罪名。所以自己要想摆脱尴尬处境的话，只能是将所有事情往李弘冀身上推。就说当时虽然得到消息说李弘冀在背后操纵，但始终无法确认，更不知道别人提供的信息是个幌子。而为了证实所说的一切都是真的，自己还必须很认真、很无情地将李弘冀逼宫夺位的行动扼杀了。所以自己不能制止刑审，制止了的话过后这会成为自己和李弘冀共谋的把柄。再有刑审可以逼迫李弘冀采取行动，只有李弘冀采取了行动，自己才有机会出手，也才可以表现自己的忠心。

李景遂"很快结束"的话也未能成为事实，直到将近二更天韩熙载离开时，裴盛依旧保持着原来状态，呢喃声中也没有听出丝毫像人话的音儿来。

韩熙载离开秦淮雅筑后，在半路上就有夜宴队成员拦轿递上急报。急报告知过午之后吴王府有人快马持加急军令赶往采石，之前从各大营调集驻扎在采石的三万水陆兵马收到军令后，连夜拔营沿长江水陆并进往金陵移动。

这是韩熙载既希望又担心的事情，只有李弘冀采取了行动，自己将其行动扼杀，那么才有可能说清烟重津鸽信那件事情。但问题是自己这边调动的兵马还未到，只凭夜宴队、金陵八门城防和部分内卫营的兵力，全部加起来也是无法阻止李弘冀的。所以现在他只能心中求佛，让李弘冀的行动再慢一些，让杜真那边的调动再快一些，还有，就是希望受刑的刺客可以再撑得久一些。

暗风云

一夜过去，这一夜中有很多人不能入眠。韩熙载是一个，李弘冀也是一个。

昨天下午，有兵部传信官赶到秦淮雅筑无极渊送给李弘冀一份紧急军报，内容是说大周和吴越水军分别从长江上游、下游两头合进直扑金陵。这一招是他没有想到的，大周和蜀国的对仗正在紧要关头，怎么会突发水军攻袭金陵？难道对蜀用兵只是虚晃一招，那这虚晃得也太大了。或许此招是用来虚晃南唐的？让南唐不敢轻举妄动夹击大周。

不管大周用的是什么招，南唐现在必须做的是自保。大周虽然水军较弱，但对蜀开战无需用到水军，所以他们的水军目前是全实力。吴越军本就擅长水上对战，水军实力只在南唐水军之上。而且从沿江渔船、货船上打听来的消息可知，这次两国出动的都是战斗力最强的船只，数量非常可观。两国水军出击突然，速度极快，调动沿江州府驻军横江拦截已经来不及。再有对方的真实意图还未弄清，无法判断会不会另有诡计。因此不宜出击对敌，而应该先据城防守，等情况清楚后再调动兵力反击。

李弘冀很庆幸之前为防止大周和吴越合攻南唐而在采石预留了三万水陆兵马。自己现在无法直接调动各大营，但这三万军马却相当于自己私下藏着的，所以立刻让人持军令前往采石，让三万兵马水陆同进赶来金陵协助防守。

三万兵马调令发出后，李弘冀稍放下些心来，这才斟酌着起拟军文至兵部。军文要求兵部调润州水军扎营江中洲，应对吴越水军。调芜湖水军扎营马鞍山，应对大周水军。江北水军大营两边增援，池州水军、江阴水军分别包抄两国水军后路。

但这份军文还没等发出，又有紧急军报，说大周军突入淮南边界，急攻潢县、寿县。李弘冀看到这份军报后，立刻觉出大周以两国水军直扑金陵的确是有另外的诡计，他们很可能要隔江取地。是用水军据江而战，隔断长江两边的互通互援。然后从北边两国交界处几路同进，可快速占领南唐的淮南

第十二章 终极刑审

地界。而一旦淮南被占的话,金陵便也岌岌可危了。

于是李弘冀再拟一道军文到兵部,让近歙大营、宣州大营各调一半兵马往金陵集结。皖口大营整营往淮南一带移动,协助淮南各处守军应对大周兵马。

第二天,秦淮雅筑的竹月堂中气氛凝固了一般,就连杯中升腾的热气都似乎不能散去。

今天韩熙载、李弘冀、顾子敬几乎是同时进的秦淮雅筑,但是他们在门口听说受刑的裴盛又挨过了一夜之后,便都不再往无极渊而去,而是聚到了竹月堂。无极渊是个煎熬受刑者的地方,但同样也可以煎熬施刑者和旁观者,更何况他们中有人并非施刑者也非旁观者,而是紧密的关联者。

韩熙载一大早就知道了李弘冀两份军文的内容。他并不清楚周军和吴越军攻南唐是真是假,但他却能从这两份军报上看出,离得最近的润州水军、芜湖水军、江北水军大营都被定位对敌,失去金陵外围守备的作用。而离金陵最近的大营就是皖口大营,也被调动往北。所以整个金陵最强大的防卫力量就是李弘冀的三万水陆兵马。另外近歙大营、宣州大营都是李弘冀的旧部,各调一半兵马往金陵集结其用意可想而知。

对于李弘冀来说,一切的一切都已经准备就绪,就差一个火引子。这火引子就是正在受刑的裴盛,韩熙载此刻心中着实希望他能撑住,至少撑到杜真在润州的近万杜家军赶到,那么才有可能坚守宫城护住元宗,等江州皇甫晖赶来。

顾子敬昨天虽然没有看出韩熙载送给他的功劳并非是个拿得起的功劳,但他却知道这种事情需要循序渐进,一点点地透露给皇上才行。何况现在他所能汇报的都是根据现象推断出来的,并没有真凭实据。

元宗李璟本就知道诡画刺杀的疑点落在李景遂和李弘冀身上,所以顾子敬跑过来婉转地告知李弘冀是主谋后,元宗并没有太吃惊。而是让顾子敬盯住刑审,拿到确凿的证据,然后及时报来。这是一个很好的开始,顾子敬至少已经开辟了循序渐进透露逼宫夺位的途径,下一步就是要选好时机。

"费刑头怎么说？"李景遂在问他刚刚派去无极渊询问刑审情况的书童。

"费刑头说快了，我看也真是快了，那刺客已经手脚发紫、嘴唇发黑，嘴里大声地嘟囔，也不知道是在呻吟还是在说胡话。蔡佛爷就在那刺客旁边听着，应该很快就能听出他在说什么。"

韩熙载听了书童的回答后，瞟了一眼李弘冀。李弘冀虽然心事重重的样子，却好像并未仔细听书童说了些什么。

但就在书童话说完有一阵时间了，李弘冀却突然醒了一般："还在继续？人不会被你们折磨死吧？人死了我们都无法在父皇面前交代，停下来吧。"

"都已经到这份上了，哪能功亏一篑，还是得继续呀。"李景遂慢条斯理地拒绝了李弘冀的意见。

"反正我已经提醒你们了，出了事父皇怪罪的话，到时我可是要撇清责任的。"说完这话，李弘冀故作轻松地仰靠在椅背上。

"那就再去看看，把情况随时报来。"李景遂吩咐书童，他其实也有些担心。

书童出去后，竹月堂里沉默了，大家都在想着自己的心事。

时间在一点点过去，竹叶堂中掉根针都可以听见。但是这里没有针掉下来，只有针一般的眼神穿插往来。

无极渊中，裴盛差不多已经到了完全崩溃的边缘。又是一夜的饥饿和疲累，让他的消耗达到了极限。水分和脂肪的流失不但让他再瘦一圈，而且就连皮肤都已经开始起皱。他的右手和没手的左腕已经开始挣扎，但这挣扎只会越发增加他身体所受的疲劳感。而嘴里发出的声音也越来越大，不只有嘟囔，还有喘息、哀号。

不发出声音说明受刑者是在积聚精气神对抗痛苦，发出声音则说明受刑者在用唯一可行的方法疏解痛苦。累刑开始时，裴盛一声不发，但是现在却无助而绝望地发声，这说明他已经坚持到最后了。这也难怪，已经超过累刑的极限两天了，而且在承受累刑的同时，他还要承受更为煎熬的饿刑。

不过费全和蔡复庆却感到有些奇怪，裴盛这一轮的意志力远远超出了他们的想象。其实按照他之前受刑后吐露口供的意志力，是撑不到这么长时间的。

金陵城外，李弘冀的三万兵马已经进入江宁府区域。水军到达了白鹭洲，马步军到达了石子岗。

润州的八千杜家军接到杜真密令后急速行军，天亮时也已经赶到了江宁府东面汤山界，距金陵也只剩一个多时辰的路程。

而这个时候，齐君元他们几个正有事无事的样子在秦淮雅筑周围转悠，他们在寻找蔡复庆。要刺齐王，必须先除掉蔡复庆，否则所有刺局都能被他看破，那就永远都没有刺杀齐王的机会。

但蔡复庆不是他们想找就能找到的，这么多天了，蔡复庆根本就没在秦淮雅筑之外的任何地方露过面。

所以齐君元他们除了继续希望渺茫地寻找外，已经在心中认为刺杀齐王会是一个还未开始就已经失败了的刺活儿。

"招了吗？"书童刚刚迈进门槛，李景遂便迫不及待地问道。

"快了，费刑头说快了。那刺客已经像是临死样子地挣扎，嘴里大声号着，就是听不清说的什么。"

"那还不赶快停止，快了快了，这样子是快死了、快疯了。"李弘冀突然从椅子上站起身来。

李景遂皱紧眉头咬咬牙："等等，再等等吧。"

"不能等了，你我共审的案子，我也是有权做主的。"

"酒醉一口，轴断一茅，就差一点了，再等等。"李景遂已经有种要孤注一掷的感觉了。

"人死也是一口气，不能再继续了！"李弘冀坚决反对，情绪显得有些激动。

可是李弘冀越是激动，李景遂就觉得越有必要继续下去："还是再等等吧，快了。"

"要不我陪书童去看一看，回来告诉王爷和太子该停还是该继续。"一旁的卜福小声地对顾子敬说。

"对对，齐王和太子不要争了，让我这手下卜福跟着书童去看一看刑审情况。他在六扇门中被称为神眼，应该可以给齐王和太子提供可参考的信息。"顾子敬打圆场的话说得滴溜圆，既制止了两人的争执，自己也不把话说死。

齐王和太子都没有异议，韩熙载、冯延巳也微微点头赞同。卜福作个圈揖转身和书童一起走到竹月堂门口，就在这时李弘冀忽然想到了什么，赶紧高喝一声："等等，让德总管一同前去。"看来他终究是对卜福不放心。

没过多久，刚刚出门去无极渊的书童便一路疾跑回来，人还没进门就已经在嚷嚷："不好了！死了！死了！"

"死了！刺客死了？"李景遂手中的茶盏重重顿落在几案上。

"蔡佛爷死了！是蔡佛爷死了，被受刑的刺客杀死了！"

图书在版编目（CIP）数据

刺局.4,局外局/圆太极著.—北京：北京时代华文书局，2017.12（2022.5加印）
ISBN 978-7-5699-1971-4

Ⅰ.①刺… Ⅱ.①圆… Ⅲ.①长篇小说—中国—当代 Ⅳ.① I247.5

中国版本图书馆 CIP 数据核字 (2018) 第 025250 号

刺局 4：局外局
CIJU4：JUWAIJU

著　　者	圆太极
出 版 人	陈　涛
责任编辑	周　磊
装帧设计	程　慧　迟　稳
责任印制	訾　敬

出版发行｜北京时代华文书局 http://www.bjsdsj.com.cn
　　　　　北京市东城区安定门外大街 136 号皇城国际大厦 A 座 8 楼
　　　　　邮编：100011　电话：010 - 64267955　64267677

印　　刷｜三河市兴博印务有限公司　0316-5166530
　　　　　(如发现印装质量问题，请与印刷厂联系调换)

开　　本｜710×1000mm　1/16　　印　张｜17.25　　字　数｜255 千字
版　　次｜2018 年 7 月第 1 版　　　印　次｜2022 年 5 月第 2 次印刷
书　　号｜ISBN 978-7-5699-1971-4
定　　价｜45.00 元

版权所有，侵权必究